Inspiration

I WAS AND I STILL AM A DREAMER.

THAT MADE ME THE PERSON I AM TODAY

DREAM BIG WHEN YOU SLEEP
BUT DREAM EVEN BIGGER WHEN YOU ARE
AWAKE

(JARED LETO)

Erin F. Hota

Eric - Two of one kind - Band 1

Impressum

Erin F. Hota: Eric - Two of one kind - Band 1

BookRix GmbH & Co. KG
Sankt-Martin-Strasse 53-55
81675 München
Deutschland

Ein Titeldatensatz für diese Publikation ist bei der Deutschen Nationalbibliothek erhältlich

Erstauflage

Herstellung: CreateSpace / Amazon Distribution GmbH, Leipzig

ISBN 978-3-7368-3972-4

Danksagung

Ein riesengroßer Dank an alle, die es hierher geschafft haben. Ihr erfüllt mir damit einen Traum!

Ein riesengroßer Dank an alle bookrix.de und FanFiction.de. Danke für eure Reviews, für eure Favoriteneinträge, für alle Klicks. Auch bei allen „stillen Lesern" möchte ich mich herzlich bedanken. Ohne euch wäre ich nie soweit gekommen. Ihr motiviert mich!

Ein ganz besonderer Dank gilt meiner „Beta" Coco Zinva. Danke, dass meine Geschichte durch dich noch besser geworden ist. Deine Hilfe ist ein ganz besonderes Geschenk.

Ein ebenso großer Dank geht an einen „Engel", der mir ganz überraschend und unerwartet „erschienen" ist. Danke, Angelita Panther, für deine selbstlose Hilfe. Ich kann nicht sagen, wie viel mir das bedeutet!

Der größte Dank gilt allein meinem Mann, der immer und in jeder Lebenslage an mich glaubt und euch den ich die Kraft hatte, bis zum Ende durchzuhalten. Ich liebe dich!

Last but not least möchte ich mich bedanken bei Jared Leto, Shannon Leto und Tomo Milicevic von der Band „30 Seconds to Mars". Danke für die Inspiration, die niemals aufhört!

Prolog

Ich zittere wie Espenlaub. Schon seit Stunden versuche ich mich zu beruhigen. Ich versuche meine Angst, die nackte Panik welche mich umgibt, zu dämpfen. Mein Atem ist schnell und keuchend, fast so als wäre ich eine sehr lange Strecke gerannt. Ich sitze auf der klammen, verschlissenen Wäsche meines schmalen Bettes. Ich habe mich ganz in die Ecke an die Wand gedrängt und die Beine angezogen. Bebend habe ich meine Arme um sie geschlungen und wiege mich ein wenig vor und zurück. Ich mache mich klein. So klein wie möglich. Am liebsten würde ich mich unsichtbar machen, einfach verschwinden. Oder vielleicht sollte ich lieber gleich sterben. Es gibt nichts, was mich am Leben hält. Nichts, für das es sich lohnt, hier in diesem beschissenen Leben zu bleiben. Ich existiere einfach, ohne Sinn und Zweck. Was soll ich nur hier? Ich denke wie ein alter Mann, der müde sein Leben Revue passieren lässt.

Aber ich bin kein alter Mann. Ich bin nicht alt und ein Mann bin ich eigentlich auch noch nicht. Ich bin ein siebzehnjähriger Junge, der bereits genug hat. Genug von den Sorgen und Ängsten, die ihn täglich heimsuchen. Ich starre die geschlossene Zimmertür an und Übelkeit steigt in mir auf. Ich will das alles nicht mehr. Die ganze Angst, die Demütigung, die Kälte und die Schmerzen. Ich will sie nicht mehr haben. Doch es gibt keinen Ausweg für mich. Ich muss diese Scheiße ertragen. Zumindest noch für eine kleine Weile. Zumindest, bis ich endlich volljährig bin. Ich habe mir mühselig ein bisschen Geld zusammengespart. Es liegt versteckt unter einer losen Sockelleiste in meinem winzigen Zimmer. Beinahe jede Nacht, wenn ich mich ein wenig sicherer fühle als sonst, schaue ich nach, ob es noch da ist. Der Gedanke einfach irgendwann von hier abzuhauen gibt mir Hoffnung. Es ist das Einzige, was meinen Kopf doch über Wasser hält. Aber es ist noch so lange bis dahin. Zu lange für jemanden in meiner Situation.

Mit einer fast übermenschlichen Anstrengung versuche ich erneut, mich zusammenzureißen. Ich will IHM wie ein Mann entgegentreten, und nicht wie das eingeschüchterte Kind, das ich bin. Er weidet sich an meiner Angst. Er wird noch stärker durch sie und noch gewalttätiger. Es gefällt IHM, mich zu sehen, wie ich am Boden liege, um Gnade winsele und darum bettle, dass er aufhört. Ich höre sein dreckiges Lachen in meinem Kopf und ein eiskalter Schauer überläuft mich. Ich hasse ihn. Ich hasse ihn noch mehr, als ich ihn eigentlich lieben müsste. Ich balle die Hände zu Fäusten und zähle langsam und still bis zehn. Ich muss ruhig werden. Ich muss, ich muss! Meine offensichtliche Angst ist wie Öl für ihn, dass er in sein persönliches Feuer des Sadismus gießt. Er wird rasend, wenn er mich so sieht. Und gleichzeitig genießt er es. Ich schlucke schwer, als ich den sich langsam drehenden Schlüssel höre und erstarre in völliger Bewegungslosigkeit. ER ist da. ER öffnet die Wohnungstüre. Eine Welle der Panik überspült mich. Alles dreht sich um mich. Die Luft flirrt vor meinen Augen. Jeden Abend das gleiche Spiel, die gleiche Panik und die gleiche Hoffnungslosigkeit.

Manchmal lässt er mich in Ruhe. Manchmal kommt er gleich zu mir. Manchmal später, manchmal auch erst, wenn ich bereits schlafe. Ich kann es nicht einschätzen, es gehört zu seiner Masche. Er quält mich, egal was er tut. Und eins ist immer gleich. Ich weiß, dass er jede Sekunde, die er mich im Ungewissen lässt, braucht. Er lässt sich die Panik, die aus jeder meiner Poren dringt, auf der Zunge zergehen. Er lebt davon. Er ist abhängig davon, mich zu erniedrigen. Ich bin seine Essenz. Fast hoffe ich, dass er gleich kommt. Dann hätte ich es wenigstens für heute hinter mir. Das Warten ist zermürbend und eigentlich noch viel schlimmer als die physische und psychische Gewalt, die er mir antut. Und kommen wird er. Das ist so sicher wie das Amen in der Kirche. Heute lässt er mich tatsächlich warten. Ich lecke mir über die trockenen Lippen und beginne wieder hin und her zu wippen. Ich fühle mich so allein. So schrecklich allein.

Ich habe keine Freunde. In der Schule werde ich verachtet und fertiggemacht. Sie finden mich komisch, seltsam. Irgendwie kann ich es ja verstehen. Ich habe mich total in mich selbst zurückgezogen. Ich lasse niemanden an mich heran. Ich habe Angst, dass man mir noch mehr wehtut. Meine Mutter setzt sich nicht für mich ein. Das hat sie noch nie getan. Sie ist viel zu sehr mit sich selbst und ihren Problemen beschäftigt. Sie trinkt viel. Zu viel. Und hofft genau so wie ich, dass ER sie in Ruhe lässt. Sie ist ein Opfer wie ich. Und bereits vollkommen zerstört. Unrettbar. Ich habe einen Bruder. Einen großen Bruder, nach dem ich mich sehne. Er heißt Daniel. Ich weiß genau, dass er mich verstehen würde. Und bestimmt würde er versuchen mich vor IHM zu beschützen. Er hat das gleiche Schicksal erlitten wie ich und ist abgehauen, als er achtzehn wurde. Er ist einfach mit seinem besten Freund über Nacht auf und davon. Wie ich ihn darum beneide. Ich liebe Daniel. Er fehlt mir schrecklich. Er war mir immer eine Stütze. Eine Stütze, die mir jetzt so sehr fehlt.

Er hat mir einen Brief dagelassen, als er wegging. Ich habe ihn immer noch. Er liegt bei dem Geld hinter der Sockelleiste. Nächtelang habe ich geweint, als mir klar wurde, dass ich nun ganz alleine bin. Doch ich konnte ihm nie böse sein. Ich hätte sicherlich genau so gehandelt. Er hat sich in dem Brief bei mir entschuldigt. Dafür, dass er mich zurücklassen musste. Aber er hat mir auch versprochen, sich um mich zu kümmern, wenn es irgendwie geht. Daniel hat sein Versprechen nicht gebrochen. Er versucht mir Briefe zu schicken und mich auf diese Weise ein wenig zu unterstützen. Manchmal, mit viel Glück, bekomme ich sie auch. Jeder dieser Briefe ist eine liebevolle Geste. Ich bewahre sie alle auf, nachdem ich sie beantwortet habe. Sie sind ein Lichtblick in meinem dunklen Dasein. Ich warte ungeduldig auf jeden von ihnen. Aber meistens wirft ER sie weg, ohne dass ich auch nur einen Blick darauf werfen kann. Und es ist schon zu lange her, dass ich einen bekommen habe.

Ich wäre so gerne bei Daniel. Fast kann ich mich nicht mehr daran erinnern, wie er aussieht, obwohl ich weiß, dass wir uns sehr ähneln. Wir gleichen uns wie ein Ei dem Anderen. Nur, dass meine Augen grün sind und nicht braun wie seine. Ich seufze leise und gequält auf. Ich hasse es, so alleine zu sein. Nie kann ich wirklich mit jemandem reden. Nie hört mir jemand wirklich zu. Nie habe ich wirklich Gesellschaft. Vor einigen Monaten habe ich mir ein paar Poster an die leere Wand über meinem Bett gehängt. Seither fühle ich mich nicht mehr ganz so einsam. Natürlich habe ich dafür Schläge bekommen. Ich habe sie trotzdem hängen lassen. Ich schaue sie gerne an, spät in der Nacht, wenn ER schläft. Es ist auf allen die gleiche Person abgebildet. Er ist richtig hübsch und er hat wahnsinnig schöne, blaue Augen. Er gefällt mir. Und jedes Mal kribbelt es auf die gleiche Weise in meinem Magen, wenn ich ihn ansehe. Das leblose Bild gibt mir mehr Kraft, als jede andere lebendige Person in meinem Leben. Ich weiß, dass es verrückt ist. Doch es ist die reine Wahrheit. Ich drehe langsam meinen Kopf, während ich mich weiter vor und zurück wiege. Wieder sehe ich ihn mir an und ein kleines Lächeln stiehlt sich auf meine Lippen. Nur er weiß von meinem Geheimnis, von meinem innersten Bedürfnis. Und natürlich ist es sicher bei ihm. Er kann mich schlecht verraten.

Noch während ich in seinen Anblick versunken bin, geht meine Zimmertür mit einem Schlag auf und ich schrecke zusammen. Hastig wende ich meine Augen von dem Poster ab und hoffe, dass ER es nicht gesehen hat. Mein Vater steht in der Tür. Sein Gesichtsausdruck ist finster und die Angst vor ihm kriecht in mir hoch, wie ein langsam wirkendes Gift. Er sieht noch wütender aus als sonst und plötzlich wird mir klar, dass es mal wieder so weit ist. Heute werde ich zu den bereits abheilenden gelb-braunen Flecken auf meinen Armen neue, frische hinzu bekommen. Wieder wird mir schwindelig, als ich ihn ansehe. Er kommt langsam auf mich zu und deutet dabei mit seinem ausgestreckten Arm auf die Bilder über meinem Bett.

»Wieso starrst du den so an?«

Ich zucke zusammen, antworte aber nicht. Ich kann es ihm nicht sagen. Ich will es ihm nicht sagen. Um keinen Preis der Welt. Er wird lauter.

»Antworte mir gefälligst, du kleiner Bastard. Und steh auf, wenn ich mit dir rede.«

Hastig komme ich auf die Füße und stelle mich vor ihn hin. Ich versuche mich zu wappnen, aber ich weiß, dass es vergebens ist.

»Nun?«, macht er weiter und tritt noch näher an mich heran. Ich kann seinen Atem auf mir spüren und mir wird speiübel.

»Hast du nicht gehört, dass ich etwas gefragt habe?«

Ich nicke hastig und presse ein nervöses "Ja" heraus.

»Wie heißt das richtig?«

Er fängt an mich zu maßregeln. Damit fängt es immer an.

»Ja, Sir.«

Meine Stimme zittert. Ich habe mich nicht so sehr im Griff, wie ich es mir vorgenommen hatte.

»Steh gerade, wenn ich mit dir rede, du Taugenichts.«

Ich straffe die Schultern und ziehe den Bauch ein. So wie er es mir eingetrichtert hat. Es wird trotzdem nichts nützen. Seine Augen richten sich wieder auf die Bilder. Er mustert sie und plötzlich geht ein Ausdruck des Verstehens über sein wütendes Gesicht. Ein flaues Gefühl breitet sich in mir aus. Er wendet sich mir langsam wieder zu.

»Du bist also auch so einer? Du bist der genauso wie dein nichtsnutziger Bruder?«

Mir wird heiß und kalt gleichzeitig. Kann es wirklich sein, dass er es herausgefunden hat? Einfach so? Dann bin ich endgültig am Arsch. Das wird Konsequenzen für mich haben. Noch ehe ich den Gedanken zu Ende gebracht habe, holt er aus und schlägt mir ins Gesicht. Das habe ich nicht kommen sehen. Ich habe nicht damit gerechnet, dass er zuschlägt, ohne mich vorher noch zu demütigen. Ich krümme mich zur Seite und Tränen steigen mir in die Augen. Doch ich richte mich langsam wieder auf. Er hasst es, wenn ich nicht aufrecht stehe.

»Ist es so?«

Er brüllt mich an und ich muss hart der Versuchung widerstehen, mir nicht die Ohren zu zuhalten. Ich schlucke panisch, kämpfe gegen die Tränen an, antworte ihm aber wieder nicht. Diese Worte wird er von mir nicht hören. Er baut sich drohend vor mir auf. Sein Gesicht ist meinem so nahe, dass ich würgen muss. Sein Atem riecht schlecht und ich kann seine Nähe kaum ertragen.

»Antworte mir, Elijah! Oder du wirst den morgigen Tag nicht erleben!«

Ich höre sehr deutlich seine Drohung. Und ich weiß, dass ich sie unbedingt ernst nehmen sollte, aber ich kann nichts sagen. Alles dreht sich vor meinen Augen. Ich schwanke und meine Zunge fühlt sich pelzig an, wie gelähmt. Ich versuche abzuschalten, meinen tyrannischen Vater einfach auszublenden. Ich ziehe mich in mein Schneckenhaus zurück. Es funktioniert bis zu einem gewissen Grad. Ich höre ihn schreien, erkenne aber nicht mehr den Sinn hinter seinen Worten. Ich fühle den Schmerz, als er wieder anfängt mich zu schlagen. Ich fühle, dass es dieses Mal schlimmer ist als sonst. Doch ich blende es weiter aus. Irgendwann falle ich zu Boden. Ich schmecke eine salzige, warme Flüssigkeit in meinem Mund und hoffe dabei, dass es jetzt dann bald vorbei ist. Kurz hält er inne und ich atme erleichtert auf. Doch dann schießt ein übler Schmerz durch meine Seite, breitet sich in meinem Körper aus und explodiert schließlich hämmernd in meinem Kopf. Gurgelnd keuche ich auf. Schlimme Übelkeit kommt in mir hoch, das unscharfe Bild vor meinen Augen beginnt zu flirren und endlich umfängt mich gnädige Dunkelheit.

Kapitel 1

Wie lange ich bewusstlos war, konnte ich nicht genau sagen. Doch es war mir recht, mehr als recht, dass ich meinem beschissenen Leben für einen Moment entfliehen konnte. Die Dunkelheit, die mich umgab und die ich nicht mal bewusst fühlte, war in diesem Moment meine Freundin. Sie ließ mich alles vergessen. Sogar den Schmerz, der durch meinen Körper wütete, die extreme Demütigung, die mir immer und immer wieder zugefügt worden war. Und sie wusste ganz genau, dass ich nun den Gipfel des für mich Ertragbaren erreicht hatte. Sie hüllte mich ein in einen dichten, tröstenden Nebel aus schwarz und grau. Die Dunkelheit waberte um mich herum und versuchte mich vor dem größten Feind, den ich in diesem Moment hatte, zu beschützen, der Realität. Beide kämpften miteinander, rangen um das Vorrecht meinen Verstand zu kontrollieren, stießen sich hin und her um den Kampf zu ihren jeweiligen Gunsten herumzureißen.

Und schließlich gewann einer der beiden auch die Oberhand. Die Realität zerrte nach ihrem Sieg über die Schwärze an meinem Bewusstsein. Mit flirrendem Licht wollte sie mich überrumpeln, zwang meine schweren Augenlider sich blinzelnd und widerwillig zu öffnen. Wie grausam sie war, die Realität. Und so unerbittlich ehrlich. Sie wollte, dass ich mich stellte. Meinen Schmerzen, meinem Leben, einfach allem. Ich schlug mühselig die Augen auf, verwirrt und orientierungslos. Doch ich brauchte nicht mehr als einen Sekundenbruchteil, um zu wissen, wo ich mich befand und was kurz zuvor wieder einmal mit mir geschehen war. Meine persönliche Hölle auf Erden brach über mich herein, bevor ich nur eine winzige Chance hatte, mich gegen meine Gefühle zu wehren. Ich versuchte gegen das trockenen Schluchzen, welches in mir hochstieg anzukämpfen. Doch ich ging als abgeschlagener Verlierer aus diesem Spiel heraus.

Ich blieb vor Entsetzen und Scham so auf dem Boden liegen, wie ich hingefallen war, während es mich vor Angst und

Demütigung schüttelte. Ich rang vergeblich nach Fassung, versuchte ruhiger zu atmen. Aber es war aussichtslos. Das Grauen wollte aus mir heraus, es suchte sich seinen Weg an die Oberfläche. Und es dauerte lange, sehr lange, bis die Woge der Traurigkeit ein klein wenig abebbte. Die rauen Fasern des billigen Teppichbodens, auf dem ich lag, kratzten an meinem Gesicht, als ich mich schließlich doch rührte. Ein dumpf pochender Schmerz, an meiner rechten Schläfe und an meiner Oberlippe, erinnerte mich daran, dass ich zweifelsohne Verletzungen davon getragen hatte. Verletzungen, die mit den üblichen blauen Flecken nichts zu tun hatten. Dieses Mal war es noch viel schlimmer als sonst. Ich fror entsetzlich auf dem harten Boden. Und mir wurde dabei bewusst, dass ich nicht ewig so liegen bleiben konnte. Auch wenn ich es gerne getan hätte. Mich aufzurappeln würde nur bedeuten, dass ich dem Schicksal weiter in die Augen sehen musste. Und das wollte und konnte ich nicht. Nicht mehr.

Doch es gab keinen anderen Ausweg für mich. Und so bewegte ich zitternd meine verrenkten Gliedmaße, sammelte mich und versuchte dann langsam mich auf die Knie zu ziehen. War der Schmerz in meinem Gesicht nur stumpf, so war die Qual, die mir dabei glühend heiß durch meine linke Seite schoss, eine Tortur. Schmerzerfüllt stöhnte ich auf, während mir erneut die Tränen in die Augen schossen. Ich presste meine Hand auf die heftig pochende Stelle, dorthin wo mich mein Vater so übel getreten hatte. Ich stützte mich mit der anderen am Boden ab und rang heftig nach Luft, was einen neuen Schmerz auslöste und mich dumpf aufjammern ließ. Alles verschwamm vor meinen Augen. Mein Sichtfeld wurde urplötzlich durch einen schwarz-flimmernden Rand beeinträchtigt. Kurz überkam mich die Panik, dass ich wieder umkippen würde. Doch ich hielt mich schwankend auf den Knien, atmete flach gegen den Schmerz an, während eine alles übertünchende Übelkeit in mir hochkroch.

Würgend und keuchend versuchte ich mich dagegen zu wehren. Ich versuchte das ekelerregende Bild meines Vaters, dass mir dabei durch den Kopf schoss aus meinen Gedanken zu verbannen. Doch je mehr ich versuchte dagegen anzukämpfen, desto mehr spannte ich mich an und verkrampfte dabei förmlich. Ich hustete verzweifelt, was neue Pein verursachte und dann verlor ich schlussendlich den Kampf. Ich erbrach mich vehement auf den Boden vor mir. Während die Kolik mich erbarmungslos schüttelte, kam das Weinen mit aller Macht wieder. Doch die Tränen hatten nicht die Stärke den Schmerz, welchen meine geschundene Seele erlitt, zu lindern. Es machte alles nur noch viel schlimmer. Während sich mein Magen immer wieder schmerzhaft zusammenzog, wurde mir eine Sache plötzlich mehr als klar. Ich musste hier weg. Und zwar sofort. Die Sache duldete einfach keinen Aufschub mehr. Der Gedanke einfach abzuhauen, war nicht nur ein Wunsch. Er war ein Muss, eine absolute Notwendigkeit. Es war unumstößlich, dass ich mich selbst aus dieser Lage zu befreien hatte. Ich musste den ganzen Scheiß einfach hinter mir lassen.

Ich ließ die anstrengenden und scheußlichen Krämpfe über mich ergehen, und als es dann endlich vorüber war, wischte ich mir angeekelt mit dem Handrücken über den Mund. Angestrengt versuchte ich zu Atem zu kommen und schloss dabei erschöpft meine Augen. Verzweifelt und verwirrt strengte ich mich an, nach einer passenden Lösung für mich zu suchen. Ich musste auf der Stelle von hier weg. Jetzt, sofort und noch in dieser Nacht. Doch wohin sollte ich gehen? Ich kannte niemanden, bei dem ich hätte spontan unterschlüpfen können. Ich hatte niemanden, dem ich wichtig genug gewesen wäre, um mir zu helfen. Niemanden, der ... Noch während ich darüber nachdachte, fiel es mir wie Schuppen von den Augen. Die ganze Zeit hatte ich mich an dem Gedanken festgehalten, dass ich, einmal volljährig geworden, einfach bei meinem Bruder unterkommen könnte. Zumindest für eine Weile. So lange bis ich auf eigenen Beinen stehen konnte. Daniel würde mir bestimmt helfen.

Ich riss den Kopf hoch, als mich die Welle der Hoffnung überflutete. Daniel war meine Lösung, meine einzige Ausflucht und mein Schutz. Ich würde den Schritt also endlich wagen und falls er entgegen meiner Erwartungen, mich nicht würde aufnehmen wollen, so war ich zumindest weg von meinem Vater. Ich würde weg sein von den Schlägen und dem Gefängnis, das mich umgab. Allein dieser Gedanke ließ mich ein kleines bisschen besser fühlen und gab mir die Kraft mich vollständig aufzurappeln. Er machte mich ruhiger. Ich bewegte mich so langsam und so leise wie möglich. Einerseits um den Schmerz um meine Körpermitte besser ertragen zu können, andererseits wollte ich nicht durch verdächtige Geräusche meinen Vater erneut auf den Plan rufen. Immer noch schwindelig wackelte ich auf die andere Seite meines Zimmers und kniete mich steif vor die lose Sockelleiste hin. Ich entfernte sie, nahm das bisschen Geld, welches dahinter lag sowie Daniels Briefe an mich. Kurz schoss mir durch den Kopf, dass seine Adresse nicht mehr stimmen könnte. Doch daran wollte ich jetzt einfach nicht denken. Angestrengt schluckte ich die Panik hinunter, die angesichts dieses Gedankens von mir Besitz ergreifen wollte. Das durfte und konnte einfach nicht passieren.

Ich steckte die Scheine in meine Hosentasche und machte mich anschließend daran, wahllos ein paar Dinge in meinen abgegriffenen Rucksack zu packen. Ich hüllte mich in meine Jacke und zog mir ein Paar Schuhe an. Zitternd und voller Angst stand ich dann minutenlang an meiner Zimmertür und horchte auf etwaige Geräusche aus der Wohnung. Mich schauderte es förmlich bei der Vorstellung, dass mich mein Vater bei meiner überstürzten Flucht erwischen könnte und was dann passieren konnte und würde. Ich schluckte schwer, horchte erneut und wusste, dass ich es durchziehen musste. Jetzt oder nie. Ich musste mich zusammenreißen. Alles schien still und so drückte ich die Klinke an meiner Tür hinunter, öffnete sie und schlich mich den schmalen Flur entlang. Über die allzu sehr knarrenden Dielenbretter stieg ich vorsorglich hinweg. Meine Hände waren schweißnass vor Angst, und als ich den Raum passierte, hinter dessen geschlossener Türe wahrscheinlich mein Vater schlief, prickelte es unangenehm in meinem Nacken.

Ich atmete hektisch und flach, als ich mich durch die Wohnungstür drückte und sie so geräuschlos wie möglich hinter mir zu zog. Unsicher stolperte ich die ausgetreten Stufen in dem alten Treppenhaus hinunter und trat hinaus auf die Straße. Sobald die Nachtluft mein Gesicht berührte, wurde ich zum einen ruhiger und zum anderen überkam mich eine unbestimmte, aber alles übertünchende Aufregung. Es war richtig, was ich hier tat. Es war richtig, vor dem Tyrannen, der sich mein Vater nannte, zu entkommen. Aber gleichzeitig war meine Handlungsweise unvorsichtig. Sie war aus einer Notlage heraus geboren und mein Plan war mehr als unausgereift. Doch was blieb mir anderes übrig? Meine Beine trugen mich beinahe von selbst in Richtung Busbahnhof. Bei jedem Schritt wurde ich, trotz meiner Schmerzen, etwas schneller, bis ich in eine langsam trottende Gangart verfiel. Ich dachte nicht mehr nach, setzte einfach mechanisch einen Fuß vor den Anderen und brachte soviel Abstand wie möglich zwischen mich und den Platz, den ich einmal hatte „zu Hause" nennen müssen.

Während ich lief, zerrte ich mir die Kapuze meines T-Shirts tief ins Gesicht. Ich hoffte, so meine Verletzungen etwas abdecken zu können und niemandem aufzufallen, der mich oder meinen Vater vielleicht kennen könnte. Ich wusste nicht, wie spät es war. Ich wusste auch nicht, ob ich überhaupt noch ein Ticket würde kaufen können, oder ob noch ein Bus fahren würde. Doch es war mir egal. Alles, was für mich zählte, war, dass ich diesen Schritt endlich gewagt hatte. Wenn es notwendig geworden wäre, hätte ich mich auch die ganze Nacht in einer öffentlichen Toilette versteckt, um dann den ersten Bus zu nehmen, der überhaupt fuhr.

Kapitel 2

Ich hatte in dieser Nacht mehr Glück, als ich es bisher in meinem ganzen Leben gehabt hatte. Ich kaufte dem gähnenden Mann am Schalter eine Fahrkarte ab und setzte mich dann, mit einem Herz voller Erleichterung, in den letzten Bus. Aufatmen konnte und wollte ich jedoch nicht. Noch immer war es ja unklar, ob ich Daniel finden würde und ob er mich mit offenen Armen empfangen würde. Ich war schrecklich nervös und nahm kaum etwas um mich herum wahr. Nicht die Menschen, die mit mir fuhren, nicht die Landschaft, die wir durchquerten und auch nicht das eintönige Brummen des Busmotors, dass auf die anderen Fahrgäste eine einschläfernde Wirkung zu haben schien. Ich schien die große Ausnahme zu sein. Ich knetete andauernd meine schwitzigen Hände, versuchte die Angst vor dem Ungewissen hinunterzuschlucken und die schlechten Gedanken aus meinem Kopf zu verscheuchen. Das Ruckeln des Fahrzeuges ließ mich von Zeit zu Zeit gequält aufstöhnen. Die ständige Bewegung ließ mich die Verletzung an meiner Seite nur noch deutlicher spüren und sehr bald wünschte ich mir, dass wir endlich ankommen würden.

Mein Wunsch ging leider nicht ganz so schnell in Erfüllung, wie ich es mir erhoffte. Schlaflos und verunsichert zählte ich die schrecklich lang wirkenden Minuten auf dieser Fahrt. Als wir dann endlich ankamen, war ich fix und fertig. Die Übelkeit kehrte zurück und ich nahm hektisch ein paar Züge der frischen Luft, die mir entgegen strömte, als ich steif aus dem Bus kletterte. Ich presste meine Hand auf den Bauch, um zu verhindern, dass mein Magen erneut rebellierte. Hier stand ich nun also, in einer mir fremden Stadt mit nicht mehr als ein paar Pfund in der Tasche und wusste nicht wohin. Meine Schüchternheit schlug über mir zusammen, sodass ich es nicht zuwege brachte, einen der Passanten um Auskunft oder gar um Hilfe zu bitten. Ich ließ mich erschöpft auf eine Bank sinken und hatte genug damit zu tun weitere Tränen nieder zu kämpfen. Mein Verstand arbeitete fieberhaft, trotz der Müdigkeit und der Panik, die mich ausfüllte. Ich wusste ganz genau, dass ich hier nicht ewig würde sitzen bleiben können. Ich musste mich zusammennehmen, mich einmal überwinden.

Meine Gedanken wanderten zurück zu meinem Vater und zu der Tatsache, dass er mit größter Wahrscheinlichkeit bereits gemerkt hatte, dass ich nicht mehr da war. Ich spürte ihn förmlich toben vor Wut und schlussendlich war es dieser Gedanke, der mich handeln ließ. Ich zog Daniels Brief aus meiner Tasche. Ich hatte ihn während der letzten Jahre so oft immer und immer wieder gelesen, dass er abgegriffen war und beinahe schon fadenscheinig wirkte. Dieses Mal konzentrierte ich mich weniger auf den Inhalt als auf die Adresse, die in Daniels unordentlicher Schrift auf der Rückseite des Umschlags prangte. Ich hatte keinen blassen Schimmer, wo der Stadtteil war, in den ich jetzt musste und auch keine Ahnung, wie weit es bis dahin war. Wie ich dort hinkommen würde, war mir schleierhaft. Obendrein war auch unsicher, ob ich meinen Bruder dort auch immer noch antreffen würde. Es hätte ja sehr gut sein können, dass er umgezogen war. Wieder würgte es mich vor Angst und Erschöpfung. Nichtsdestotrotz erhob ich mich langsam und entschied mich dann kurz entschlossen für ein Taxi.

Ich riskierte auf der relativ kurzen Fahrt mein letztes Geld, doch was wäre mir sonst anderes übrig geblieben? Einen Plan B hatte ich nicht und so setzte ich, in einem plötzlichen Anflug von Mut alles auf eine Karte. Der recht gesprächige Taxifahrer setzte mich vor einem Haus aus Klinkersteinen ab, kassierte die übrig gebliebenen Scheine und wünschte mir alles Gute. Zweifelsohne waren ihm meine Blessuren im Gesicht aufgefallen. Ich murmelte verlegen einen Dank. Glückwünsche konnte ich in meiner Situation ganz sicher gut gebrauchen. Ich musterte verschüchtert das Haus, sah an der Fassade hinauf und wieder hinab und nahm schließlich das letzte bisschen noch verbliebenen Mumms in mir zusammen. Dann drückte ich endlich, nach ein paar sehr zögernden Schritten die Eingangstüre auf. „Appartement 3b" war auf dem Umschlag gestanden. Ich ignorierte den Fahrstuhl zu meiner Rechten und steuerte direkt auf die mir gegenüberliegende Treppe zu.

Den Aufzug nicht zu benutzen, stellte sich bereits nach den ersten Stufen als ein großer Fehler heraus. Durch die Anstrengung erwachten die Verletzung und der damit verbundene Schmerz an meiner Seite zu neuem Leben. Ich biss die Zähne schmerzerfüllt zusammen und setzte langsam einen Fuß vor den anderen. Ich keuchte von der Strapaze und ein ärgerlicher Schwindel nahm von mir Besitz. Ich quälte mich die letzten Stufen hinauf und stützte mich, als es dann endlich geschafft war mit einer Hand an die Wand in dem kleinen Flur. Ein metallischer Geschmack lag schwer auf meiner Zunge und ich hatte das große Bedürfnis nach einem Schluck Wasser, nach Ruhe und nach ein wenig Aufmerksamkeit. Ich straffte mich, erinnerte mich daran, dass ich in einem kurzen Moment hoffentlich meinen Bruder wiedersehen würde, und erreichte schließlich die Türe, auf der die metallenen Zeichen „3b" standen.

Mein Magen purzelte hin und her vor Aufregung. Doch meine Hand hob sich beinahe wie von selbst, um anzuklopfen. Wieder hatte mich die Panik für einen kurzen Moment in ihrem Griff, als ich keine Geräusche hörte, die hätten andeuten können, dass jemand zu Hause war. Doch dann, nach einer mir schier endlos erscheinenden Zeit öffnete sich die Türe. Ich hob erschöpft den Kopf, setzte ein Lächeln auf in der Erwartung Daniel zu sehen, doch es war nicht mein Bruder, der vor mir stand und mich erstaunt anblickte. Es war kein mir bekanntes Gesicht. Niemand, mit dem ich gerechnet hatte. Und doch brannten sich diese Züge sofort und unauslöschlich auf meiner Netzhaut ein. Ein dunkler Blick, intensiver als alles, was ich bisher gesehen hatte, durchbohrte mich.

Kapitel 3

Nach meiner überstürzten Flucht und der anschließenden Busfahrt hatten sich die verschiedensten Gefühle in mir breitgemacht. Hoffnung, Unsicherheit, Bangen und nicht zuletzt eine gute Portion Angst hatten sich in mir zusammengemischt. Angst vor meinem Vater, Angst davor was mich in dieser riesigen, mir fremden Stadt erwarten würde. Angst, ja gar die nackte Panik, dass ich Daniel unter der Adresse auf dem alten Brief nicht antreffen würde. Ich hatte mich wirklich bemüht, diese Gefühlsregungen in den Hintergrund zu schieben, mich von den positiven Gedanken leiten zu lassen. Dies war vermutlich auch der Grund dafür, dass ich es bis hierher, bis vor die Türe mit der Aufschrift "3b" geschafft hatte. Dass mich die Angst nun heftiger packte als zuvor, war schlimm. Ein seltsames Gefühl, das viel mehr war als Enttäuschung, überkam mich, als ich meinem Gegenüber mit weit aufgerissenen Augen ins Gesicht sah.

Er hatte unglaublich dunkle Augen, so dunkel, dass ich seine Pupillen in der Iris nicht erkennen konnte. Ich starrte ihn dümmlich an und konnte meinen Blick nicht von ihm abwenden. Erstaunen leuchtete mir daraus entgegen. Und dann, einige Sekunden später, wandelte sich dieser Blick in leichten Ärger.

»Bitte?«

Ich zuckte unter seiner Stimme merklich zusammen und hatte keinen blassen Schimmer, was ich nun sagen sollte. In meiner Hast endlich zu meinem Bruder zu kommen hatte ich nicht mal darauf geachtet, wie spät es war und ob ich ihn vielleicht aus dem Bett klingeln würde. Ich wand mich innerlich als mir klar wurde, dass mir nun genau das passiert war. Das Dumme dabei war, dass ich nicht Daniel geweckt hatte, sondern einen völlig Fremden. Einen Typen, der mir mit verwuschelten schwarzen Locken, nur einer Pyjamahose bekleidet und auf bloßen Füßen, die Tür geöffnet hatte. Es dauerte nicht lange, bis ich die

Zusammenhänge begriffen hatte und schließlich bis unter die Haarwurzeln errötete.

Ich zwang mich wegzusehen, schaute auf den Boden, stöhnte dann leise betreten auf und hatte keine Ahnung, was ich nun machen sollte.

»Kann ich dir irgendwie helfen?«

Der Ärger in der Stimme meines Gegenübers war mehr als deutlich zu hören. Zudem schwang eine ordentliche Portion Ungeduld darin mit. Ich schluckte und versuchte es mit einer Antwort.

»Nein, ich ... es tut mir leid. Ich hab mich wohl geirrt ...«

Ich klang total verunsichert, was wohl daran lag, dass ich total verunsichert war. Ich schaute wieder zu dem Typen hoch, dessen Ausdruck sich nicht geändert hatte. Er nickte kurz und abweisend.

»Na dann ...«

Er machte Anstalten sich wieder nach drinnen zu verziehen und die Türe zu schließen, was mir überhaupt nicht gefiel. Wieder bekam ich es mit der Panik zu tun. Was sollte ich jetzt tun? Wo sollte ich hin? Ich schluckte schwer, wandte mich aber um und zermarterte mir dabei bereits mein Gehirn auf der Suche nach einer anderen Lösung. Ich machte einen wackligen Schritt vorwärts, dann einen zweiten und hielt plötzlich abrupt inne. Ich drehte mich wieder um, als mir ein verzweifelter Gedanke durch den Kopf schoss.

»Entschuldigung«, rief ich ihm dem Dunkelhaarigen zu, ganz in der Hoffnung, ihn noch für einen Moment aufhalten zu können.

»Ich suche meinen Bruder«, fügte ich dann noch heißer hinzu. Ich biss mir auf die Zunge und verfluchte mich anschließend innerlich. Was interessierte es diesen Typ schon, was für Probleme ich hatte. Wahrscheinlich zählte für ihn gerade nur, dass ich ihn in seiner wohlverdienten Nachtruhe gestört hatte, was ich ihm nicht verübeln konnte. Ich schüttelte den Kopf über mich selbst und zwang mich weiterzugehen. Ich machte ein paar weitere Schritte und hatte die Sache beinahe schon abgehakt. Ich versuchte mich darauf zu konzentrieren, was ich nun als Nächstes tun sollte, als ich hörte, wie sich die Türe hinter mir wieder öffnete.

»Warte mal kurz.«

Wieder zuckte ich zusammen, als ich seine Stimme hörte.

»Wen suchst du?«

Ich ging langsam und zögerlich wieder auf ihn zu. Der Ausdruck auf seinem Gesicht war plötzlich ein ganz anderer. Forschend sah er mich an und unter seinem Blick schoss ein winziger Splitter von Hoffnung durch meinen Bauch.

»Meinen Bruder.«

Ich konnte nicht verhindern, dass sich meine Stimme eingeschüchtert und viel zu leise anhörte. Er runzelte die Stirn und legte den Kopf etwas schief auf die Seite.

»Deinen Bruder?«, hakte er nach und ich nickte stumm.

»Meinst du vielleicht Daniel?«

Ich keuchte überrascht auf, konnte mir aber keinen Reim darauf machen.

»Woher ...?«, setzte ich zu einer Frage an, wurde aber gleich darauf von ihm unterbrochen.

»Daniel Warren?«

Wieder nickte ich, dieses Mal jedoch mit mehr Inbrunst. Aufregung flatterte durch meinen Magen. Ich starrte ihn an und konnte es nicht fassen. Er starrte zurück, ebenfalls bass erstaunt.

»Kennst du ihn?«, fragte ich dann überflüssiger und ergänzte den Satz mit den Worten: »Ist er hier?«

Er schüttelte den Kopf und löste sich aus seiner erstaunten Haltung. Dann musterte er mich erneut und der Anflug eines Lächelns huschte über sein Gesicht.

»Nein, er ist nicht hier. Aber ich weiß, wo er ist.«

»Echt?«

Ich hörte mich selbst kaum reden, so leise war mein fassungsloses Flüstern. Kurz war ich versucht, mir in den Arm zu zwicken, um zu testen, ob ich nicht schlief und träumte.

»Echt«, beteuerte er und lachte leise. Ich riss meine Augen auf und schnappte nach Luft.

»Aber woher ...«, versuchte ich erneut nachzuhaken, wurde aber ein zweites Mal von ihm unterbrochen. Der Klang seines leisen Lachens verwirrte mich so sehr, dass ich beinahe nicht mehr wahrnahm, was er mir antwortete.

»Dany ist mein bester Freund.«

Ich hörte seine Stimme wie durch Watte.

»Dein Freund«, echote ich und schluckte, um den sich plötzlich bildenden Knoten aus meinem Hals zu bekommen.

Der dunkle Blick streifte mich und angestrengt versuchte ich ein seltsames Erschauern zu unterdrücken.

»Wir haben ein paar Jahre zusammengewohnt.«

Ich fuhr mir mit der Hand über das Gesicht, um wieder einen klaren Kopf zu bekommen, bevor ich bemerkte, dass er die Tür ganz geöffnet und selbst ein Stück zur Seite getreten war. Die Aufforderung war unmissverständlich, doch ich zögerte. Etwas in mir weigerte sich entschlossen einfach in die Wohnung eines Fremden zu gehen. Ich vergrub meine Hände in den Taschen meiner Jacke und schüttelte den Kopf. Das konnte ich einfach nicht tun. Ich konnte mich nicht überwinden. Hilflos schürzte ich die Lippen, blinzelte irritiert und ärgerte mich mal wieder über mich selbst. Hier bekam ich unvermittelt Hilfe angeboten und was tat ich? Benahm mich wie ein übervorsichtiger und überängstlicher Trottel. Ich erkannte ein kleines bisschen Verstehen in seinem Blick und ich schaute entschuldigend zurück. Es hätte mich nicht gewundert, wenn er mich jetzt einfach stehen gelassen hätte. Doch das schien nicht seine Absicht zu sein. Er lachte erneut leise auf und verzog dann amüsiert und leicht spöttisch seinen Mund.

»Komm schon rein. Ich tu dir bestimmt nichts.«

Wieder errötete ich hektisch und trat unruhig auf der Stelle. Die verschiedensten Szenarien, alle natürlich Gewalt geschwängert, schossen mir durch den Kopf. Ich schüttelte mich leicht, um sie auf der Stelle wieder loszuwerden. Das war doch einfach lächerlich. Ich war doch bereits geschlagen, gedemütigt und erniedrigt worden. Was also konnte mir jetzt noch Schlimmeres drohen? Wie ein kaltblütiger Mörder sah mein Gegenüber ganz bestimmt nicht aus.

Ich biss mir also zögernd auf die Unterlippe, gab mir aber einen Ruck und betrat dann, nach einem letzten Zögern seine Wohnung. Er schloss die Tür hinter mir und brachte mich in sein Wohnzimmer, wo er mich aufforderte, mich zu setzen. Ich tat wie geheißen, knetete aber voller Nervosität meine Hände. Dann schaute ich erneut zu ihm hoch. Er hatte die Hände auf seinen Hüften gestützt und musterte mich mit der gleichen Intensität wie bereits zuvor. Der dunkle Blick bohrte sich in mich und ich rutschte unruhig hin und her, nicht in der Lage irgendetwas zu sagen.

»Ich ruf Dany an und sag ihm, dass du hier bei mir gelandet bist, okay?«

Ich nickte und war irgendwie erleichtert, als er sich von mir abwandte und sich entfernte. Er machte mich ganz schön nervös und ich fühlte mich besser, wenn sein Blick nicht mehr auf mir ruhte.

Richtig gut ging es mir trotzdem nicht. Ich saß stocksteif auf dem Sofa und konnte mich nicht entspannen. Ich war froh, dass er mich nicht mehr ansah, aber noch mehr hätte ich mir gewünscht, dass er sich ein T-Shirt übergezogen hätte. Ich ertappte mich selbst dabei, wie ich das Muskelspiel auf seinem Rücken beobachtete, als er den Hörer zum Ohr führte, und schalt mich einen Narren. Absolut absurd war es in dieser Situation so etwas zu tun. Doch ich konnte einfach nicht damit aufhören ihn anzustarren. Ich hörte ihn sprechen, hörte den Klang seiner Stimme, aber nicht was er sagte. Ich versank in der Betrachtung seiner Haut und schrak plötzlich ordentlich zusammen, als er sich wieder zu mir umdrehte und mir kurz zublinzelte. Hitze stieg mir ins Gesicht und ich hoffte inbrünstig, dass er mein Starren nicht bemerkt hatte. Zumindest schien er höflich genug zu sein, um sich nichts anmerken zu lassen.

Er beendete das Gespräch, kam wieder zu mir hinüber und setzte sich dann direkt vor mich auf den kleinen Couchtisch.

»Dany kommt gleich her.«

Er lachte und fügte hinzu: »Ich freue mich auf sein Gesicht, wenn er dich sieht.«

Ich zog schüchtern die Schultern hoch, verspürte aber gleichzeitig eine große Dankbarkeit.

»Was hast du zu ihm gesagt?«

Er schmunzelte und zog einen Mundwinkel zu einem Lächeln hoch.

»Nicht viel. Nur dass es wichtig ist und es keinen Aufschub duldet. Besonders begeistert war er nicht«, antwortete er, erneut lachend.

Ich nickte flüchtig und spürte einen Anflug von Freude in mir hochkommen. Eigentlich freute ich mich sogar viel, viel mehr, als es dieses eine kurze Wort auszudrücken vermochte. Ich war unendlich erleichtert, dass ich Daniel bald wiedersehen würde und ich hoffte, dass für mich nun alles gut werden würde. Doch ich konnte es nicht sagen, nicht in diesem Moment. Die Gegenwart des Dunkelhaarigen schüchterte mich auf sehr eigentümliche Weise ein und die jetzt unmittelbare Nähe zu ihm verursachte mir schweißnasse Hände. Irgendwas löste er in mir aus. Vor allem auch deshalb, weil er sich mit den Unterarmen auf den Oberschenkeln abgestützt und sich noch näher zu mir vorgebeugt hatte. Unsere Knie berührten sich beinahe und ich spürte seinen Blick auf mir ruhen. Ich sah überall hin, nur nicht auf ihn und hoffte zitternd, dass Daniel bald auftauchen würde.

»Du bist also Elijah.«

Ich wunderte mich über seinen Scharfsinn, doch ich fragte nicht, woher er es wusste. Eigentlich war es ja auch nicht schwer zu erraten. Ich suchte nach meinem Bruder, den er kannte. Und Daniel hatte mich mit Sicherheit bereits irgendwann einmal erwähnt.

Ich nickte also stumm, sah weiter auf meine Hände und erwiderte nichts. Ich hörte noch den Nachhall meines eigenen

Namens aus seinem Mund, als er mir seine Hand entgegen streckte.

»Ich bin Eric.«

Notgedrungen ergriff ich sie, wir schüttelten uns die Hände, während sich meine Eingeweide verknoteten. Meine Fingerspitzen prickelten, als wir uns wieder losließen. Was zum Teufel war bloß los mit mir? Ich holte tief Luft und zwang mich den Kopf zu heben, was sich als Fehler herausstellte, denn erneut nahm mich Erics Blick gefangen. Dieses Mal konnte ich nicht wieder wegsehen. Er lächelte immer noch leicht und ich konnte nicht verhindern, dass sich meine Mundwinkel wie von selbst nach oben bogen.

»Freut mich dich kennenzulernen.«

»Gleichfalls«, krächzte ich, räusperte mich anschließend und leckte mir kurz über die trockenen Lippen.

»Willst du was trinken?«

Eric schien nichts zu entgehen, doch dieses Mal war ich wirklich dankbar. Ich war fürchterlich durstig, nicht zuletzt durch seine Anwesenheit. Ich bejahte also seine Frage und konnte mich endlich für einen winzigen Moment entspannen, als er sich in die Küche aufmachte.

»Zieh doch deine Jacke aus«, rief er mir über die Schulter noch zu. Ich sah verwirrt an mir herunter. Ich hatte überhaupt nicht bemerkt, dass ich sie noch trug und, zu allem Überfluss, meine Kapuze noch übergezogen hatte. Ich streifte sie also ab und schlüpfte aus der Jacke, was mir sofortige Erleichterung verschaffte. Es war mir doch etwas zu heiß geworden.

Eric kam mit einem Glas Wasser zurück, ich nahm es ihm dankbar ab und war froh, dass ich meine Hände mit etwas beschäftigen konnte. Dann setzte er sich wieder direkt vor mich hin, was ich mit einem innerlichen Stöhnen quittierte. Ich würde sicherlich bald einen Muskelkrampf bekommen, so sehr spannte ich mich in seiner Gegenwart an. Ich versuchte, mich mit einem neuen Lächeln, einigermaßen zu kontrollieren und nahm schließlich einen tiefen Schluck vom Wasser. Eric lächelte zurück, stockte aber plötzlich, als sein Blick auf die Blessuren in meinem Gesicht fiel, die ich mittlerweile beinahe vergessen hatte. Es war mir peinlich, dass er mich so ansah und ich konnte mir nicht erklären, warum sich seine Stirn plötzlich umwölkte.

»Wo hast du das her?«

Seine Stimme hatte sich zu einem leisen, ärgerlichen Flüstern verwandelt.

Ich schluckte unbeholfen und zuckte mit den Schultern. Ich konnte und wollte nicht mit ihm darüber reden, dass mein Vater mir das angetan hatte. Vor allem wollte ich nicht erklären, warum er es getan hatte und warum es dieses Mal so schlimm gewesen war. Das hatte ich noch nie jemandem gesagt und ich war mir sicher, dass ich dieses Geheimnis so schnell mit niemandem teilen würde. Schon gar nicht mit ihm. Eric akzeptierte mein Schweigen, hob aber die rechte Hand, um mich zu berühren. Ich zuckte zurück, bevor seine Finger meine Haut erreicht hatten.

»Nicht!«

Ich rückte von ihm ab und schüttelte schnell den Kopf. Ich wollte nicht, dass er mich anfasste, wollte nicht, dass er dadurch die Erinnerung und den damit verbundenen Schmerz wieder an die Oberfläche brachte. Schwindel überkam mich so schnell, dass ich ihn nicht verhindern konnte. Unaufhaltsam versuchte sich das Bild meines Vaters vor meine Augen zu drängen. Kalter Schweiß brach auf meinem Rücken aus, und obwohl ich mich vehement dagegen wehrte, füllten sich meine Augen mit Tränen. Beschämt sah ich weg und hoffte, dass Eric sie nicht bemerkt hatte. Ich hörte sein betroffenes »Es tut mir leid« und mit der letzten Kraft, die ich noch aufbringen konnte, um diese ganze Scheiße zu vergessen, riss ich mich zusammen.

»Ist schon gut«, gab ich erstickt zurück und nahm einen weiteren Schluck aus dem Wasserglas. Meine Hände zitterten fürchterlich und mehr denn je, sehnte ich mich nach der Gegenwart meines Bruders. Ich sah, wie Eric fassungslos den

Kopf schüttelte und mehr zu sich selbst, als zu mir sagte: »Die gleiche Scheiße wie bei Dany.«

Und zum dritten Mal an diesem Abend fiel mir die Schnelligkeit seiner Gedankengänge auf. Mir wurde dabei klar, dass er Bescheid wusste über mich, und meinen Bruder. Und natürlich auch über das, was uns beiden passiert war.

Kapitel 4

Wie ein Häufchen Elend saß ich Erics Sofa, rang nach Fassung und wusste nicht, ob ich es gut oder schlecht finden sollte, dass ein mir völlig Fremder so mir nichts, dir nichts herausgefunden hatte, was mir mein Vater angetan hatte. Ich wusste auch nicht, ob mir das Mitleid, dass deutlich in seinem Gesicht stand, gefiel oder nicht oder ob ich es überhaupt haben wollte. Vor allem von ihm. Ein Teil von mir wollte tatsächlich beschützt, getröstet und bemitleidet werden. Er wollte in den Arm genommen und vor allem Übel dieser Welt bewahrt werden. Doch ein ganz anderer wollte stark sein, selbstbewusst, wollte kämpfen und nicht von irgendjemandem abhängig sein. Ich rang mit mir selbst, schlug die Argumente beider Seiten in mir nieder oder versuchte es zumindest. Erics Scharfsinn hatte mir eine schöne Suppe eingebrockt, die es nun galt auszulöffeln.

Ich sah ihn mit meinen brennenden Augen an und überlegte, was ich jetzt wohl sagen könnte. Doch mir fiel nichts ein, was wirklich Sinn gemacht hätte. So schwieg ich also weiter und hoffte, dass er mich nicht mit Fragen bestürmen würde. Ich fühlte noch eine ganze Weile seinen Blick auf mir ruhen und es war mir immer noch unangenehm. Jetzt sogar noch mehr wie zuvor, da ich nunmehr wusste, was für eine Wirkung er auf mich hatte. Wie ein offenes Buch fühlte ich mich, in dem er nach Lust und Laune blättern und lesen konnte. Irgendetwas in mir sagte, dass er sogar mehr aus mir heraus lass, als ich es wollte. Viel mehr als mir lieb war. Und fast meinte ich zu glauben, dass er den wahren Grund für mein Auftauchen zwischen den Zeilen erkannte. Die gleiche Scheiße wie bei Dany, das waren seine Worte gewesen.

Mir wurde plötzlich klar, dass meine Handlungsweise nicht nur der meines Bruders glich, sie war sogar identisch mit seiner. Ertappt, bloßgestellt und schließlich windelweich geprügelt hatten wir beide Hals über Kopf die Flucht ergriffen. Wir waren auf und davon, in der Hoffnung auf ein besseres Leben, abseits der Gewalt und der Intoleranz des Mannes, der uns eigentlich hätte unterstützen müssen. Ein besseres Leben, dass wir endlich so gestalten durften, wie wir es uns immer vorgestellt hatten. Ein hübsches Erbe war es, dass ich da angetreten hatte. Ich trat ungewollt in die Fußstapfen meines Bruders und so war es klar, dass man sich den Rest ohne weitere Schwierigkeiten zusammenreimen konnte.

In meinem speziellen Fall war dies natürlich Eric. Er ließ sich nicht anmerken, was er dachte, doch es war irgendwie klar, dass er mir auf die Schliche gekommen sein musste. Ich biss mir bei dem Gedanken daran auf die Unterlippe und fragte mich, ob man mir diese eine Sache wirklich so sehr ansehen konnte. Und, dass war das Wichtigste, ob es mir wirklich soviel ausmachte, wenn irgendjemand, in diesem Falle Eric, davon wusste. Ich wollte nicht weiter darüber nachdenken. Ich hatte fürs Erste genug andere Probleme und wann ich mit diesem speziellen herauskommen würde, das konnte ich mir jetzt noch nicht vorstellen.

Ich war so in mich gekehrt, dass ich kaum wahrnahm, dass Eric mit einem leisen Seufzer aufgestanden und aus dem Raum gegangen war. Seine direkte Nähe hatte mich die ganze Zeit über total verunsichert. Doch von ihm alleine gelassen zu werden war mir auch nicht recht und ich runzelte, ob diesem Gedanken verwirrt die Stirn. Ich versuchte die erschöpfende Lethargie, die von mir Besitz ergriffen hatte abzuschütteln. Es tat mir sehr leid und war mir schrecklich unangenehm, dass ich ein ebenso anstrengender wie langweiliger Gast war. Zudem war ich früh morgens zu unchristlicher Zeit aufgetaucht und musste Eric furchtbar auf den Wecker gehen. Ich war erleichtert, als er nach kurzer Zeit zurückkam, doch sobald er sich wieder zu mir gesetzt hatte, war das beklemmende Gefühl wieder da. Ich atmete flach ein und aus und schaute einfach weg.

»Kann ich irgendwas für dich tun während wir auf Daniel warten?«

Seine Stimme klang sanft und schien voller Besorgnis und Mitgefühl zu sein. Ich schüttelte den Kopf, während ich gleichzeitig mit den Schultern zuckte. Ich riskierte einen kurzen Blick auf ihn und schämte mich ein zweites Mal dafür, dass ich so unhöflich zu ihm war. Darüber hinaus hätte ich auch nicht gewusst, mit was er mir hätte helfen können. Durchdringend sah er mich an und nickte schließlich langsam.

»Du würdest mir nicht erlauben, dass ich mir die Verletzungen ansehe, oder?«
Ich versteifte mich augenblicklich und nahm ein weiteres Mal eine abwehrende Haltung ein.

»Nein, ich… bitte..«
Mein Atem beschleunigte sich, ob aus Panik oder aus Unsicherheit konnte ich nicht sagen.

»Nicht anfassen…«
Selbst in meinen eigenen Ohren hörte sich diese Aussage nach schweren Problemen an und das machte die ganze Situation natürlich nicht leichter.

Verzweifelt schloss ich die Augen und wusste überdeutlich, dass ich dringender Hilfe bedurfte. Und dass ich, auch wenn ich sie wie jetzt angeboten bekam, nicht in der Lage war sie anzunehmen.

»Es tut mir leid, Elijah«, hörte ich Eric zum zweiten Mal sagen und ich hörte aus den Worten heraus, dass er damit nicht nur seine Frage entschuldigte. Er war betroffen von meinem Schicksal und ob ich es nun wollte oder nicht, seine Anteilnahme machte es irgendwie besser für mich, zumindest ein kleines Bisschen. Ich stützte mich mit der Stirn auf meinen Händen ab und versuchte die Übelkeit loszuwerden, die mich beim bloßen Gedanken an Berührung überkommen hatte. Es war grotesk, dass ich mich dagegen sperrte, denn das Einzige, dass mir wirklich geholfen hätte, war Trost. Und den konnte man mir nur spenden, wenn ich zulassen würde, dass man mich anfasste. Doch ich wusste, dass ich es nicht konnte, noch nicht. Daniel würde ich es gestatten, da war ich mir sicher, aber er war nicht da und so flehte ich innerlich, dass er bald eintreffen würde.

Zu meinem Glück und großer Erleichterung klopfte es nur kurze Zeit später forsch an der Tür und ich riss so schnell den Kopf hoch, dass es mir durch die Bewegung schwindlig wurde. Eric war aufgestanden, um die Türe zu öffnen, und ich reckte den Kopf, um einen ersten Blick auf meinen Bruder zu werfen, den ich so lange nicht mehr gesehen hatte und mein Herz machte einen Hüpfer, als ich ihn schließlich sah. Daniel machte ein wenig begeistertes Gesicht, als er den schelmisch grinsenden Eric ansah, der ihm geöffnet hatte.

»Ich hoffe für dich, dass es wirklich wichtig ist, sonst vergesse ich mich«, drohte er ihm und schaute finster, während er sich seine Jacke auszog. Seine ganze Erscheinung machte den Eindruck auf mich, dass er überstürzt hergekommen war und er schien nicht besonders angetan zu sein. Er schnaufte kurz und unwillig auf, als Eric ihm zur Begrüßung auf die Schulter klopfte.

»Was gibts denn nun?«

Eric hob langsam den Arm und zeigte in meine Richtung. Mein Magen überschlug sich vor Aufregung, als ich mich vom Sofa erhob und einen Schritt auf Daniel zuging.

Er starrte mich an, als wäre ich eine Fata Morgana, das achte Weltwunder oder beides zusammen. Er riss die Augen auf, wurde augenblicklich blass und schluckte hörbar. Dann beugte er sich ungläubig nach vorne, öffnete den Mund, nur um ihn gleich wieder zu schließen, und fuhr sich konfus mit einer Hand durch seine Haare.

»ʼLijah«, flüsterte er dann schließlich fassungslos. Für einen kurzen, winzigen Moment überspülte mich die wohlgekannte Panik. Panik davor, dass er mich nicht haben wollte. Dass ihm mein Erscheinen und die Probleme, die ich offensichtlich mitbrachte, lästig waren. Dass ich zum falschen Zeitpunkt gekommen war, oder dass er mich einfach vergessen hatte nach so langer Zeit. Doch die Reaktion, die er an den Tag legte, strafte meine Besorgnis Lügen. Er stürmte auf mich zu und noch bevor ich es richtig begriffen konnte, umarmte er mich und drückte mich so fest an sich, dass ich nach Luft schnappte.

Das Gefühl ihn endlich wiederzuhaben, war noch besser, als die Erleichterung, die mich nun durchströmte. Unter Lachen und Weinen klammerte ich mich an ihn, hoffte im gleichen Moment, dass nun alles gut werden würde. Hier war nun endlich jemand, dem ich nicht egal zu sein schien. Endlich jemand, der wusste, was ich durchgemacht hatte und der mir helfen konnte dieses Trauma zu verarbeiten. Jemand, der wusste, was in mir vorging. Und noch während ich hoffte, noch während die Freude über unser Wiedersehen so präsent in mir war, kam die ganze Scheiße plötzlich wieder in mir hoch. Das ganze Entsetzen, die Schmach und die Erniedrigung stiegen an die Oberfläche, wo sie sich in bittere Tränen und haltloses Schluchzen verwandelten.

Ich weinte, wie ich in meinem Leben noch nie geweint hatte. Es war mir egal, dass ich das eigentlich nicht tun durfte. Es war mir egal, dass ich damit die unrealistischen und sadistischen Lehren meines Vaters, nach denen ein Mann keine Gefühle zeigen durfte, ignorierte. Und es war mir egal, dass Eric zuschaute. Ich musste mir Luft machen, den Druck der auf meiner Brust lastete mindern und mir dadurch Erleichterung verschaffen. Es schüttelte mich heftig, während ich mein Gesicht an Daniels Schulter verbarg. Ich krallte mich in sein T-Shirt und konnte nicht aufhören. Zu schrecklich waren die Erlebnisse in den letzten Jahren gewesen und die jüngsten davon hatten mir und meiner Seele den Rest gegeben. Ich war völlig fertig, beinahe zerrüttet und ich hatte Angst, dass mich nichts und niemand wiederherstellen könnte.

Daniel ließ mich einfach weinen, strich über meinen Rücken und wiegte uns beide leicht hin und her. Ich konnte spüren, dass ihn mein plötzliches Auftauchen und mein Schmerz erschütterten und er verstand ohne Worte, was für ein Aufruhr in meinem Inneren herrschte. Er versuchte beruhigend auf mich einzuwirken, mir das Grauen ein wenig zu erleichtern.

»Ruhig, `Lijah, ruhig«, hörte ich ihn immer wieder leise sagen und vielleicht war es die Kontinuität dieser Worte, die es schließlich fertigbrachte die Tränen abzumildern. Daniel löste irgendwann sanft mein Gesicht von seiner Schulter, drehte es zu sich und sah mir in meine verheulten Augen. Er lächelte das Lächeln, dass ich niemals vergessen hatte und nachdem ich mich so gesehnt hatte. Hicksend versuchte ich es zu erwidern, etwas zu sagen, aber all das misslang mir gründlich. Ich war viel zu aufgewühlt.

Er löste eine Hand von meinem Rücken und hob sie um mir durch die Haare zu fahren. Ich schluckte schwer, da mir bei der zärtlichen Geste erneut die Tränen kamen. Aufmerksamkeiten war ich nicht gewohnt und so löste die Berührung in mir eine unerklärliche Traurigkeit aus. Ich spürte, dass Daniel besorgt mein Gesicht musterte, während mir immer und immer weiter die salzige Flüssigkeit über die Wangen lief.

»Großer Gott, `Lijah. Was hat er nur mit dir gemacht?«
Sein Flüstern klang fassungslos und aufgebracht. Zitternd schüttelte ich den Kopf und war nicht in der Lage zu antworten. Stattdessen kam das Schluchzen zurück, was mich mittlerweile sehr anstrengte. Ich konnte einfach nicht mehr, war am Ende meiner Kräfte. Mein Kopf schmerzte und dröhnte.

Daniel fragte nicht weiter nach. Er bugsierte mich zum Sofa, ohne mich loszulassen, schob mich sanft darauf und setzte sich neben mich. Dann gab er dem außer sich wirkenden Eric einen Wink, der mir daraufhin das Glas mit Wasser in die Hand drückte. Ich stürzte es mit einem Zug hinunter, rang nach Luft und sah die beiden abwechselnd an. Keiner von ihnen schien zu wissen, was sie nun tun sollten. Doch es war mir auch nicht wichtig jetzt nach einer endgültigen Lösung zu suchen. Ich wollte auch nicht darüber nachdenken, was für Folgen es für mich und meinen Bruder haben könnte, dass ich einfach abgehauen war. Das Einzige, dass jetzt für mich zählte, war, dass ich bei Daniel Halt suchen konnte. Ich blieb also in seiner Umarmung und versuchte das Weinen niederzukämpfen, was mir nach einiger Zeit auch mehr oder weniger erfolgreich gelang.

Ich wurde unter den besorgten Zärtlichkeiten meines Bruders zusehends ruhiger. Ab und an stellte er mir einige unverfängliche Fragen, die ich zuerst zögernd, mit der Zeit aber immer bereitwilliger beantwortete. Es tat mir so unendlich gut seine Stimme zu hören und zu wissen, dass er in meiner Nähe war. Irgendwann lösten wir uns aus der inzwischen unbequem gewordenen Umarmung, doch er hielt meine Hand fest, während wir versuchten ein Gespräch in Gang zu bringen. Eric saß die ganze Zeit stumm neben uns und mit nicht erklärbarem Gesichtsausdruck. Genau so stumm brachte er mir Taschentücher und ein weiteres Glas mit Wasser. Er lächelte dünnlippig, als ich mich bedankte und schien doch mit seinen Gedanken in weiter Ferne zu sein. Ab und an wechselte er einen Blick mit Daniel und ich wunderte mich kurz darüber, dass die beiden sich auch ohne große Worte zu verstehen schienen.

Auch mich verstand Daniel nur zu gut und er brachte die Sprache nicht mehr auf meinen Vater. Doch nach einigen Minuten, die ich ohne weitere heftige Gefühlsausbrüche überstanden hatte, veranlasste ihn irgendetwas zu fragen: »Was machen wir jetzt bloß?«

Was in mir eine weitere schmerzhafte Panikattacke auslöste. Würgend vor Angst klammerte ich mich wieder an Daniel und bohrte meine Finger Halt suchend in seinen Oberarm.

»Bitte schick mich nicht zurück«, war alles was ich herauskriegte. Zu groß war meine Furcht, dass ich den Rückweg zu meinem Vater antreten musste. Ich stierte ihn an und sah schließlich, dass Daniel einen grimmigen Blick mit Eric tauschte. Und plötzlich wurde mir bewusst, dass dies nicht passieren würde. Nie und nimmer würde mein Bruder, der das gleiche Schicksal mit mir teilte zulassen, dass ich in die Hölle meines ehemaligen Zuhauses zurückkehren musste. Er würde es nicht zulassen, ganz genau so wenig wie Eric.

Kapitel 5

Es dauerte noch eine ganze Weile, bis ich mich wieder einigermaßen stabilisiert hatte. Daniel beschwichtigte zum größten Teil meine Angst und mein Entsetzen und befand mich schließlich für soweit wieder hergestellt, um aufzubrechen. Ich lehnte mich Schutz suchend an ihn, als wir Anstalten machten uns von Eric zu verabschieden. Er legte lächelnd den Arm um meine Schultern und zog mich näher an sich. Ich verbarg mein Gesicht halb an seiner Schulter. Dann verabschiedete er sich mit einem leisen »Danke« von Eric. Ich spürte genau, dass sehr viel mehr in dem schlichten Wort steckte, als nur die reine Anerkennung. Ich fühlte genau wie mein Bruder und ich hoffte, dass Eric es mir nicht übel nahm, dass ich in diesem Moment nichts sagen konnte.

Als wir bereits an der Türe waren, drehte ich, einem innerlichen Impuls folgend, noch einmal den Kopf zu ihm um und hob halb meine Hand zum Gruß. Erics Augen verzogen sich zu Schlitzen, als ein kaum erkennbares Lächeln über seinen Mund huschte und der dunkle Blick mich noch einmal traf. Er winkte uns nach und ein mir unerklärliches Kribbeln nahm von meinem Magen Besitz, als wir uns über den Flur von Erics Wohnung entfernten. Es hielt an bis wir den Wagen meines Bruders erreichten und verschwand auch nicht, als mich mein Bruder auf den Beifahrersitz verfrachtete. Es blieb, als ich mich anschnallte und Daniel um das Auto herumgehen sah. Und es blieb auch, als ich meine Beine auf den Sitz zog und mich klein machte, so wie ich es mir in den letzten Monaten und Jahren zur Angewohnheit gemacht hatte. Es blieb und sollte auch so schnell nicht wieder verschwinden.

Während der Fahrt sprachen wir wenig, doch Daniel hielt meine Hand fest und ließ sie nur los, wenn er den Gang wechseln musste. Ich hatte mich in seine Richtung gedreht, sah ihn unverwandt an und konnte es noch immer nicht fassen, dass ich hier neben ihm saß. Wenn er die Gelegenheit hatte, blickte

Daniel von Zeit zu Zeit zu mir und lächelte mich an. Trotz meiner Erleichterung ihn wieder zu haben, trotz der Aufregung und der Angst, die unter der Oberfläche meiner Seele schlief und trotz des merkwürdig wuseligen Gefühls in meinem Bauch, hatte sich eine bleierne Müdigkeit in meine Knochen geschlichen. Nach nur kurzer Zeit fielen mir immer wieder die Augen zu. Ich versuchte gegen den übermächtigen Drang, zu schlafen, anzukämpfen, doch ich konnte nicht verhindern, dass sich mein Körper das zu holen versuchte, was er momentan am nötigsten brauchte. Das Brummen des Motors im Bus hatte mich vor wenigen Stunden noch wachgehalten und mich nervös gemacht. Hier in Daniels Auto beruhigte es mich und flößte mir wohltuende Entspannung ein. Vielleicht lag es auch an seiner Gegenwart oder an dem Gefühl der Sicherheit, welches er mir vermittelte. Ich konnte es nicht sagen, doch es dauerte nicht lange und ich war eingeschlafen.

Ich schreckte hoch, als mich Daniel sanft an der Schulter berührte um mich zu wecken und schaute mich hektisch um.

»Wir sind da«, meinte er lächelnd und ich bemühte mich angestrengt um einen klaren Kopf.

»Wo?«

Sein Lächeln wurde breiter als er mir in die Wange kniff.

»Bei mir zu Hause natürlich.«

Ich versuchte die Müdigkeit, die mein klares Denken umwölkte mit einem Kopfschütteln zu vertreiben.

»Wohnst du allein?

»Nein, ich lebe hier mit Alec.«

Wir stiegen in den Aufzug, Daniel drückte den Knopf für das Stockwerk und lehnte sich dann an die verspiegelte Seite desselben.

»Wer ist Alec?«, fragte ich ihn dann und ärgerte mich noch im gleichen Moment über meine Einsilbigkeit. Ich war nicht mal mehr in der Lage einen ganzen Satz zu formulieren und so biss ich mir verlegen auf die Unterlippe. Es schien ihn jedoch nicht weiter zu stören, denn er lachte auf und antwortete: »Alec ist mein Freund.«

Ich nickte stumm und ließ mir seine Worte dann durch den Kopf gehen. Daniel hatte also einen Freund, einen Partner, mit dem er sein Leben teilte. Ein Leben, in dem ich vielleicht nicht wirklich einen Platz hatte. Noch bevor ich den Gedanken zu Ende gedacht hatte, bekam ich ein mächtig schlechtes Gewissen. An diese Möglichkeit hatte ich niemals gedacht und jetzt, da ich damit konfrontiert war, kam ich mir plötzlich wie ein Eindringling vor. Ich drängelte mich einfach so mir nichts dir nichts in das Leben meines Bruders und damit auch in das seines Partners. Ich hatte mich nie darum gekümmert, dass ich in dieser Konstellation vielleicht keinen Platz hatte. Eingeschüchtert von meinen eigenen Gedanken teilte ich meine Bedenken Daniel mit, der inzwischen damit beschäftigt war, einen Schlüssel aus seiner Hosentasche zu ziehen.

Er schaute mich irritiert und missbilligend an, zog es aber vor mir zunächst nicht zu antworten. Er stieg Kopf schüttelnd aus dem Lift und bedeutete mir mitzukommen. Ich folgte ihm über einen breiten Flur bis vor seine Wohnungstüre, wo ich nochmals versuchte mich dafür zu entschuldigen, dass ich ihm und seinem Freund nun für einige Zeit auf den Wecker gehen würde.

»Es tut mir leid, Dany.«

Er unterbrach mich und zog dabei ärgerlich seine Augenbrauen zusammen.

»Hör auf mit dem Quatsch, `Lijah. Hier ...«, er betonte das Wort ausdrücklich während er den Schlüssel im Schloss drehte und dann die Türe öffnete.

»...bist du immer willkommen.«

Dankbarkeit und Erleichterung durchfloss mich und doch schlüpfe ich einigermaßen verlegen durch die Türe, die er mir aufhielt und schließlich wieder hinter uns schloss.

Ich blieb mitten im Raum stehen und sah mich um. Daniel trat von hinten an mich heran, legte mir erneut den Arm um die

Schultern und zog mich dann in eine Umarmung, als ich mich zu ihm herumdrehte.

»Komm her kleiner Bruder.«

Ich schlang meine Arme um ihn und fühlte mich zum ersten Mal in meinem Leben beschützt und gut aufgehoben. Es war ein unglaublich gutes Gefühl und ich wünschte mir, dass ich nie wieder solchen Problemen ausgesetzt werden würde, wie ich sie bisher erduldet hatte. Daniel hielt mich einfach fest und ich spürte mehr als überdeutlich, dass er nun derjenige war, der mit den Tränen kämpfte. Er schluckte schwer und flüsterte heißer: »Ich bin so froh, dass du jetzt hier bist. Es tut mir schrecklich leid, ich hätte mich schon viel früher um dich kümmern müssen.«

Ich winkte ab und lächelte beschwichtigend. Es war mir klar, dass er ohnehin nicht viel für mich hätte tun können. Daniel schien erleichtert, dass ich ihm nicht böse war, denn er drückte mich noch fester an sich. Ungewollt entwich mir ein leiser, erschreckter Schmerzenslaut. Der Druck, den er durch die Umarmung auslöste, hatte meine malträtierte Seite wieder zum Leben erweckt.

Er ließ mich los und sah mich forschend an.

»Was ist los?«

Ich schüttelte schnell den Kopf.

»Nichts«, entgegnete ich und bemerkte im gleichen Moment, dass sich meine Aussage selbst in meinen eigenen Ohren falsch anhörte.

»Es ist nichts«, wiederholte ich hastig, als mir Daniels ungläubiger Blick begegnete. Verstohlen presste ich mir eine Hand auf die Taille, um den neu entfachten Schmerz zu lindern. Es tat tatsächlich sehr weh, doch ich wollte nicht, dass Daniel sah, was mir angetan wurde und damit noch mehr Sorgen auslösen. Er trat einen Schritt von mir weg, musterte mich und legte schließlich seine Hand auf meine, die immer noch auf der Verletzung ruhte.

»Was hast du da?«

Seine Stimme klang gefährlich leise, beinahe so, als wüsste er bereits, was das Problem war. Ich sah ihn bittend an und wollte erneut erwidern, dass alles Ordnung war, aber bevor ich den Mund öffnen konnte, unterbrach er mich schon.

»Jetzt sag nicht nichts, `Lijah. Zeig mir, was du hast.«

Ich stöhnte verlegen und beschämt auf und versuchte mich gegen seinen Willen zu wehren. Doch ich hatte keine Chance. Daniel zog das T-Shirt, dass ich trug bereits hoch und fluchte wie ein Bierkutscher, als er meine blau und grün schillernde Seite betrachtete. Ich schämte mich unter seinem Gefühlsausbruch und fühlte mich schuldig. Zitternd nestelte ich an mir herum und wollte mich wieder bedecken, was Daniel zu meiner großen Erleichterung auch zuließ.

»Scheiße, verdammt noch mal«, brach es aus ihm heraus und er fuhr sich fassungslos mit beiden Händen über sein Gesicht. Dann sah er mich an und ein besorgter, mitleidiger Ausdruck erschien. Er holte tief Luft um sich zu beruhigen, packte mich dann an beiden Schultern und riss mich erneut in seine Arme.

»Dieses Mal wird er dafür bezahlen, dieses Schwein.«

Das Zittern in mir wurde stärker und wieder würgte mich die nackte Panik, als ich in Daniels Armen darüber nachdachte, was nun auf mich zukommen würde. Natürlich war mir bewusst gewesen, dass ich nicht einfach so bei meinem Bruder bleiben konnte, ohne die ausdrückliche Erlaubnis meiner Eltern. Schließlich war ich noch nicht volljährig. Doch irgendwie hatte eine naive Stimme in mir geglaubt, dass ich um die ganze Scheiße einer Anzeige und dem höchstwahrscheinlich darauf folgenden Prozess herumkommen würde. Aber die Wirklichkeit war selbstverständlich anders als das, was man sich ausmalte. Ich konnte nicht sagen, ob ich mich überhaupt in der Lage sah, das alles auch durchzuziehen und gegen meinen eigenen Vater auszusagen. Obwohl er es mehr als verdient hatte bestraft zu werden. Für das was er mir und auch Daniel angetan hatte.

Die Vorstellung was das alles bedeuten konnte, trieb mir den kalten Schweiß auf die Haut und ich krallte mich in meinem Bruder fest.

»Ich hab Angst«, flüsterte ich und wusste, dass er mich verstand. Nichts zu tun, kam auf gar keinen Fall in Frage. Niemals hätte mein Vater mich in Ruhe gelassen. Doch das, was jetzt getan werden musste, war nicht leicht und würde mich, würde uns, verdammt viel Kraft kosten.

»Ich weiß«, hörte ich Daniel antworten und irgendwie war ich froh, dass er nicht versuchte, es mir auszureden oder sich zu rechtfertigen. Es war der einzig richtige Weg für uns, die einzige Hoffnung, dass damit die ganze Scheiße ein für allemal erledigt sein würde und wir endlich frei leben konnten, ohne den Angst machenden Schatten in unserem Rücken. Wir blieben noch eine Weile stehen, versuchten uns gegenseitig Kraft zu geben und löste uns schließlich wieder voneinander.

Daniel klopfte mir zweimal aufmunternd auf den Rücken und bemühte sich anschließend um ein neutrales Lächeln.

»Hast du vielleicht Hunger? Willst du was essen?«
Ich schüttelte verneinend den Kopf. Alles was ich momentan wollte, war schlafen. Meine Augen brannten vor Müdigkeit und Aufregung und ein erschöpfter Schwindel lag über mir.

»Ich bin einfach nur müde«, antwortete ich also und freute mich über die Vorstellung, einfach meine Augen schließen zu können und zu vergessen. Er nickte, führte mich zur Couch, wo ich mich setzte und verschwand für einen Augenblick. Er brachte mir ein Kissen, eine Decke und ich sank dankbar auf die Seite und ließ mich von ihm zudecken. Ich winkelte den Arm an, schob ihn unter das Kissen und brachte mich in eine bequeme Lage. Daniel blieb vor mit stehen und schien unschlüssig, was er tun sollte. Ich streckte den anderen, freien Arm nach ihm aus, er ergriff meine Hand und setzte sich zu mir. Trotz meiner Müdigkeit war ich bereit, noch einen Moment gegen den Schlaf anzukämpfen.

Ein wichtiger Punkt, derjenige welcher mir zusätzlich zu allem anderen am meisten auf der Seele brannte, wollte ich noch ansprechen. Den Punkt, der mich schlussendlich dazu verleitet hatte abzuhauen. Es war mir wichtig, dass Daniel es erfuhr. Doch obwohl ich ganz sicher mit seinem Verständnis rechnen durfte, fiel es mir schwer die Worte auszusprechen. Ich holte Luft, rang kurz mit mir, doch dann verlor ich den Mut. Er bemerkte, dass ich etwas hatte sagen wollen, fragte aber nicht nach. Aus irgendeinem Grund schien er zu spüren, dass es noch mehr gab, was mich beschäftigte. Er verhielt sich ruhig, lächelte weiter und hielt meine Hand. Wieder mal ärgerte ich mich über mich selbst und über meine Feigheit. Ich brachte es einfach nicht übers Herz und so versuchte ich es mit einer etwas unverfänglicheren Frage.

»Wo ist dein Freund?«

Daniel legte den Kopf schief auf die Seite.

»Er schläft noch.«

Ich nickte wieder und stellte eine zweite Frage.

»Seid ihr schon lange zusammen?«

Er lachte und antwortete: »Seit ein paar Jahren schon. `Lijah, wolltest du nicht schlafen? Oder willst du dich lieber weiter unterhalten?!

Irgendwie fühlte ich mich ertappt. Selbstverständlich hatte Daniel bemerkt, dass meine Fragerei eine Verzögerungstaktik war, auch wenn er nicht wusste warum. Ich errötete ein wenig und biss mir verschämt auf die Unterlippe. Dann zog ich die Decke höher über mich und deutete so, ohne weitere Worte an, dass ich seinem Vorschlag zustimmte. Wieder lachte Daniel und wuschelte mir durch die Haare. Dann stand er auf, in der Absicht mich schlafen zu lassen.

Allein gelassen zu werden ging mir gegen den Strich. Ein beklemmendes Gefühl drückte mir auf der Brust und so richtete ich mich schnell auf und rief meinen Bruder zurück. Er drehte sich zu mir um und kam zurück.

»Was ist los?«

Ich schämte mich für mein kleinkindliches Verhalten, doch ich sah ihn an und sagte: »Ich will nicht alleine sein.«

Ein unerklärlicher, zärtlicher Ausdruck huschte über sein Gesicht, als er sich neben mich kniete. Wieder strich er mir durch die Haare und ich schloss aufseufzend die Augen.

»Wenn du willst, bleib ich in deiner Nähe.«

Ein Kloß bildete sich in meinem Hals, so dankbar war ich ihm für sein Verständnis und für seine Worte. Ich nickte dankbar und öffnete schließlich die Augen wieder und sah ihm zu, wie er sich in den Sessel mir schräg gegenüber setzte.

Ich versuchte zu schlafen, versuchte gegen die schwerwiegende Forderung meiner Seele mich endlich zu offenbaren anzukämpfen. Ich presste die Augen zu, atmete bewusst ein und aus um Entspannung zu finden, doch es war aussichtslos. Die Worte und das, was sie bedeuteten, brannten in mir, wollten ans Licht. Sie wollten endlich das Leben einläuten, dass sie mir versprachen. Also gab ich entnervt auf, sammelte mich kurz und wappnete mich innerlich für das, was ich nun zu sagen hatte. Ich richtete mich ein zweites Mal auf, dieses Mal wild entschlossen, es zu sagen, und sprach meinen Bruder erneut an.

»Daniel?«

Er schaute von der Zeitschrift, die er auf dem Schoss hielt, hoch. Erstaunen glitt über sein Gesicht.

»Kannst du nicht schlafen?«

Ich schüttelte den Kopf und spürte, wie sich eine Gänsehaut auf meinen Armen bildete. Mein Moment war jetzt gekommen und mein Herz klopfte so laut in meiner Brust, dass ich meinte, er könne es ebenfalls hören. Daniel setzte sich auf und kam anschließend wieder zu mir herüber.

»Was gibt`s?«

Ich schluckte trocken und schaute zu ihm hoch. Ich sah in sein Gesicht, dass dem meinem so glich und wunderte mich plötzlich nicht mehr, dass es so war wie es war. Es war selbstverständlich, ganz natürlich. Wir ähnelten uns so sehr, dass es eigentlich niemanden erstaunt hätte, dass wir auch in diesem Punkt so gleich waren. Und für einen Moment fragte ich mich, warum es mir trotzdem so schwerfiel es ihm zu sagen. Wieder schluckte ich, blinzelte flatternd mit den Lidern und nahm alle übrig gebliebene Kraft zusammen. Ich fixierte zitternd seine Augen, die verwirrt, ob meines seltsamen Verhaltens, auf mich herunterblickten.

»Daniel?«

Ich holte so tief wie nie zuvor Luft, als er mir mit einem leisen »Ja?« antwortete. Dann sagte ich: »Ich bin schwul!«

Kapitel 6

Ich verschlief den restlichen Morgen und den halben Nachmittag. Wie ein Stein war ich endlich in einen tiefen, wenn auch unruhigen Schlummer gefallen, fast so als hätte mein geflüstertes Coming Out einen Schalter in mir umgelegt. Vielleicht war es einfach die Last gewesen, die nun von mir abgefallen war und dass ich mein Geheimnis, welches ich so lange bereits mit mir herumgeschleppt hatte, endlich mit jemanden teilen konnte. Mit jemandem, der ganz genau wusste was in mir vorging und wie ich mich damit fühlte. Es kam mir beinahe wie Magie vor. Diese drei kleinen, schlichten Worte hatten der Erleichterung Tür und Tor geöffnet. So, als wären sie mein eigenes, persönliches "Sesam öffne dich" für den Schlaf, der mich so lange geflohen hatte.

Wir hatten nicht groß darüber geredet. Eigentlich hatten wir überhaupt nichts dazu gesagt. Es war auch gar nicht nötig gewesen. Daniels verständnisvoller Blick, seine Hand an meiner Wange und das leise »Ich weiß« hatten mehr als ausgereicht um mich zu beruhigen und um mir das Gefühl zu vermitteln, dass es in Ordnung war. Ich sah ihn noch für eine Weile an, versuchte meine Gefühle in ein einfaches »Danke« zu packen, bevor mir meine Augen einfach zufielen und ich endlich in den wohlverdienten und lang ersehnten Schlaf fiel. Doch richtig erholen konnte ich mich nicht. Selbst in der tröstenden Gegenwart meines großen Bruders peinigte mich ein böser Traum nach dem anderen und die schreckliche Vorstellung, dass mein Vater mich einfach wieder zurück in mein altes Zuhause schleppen würde ließ mich einfach nicht los.

Der unruhige Schlaf, der mich umhüllte, strengte mich wahnsinnig an und war nicht im Mindesten so erquickend, wie er hätte sein sollen. Bilder aus meinen jüngsten Erinnerungen tanzten in einem wilden Reigen durch meinen Kopf, ließen mich hin und her wälzen und trieben mir den Schweiß auf die Stirn. Bilder von meinem Vater waren es. Bilder, in denen er über mich gebeugt stand, die Hand zum Schlag erhoben und ich unter ihm zusammengekauert war, wie ein verschrecktes Kind. Es war schrecklich und fühlte sich viel zu realistisch an, um ein Traum zu sein. Noch während ich träumte, ganz kurz bevor mein gepeinigter Geist Anstalten machte zu erwachen, spürte ich, dass mir wieder einmal die Tränen gekommen waren.

Ich erwachte zitternd und schweißüberströmt. Für einen schrecklichen, nur Sekundenbruchteile andauernden Augenblick war ich vollkommen orientierungslos und wusste nicht wo ich war. Kurz kroch mir die Angst vor meinem Vater wieder durch den Bauch und ich war unendlich erleichtert, als mein noch schlaftrunkenes Gehirn plötzlich erkannte, das ich nicht mehr zu Hause war, dass er mich niemals mehr schlagen würde und dass ich hier endlich in Sicherheit war. Ich stöhnte gequält auf und ließ mich wieder zurücksinken. Mir war furchtbar warm unter der Decke, die Daniel fürsorglich über mir ausgebreitet hatte. Ich schlug sie also zurück, wedelte mir ein wenig Luft in mein erhitztes Gesicht und wischte die Schweißperlen von der Oberlippe sowie die Tränen aus den Augenwinkeln.

Ich war mir sicher, dass Daniel, sobald er meine leisen Bewegungen bemerkte, wieder auf dem Plan erscheinen würde. Ich war froh, dass es so sein würde. Sicher hatte er nicht erwarten können, mich wieder unter den Lebenden weilen zu sehen, genau so wie ich mich darauf freute ihn um mich zu haben. Und tatsächlich, vielleicht nur eine Minute später, hörte ich leise Schritte hinter mir. Ich setzte ein erleichtertes Lächeln auf. Das Alleinsein, war mir, vor allem nach den schrecklichen Träumen, immer noch unangenehm. Ich drehte mich also auf die Seite und stützte mich mit dem Unterarm auf, ganz in der Erwartung meinen Bruder zu sehen. Doch es war nicht Daniel, der da plötzlich vor mir auftauchte. Er war es ganz sicher nicht.

Ich zog die Schultern ein wenig hoch und blickte in ein lächelndes, offen wirkendes Gesicht, welches von langen schwarzen Haaren eingerahmt war. Da ich nicht wusste, wer dieser neue Unbekannte war, der da vor mir stand, machte ich mich, dank meiner alten Gewohnheiten klein und senkte schüchtern den Blick.

»Oh gut, du bist wach. Da wird sich Daniel freuen. Ich sag ihm mal eben Bescheid.«

Seine Stimme klang warm und freundlich und ich hob langsam wieder den Blick. Eigentlich war es ganz klar, wen ich da vor mir hatte. Der Typ musste Alec sein, Daniels Freund. Es konnte gar nicht anders sein. Ich versuchte daher ein Lächeln und war mir dabei mehr als sicher, dass es wie eine Grimasse wirken musste. Sofort war ich wieder wütend auf mich selber. In Sachen Kommunikation war ich einfach nicht wirklich gut. Ich räusperte mich daher entschieden und wollte gerade ansetzen etwas zu sagen, als ich unvermittelt von ihm unterbrochen wurde.

»Daniel? Dan? Kommst du bitte her? Er ist wa-hach!«

Ich blinzelte ein wenig irritiert in Alecs Richtung und musste tatsächlich ein kleines Lachen in mir niederkämpfen. Die Handbewegung, mit der er seine Worte unterstrichen hatte, die Drehung seines Kopfes und der weiche Ton seiner Stimme waren unbestreitbar schwul. Und ein ganz klein wenig, nun ja, schwul. Bevor ich Zeit hatte, diese Eindrücke zu verarbeiten, hatte er sich, immer noch lächelnd, vor mir aufgebaut und stützte seine Hände in die Hüften. Dann beugte er sich etwas vor und sagte, dieses Mal in normalem Tonfall: »Also dass du Daniels kleiner Bruder bist, hätte mir niemand zu sagen brauchen. Dich hätte ich auch einfach so auf der Straße erkannt.«

Er zwinkerte mir grinsend zu und streckte mir seine Hand entgegen.

»Hey, ich bin Alec.«

Ich grinste verlegen zurück, richtete mich dabei auf und nahm dann seine Hand.

»Hey«, gab ich dann leise zurück. Ich fühlte mich nicht unwohl in seiner Gegenwart, doch ich war trotzdem erleichtert, als mein Bruder hinter ihm auftauchte. Im Smalltalk musste ich mich erst noch üben, soviel war klar. Ich hätte ehrlich nicht gewusst, was ich einem mir momentan noch völlig Fremden hätte erzählen können. Daniel zog mich wieder in eine Umarmung, die ich nur zu gerne erwiderte. Auf ein Neues spürte ich die Dankbarkeit in mir, dass ich hier bei ihm sein durfte. Er klopfte mir auf den Rücken und fragte dann pragmatisch: »Jetzt hast du aber Hunger, oder?« Das Knurren meines Magens hatte er sicher nicht überhört und ich bejahte seine Frage prompt.

Ich folgte den Beiden unter Gähnen in die Küche und ließ mich, auf ihr Drängen hin, vorsichtig auf einem der Stühle nieder, die um den Tisch herumstanden. Alec hantierte eine Weile herum und stellte mir schließlich einen Teller hin, auf dem ein gigantischer Berg von Sandwiches aufgeschichtet war. Ich versuchte zu protestieren, doch der strenge Blick meines Bruders ließ mich verstummen, noch bevor ich ein Wort gesagt hatte.

»Iss«, befahl er mir und ich tat seufzend und ergeben wie geheißen. Zufrieden sahen sie mir zu, als ich die ersten Bissen nahm und fingen dann an um mich herumzuwuseln. Ich bekam etwas zu trinken, eine Serviette und musste ständig Fragen beantworten, ob mir auch nichts fehlte oder ob ich noch etwas anderes brauchen würde.

Ich beobachte eine Weile stumm ihr Tun, musste kurz über sie lachen und bemerkte dann nach kurzer Zeit, dass sich der altbekannte Kloß in meinem Hals wieder gebildet hatte. Ich war es nicht gewohnt, dass sich jemand so um mich kümmerte, dass es überhaupt irgendjemand wichtig war, dass ich zu essen bekam. Oder dass ich mich einfach nur wohl fühlte. Daniels besorgte Aufmerksamkeiten und Alecs freundliche Art überforderten mich beinahe. Und gleichzeitig war ich so dankbar dafür, dass mir wieder einmal die Tränen kamen. Ich griff hastig nach dem Glas Milch, dass vor mir stand und nahm einen tiefen Schluck, in der Hoffnung, dass ich dadurch die Enge in meinem Hals verscheuchen würde. Doch natürlich wurde es nicht besser. Ich versuchte so unauffällig wie möglich die Tränen aus dem Gesicht zu wischen, die natürlich nicht unbemerkt blieben.

Es war beinahe unfassbar, dass ich in den ersten Stunden, in denen ich hier war, so viele neue, positive Erfahrungen sammelte und seien sie auch noch so profan. Wenn ich müde war, konnte ich schlafen. Wenn ich hungrig war, dann bekam ich zu essen. Und wenn es mir die Kehle zuschnürte, dann wurde ich getröstet. Ich kam mir vor, als wäre ich in einer anderen, besseren Welt gelandet. Und beinahe schien es mir ein wenig unwirklich. So, als könnte es gar nicht wahr sein. Aber es war wahr. Ich saß tatsächlich hier. Und sah in zwei besorgte, ehrlich besorgte Gesichter über mir. Plötzlich wurde mir klar, dass ich nicht nur hoffen konnte, dass ab sofort alles besser werden würde. Nein, ich war mir nun sogar ganz sicher, dass alles nur gut enden konnte.

Ich lächelte Daniel und Alec unter meinen Tränen zu. Dann streckte ich meine rechte Hand nach meinem Bruder aus, der der Aufforderung auch sofort nachkam, sich neben mich setzte und dann Alec bedeutete es ihm gleich zu tun. Ich drückte seine Finger und schöpfte Kraft aus der zärtlichen Geste. Kraft konnte ich mehr als genug brauchen. Für das was nun in den nächsten Tagen passieren musste und auch, dass wir erneut darüber reden mussten. Ich schluckte kurz, kämpfte mit meinem Unwillen das unangenehme Thema zu eröffnen und fasste mir schließlich ein Herz.

»Was soll ich jetzt machen?«
Obwohl meine Frage unvermittelt kam, begriff Daniel sofort was ich meinte. Er wechselte einen grimmigen Blick mit Alec und antwortete mir schließlich etwas zögernd, aber dennoch entschlossen.

»Wir gehen morgen früh zur Polizei und zeigen ihn an.«

Es schauderte mich und ich konnte nicht sagen, was mir an seiner Aussage weniger gefiel. Sein kalter Ton oder die Tatsache, dass ich irgendeinem Polizisten in allen Details erzählen musste was mir, was uns passiert war. Natürlich hatte er recht. Es war die einzige Möglichkeit gegen unseren Vater anzugehen und dabei den Hauch einer Chance zu haben. Doch es war mir einfach zuwider. Es war ekelhaft und Übelkeit erregend die Geschehnisse Revue passieren zu lassen. Schmerzhaft war es und obendrein noch erniedrigend und das nicht nur für mich. Daniel hatte ja das Gleiche durchgemacht. Und obwohl es bei ihm schon länger zurücklag, waren die Erinnerungen in ihm, noch genau so wach, wie sie es in mir waren. Ich dachte eine Weile über seine Worte nach, versuchte irgendwie auf eine andere Lösung zu kommen, aber natürlich gab es keine. Zumindest keine die einen Sinn ergeben hätte.

Zögernd nickte ich schließlich mein Einverständnis und hatte dabei plötzlich das Gefühl einen Stein oder vielleicht sogar eine ganze Lawine ins Rollen gebracht zu haben. Mein Magen krampfte sich schmerzhaft zusammen und ich verzog mein Gesicht ob des unangenehmen Gefühls. Ein Blick auf Daniel sagte mir, dass es ihm nicht anders zu gehen schien. Wieder drückte ich seine Finger mit meiner zittrigen Hand und wiederholte die Worte, die ich ihm bereits heute Morgen gesagt hatte: »Ich hab Angst.«

Er lächelte mich halbherzig unter einer Mischung aus Mitleid und Verständnis an und erwiderte ganz schlicht: »Ich auch.«

Ich war unheimlich erleichtert, dass er mich verstand. Wir redeten an diesem Abend gar nicht mehr über diese Sache und ich war froh darüber. Der Gedanke daran kreiste ohnehin unaufhörlich in meinem Kopf, so dass weitere Worte es nur schlimmer gemacht hätten. Wir versuchten uns gegenseitig ein wenig abzulenken, was uns stellenweise auch ganz gut gelang. Wir plauderten über alles Mögliche, lachten ein wenig über Alecs Witze und waren einfach dankbar, dass wir hier zusammen an einem Tisch sitzen konnten. Irgendwann brachte ich die Sprache wieder auf das mir so unangenehme Thema, wo ich nun wohnen sollte. Alec beruhigte mich und beteuerte mir glaubhaft, dass er sich freuen würde, mich in ihrem Heim aufzunehmen. Aber nur, wie er dann unter heftigem Augenzwinkern und anzüglichem Grinsen anfügte, bis ich einen heißen Typen kennenlernen würde, der mit mir bis an mein Lebensende gehen würde.

Ich lachte über seine Worte, erleichtert, dass er die gleiche Einstellung zu meiner Anwesenheit hatte wie Daniel, errötete dabei aber bis unter die Haarwurzeln. Ich war mir nicht sicher, ob ich es gut fand, dass die Information über meine sexuellen Neigungen bereits zu ihm vorgedrungen war. Andererseits wusste ich auch nicht, warum ich es ihm hätte verschweigen sollen. Und außerdem waren die beiden ein Paar und hatten folglich keine oder zumindest kaum Geheimnisse voreinander. Also akzeptierte ich schulterzuckend und irgendwie erleichtert meinen zweiten Mitwisser.

Meine Flucht, die angespannte Fahrt hierher und die darauf folgende Aufregung forderte schließlich, nach nur kurzer Zeit, erneut ihren Tribut. Mein Mittagsschlaf hatte mir nicht viel genützt, so dass ich sehr bald gähnend am Tisch hing.

»Zeit für dich wieder in die Falle zu gehen«, meinte Daniel schmunzelnd, als er meinen Zustand bemerkte. Ich widersprach nicht, sondern erhob mich postwendend, um erneut die Couch aufzusuchen. Doch bevor ich auch nur Anstalten machen konnte in ihre Richtung zu laufen, hielten mich die zwei auf. Erstaunt sah ich von Einem zum Anderen und konnte mir ihr Kopfschütteln nicht erklären.

»Du bekommst das Gästezimmer«, klärte mich Alec dann grinsend auf und schob mich, meine Proteste gegen weitere Umstände ignorierend, zur Treppe.

Ich hatte keine Chance gegen die zwei, die sich einen Spaß daraus zu machen schienen mich vollkommen aus der Bahn zu werfen. Sie bugsierten mich in das Zimmer, klärten mich kurzerhand darüber auf, dass dieses nun meins sei, und steckten mich schließlich ins Bett. Ich wehrte mich nicht mehr, sondern ließ einfach alles über mich ergehen. Irgendwelchen Argumenten gegenüber waren sie ohnehin immun. Und so lag ich dann schließlich unter einer weichen Bettdecke und wartete nur noch darauf, dass mein Bruder das Licht für mich löschte. Natürlich nicht ohne mir vorher zu versprechen ab und zu nach mir zu sehen.

Ich hatte nach wie vor Angst alleine zu sein und natürlich würden mich auch in dieser Nacht die obligatorischen Alpträume heimsuchen. Ich war mir sicher, dass es noch sehr, sehr lange dauern würde bis ich diese im Griff hatte. Doch der Gedanke, dass ich hier jemanden hatte, der auf mich aufpasste, beruhigte mich und ich konnte ohne größere Schwierigkeiten einschlafen. Wie erwartet kamen die Träume. Wieder und wieder wälzte ich mich umher, schreckte auf und schlief nach der kurzen Zeitspanne, die es dauerte mich zu orientieren, wieder ein. Doch nach einigen quälenden Stunden, in denen ich die schrecklichen Bilder ertrug, die durch meinen Verstand flimmerten, änderte sich etwas. Etwas was mich noch mehr verwirrte und erschreckte, als die mir so schrecklich vertrauten Alpträume.

Ich träumte von Augen, die mich musterten und mich zu durchbohren schienen. Die mir bis ins Innerste sahen und die so dunkel waren, wie ich es noch nie zuvor gesehen hatte. So dunkel und so fordernd, dass mich mitten im Schlaf ein Schauer überrollte. Und doch, obwohl mich dieser dunkle Blick so gefangen zu halten schien, hatte ich keine Angst davor.

Kapitel 7

Ich lebte mich bei meinem Bruder und Alec schneller ein, als ich es für möglich gehalten hätte. Die ersten Wochen nach meiner Ankunft bei ihnen vergingen wie im Flug und machten eine Menge von der Scheiße bei mir wieder gut, die mein Vater angerichtet hatte. Die äußeren Verletzungen, die er mir beigebracht hatte, verheilten schnell und zu meinem Glück, auch ohne sichtbare Narben. Mein Seelenzustand war selbstverständlich nicht ganz so einfach zu retten. Der Panzer aus Einsamkeit und Unzugänglichkeit, den ich mir selbst geschaffen hatte, um mich zu schützen, war schwer zu knacken und eigentlich gelang es nur Daniel, von Zeit zu Zeit, in mich zu dringen. Nach wie vor schreckte ich nachts von Alpträumen hoch und versuchte das Geschehene der letzten Jahre zu verarbeiten. Es ging eindeutig aufwärts mit mir, aber es würde ein langer, schwieriger Prozess werden, da war ich mir ganz sicher.

Wir waren tatsächlich, am zweiten Tag nach meiner Ankunft zur Polizei gegangen, wo ich schlotternd und voller Angst meine Geschichte erzählte, glücklicherweise unterstützt von meinem Bruder, der mir an den schlimmsten, aber auch gleichzeitig wichtigsten Stellen soufflierte und somit eine ganze Sache daraus machte. Ich unterschrieb die Anzeige mit zitternden Händen und war gleichzeitig erleichtert, aber auch ein wenig besorgt, was nun noch kommen würde. Was mich am meisten plagte, war die Tatsache, dass ich noch nicht volljährig war und so im Grunde genommen nicht einfach so bei Daniel bleiben konnten. Nicht ohne die ausdrückliche Erlaubnis meiner Eltern und vor allem meines Vaters, vor dem ich geflohen war.

Es war eine paradoxe Situation in der wir uns befanden. Der Mensch, der mich dazu gebracht hatte mein Zuhause zu verlassen, musste mir jetzt sein schriftliches Einverständnis geben, damit ich ihm aus dem Weg gehen konnte. Doch zu meiner großen Erleichterung eröffnete sich ein anderer Weg für uns um dieser ungewollten Konfrontation aus dem Wege gehen zu können. Wir erwirkten, nach einer für mich demütigenden Untersuchung, bei einem der Polizei unterstellten Arzt, sowie nach einem ausführlichen Gespräch mit einem Anwalt, der uns vertreten würde, eine einstweilige Verfügung gegen meinen Vater. Diese würde ihm untersagen, mit mir in Verbindung zu treten oder sich mir auch nur auf 150 Meter zu nähern. Diese Sache würde die Zeit bis zu meinem 18. Geburtstag überbrücken und dann wäre ich ihn endgültig los. Vor allem deshalb war ich plötzlich sehr ungeduldig, endlich meine eigenen und rechtsgültigen Entscheidungen treffen zu dürfen.

Es erleichterte mich unheimlich, dass ich meinen Vater los war und ich hoffte, dass er sich an die Verfügung halten würde. In der ersten Zeit, nach der Anzeige, konnte ich nur in Begleitung auf die Straße, da ich einen gespenstischen Verfolgungswahn entwickelt hatte. Hinter jeder Ecke und in jedem dunklen Eingang, sah ich meinen Vater lauern, wie er auf mich wartete, um mich zu entführen oder mir einfach wieder etwas Schreckliches anzutun. Daniel reagierte sehr besorgt auf meine Angst und schlug mir mehr als einmal vor, dass ich mit jemandem Professionellen sprechen müsste, doch ich lehnte ab. Nicht weil ich diese Art der Hilfestellung nicht mochte. Aber ich konnte mir einfach nicht vorstellen, dass mir ein fremder Mensch, auch wenn er dafür ausgebildet worden war, so gut zuhören und helfen könnte, wie es mein Bruder tat.

Ich erklärte Daniel meine Gedanken dazu. Er sah mich daraufhin nur stumm an und umarmte mich anschließend, ganz so, wie er es ständig zu tun pflegte. Körperliche Nähe zu einem Menschen war etwas, dass ich sogar sehr dringend nötig hatte. Ich und Daniel hielten uns oft im Arm und ich kam mir dabei vor wie ein kleines Kind, dass sich nach Zuneigung sehnte. Und im Grunde genommen war ich genau das. Ein kleiner Junge, dem man nicht genug Liebe zuteil hatte werden lassen und dessen dadurch löchrige Seele enorm geflickt werden musste. Eine

Familie hatte mir sehr gefehlt und plötzlich hatte ich nun eine. Eine Familie, die ganz gewiss nicht den Konventionen entsprach.

Doch was machte es denn schon für einen Unterschied, ob man in einem klassischen Verhältnis mit Mutter und Vater lebte oder aber bei seinem großen Bruder und dessen schwulem Partner. Das einzig für mich Entscheidende war, dass ich akzeptiert wurde, geliebt und dass man mir zuhörte und mich wahrnahm. Und das wurde ich. Ich hatte nicht eine einzige Minute lang das Gefühl gehabt, nicht dazu zu gehören oder gar zu stören, ganz im Gegenteil. Ich wurde so schnell ein Teil dieser Familie, dass es kaum zu fassen war. Alles spielte sich so wundervoll harmonisch ein. Und ich war erneut zutiefst dankbar, dass ich durch mein bisher so entsetzliches Schicksal, die für mein momentanes Leben wichtigsten drei Menschen getroffen hatte.

Allen voran war da natürlich mein Bruder, der für mich in diesen ersten Wochen nicht nur Stütze und Halt wurde, sondern sogar der wichtigste Mensch in meinem Leben. Er war mein Dreh- und Angelpunkt. Er fing mich auf, wenn ich strauchelte, und arbeitete sehr hart daran mir mein Selbstvertrauen zurückzugeben. Wir redeten stundenlang über alles Mögliche. Er beantwortete mir Fragen, nahm mir Zweifel, wo ich welche hatte, und tat alles, was irgendwie nur möglich war, wieder einen normalen, gesellschaftsfähigen Menschen aus mir zu machen. Ich wusste genau, dass er wegen mir auch zu vielen Zeitpunkten Alec vernachlässigte, was mir ein enorm schlechtes Gewissen einbrachte. Doch er winkte meine Bedenken einfach ab und versicherte mir fortlaufend, dass er es gern täte und ich im Moment seine Aufmerksamkeit dringender benötigte als sein Freund.

Daniel war eine Seele von Mensch. In seiner Gegenwart konnte ich endlich anfangen zu heilen. Mehr als nur einige Male, schlief er bei mir in meinem Zimmer und half mir über meine schlimmen Träume hinweg, deren Inhalt immer gleich war und über die ich trotzdem oder vielleicht gerade deswegen immer und immer wieder sprechen musste. Er hörte sich alles an, kommentierte sie, wenn es nötig war, oder war ruhig, wenn ich einfach nur jemanden brauchte der mir zuhörte. Ich liebte Daniel über alles und ich bewunderte ihn als Mensch und als Bruder. Ich sah zu ihm auf und wusste, dass er mir mit seinem Vorbild eine große Hilfe war. Sehr oft ertappte ich mich dabei, wie ich ihn ansah und genau wusste, was in ein paar Jahren aus mir werden würde. Zu ähnlich waren wir uns, als dass ich das abstreiten konnte. Und ich freute mich darüber, denn nichts hätte ich mehr begrüßt, als so ein Mensch zu werden wie er.

Die zweite Person in meinem Leben, die mir beinahe so wichtig war wie mein Bruder, war natürlich Alec. Alec war ein Mensch, den man einfach nur mögen musste. Seine offene, lustige Art brachte mich oft zum Lachen und ich wusste sehr bald warum Daniel diesen Mann so liebte. Er war einfach etwas ganz Besonderes und die coolste Person, die ich je getroffen hatte. Alec hatte eine etwas feminine Art an sich, doch es wirkte auf mich nicht tuntig oder übertrieben, da dieses Verhalten einfach zu ihm passte. Eigentlich stand seine sympathische Art im krassen Gegensatz zu seiner äußeren Erscheinung. Mit den langen schwarzen Haaren, die ihm bis über die Schultern fielen, den unzähligen Tattoos und Piercings, sowie den zerrissenen Jeans, die er ständig trug, wirkte er eigentlich eher wie ein verkappter Rockstar.

Sein Musikgeschmack unterstrich diesen Eindruck nur noch und es kam nicht selten vor, dass er mich und Daniel mit laut dröhnender und sehr gitarrenlastiger Musik aus dem Schlaf riss, doch es machte uns nichts aus. Alec konnte man einfach nicht böse sein. Und selbst wenn, dann holte er einen mit seinem "Handgewedle" wieder runter. Alec half mir auf seine eigene, spezielle Art über meine schlimme Zeit hinweg. Da, wo Daniel mich aufbaute und stabilisierte, stand Alec mit seiner ihm eigenen Methode gegenüber. Er klärte mich in allen blumigen Einzelheiten über Sex auf, erzählte mir ungeniert, was mich vielleicht noch so alles erwarten konnte und würde und erzählte mir alles, was ihm einfiel über die schwule Welt und deren Vorteile und Probleme.

Seine Ausführungen, obwohl sie für mich natürlich interessant waren, trieben mir sehr oft die Schamesröte ins Gesicht. Daniel schimpfte ihn dann, denn er war der Meinung, dass solche Informationen für mich im Moment keine Priorität hätten. Aber Alec winkte nur lachend ab und machte einfach weiter, was mich wirklich sehr amüsierte. Die ganze Sache mit meiner sexuellen Neigung war zu der Zeit für mich eher abstrakt und nebensächlich. Alles in allem war Alec der Typ, mit dem ich jederzeit hätte Pferde stehlen können und ich konnte mir bald ein Leben ohne ihn als Freund nicht mehr vorstellen.

Der dritte Mensch, der sich so mir nichts dir nichts einen Platz in meinem Dasein gesichert hatte, war selbstverständlich Eric. Die Beziehung zu ihm stellte sich mit der Zeit für mich als sehr viel komplizierter heraus, als ich es mir vorgestellt hätte. Unsere erste, sehr seltsame Begegnung würde ich auf keinen Fall jemals vergessen. Vergessen würde ich auch nie wieder seinen Blick aus den dunklen Augen mit dem er mich jedes Mal, wenn er uns besuchte verwirrte. Er besuchte uns sehr oft, beinahe täglich. Im geringsten Fall tauchte er einige Male in der Woche auf und mir wurde schnell bewusst, dass dies ein Zustand war, den es bereits vor meinem Erscheinen gegeben hatte. Eric gehörte zu dieser Familie und war einfach vertraut mit Daniel und Alec.

Im Grunde genommen freute ich mich, wenn er vorbeikam. Doch seine Gegenwart verunsicherte und verwirrte mich zutiefst. Sehr bald hatte ich festgestellt, dass die Augen, von denen ich immer wieder träumte, eigentlich nur seine sein konnten. Ich kannte niemanden sonst, der mich je so angesehen hätte. Ich konnte mir zunächst nicht erklären, warum mich diese Augen nachts vom Schlafen abhielten. Ich war von Natur aus ein bereits sehr schüchterner Charakter. Die Ereignisse in den letzten Jahren hatten diese Eigenschaft natürlich noch verstärkt und so konnte ich mich mit Eric nur unterhalten, wenn noch jemand anderes im Raum war. Waren wir alleine, verkrampfte ich mich fürchterlich und brachte, wenn überhaupt, nur einsilbige Antworten zustande.

Wenn wir alle zusammen in einem Raum waren und eine rege Unterhaltung im Gange war, ertappte ich mich ständig dabei, wie ich ihn immer und immer wieder gedankenverloren anstarrte. Ich scannte förmlich seine markanten Gesichtszüge, die dunklen Locken und jede seiner Bewegungen bis ins kleinste Detail. Fast jedes Mal ließ ich mich dabei von ihm erwischen. Rot übergossen saß ich dann unter seinem plötzlich auftauchenden Lächeln da, während es mir heiß über den Rücken lief. Es war mir mehr als peinlich, dass er mein Starren bemerkte, doch es konnte mich nicht davon abhalten, es erneut zu tun. Oft und immer dann, wenn ich wieder einmal mit gesenktem Kopf da saß, spürte ich seinen Blick auf mir ruhen, was mich unruhig machte und mich nervös hin- und her rutschen ließ.

Auf zufällige Berührungen mit Eric reagierte ich sehr sensibel. Ich zuckte von der Wärme, die seine Haut abstrahlte, förmlich zusammen und mühte mich ab mir das nicht anmerken zu lassen. Wenn er sich von uns verabschiedete, was hieß, dass ich ihn kurz umarmen musste, stolperte mein Herz so sehr, dass es mir beinahe den Atem verschlug. Ich musste oft an ihn denken, auch ohne dass ich diese Gedanken absichtlich herbeigeführt hätte. Immer wieder stahl sich sein überheblich wirkender Gesichtsausdruck in meine Vorstellung oder ich hörte in Erinnerung, seine leise, dunkle Stimme wie ein Echo in meinem Kopf. Seine Gegenwart in meinem Geist kam vor allem immer dann zustande, wenn ich alleine war und dann bevorzugt, wenn ich bereits mit hinter dem Kopf verschränkten Armen im Bett lag.

Mir wurde natürlich sehr schnell bewusst, was diese Symptome bedeuteten. Ich wusste nicht so recht, wohin mit diesen Gedanken und Gefühlen. Irgendwie konnte ich auch nicht fassen, dass im Moment in meinem Kopf oder in meinem Herzen überhaupt Platz für so etwas zu sein schien. Doch ich konnte es einfach nicht ableugnen, dass Eric mehr in mir auslöste, als nur reine Sympathie. Ich hatte mich, in meinem naiven und jugendlichen Leichtsinn, einfach in ihn verknallt. Diese aufregenden und für mich vollkommen neuen Gefühle waren sehr schön und ließen meinen Magen zu einem Purzelbaum schlagenden Etwas mutieren. Und mein Herz zu einem mit Schmetterlingen gefüllten Gefäß.

Wenn ich neben ihm saß, versuchte ich natürlich diese Gefühle zu verstecken. Ich wollte nicht, dass er mich für einen schwachsinnig verliebten kleinen Jungen hielt, was mich trotzdem nicht davon abhielt, ihn weiter heimlich anzuschmachten. Mit was ich aber im Gleichgang zu meiner Verknalltheit nicht gerechnet hatte, waren die weitaus ernsteren Gefühle, die irgendwann bei mir heftig an die Tür klopften. Während des Martyriums mit meinem Vater hatte es für mich keine anderen Gefühle gegeben als Angst, Niedergeschlagenheit und Demütigung. Erotische Gedanken hatten keine Chance gehabt. Selbstverständlich hatte ich von Zeit zu Zeit bemerkt, dass auch ich gewisse Bedürfnisse hatte. Mir war ja auch bereits zu der Zeit klar gewesen, dass ich schwul war.

Aber ausprobiert oder ausgelebt hatte ich nichts. Es war mir nicht wichtig gewesen und außerdem hatte die Angst alles andere überschattet. Jetzt, da ich mich um vieles besser fühlte, kamen diese Bedürfnisse plötzlich mit aller Macht in mir hoch. Eine dicke Gänsehaut und Blut, dass in meinen Ohren rauschte, waren das geringste Übel, dass mich in Erics Gegenwart heimsuchte. Und so beschränkte ich mich bald nicht mehr nur darauf sein Gesicht anzusehen. In der Regel saß ich ihm nun, wenn er uns besuchte mit angezogenen Beinen und trockenem Mund gegenüber und knetete nervös meine Hände. Mein Herzschlag beschleunigte sich schon, wenn er nur das Wort an mich richtete oder wenn er mich einfach nur kurz ansah. Der unerklärliche Ausdruck in seinen dunklen Augen machte mich dabei regelmäßig verrückt.

Irgendwann bekam ich den Verdacht, dass er sehr genau wusste und dass er es irgendwie spüren konnte, was in mir vorging. Das Lächeln, welches er mir entgegenbrachte, veränderte sich ein wenig. Vielleicht bildete ich es mir auch nur ein, aber ich sah darin einen Hauch von Entgegenkommen. Doch ich schüttelte den Gedanken mit dem bisschen Vernunft, die ich noch aufbrachte ab und schalt mich einen Narren. Nie und nimmer gab es eine Möglichkeit Eric auf diese Weise nah zu kommen, auch wenn der Wunsch in mir nach genau dem immer stärker wurde. Das Pochen meines Herzens, welches nur für den Moment schlug, an dem ich ihm wieder heimlich beobachten konnte, verhielt sich genau proportional zu dem Gefühl, das sich an einer ganz anderen Stelle an mir bemerkbar machte.

Ich hatte sehr selten Hand an mich selbst gelegt. Doch Erics ständige Gegenwart und die damit verbundene, unterschwellige Erregung, die er bei mir auslöste, änderte das von heute auf morgen. Es waren unglaubliche Empfindungen, die ich ab sofort bei mir selbst auslöste. Und natürlich konnte ich nicht genug davon kriegen. Ich freute mich einerseits darüber, dass ich trotz allem ein normaler Junge war. Doch ich stellte nach einiger Zeit fest, dass die Verabredungen mit mir selbst zwar in erster Linie die Befriedigung brachte, nach der ich lechzte, andererseits wurde mir dabei klar, dass mir das auf Dauer ganz sicher nicht ausreichen würde. Natürlich behielt ich damit recht. Der Wunsch nach den Berührungen eines anderen Mannes wuchs schnell in mir. Und der Wunsch mit Eric zu schlafen, überwältigte mich beinahe.

Ich war nicht so naiv zu glauben, dass ich in dieser Hinsicht eine Chance hätte. Ich war nur ein Junge, einer der größere Probleme mit sich herumschleppte und obendrein war Eric ein ganz anderes Kaliber als ich. Dennoch oder vielleicht gerade deswegen ließ mich der Gedanke daran nicht los. Ich wollte einmal, nur ein einziges Mal mit ihm schlafen. Ich begann zu vermuten oder vielleicht auch nur zu hoffen, dass die Begegnung mit Eric nicht nur ein Zufall war.

Kapitel 8

Es ging mit mir steil bergauf. Ich fühlte mich nach einigen Wochen in der Obhut meines Bruders, als wäre ich aus einem elendig langen Dornröschenschlaf erwacht, als hätte ich eine imaginäre Decke, aus Dunkelheit und Angst, ganz einfach von mir abgeworfen. Ich sah klarer, fühlte mich so gut wie noch nie und wurde mit jedem Tag stärker. Stark genug, um der Welt entgegenzutreten. Bald hatte ich die Angst davor, dass mein Vater mich doch noch irgendwie überwältigen würde, so gut wie überwunden, und ich traute mich auch von Zeit zu Zeit alleine nach draußen zu gehen. Ich holte in relativ kurzer Zeit viele Erfahrungen nach, die mir so lange verwehrt geblieben waren. Kurz gesagt, ich blühte regelrecht auf.

Zu unserem großen Glück hatte sich mein Vater an die einstweilige Verfügung gehalten und mich in keiner Weise belästigt. Der Anklageschrift, in der er unter anderem der Körperverletzung bezichtigt wurde, hatte er jedoch widersprochen. Laut unserem Anwalt war das gut für uns, da er sich in diesen beiden Dingen selbst widersprach. Angeblich schien der Prozess wasserdicht für uns zu sein und würde höchstwahrscheinlich zu unseren Gunsten ausfallen. Wir atmeten nach dieser Information vorsichtig erleichtert auf, hüteten uns aber davor, zu euphorisch darauf zu reagieren.

Da ich nun einigermaßen wiederhergestellt zu sein schien, war es für mich auch an der Zeit zu überlegen, was ich mit meiner Zukunft machen sollte. Ich hatte zu Daniels großem Erstaunen mit meinem Schulabschluss ein Stipendium erhalten. Das Erstaunliche daran war sicher nicht die Tatsache, dass ich intelligent war, sondern schlicht und einfach, dass die Umstände überhaupt gute Zensuren zugelassen hatten. Eigentlich war es gar nicht so erstaunlich, da ich außer der Schule ja nicht wirklich viel Abwechslung gehabt und meine Zeit eben mit Lernen gefüllt hatte. Nach einigem Überlegen entschied ich mich dann für ein Bachelor-Studium im Fachbereich "künstliche Intelligenz".

Mein Leben begann in normalen und geregelten Bahnen zu laufen und es geschah wenig Aufregendes. Doch die Normalität störte mich nicht im Geringsten. Ich war sogar sehr froh darüber, denn "Unnormales" hatte ich für mein ganzes Leben genug gehabt. Ich schrieb mich also in der Uni ein und freute mich darauf in der Gegenwart normaler Menschen, meinen Kopf mit Wissen zu füllen. Alles entwickelte sich wunderbar und veränderte sich zum Besten. Ich konnte wirklich zufrieden sein, doch irgendwie wurde ich das Gefühl nicht los, dass das alles viel zu schön war, um wirklich wahr sein zu können. Doch ich schob diese Bedenken einfach zur Seite und beschloss, alles Weitere einfach auf mich zukommen zu lassen.

Was sich jedoch ganz und gar nicht änderte, waren die Träume, die mich nachts heimsuchten. Der Inhalt dieser Träume war jedoch plötzlich ein ganz anderer geworden. Statt meines Vaters wandelte nun Eric durch die Hallen meines schlaftrunkenen Geistes und brachte mich beinahe um meinen hormongebeutelten Verstand. Meine naive Vernarrtheit in ihn wurde immer intensiver, bis sich plötzlich ein Gefühl in meinem Herz breitmachte, dass über eine normale Schwärmerei hinausging. Ich fürchtete mich davor, dieser Sache einen Namen zu geben, denn ich war mir sicher, dass es, wenn ich dies tun würde, eine Katastrophe für mich bedeuten würde.

Von den mir bisher unbekannt gebliebenen Gefühlen einmal abgesehen, wuchs in mir noch eine ganz andere Sache. Und zwar die Neugierde. Ich vertraute Daniel und Alec inzwischen mehr als genug, um ihnen einige intimere Fragen zu stellen. Fragen, die mich erröten ließen, aber ohne deren Beantwortung ich jedoch auch nicht hätte leben können. Von Alec kamen in diesem Zusammenhang Antworten in der ungeschnittenen und unzensierten Version. Von Daniel natürlich eher die Sensiblen und Einfühlsamen, zusammen mit der Ermahnung oder vielmehr der Bitte, mir mit Abenteuern sexueller Natur noch etwas mehr Zeit zu lassen.

Sich Zeit zu lassen, das war eine Sache, die mir im Zusammenhang mit den Gedanken an Eric, nicht wirklich gefiel. Doch ich war ja ohnehin weit davon entfernt, dass sich meine Träumerei hätte erfüllen können. Deshalb fiel es mir eigentlich nicht so schwer Daniel beizupflichten, auch wenn ich es halbherzig tat. Die Informationen, die ich also so gebündelt von den Beiden bekam, trugen in jedem Falle nicht zu meiner Entspannung bei. Es war, als würde man Öl ins Feuer gießen. Und Himmel und Hölle, ich brannte bereits lichterloh.

Auf eine Sache freute ich mich schon seit langem ganz besonders. Und zwar auf den Tag, an dem ich endlich meine Volljährigkeit erreichen würde. Ich würde achtzehn werden und damit endlich mein eigener Herr sein. Daniel hatte mich schon einige Male danach gefragt, was ich mir zu diesem Anlass wünschte. Und ich hatte ihm wie aus der Pistole geschossen geantwortet: »Ich will ausgehen. Zeig mir die Szene.«

Was Alec ein heiseres, begeistertes Lachen entlockt hatte. Und meinem Bruder ein fassungsloses und ungläubiges Gesicht. Ich war eben einfach nur neugierig. Er hatte schließlich, nachdem ich und Alec ihn gründlich bearbeitet hatten, zögernd eingewilligt. Natürlich war ihm klar, dass er mich nicht für immer, zu meinem eigenen Schutz, zu Hause behalten konnte. Doch so richtig gefiel ihm mein Wunsch wohl eher nicht.

Ich jedoch konnte den Abend gar nicht abwarten. Da mein Geburtstag passenderweise auf einen Sonntag fiel, hatten wir beschlossen, am Samstagabend auszugehen und dann in meinen 18. hinein zu feiern. Ich war aufgeregt. Zum einen, weil es endlich so weit war und zum anderen, weil ich das erste Mal so richtig weggehen würde. Ich hatte keine Ahnung, was mich erwarten würde. Seit ich bei Daniel und Alec war, tat ich sehr viele Dinge zum ersten Mal. Alec hatte sich ganz enthusiastisch angeboten sich um Klamotten und Make-Up zu kümmern, was ich irritiert blinzelnd zur Kenntnis nahm. Make-up? Mir schwante Fürchterliches und so war es nicht weiter verwunderlich, dass mir die Spucke wegblieb, als mich Alec dann an besagtem Abend schließlich vor seinen mannshohen Spiegel stellte.

»Das ... ist nicht ... dein Ernst, oder?«, sagte ich hohl zu Alec, als ich den ersten Schock bezüglich meines eigenen Spiegelbildes überstanden hatte. Ich hatte ihn, da ich sowieso keine Chance gehabt hatte mich gegen ihn zu wehren, einfach machen lassen. Und steckte nun in einer engen Röhrenjeans, die nichts der Fantasie überließ und in einem mit Pailletten besetzten Tanktop, das meinen Bauch nicht ganz bedeckte. Meine Augen waren mit schwarzem Kajal umrandet, was mich verdächtig wie eine Eule aussehen ließ. Ich war fassungslos und schüttelte abwehrend den Kopf. Nie und nimmer würde ich in diesem Outfit auf die Straße gehen und obendrein ganz sicher nicht in einen Gay-Club.

»Was ist das denn?«, wunderte sich Daniel, der eben das Zimmer betreten hatte. Er war wie Alec bereits ausgehfertig und trug ein wenig dezentere Kleidung als ich. Was hieß, dass er sich auf eine normale Jeans und ein normales T-Shirt beschränkt hatte. Ich spürte enorme Dankbarkeit, dass es ihn ebenso gruselte wie mich und zeigte dann auf seinen Freund.

»Das war Alecs Idee, nicht meine.«
Er prustete belustigt auf und wandte sich dann an seinen entrüstet aussehenden Freund.

»Was hast du denn mit ihm vor? Willst du ihn den Wölfen zum Fraß vorwerfen?«

Alec holte mit den Armen aus und fuchtelte dann theatralisch in der Luft herum. Er wirkte ein ganz klein wenig beleidigt, da wir offensichtlich seinen Geschmack bezweifelten, und unterstrich unsere Vermutung dann mit den Worten: »Dann macht doch, was ihr wollt.«

Daniel, der derartige Ausbrüche von ihm wohl schon gewohnt zu sein schien, klopfte ihm entschuldigend und immer noch kichernd auf den Rücken und half mir dann beim erneuten Umziehen. Als Kompromiss, den sich Alec vehement erbeten hatte, behielt ich allerdings die schlüpfrige Jeans an, versuchte aber den Eindruck mit einem etwas längeren T-Shirt zu kaschieren. Ich wischte mir die Farbe aus dem Gesicht und erklärte mich dann, nach einem erneuten kritischen Blick in den Spiegel für fertig. Mein Magen hüpfte, als wir die Wohnung verließen und ins Auto stiegen.

Der Club, den Daniel und Alec für mich ausgesucht hatten, übertraf meine kühnsten Vorstellungen. Als wir ankamen, war die Party bereits in vollem Gange und ich konnte ehrlich nicht sagen, wo ich zuerst hätte hinschauen sollen. Es war voll, die Musik laut und ich war mir sicher, dass ich das genießen würde und ganz sicher nicht zum letzten Mal. Ich nahm alle Eindrücke in mir auf und war begeistert von dem Anblick, der sich mir bot. Ich fühlte mich gut, war gelöst und zusammen mit Alec und meinem Bruder warteten wir auf Mitternacht um endlich den wichtigsten Moment in meinem Leben feiern zu können.

Als es dann endlich soweit war, fielen mir die Beiden abwechselnd um den Hals und überschlugen sich beinahe mit ihren Glückwünschen. Ich war grenzenlos gerührt und hätte beinahe wieder geweint, doch Alec war der Meinung, dass dieser Augenblick unbedingt begossen werden müsste und drückte mir, wie hätte es auch anders sein können, meine erste Flasche Bier in die Hand. Wir stießen auf mich an, ich nahm einen Schluck aus der Flasche und stellte schnell fest, dass mir das Zeug nicht schmeckte. Pflichtschuldig nippte ich trotzdem weiter daran. Daniel entpuppte sich, den ganzen weiteren Abend, als sehr anhänglich, hielt mich ständig im Arm und flüsterte dann ein mir Halsschmerzen verursachendes »Hab dich lieb« in´s Ohr.

Ich sah zu ihm hoch, drückte ihn voller Dankbarkeit und war mir sicher, dass ich heute den bisher schönsten Abend meines Lebens verbrachte. Doch dann geschah etwas, mit was ich niemals gerechnet hätte und mein Leben, dass endlich in so schönen und geordneten Bahnen verlief, vollkommen auf den Kopf stellte. Ich nippte an meinem Bier und beobachtete die tanzende Menge. Ich drehte den Kopf hin und her und stellte dann plötzlich, mit erneut sich überschlagenden Magen fest, dass Eric auf mich zu kam.

Ich starrte ihn an und bekam ganz plötzlich weiche Knie. Ich hatte nicht erwartet ihn hier zu treffen und so war ich entsprechend unvorbereitet und verwirrt. Er hatte sein gewohntes, überhebliches Lächeln auf den Lippen und sah so gut aus wie immer. Ich schluckte umständlich, als er einen Tick zu dicht vor mir stehen blieb und mit einem beiläufigen Nicken Daniel und Alec begrüßte. Er beugte sich zu mir vor und eine eiserne Faust schien meine Innereien zusammenzudrücken, als er mir ein leises »Alles Gute« in´s Ohr flüsterte. Ich erschauerte unter dem Gefühl, welches sein heisser Atem verursachte.

Ich brachte ein krächzendes »Danke« hervor und schlug schüchtern die Augen nieder, ganz in der Hoffnung, dass es das nun gewesen war. Doch er schien noch mehr sagen zu wollen.

»Hast du gewusst 'Lijah, dass das Geburtstagskind an seinem 18. Geburtstag nicht nur Geschenke bekommt, sondern dass es anderen auch einen Wunsch erfüllen muss?«

Er grinste spitzbübisch und ich runzelte verwirrt die Stirn. Ich hatte seine Aussage sofort als Ausrede erkannt, doch mir war nicht bewusst, was er damit bezwecken wollte. Ich zog also eine Augenbraue hoch und schüttelte fragend den Kopf.

»Ich wünsche mir einen Tanz mit dir, 'Lijah.«

Ich sah ihn fassungslos an und hatte keinen blassen Schimmer, wie ich darauf reagieren sollte. Ich wurde plötzlich furchtbar nervös. Tanzen? Mit Eric? Ganz auf Tuchfühlung? Ich? Ich spürte einen Herzinfarkt näher kommen und atmete tief durch, fest entschlossen ihm einen Korb zu geben. Doch er war bereits einen Schritt zurückgetreten, hatte sich seine linke Hand auf den Bauch gelegt und verbeugte sich kurz und knapp. Dann richtete er sich wieder auf, streckte mir seine andere Hand entgegen und fragte mit einem Zwinkern in seinen Augen: »Darf ich um diesen Tanz bitten?«

Ich wusste nicht, was mich ritt. Ich wusste nicht, was in mir, meine nächste Reaktion auslöste. Ganz sicher war es nicht die Vernunft, die mich führte, aber einem Impuls folgend nahm ich Erics Hand und wie ein Blitz schoss es mir durch den Magen als sich unsere Hände berührten. Einen Augenblick sahen wir uns an, dann drehte er sich um und machte Anstalten mich auf die Tanzfläche zu führen. Doch bevor ich auch nur einen Schritt vorwärts tun konnte, schnellte plötzlich Daniels Arm nach vorne, packte Eric und hielt ihn auf. Er sah Eric an, mit einem Gesichtsausdruck, den ich nicht deuten konnte. Er starrte förmlich, ohne ein Lächeln auf den Lippen, ohne Wärme im Blick. Ich wunderte mich darüber, doch die Situation überforderte mich so, dass ich nicht darauf reagieren konnte.

Langsam und zögerlich ließ Daniel Eric wieder los, straffte sich widerwillig und sagte dann leise, beinahe drohend: »Pass auf!«
Eric zögerte kurz, nickte aber dann knapp und zog mich schließlich hinter sich her. Einen Moment noch dachte ich über Daniels Worte nach, doch dann verschwanden sie einfach aus meinem Kopf ohne einen Nachhall zu hinterlassen. Ich war grandios abgelenkt und lief wie ein Schlafwandler hinter Eric her, zitternd und mit eiskalten Händen. Auf die Tanzfläche, durch all die tanzenden Menschen hindurch, bis wir genau in der Mitte angekommen waren und sich die Menge um uns schloss. Eric blieb so abrupt stehen, dass ich beinahe mit ihm zusammen gestoßen wäre. Er drehte sich langsam zu mir um und bevor ich wusste, was mir geschah, riss er meinen Arm, dessen Hand er immer noch hielt nach oben und dreht mich im Kreis.

Überrascht keuchend landete ich nach der Drehung in seiner Umarmung und in der gleichen Sekunde noch fing er an uns im Rhythmus des Liedes zu wiegen. Er sah mich an, erkannte die fassungslose Überraschung in meinem Gesicht und in seinem Mundwinkel zuckte es amüsiert. Ich sah unsicher zurück und biss mir nervös auf die Unterlippe, was Eric den Kopf in den Nacken legen und laut auflachen ließ. Ich war vollkommen überfordert, schlotterte vor Aufregung und wusste nicht, was ich mit meinen Gliedmaßen anstellen sollte. Doch Eric übernahm die Führung, ließ unsere Arme sinken und platzierte meine Hand auf seiner Hüfte, legte seine darauf und hielt mich so dort fest. Seinen anderen Arm legte er auf meine Schulter, die Fingerspitzen in meinem Nacken, eine Berührung so leicht wie Schmetterlingsflügel.

Wieder schauderte es mich, seine direkte Nähe würgte mich förmlich und dann, als ob das alles noch nicht genug gewesen wäre, ließ er von meinem Nacken ab, strich über meinen Arm und zog mich schließlich mit einem fordernden Ruck ganz nah an sich heran. Ich schloss die Augen, nicht weiter fähig ihn anzusehen und erkannte dabei, dass er mich mit der ganzen Länge meines bebenden Körpers an sich drückte. Ich spürte alles an ihm. Seinen Herzschlag, die unglaubliche Wärme, die er ausstrahlte, unsere Beine, die sich im Takt der Musik berührten. Und etwas Anderes, dass ich zu diesem Zeitpunkt noch nicht benennen konnte. Und plötzlich wurde mir klar, dass es mich erregte.

Es erregte mich gewaltig, ihn so zu spüren. So sehr, dass ich mir ein gequältes Stöhnen verbieten musste. Es machte mich an und ungewollt musste ich an die vielen Momente denken, in denen ich alleine mit mir gewesen war, um mir genauso einen Augenblick vorzustellen. Pochend und hämmernd meldete sich ein überdeutliches Verlangen in mir. Ich kniff die Augen, unter dem heißen Gefühl, welches über meinen Rücken kroch, noch fester zusammen und hoffte, dass Eric nicht bemerken würde, was hier gerade mit mir passierte.

Mein vernebelter Verstand hoffte natürlich genau dies. Er hoffte, dass Eric meine Erregung bemerken und mich ... Nun, was eigentlich? Mit einer beinahe unmöglichen Anstrengung verbot ich mir, diesen Gedanken zu Ende zu denken. Ich konnte nur ahnen, was dieser mit mir gemacht hätte. Ich versuchte mich stattdessen auf die Musik zu konzentrieren, mir ein letztes bisschen Vernunft zu behalten. Doch es war schier unmöglich. Beinahe wie von selbst hatte sich meine andere Hand auf Erics Taille gelegt. Mit Bewegungen, die wahrscheinlich kaum jemand bemerkt hätte, befühlte ich die Stelle seines Körpers, die direkt unter meinen Fingerspitzen lag und wurde schier verrückt.

Ein Cocktail aus verschiedensten Wahrnehmungen peitschte durch meinen Körper. Ich spürte den wummernden Bass in mir, die Gegenwart von vielen anderen, tanzenden Körpern, die Wärme, die von der Lichtanlage ausging. Doch ein Gefühl überschattete all dies. Erics Atem streifte mein Gesicht und plötzlich überkam mich das übermächtige Verlangen ihn anzusehen. Langsam öffnete ich meine Augen und begegnete seinem Blick, sein Gesicht ganz nah an meinem. Wieder fühlte ich seinen Atem, als er mir noch näher kam, seine Hand wieder in meinem Nacken. Einen Herzschlag lang sahen wir uns an, während die Erregung mit neuer Intensität durch meinen Körper walzte.

»Happy Birthday«, flüsterte er mir zu. Dann küsste er mich.

Kapitel 9

Wieso hatte die Welt nicht aufgehört sich zu drehen? Wieso war die Zeit nicht stehen geblieben? Wieso war nicht alles unwichtig geworden? Dieser eine Moment, mein Moment hätte es verdient. Auf jeden Fall für mich. Und selbstverständlich wollte ich auch nicht, dass er jemals endete. Alles, was ich bisher erlebt hatte, alles was mich ausmachte, alles was mir wichtig gewesen war, es existierte nun nicht mehr. Nun, zumindest nicht für diesen einen Bruchteil der Ewigkeit. Dieser Kuss, mein erster Kuss, er war die Essenz meines Daseins.

Erics Lippen legten sich auf meine, bevor ich richtig realisieren konnte, dass dies gerade wirklich geschah. Weich, warm und feucht glitten sie über meinen Mund, nahmen mich ein, gaben und forderten gleichzeitig. Und ohne dass ich es bewusst entschied, öffnete ich mich ihm, ließ mich in diesen Kuss fallen, der alles übertraf, was ich mir je vorgestellt hatte. Unsere Zungen berührten sich und ich spürte seinen warmen Atem in meinem Mund. Die Gefühle, die er in mir auslöste explodierten augenblicklich in meinem Kopf und löschten alles aus, was um mich herum passierte. Es war unwichtig, dass wir von tanzenden Menschen umgeben waren. Unwichtig, dass wir vielleicht jeden Moment von Daniel, der mich bereits ausdrücklich vor Eric gewarnt hatte, überrascht hätten werden können. Und es war unwichtig, dass ich viel zu heftig reagierte.

Noch immer bewegten wir uns zum Rhythmus des Liedes, meine schwitzigen und zitternden Hände auf seinen Hüften. Seine Rechte auf meiner und Die Linke, welche sanft meinen Rücken streichelte. Eric dominierte diesen Kuss. Er bog mich leicht nach hinten, machte mich gefügig und mehr als willig. Ich ließ es mir gefallen. Ich ließ alles mit mir machen um diesen Augenblick so lange wie möglich hinauszuziehen. Ich stellte mich auf die Zehenspitzen, drückte mich ihm entgegen, presste meinen Unterkörper an ihn. Heiße Erregung peitschte durch meinen Körper und in dem Augenblick, in dem ich dachte, dass es nicht mehr besser werden könnte, ließ er plötzlich von mir ab.

Enttäuscht schlug ich die Augen auf und begegnete direkt seinen dunklen Augen, die mich zu durchbohren schienen. Ich schnappte nach Luft, als mich dieser Blick traf und wusste plötzlich, dass meine Enttäuschung unbegründet war. Es schauderte mich wieder als er meinen Nacken erneut berührte und mit den Fingerspitzen in meinen Haaransatz fuhr. Er wiegte mich hin und her, sah mich unverwandt an und umfasste meine Hand noch fester, als er unsere Finger miteinander verschränkte. Eric schob seinen Daumen unter mein Handgelenk und dann, mit leichtem Druck führte er meine Hand unter sein T-Shirt. Dieses Mal konnte ich ein Stöhnen nicht verhindern. Rau, heiser und ungehindert kam es aus meinem Mund und es störte mich dieses Mal auch nicht, dass Eric es hören konnte. Nein, ich wollte, dass er es hörte. Ich wollte, dass er wusste, was er in mir auslöste. Seine warme Haut unter meinen Fingerspitzen machte mich schier verrückt, wahnsinnig nach ihm. Ich überließ mich ganz seiner Führung, ließ mich fallen, wehrte mich nicht, als unsere Hände gemeinsam auf seinem Bauch auf Wanderschaft gingen.

Sie glitten höher und ich fühlte seinen Herzschlag. Einen Herzschlag, der genau so schnell pochte wie meiner. Der das widerzuspiegeln schien, was ich gerade fühlte. Wir waren im absoluten Gleichklang, empfanden dasselbe wie der jeweils andere und irgendwie erschreckte mich das. Ich war irrsinnig erregt. Das alles war so neu für mich. So intensiv, so aufwühlend, dass ich beinahe nicht glauben konnte, dass es Eric genau so zu gehen schien. Das konnte doch einfach nicht sein, das war beinahe unglaublich. Und doch war es so. Er mache schließlich, nach einem fast endlos dauernden Weg über seinen Oberkörper. Auf seiner Brust Halt, hielt dort meine Hand fest und sah mich weiter an. Glühend und dunkel, voller Verlangen.

Ich konnte nicht mehr klar denken. Mein Verstand war vollkommen ausgeschaltet. Ich funktionierte nur noch für diese

Berührung, für diesen Blick. Und wusste nicht, was mich dabei mehr anmachte. Schon längst war ich hart. So hart, dass ich mich, ohne bewusst darüber entschieden zu haben, an Eric rieb. Ich wollte mehr von diesem überwältigenden Gefühl, dass da so fordernd durch meine Körpermitte pochte. Ich wollte, dass er mich richtig anfasste. Hier und auf der Stelle. Jetzt. Sofort. Seine harte Brustwarze zwischen meinen Fingern machte es nicht besser. Auch nicht sein Atem, der mir stoßweise über mein erhitztes Gesicht strich. Und vor allem nicht seine eigene Erektion, die ich mehr als deutlich, an meinem Oberschenkel spürte.

Wieder überrieselte es mich, als mir klar wurde, dass wir uns auf dem gleichen Level befanden. Dass Eric auf mich so reagierte wie ich auf ihn. Verwirrt ob dieser Situation hatte ich unbewusst begonnen seine Brustwarze zwischen meinen Fingern zu reiben. Ich genoss diese Berührung, hörte sein leises Stöhnen, fühlte seine eindeutigen Bewegungen die meinen so glichen. Und ich spürte, wie er mit der Hand, die immer noch in meinen Haaren vergraben war, mein Gesicht wieder näher zu sich heranzog. Dicht an dicht standen wir. Unsere Nasen berührten sich beinahe. Ich öffnete, in der Erwartung eines weiteren Kusses die Lippen, doch nichts passierte. Stattdessen drehte er seinen Kopf, suchte mein Ohr und flüsterte mir dann zu: »Du bist so heiß, 'Lijah.«

Es fehlte nicht viel und ich wäre unter seinen Worten in die Knie gegangen, so sehr erschütterten sie mich. Sie hauten mich beinahe um und machten ein knochen- und willenloses Etwas aus mir. Ich glaubte ihm, zumindest dachte ich, dass ich ihm glauben konnte. Oder vielleicht waren es auch meine Samba-tanzenden Hormone, die diesen Glauben in mir hervorbrachten. Er hatte mich soweit. Ohne größere Mühe hatte er mich an einem Punkt, wo ich bereit war, alles mitzumachen. Alles zu tun, was er von mir verlangte. Sogar an Ort und Stelle, inmitten all dieser Menschen, ohne Vernunft, ohne zu denken. Wieder stöhnte ich auf und schloss die Augen. Seine Lippen strichen über meinen Hals. Die Spitze seiner Zunge in mein Ohr. Meine Hand auf seiner Brust, seine darüber.

Plötzlich erwachte in mir ein nie gekannter, beinahe animalischer Instinkt. Ich wollte ihn anfassen, ihn spüren, ihn in mir aufnehmen und etwas davon zurückgeben, was er mir hier so reichlich bescherte. Es war mir egal, dass ich noch überhaupt keine Erfahrung in diesen Dingen hatte. Außer mit denen natürlich, die ich mir selbst zu verdanken hatte. Doch in mir war der Wille erwacht zu spüren, nein, vielmehr mich mit meinen eigenen Händen davon zu überzeugen, dass es so war, wie ich glaubte es zu spüren. Ich ließ also meine Hand, die immer noch auf Erics Taille gelegen hatte, tiefer gleiten, über seine Hüften und schließlich zur Lende. So zaghaft, wie ich es in meiner Naivität nur sein konnte, hielt ich kurz inne, während mich die Unsicherheit für einen Moment packte. Dann fuhr ich vorsichtig, ohne zu wissen, ob ich es richtig machte, über seine Körpermitte und spürte mit beinahe allen meinen Sinnen seine pralle Erektion.

Erics Reaktion war anders, als ich es vielleicht erwartet hätte. Meine intime Berührung war eigentlich nicht der Rede wert. Sie war hauchzart, unschuldig, unsicher und beinahe nicht vorhanden. Doch er ließ von meinem Hals ab und fixierte mich, mit einem seltsam undeutbaren Ausdruck in seinen Augen. Für einen kurzen Moment musterte er mich eindringlich, eine Unsicherheit leuchtete in seinem Blick, die mich mehr verwirrte, als alles andere, was er bisher mit mir angestellt hatte. Dann lächelte er plötzlich und fuhr mir mit der Hand durchs Haar.

»Gott, du bist wirklich heiß«, wiederholte er dann leise seine Worte von vorhin. Die Röte schoss mir ins Gesicht, als ich ihn zischend einatmen hörte und ich blickte verlegen zur Seite. Ich fühlte mich ertappt und ein ganz klein wenig bloßgestellt. Keine Ahnung was mich geritten hatte, ihn so zu berühren.

Eric schien meine Verlegenheit zu bemerken und lachte leise auf. Das Lachen hatte einen Klang, den ich noch nie zuvor bei ihm gehört hatte und ich meinte einen kleinen Anflug von

Zärtlichkeit aus ihm heraus zu hören. Wieder beugte er sich nach vorne, um mich zu küssen. Doch dieses Mal schien der Kuss weitaus unschuldiger zu sein. Er hatte etwas Endgültiges, etwas Abschließendes. Und tatsächlich ließ Eric mich los. Er nahm die Hände von mir und hob sie in einer vorsichtigen Bewegung zur Seite. Fast so als hätte er Angst sich an mir zu verbrennen.

»Wir sollten besser aufhören«, unterstrich er seine Gestiken und lächelte erneut, als ich keine Anstalten machte mich zu bewegen.

»Du darfst mich auch loslassen.«

Eine riesige Welle der Verlegenheit überspülte mich, als mir klar wurde, dass meine Hand, wenn auch nur ganz leicht, noch immer auf seinem Schwanz lag. Blitzartig ließ ich ihn los und trat einen Schritt von ihm weg, während sich meine Gesichtsfarbe ganz sicher von rot in Lila wandelte.

»Tut mir leid«, brachte ich gerade so heraus und machte Anstalten mich hastig umzudrehen. Ganz plötzlich wollte ich nur noch von ihm weg. Mich einfach verstecken, vielleicht um mich in Luft aufzulösen und dabei bereuen, dass ich so dreist und so unbeherrscht gewesen war. Doch er hielt mich auf, packte mich am Arm und drehte mich noch einmal zurück. Er hob die Hand und streichelte mir sanft über die Wange. Sein Daumen glitt über meine Unterlippe und ich schloss unter dieser zarten Berührung aufseufzend meine Augen.

»Ich wünsch dir noch einen schönen Geburtstag. Wir sehen uns morgen.«

Er verabschiedete sich mit diesen Worten und ich spürte wie er sich daraufhin von mir entfernte. Fast hatte sein Abgang etwas von einer Flucht. Ich blieb jedoch noch eine ganze Weile auf dem Fleck stehen, an dem er mich verlassen hatte. Und als ich dann meine Augen wieder öffnete, war keine Spur mehr von ihm zu entdecken. Es fiel mir wahnsinnig schwer nach diesen Momenten wieder in die Realität zurückzufinden. Noch schwerer fand ich es zu Daniel und Alec zurückzugehen. Und beinahe unmöglich war es mir, mir nicht anmerken zu lassen, dass ich gerade zum ersten Mal geküsst worden war. Ein Teil wollte mit dieser Sache sofort herausplatzen, es jedem, den es nur ansatzweise interessierte, erzählen. Doch ich spürte irgendwie, dass ich damit vorläufig noch warten musste.

Zu meinem großen Glück stellten mir mein Bruder und sein Freund keine Fragen, was ich beinahe nicht fassen konnte, denn ich meinte, dass man mir den Aufruhr in meinem Inneren sehr deutlich hätte ansehen müssen. Die Erregung, die Eric in mir ausgelöst hatte, hielt den ganzen restlichen Abend über an. Natürlich nur in abgeschwächter Form. Nichtsdestotrotz war ich mehr als froh, als wir endlich beschlossen nach Hause zu gehen und ich dort, kaum dass ich den Beiden einen kurzen Gute-Nacht-Gruß zugerufen hatte, in mein Zimmer verschwinden konnte. Ich machte mir nicht einmal die Mühe das Licht anzumachen. Gerade noch konnte ich die Türe hinter mir schließen, bevor ich es nicht mehr aushielt und mit der rechten Hand in meine Hose schlüpfte.

Ich umfasste meine Erektion, die sich sofort, nur bei dem Gedanken an Eric und an das, was ich heute mit ihm erlebt hatte, wieder aufbaute. Ich lehnte mich verzweifelt aufstöhnend an die Wand und pumpte meinen harten Schwanz. Und es dauerte nur wenige Sekunden, bis ich heftig kam. So heftig wie es bisher noch nie erlebt hatte. Ich ergoss mich in meine eigene Hand und spürte ein wenig Erleichterung. Doch richtig entspannt war ich nicht. Nicht einmal annähernd. Ich fühlte mich eher wie ein ausgehungerter Wanderer, der nach einem langen, anstrengenden Marsch gerade einmal einen Schluck Wasser zu trinken bekommen hatte. Und dieser Schluck Wasser reichte bei weitem nicht aus, um mich zufrieden zu stellen.

Erics Berührungen hatten etwas in mir erwachen lassen. Etwas, dass heißer als die Hölle selbst in mir brannte und nur von ihm gelöscht werden konnte. Er hatte das Verlangen, welches ich bisher nur theoretisch gekannt hatte, in mir nicht nur geschürt. Er hatte es gleichzeitig auch vergrößert und damit zu meiner obersten Priorität gemacht. Ich löste mich nach einigen Minuten aus meiner Haltung an der Wand und machte mich sauber. Dann zog ich mich gedankenverloren um. Meine Gedanken kreisten unaufhörlich um Eric. Sein Kuss ließ mich nicht los, als ich ins Bett stieg. Und seine Worte hallten ununterbrochen in meinen Ohren nach. *Du bist so heiß 'Lijah.*

Ich wälzte mich die halbe Nacht hin und her, fand keinen Schlaf wegen dieser Erinnerung und wurde von Minute zu Minute unruhiger. Noch immer spürte ich seine Hände an den Stellen meines Körpers, die er berührt hatte und wurde beinahe wahnsinnig vor Verlangen nach ihm. Ich sah alle fünf Minuten auf den Wecker neben meinem Bett und versuchte ohne Erfolg ihn aus meinem Kopf zu scheuchen. Doch nichts half bis ich schließlich frustriert und gequält erneut Hand an mich legte. Danach war ich erschöpft und fühlte endlich den so ersehnten Schlaf nahen. Bevor ich wegdämmerte, hörte ich noch, in meiner Erinnerung, seine Stimme in meinem Kopf.

Wir sehen uns morgen.

Kapitel 10

Die Nacht meines 18. Geburtstages war die bisher Unruhigste meines ganzen Lebens. Zum ersten Mal träumte ich weder von den schrecklichen Dingen, die mein Vater mir angetan hatte, noch von Eric. Mein Schlaf war dazu viel zu leicht und ließ es gar nicht erst zu, dass ich in die Ruhephase fallen konnte, in der Träume überhaupt möglich gewesen wären. Doch das hieß nicht, dass mir nicht ständig die Bilder der jüngsten Ereignisse durch den Kopf schwirrten. Ich wachte ununterbrochen auf, drehte mich genervt stöhnend von einer Seite auf die andere und versuchte vergeblich die Bilder von Eric und mir aus meinem umnebelten Kopf zu bekommen. Ich kämpfte mit mir selbst um ein bisschen Ruhe und Frieden. Frieden vor den nervenaufreibenden Erinnerungen, die sich ständig vor meinem inneren Auge abspielten, doch es war vergeblich.

Viel früher, als ich es sonst nach einer so langen Nacht getan hätte, stand ich dann schließlich auf. Ich spürte sehr wohl die Müdigkeit in meinen Knochen. Doch ich hätte es keine Minute länger mehr im Bett aushalten können. Alles andere als ausgeruht, saß ich nun also auf der Kante desselben, stützte meinen Kopf in meine Hände und fühlte mich, als hätte jemand meinen seltsam kribbelnden Körper in Watte gepackt. Sobald ich mich entschieden hatte tatsächlich wach zu bleiben, waren die Erinnerungen an den letzten Abend noch überdeutlicher da als zuvor. Und ließen mich heftig erröten, als ich sie mir erneut detailliert durch den Kopf gehen ließ. Mein erster Kuss war irgendwie ein klein wenig ausgeartet. Und hatte mich ungeplant ein ganzes Stück näher an meinen verzweifelten Wunsch, einmal mit Eric zu schlafen, herangebracht.

Ich fragte mich plötzlich, wie in Drei Teufels Namen, ich überhaupt in eine Situation wie diese hatte gelangen können. Ich hatte Eric niemals aktiv ermuntert, mal abgesehen von meinem peinlichen Anschmachten, das ihm ganz sicher nicht entgangen war. Er hatte auch keinerlei Anstrengungen unternommen, mir verstehen zu geben, dass er an mir Interesse hatte. Oder zumindest ein Interesse an einem One-Night-Stand mit mir, welcher an sich, der Gipfel des für mich überhaupt vorstellbar Möglichen, gewesen wäre. An mehr als das hatte ich nie gedacht. Mehr hatte ich mir auch niemals erhofft, trotz meiner verrückten Verliebtheit in ihn. Und doch war gestern dieser Kuss passiert, der so viel mehr gewesen war, als ein Aufeinandertreffen unserer Lippen und der mich gründlich um meinen Seelenfrieden gebracht hatte. Der Kuss, der deutlich einen Wunsch nach mehr in mir hatte wachsen lassen.

Ich war vielleicht naiv und unerfahren, aber ich war ganz sicher nicht blöd. Eric war einfach nicht der Typ, der auf der Suche nach einer festen Beziehung zu sein schien. Und selbst wenn er es gewesen wäre, dann hätte er sich sicherlich nicht unbedingt jemanden wie mich ausgesucht. Nein, das kam mir irgendwie nicht plausibel vor. Eric war zum einen älter als ich und außerdem war er unverschämt hübsch. Er war auf einem ganz anderem Niveau als ich. Er hatte, nach Daniels Aussage und eindrücklicher Warnung nach zu urteilen, an jedem Finger mindestens zwei Typen mit denen er schlafen konnte, wenn er das wollte? Und natürlich tat er das auch. Ich zuckte innerlich mit den Schultern. Die Vorstellung, dass er mit verschiedenen Männern ins Bett ging, störte mich scheinbar weitaus weniger, als Daniel und darüber hinaus auch viel weniger, als es mich persönlich vielleicht hätte stören müssen. Doch ich hegte deswegen keinen Groll gegen ihn. Vielmehr gefiel mir die Vorstellung, dass ich vielleicht derjenige sein könnte, der das ändern würde. Der ihn irgendwann einfing, auch wenn es unrealistisch zu sein schien.

Zum anderen hatte sein Verhalten mir gegenüber meine Fantasien nicht gerade genährt. Er war, für jemanden, der sonst nichts anbrennen ließ, äußerst zurückhaltend gewesen. Er hatte rein gar nichts dazu getan, mir eine Szenerie einzubilden, in der ich tatsächlich sein fester Freund sein könnte. Oder nur ein billiger Aufriss, was auch immer. Und doch hatte er mich gestern

Nacht geküsst. Ganz von sich aus. Und ohne Vorwarnung. Er hatte mir meine erste Lektion, in Sachen Sex, erteilt. Und ich fragte mich immer noch, warum er es getan hatte. Irgendetwas an mir musste ihm offenbar gefallen, sonst hätte er es nicht getan. Aber was genau das sein sollte, wollte mir nicht in den Kopf. Ich konnte es einfach nicht begreifen. Es war geradezu absurd.

Ich hatte mir bisher keinerlei Gedanken darüber gemacht, wie ich aussah, wie ich vielleicht auf andere wirkte und ob dieser Eindruck positiv oder negativ war. Es war mir klar, dass ich meinem Bruder sehr ähnelte. Doch selbst über ihn, über sein Aussehen, hatte ich noch nie nachgedacht. Und warum auch? Dafür hatte es keinerlei Anlass gegeben. Jetzt, da ich es aber tat, wurde mir sehr schnell klar, dass Daniel attraktiv war, soweit ich das als Bruder überhaupt beurteilen konnte. Und bedeutete das nun automatisch, dass auch ich einigermaßen ansehnlich war? Dass da wirklich etwas an mir war, dass Eric gefallen konnte? Ich schüttelte bei dem Gedanken meinen Kopf und zweifelte plötzlich an meinem Verstand. Was hätte ihm an mir schon gefallen können? Ich war doch nur ein Junge, noch nicht ganz ein Mann und dazu noch einer, der gerade erst im richtigen Leben angekommen war. Und dem man die Spuren seiner schrecklichen Kindheit bestimmt noch ansehen konnte.

Ich erhob mich, nach schier endlos dauernder Grübelei, irgendwann ganz von meinem Bett, in der Absicht zu duschen, mich anzuziehen und dann schließlich nach unten zu gehen, wo mich Daniel und Alec sicher bereits erwarteten. Auf halbem Weg zum Bad hielt mich jedoch mein eigenes Bild, dass sich in der Spiegeltür meines Kleiderschranks widerspiegelte, plötzlich auf. Ich musterte mich einige Zeit lang gründlich und verzog dann das Gesicht. Ein richtiger Kerl war ich ganz sicher nicht, nicht mal annähernd. Dazu war mein hellhäutiges Gesicht, mit den grünen Augen und den blonden Haaren darüber, viel zu zart. Eine Spur zu feminin. Ganz so wie der schmale Körper in dem ich steckte. Ich wirkte selbst in meinen eigenen Augen viel zu unsicher und schutzbedürftig. Fast hätte man mich für ein

Mädchen halten können. Und so etwas sollte Eric gefallen? Wieder schüttelte ich ungläubig den Kopf und war mir sicher, dass er gestern unter Drogeneinfluss gestanden haben musste. Oder ich hatte mir das alles einfach nur eingebildet.

Ich wandte mich schließlich von mir selbst ab und suchte unter der Dusche nach der inneren Ruhe, derer ich so dringend bedurfte. Doch das warme Wasser, welches dann auf mich herunter prasselte, half mir nicht wirklich weiter. Ganz im Gegensatz zu meiner Absicht Boden unter den Füssen zu bekommen, wurde mir wieder einmal sehr schnell klar, dass dieser Kuss nicht nur meiner Vorstellungskraft entsprungen sein konnte. Nein, es war tatsächlich passiert. Es war real. Genauso real wie die neuerliche, unaufhaltbare Erektion die sich beinahe wie von selbst unter meinen Händen bildete. Ich stöhnte leise, als ich versuchte mich dagegen zu wehren. Was hatte Eric bloß mit mir angestellt? Er war zu meinem ständigen Begleiter geworden. In jeder noch so unmöglichen Situation tauchte er in meinem Kopf auf. Er, sein spöttisches Lächeln, seine dunklen Augen, alles an ihm verfolgte mich regelrecht und ließ mich nicht zur Ruhe kommen. Er lag mit mir im Bett, stand mit mir unter der Dusche und war einfach da. Als fester Bestandteil meines neuen Lebens und ließ mich nicht mehr alleine.

Ich beendete stur die Dusche, ohne dem fordernden Pochen zwischen meinen Beinen nachgegeben zu haben. Ich war wirklich unersättlich geworden. Doch jedes Mal, wenn ich Hand an mich legte, ließ das einen schalen Geschmack in meinem Mund zurück. Es reichte mir einfach nicht mehr. Und so hatte ich fürs Erste genug davon. Ich war zu müde und immer noch zu aufgewühlt. Außerdem wollte ich, zumindest für den Moment, alle erotischen Gedanken aussperren. Das war wirklich nicht mehr normal und obendrein anstrengend. Ich trocknete mich schließlich gründlich ab und zog mir frische Kleidung an. Dann studierte ich erneut beiläufig mein frisch gewaschenes Gesicht im Spiegel. Nicht mal nennenswerten Bartwuchs hatte ich aufzuweisen. Wie überaus männlich!

Frustriert aufseufzend wandte ich mich ab und schlüpfte dann durch meine Türe. Ich hatte nach dieser endlosen und anstrengenden Nacht das dringende Bedürfnis nach der Gesellschaft meines Bruders. Und auch nach einem späten Frühstück. Ich lief ganz entgegen meiner sonstigen Gewohnheit die Treppe eher langsam hinunter. Ich hatte nicht vor mich heute übermäßig zu verausgaben. Daniel sah mindestens genau so müde aus, wie ich es war. Nicht nur mir schien der lange Abend in den Knochen zu stecken, wenn auch vermutlich aus anderen Gründen. Von Alec war erst gar nichts zu sehen, was mich vermuten ließ, dass er noch schlief. Daniel lächelte mich an, schloss mich in die obligatorische Umarmung und küsste mich auf die Stirn.

»Nochmal, alles Gute zum Geburtstag«, wünschte er mir.

»Danke sehr«, entgegnete ich grinsend und ließ mich dann ächzend, auf einem der Küchenhocker, nieder. Mein Bruder hatte bereits ein kleines Frühstück vorbereitet. Toast, Marmelade und Tee standen bereit. Ebenso zwei hübsch verpackte Geschenke nebst Schleife und Karte auf denen groß und breit mein Name prangte. Fragend blickte ich zu Daniel auf, der mir ein höchst überflüssiges »Für dich« entgegen grinste.

»Das solltet ihr doch nicht. Ihr braucht mir nichts zu schenken«, versuchte ich schwach zu protestieren. Doch Daniel wedelte meine Bedenken lässig mit der Hand beiseite.

»Red keinen Blödsinn, 'Lijah. Denkst du etwa, dass wir dir zum 18. wirklich nichts geschenkt hätten?«
Er entrüstete sich ein klein wenig und ich bekam auf der Stelle ein schlechtes Gewissen.

»Nun mach schon auf«, drängelte er mich, bevor ich meinen Mund wieder aufmachen konnte.

»Das da zuerst.«
Er deutete auf das kleinere der beiden Päckchen und setzte sich dann, mit erwartungsvollem Gesichtsausdruck, neben mich. Ich riss das Papier ab und hielt ein kleines schwarzes Täschchen in der Hand, dessen Nützlichkeit mir sich aber nicht so ganz

erschloss. Daniel bemerkte meinen fragenden Gesichtsausdruck und amüsierte sich offensichtlich prächtig darüber.

»Du wirst schon sehen«, meinte er dann.

»Mach weiter.«

Ich zuckte mit den Schultern und machte mich daran das zweite Päckchen zu öffnen. Ich drehte die Schachtel herum und dann stockte mir der Atem. Ein Handy! Ich riss den Kopf hoch und begegnete dem lächelnden Gesicht meines großen Bruders.

»Wir dachten uns, damit du uns jederzeit erreichen ka ......«

Daniel kam nicht dazu seinen Satz zu beenden. Ich warf meine Arme so schnell um ihn und drückte ihn so fest, dass ich seine Worte sofort im Keim erstickte.

»Danke«, brachte ich heiser hervor und musste wieder einmal mit mir kämpfen um nicht in Tränen auszubrechen. Ich war so gerührt und so unendlich dankbar für die Wendung in meinem Leben, so froh für die Normalität. Ich versuchte meine ganze Dankbarkeit in diese Umarmung zu legen, ihm zu verstehen zu geben, dass ich wirklich alles zu schätzen wusste, was er und Alec für mich taten. Und natürlich, dass ich mich wahnsinnig über ihr Geschenk freute. Wir hielten uns sehr lange im Arm. So lange, bis ich mich schließlich räuspernd von ihm löste und mich nochmals verlegen bei ihm bedankte. Er winkte lächelnd ab und widmete sich schließlich dem Frühstück.

Auch Alec bekam an diesem Morgen noch die volle Breitseite meiner überschäumenden Dankbarkeit ab. Theatralisch röchelnd hing er in meinen Armen und lachte herzlich über meine Begeisterung. Er erklärte mir einige Funktionen zu dem Teil und speicherte obendrein noch die wichtigsten Nummern für mich ab. Wir waren daher einige Zeit schwer beschäftigt. Irgendwann unterbrach uns Daniel, der meinte er hätte ein paar Leute eingeladen damit wir meinen Geburtstag auch so richtig feiern könnten.

»Ihr macht eine Party für mich?«, fragte ich ungläubig und konnte es nicht fassen.

»Na ja, eigentlich ist es mehr eine kleine Feier«, grinste Alec und rieb sich die Hände vor Vorfreude.

»Es sind ein paar Typen dabei, die dir bestimmt gefallen werden.«

Ich wurde über und über rot bei seinen Worten und konterte sein Grinsen mit einem leicht verzerrten Gesichtsausdruck. Nun, so ganz Unrecht hatte er sicher nicht. Zumindest ein Gast würde darunter sein, der mir mit Sicherheit gefiel. Doch soweit wollte ich gar nicht denken. Ich hatte unter der Dusche rigoros beschlossen, dass ich Eric, der sich ja für heute bereits angekündigt hatte, aus dem Weg gehen würde. Ich wollte nicht, bzw. nicht schon wieder, unter den Augen meines Bruders in eine zweideutige Situation kommen. Und da ich Gefahr lief, dass genau das passieren würde, musste ich mich unter allen Umständen von ihm fernhalten. Eine Feier, auf der genügend andere Leute anwesend waren, schien mir da genau das Richtige zu sein.

Ich riss mich also vom Gedanken an Eric mühsam los und teilte Daniel und Alec mit, dass ich mich über ihr Vorhaben freute. Gleichzeitig bot ich mich an, bei den Vorbereitungen, zu helfen, was ich nicht nur aus reiner Höflichkeit tat. Etwas zu tun zu haben würde mich ablenken und überdies auch meinem Kopf guttun, in dem sich gerade sowieso alles nur um das eine drehte. Mein Plan ging tatsächlich auf. Wir waren alle drei ordentlich beschäftigt und ich war froh, dass die ersten Gäste eintrafen, ohne dass ich eine Pause gehabt hatte. Daniel und Alec stellten mich ihren Freunden vor, die mich interessiert und neugierig über alles ausfragten, was es so über mich zu wissen gab. Es war eine kunterbunte Mischung aus Leuten, die sich hier eingefunden hatten. Und ich konnte mir, bei mehr als nur einer Person, sehr gut vorstellen, mit ihr befreundet zu sein.

Ich wurde regelrecht in Beschlag genommen. Mir wurde herzlich gratuliert. Ich bekam Schulterklopfer, kleine Geschenke und wurde von einem zum anderem herumgereicht. Mehr als einmal musste ich auf mich selbst und meine frische

Volljährigkeit anstoßen und sehr bald begann ich deshalb im Kopf Karussell zu fahren. Mir gefiel der Trubel irgendwie und auch das Gefühl vollständig akzeptiert zu werden. Ich unterhielt mich lange und ausführlich und bemerkte dabei nur am Rande, dass auch Eric eingetroffen war. Die vielen Menschen im Raum waren gut für mein Vorhaben, mich um ihn herum zu schleichen. Sehr oft und immer dann, wenn ich ihn auf mich zugehen sah, ging ich hinter einer Gruppe Menschen in Deckung. Ich versteckte mich regelrecht, konnte aber nicht umhin, ihn hin und wieder anzusehen.

Jetzt, da er wieder in meiner unmittelbaren Nähe war, fiel es mir ungleich schwerer, nicht an den letzten Abend zu denken und damit an die Zärtlichkeiten, die wir ausgetauscht hatten. Der Alkohol, den ich mittlerweile intus hatte, verstärkte diese Symptome natürlich noch. Ich ertappte mich bald wieder einmal dabei, dass ich ihn, beinahe schon unverschämt, anstarrte. Und entgegen meinem bescheuerten Verhalten, mir wünschte, dass er sich mir nähern würde. Wie immer ertappte mich Eric beim starren, doch an diesem Tag schaute ich nicht weg. Vielleicht war es der Alkohol, der mir Mut gab. Eigentlich konnte es gar nicht anders sein, denn meine Schüchternheit war ich ja nicht plötzlich über Nacht losgeworden. Und so sahen wir uns immer und immer wieder an. Durch die ganzen Leute hindurch. Über den ganzen Lärm hinweg.

Ich bekam sehr weiche Knie bei diesen Blickkontakten. Lange hatten Erics Augen meine festgehalten und ein subtiles Lächeln hatte sich dabei in seine Mundwinkel gestohlen. Ich versank in seinem Anblick und klammerte mich an die Flasche, die ich in den Händen hielt. So lange bis ich plötzlich angerempelt und damit in die Wirklichkeit zurückgeholt wurde. Ich quittierte die Entschuldigung meines Gegenübers mit einem lächelnden Kopfnicken und beschloss dann, für einen kurzen Moment, zu verschwinden. Nicht nur um zu pinkeln. Sondern vielmehr um mich zu sammeln. Und um mir eine Ladung eiskalten Wassers ins Gesicht zu spritzen, was mir natürlich nicht wirklich half. Ich trocknete mein Gesicht anschließend ab und machte mich auf, um mich erneut in die Party und in den Flirt mit Eric zu stürzen.

Mit was ich natürlich nicht gerechnet hatte, war, dass er vor dem Badezimmer auf mich warten würde. Erschrocken ließ ich die Türe hinter mir lauter ins Schloss fallen, als ich es eigentlich beabsichtigt hatte. Ich zuckte ob diesem Geräusch zusammen, lehnte mich dann aber gespielt lässig nach hinten und brachte, nach kurzem innerlichen Ringen mit mir selbst, eine leises »Hey« heraus. Er lächelte sein obligatorisch spöttisches Lächeln und antwortete mir dann mit: »Redest du jetzt nicht mehr mit mir?« Selbstverständlich war er auf meinen kindischen Trick, ihm aus dem Wege zu gehen, so gar nicht hereingefallen. Er hatte mich sofort und komplett durchschaut, was mir viel früher hätte auffallen müssen. Ich fühlte mich daher ertappt und schaute verlegen zur Seite.

Da ich nicht wusste was ich zu meiner Verteidigung hätte sagen können, zuckte ich nur unverbindlich mit den Schultern. Was für ein dummes Kind ich doch war. Zu planen ihn zu ignorieren, wo sich doch jede Faser meines Körpers nach einer erneuten Berührung von ihm sehnte. Doch war nicht genau das der Gedanke hinter meinem Plan gewesen? Seiner Berührung, seiner Nähe und den damit verbundenen Konsequenzen aus dem Wege zu gehen? Erics Gegenwart verhinderte erfolgreich ein klares und vernünftiges Denken, das kannte ich ja bereits schon. Doch das unheilvolle Ziehen in meine Lenden war mir immer noch neu und signalisierte mir gleichzeitig Sehnsucht und Gefahr. Ja, es war gefährlich für mich, so unmittelbar vor ihm zu stehen. Gefährlich, da ich sofort und auf der Stelle in seine Arme sinken wollte.

Ich machte schließlich irgendwann den fatalen Fehler, wieder zu ihm hochzusehen. Und besiegelte damit den weiteren Verlauf unseres Zusammentreffens. Sein Lächeln und sein Blick hatten nichts von ihrer Intensität verloren. Und nichts in ihnen deutete darauf hin, dass er wegen meiner bescheuerten Aktion sauer auf mich war.

»Ich hab ein Geschenk für dich.«

Verwundert nahm ich seine Worte zur Kenntnis.

»Ach ja?«

Er schmunzelte über meinen unsicheren Ton und stöberte schließlich in seiner Hosentasche herum.

»Ja, hab ich. Streck deinen Arm aus.«

Ich tat also wie geheißen und hob meinen Arm. Eric packte mein Handgelenk und drehte meinen Arm herum. Dann befestigte er, mit einigem Umstand, ein Armband daran.

Es war schwarz. Schwarzes, glattes Leder mit einem silbernen Verschluss. Es war schmal und schlicht und, was das Beste von allem war, es war von ihm, von Eric. Und es gehörte mir. Es gehörte zu mir wie ein winziger, klitzekleiner Teil von ihm der nun bei mir war. Und der immer bei mir bleiben würde. Ich strich mit zitternden Finger über das Armband, während mir ein Schauer über den Rücken lief. Das schlichte Schmuckstück war nicht nur irgendein Geschenk für mich. Es war für mich ein Symbol der Hoffnung. Der Hoffnung, die in mir nun rasend schnell größer wurde, mich komplett ausfüllte und mich beinahe zum Platzen brachte. Zum ersten Mal, seit ich Eric kannte, schaute ich ohne Schüchternheit in sein Gesicht. Mein einfaches »Danke«, kam über meine Lippen, ohne das ich groß darüber nachgedacht hatte. Seine Antwort »Ich danke Dir«, kam ebenso schnell zurück. Und bevor ich die Bedeutung seiner Worte realisieren konnte, legten sich seine Lippen wieder auf meine.

Kapitel 11

Eric zu küssen und ihm dabei so nahe wie nur irgendwie möglich zu kommen, wurde in den Wochen nach meiner Geburtstagsparty zum zweitwichtigsten Punkt in meinem Leben. Die Tatsache, dass wir es immer und immer wieder taten und die daraus resultierende Notwendigkeit es vor meinem Bruder zu verstecken, wurde dabei zum Wichtigsten. Wir spielten ein Versteckspiel. Es war ein prickelndes und aufregendes Abenteuer, ihn in Gegenwart von Daniel und Alec zu ignorieren so gut es eben ging. Mir dabei einfach nichts anmerken zu lassen, so wie ich es bisher immer getan hatte. Ich spielte den Schüchternen einfach überzeugend weiter, was mir nicht unbedingt schwerfiel, denn eigentlich hatte sich daran ja auch nichts geändert. Die Momente, in denen wir vollkommen alleine sein konnten, waren selten und daher um so wertvoller für mich. Ich hatte für kurze Zeit mit mir selbst gerungen und hatte intensiv darüber nachgedacht, ob es richtig war das überhaupt zu tun und damit Daniel zu hintergehen. Doch die Gefühle, die Eric in mir auslöste, ließen es gar nicht erst weiter zu, dass ich vernünftig überlegte. Ich tat es also einfach und genoss dabei jede Sekunde.

Selbstverständlich hatte ich auch Eric gegenüber Bedenken. Schließlich wusste ich immer noch nicht, was er überhaupt von mir wollte und was er mit seinem Verhalten mir gegenüber bezweckte. Aber auch das schob ich energisch beiseite. Logik hatte in meinem Kopf hierbei keinen festen Platz, keinen Stellenwert. Ich wollte einfach nur Eric küssen, ihn anfassen und von ihm berührt werden. Was er auch, zu meiner größten Freude, bei jeder sich bietenden Gelegenheit, tat. Wir sprachen kaum miteinander. Dafür hatte ich keine Zeit. Konversation hielt ich für verschwendet. Sie ging zu Lasten der ohnehin schon knapp bemessenen Momente, in denen ich Eric nah sein konnte. Also verschloss ich jedes Mal, wenn er versuchte etwas zu sagen, seinen Mund mit meinen Lippen. Zu meinem Erstaunen übernahm ich bei all diesen Gelegenheiten die Initiative und erkannte mich dabei selbst nicht mehr.

Ich war schon immer ein zurückhaltender Typ gewesen. Eric gegenüber hatte sich das noch verstärkt. Vor lauter Schüchternheit und Unsicherheit hatte ich nie ein richtiges Gespräch mit ihm zustande gebracht. Doch jetzt, wenn ich ihn anfassen konnte, schienen diese Charaktereigenschaften plötzlich in weite Ferne zu rücken. Sie verschwanden einfach und machten aus mir einen draufgängerischen Jungen, der es nicht mehr abwarten konnte. Eric ließ es sich lächelnd gefallen. Er ließ es sich gefallen, dass ich drängelte und bettelte, dass ich nach mehr verlangte. Doch bald hatte ich den Eindruck, dass er versuchte, mich auf Abstand zu halten. Nicht, weil er mich nicht wollte, sondern weil er ernsthaft versuchte, ein Gespräch mit mir in Gang zu bringen. Ich war unfähig seine Absicht einzuschätzen und überging seine Anstrengungen aus lauter Angst davor, dass ich keinen Ton herausbringen würde.

Ich stand mit dem Rücken an der Wand in einer dunklen Nische des Hauseingangs. Aus purem Zufall heraus hatten wir uns an diesem Abend hier getroffen. Ich kam direkt von der Uni und Eric machte einen seiner obligatorischen Besuche. Weiter als um die nächste Ecke waren wir nicht gekommen. Meine Hände hatten sich wie immer, in diesen Situationen, sofort in Erics Nacken gekrallt. Er küsste mich sanft, ohne Leidenschaft und ohne Druck, kaum dass sich unsere Lippen berührten. Es war eine Geste, die man mehr erahnen als spüren konnte und doch war sie so intensiv, dass mir die Lust auf ihn wie Feuer durch meinen Unterkörper walzte. Sein Atem streifte meinen Mund und ich versuchte das Stöhnen, dass sich dabei ungehindert aus mir herausstehlen wollte, zu unterdrücken. Ich wollte, dass er mehr tat und so versuchte ich die Situation herumzureißen.

Ich öffnete mich ihm, um den Kuss zu intensivieren. Doch er hielt mich plötzlich auf, als er meine eindeutige Absicht erkannte. Ich öffnete meine Augen und schaute direkt in Erics Gesicht. Er lächelte mich an, zwinkerte und hob dann seine Hand an meine

Wange, um mich zu streicheln. Ich schmiegte mich in seine Berührung und küsste seufzend die Finger, die meinen Mund streiften. Dann versuchte ich ihn wieder an mich zu ziehen, doch erneut stieß ich auf Widerstand.

»Nicht, 'Lijah.«

Irritiert nahm ich seine Worte zur Kenntnis, doch verstehen konnte ich sie nicht. Verwirrt blinzelte ich ihn an, während das Verlangen nach ihm weiter in mir brannte. Ich begriff nicht, warum er mich bremste, warum er diese eine der wenigen uns zur Verfügung stehenden Gelegenheiten nicht nutzte. Ich wollte ihn so sehr, dass ich ohne groß darüber nachzudenken, den dritten Versuch startete, ihn erneut zu küssen.

Es kam nicht dazu. Ich hörte sein leises Lachen in meinen Ohren klingeln und kam mir plötzlich abgelehnt vor. Und es gefiel mir ganz und gar nicht abgewiesen zu werden. Es fühlte sich so unnatürlich an. So unbefriedigend und so enttäuschend. Ich schluckte schwer und fügte mich schließlich widerwillig Erics Willen. Ich ließ von ihm ab, schaute betreten auf den Boden zu meinen Füssen und stützte mich, mit beiden Händen hinter meinem Rücken, an der kalten Wand ab. Ich wusste plötzlich nicht mehr, was ich tun sollte. Eric stand so dicht vor mir, dass ich seine Wärme spüren konnte. Sein Atem streifte noch immer mein Gesicht. Jede Sekunde, die in seiner Gegenwart verstrich, machte mich wahnsinnig, quälte und peinigte mich. Seine Nähe brachte mich um den Verstand. Und sein Lächeln, dass ich auf mir spürte, machte alles noch viel schlimmer.

Ich begann zu zittern, regelrecht zu schlottern. Und ich hatte keine Chance mich selbst zu kontrollieren. So angestrengt ich es auch versuchte, ich hatte keinerlei Handhabe meine Reaktion auf Eric zu unterbinden. So gerne ich es auch getan hätte. Ich starrte stur auf meine Füße, atmete gegen meine Aufregung und meine bebenden Knie an.

»Elijah!«

Ich hörte Erics Stimme im gleichen Moment, in dem ich seine Hand unter meinem Kinn spürte. Sanft drückte er mein Gesicht nach oben und zwang mich so, ihn anzusehen. Erics Augen waren stets mein Untergang. Das Dunkle in ihnen, dass mehr schwarz als braun war, zog mich so wahnsinnig an, dass ich mich darin verlor, wann immer ich ihn auch nur kurz ansah. Und auch dieses Mal war es nicht anders. Ich versuchte angestrengt mich zu beherrschen. Blinzelnd hielt ich seinem Blick und seinem Lächeln stand. Doch nach nur wenigen Sekunden hatte ich bereits wieder das Gefühl in Flammen zu stehen. Ich stöhnte leise auf und presste anschließend meine Lippen aufeinander. Es war zuviel für mich. Mein ganzer Körper brannte, verzehrte sich nach ihm. Und Eric wusste das.

Immer noch lächelnd, mit der Hand unter meinem Kinn musterte er mich.

»Du willst mich also küssen?«

Sein leises Flüstern durchschnitt mich wie ein glühend heißes Schwert. Ich zuckte zusammen, schluckte erneut und brachte ein ebenso leises, sehr heiseres »Ja« heraus. Er nickte langsam, bewegte dann die Hand unter meinem Kinn und fuhr mir damit in den Nacken.

»Okay!«

Ich hielt den Atem an, als er mich an sich zog und mich dann mit offenem Mund küsste. Sofort berührten sich unsere Zungen. Wie von selbst lösten sich meine Arme aus ihrer Position hinter meinem Rücken und schlangen sich um ihn. Ich drückte mich an ihn, wölbte mich ihm entgegen. Doch bevor mehr passieren konnte, löste er sich bereits wieder von mir.

Schwer atmend starrte ich ihn an und begriff es einfach nicht. Eric lächelte nun nicht mehr. Er schaute mich ernst und tief an. Sein Blick wirkte verschleiert, unberechenbar und erregt. Er war genau so erregt, wie ich. Ich sah es ihm an. Ich sah es in seinem Blick, fühlte es in seiner Umarmung und ich fühlte es in der Art, wie er mich anschaute. Die Tatsache, dass es tatsächlich so war, haute mich beinahe um. Allein der Gedanke reizte mich noch mehr, als es seine Gegenwart tat. Und so spürte ich einmal mehr das fordernde Pochen in meinem Schritt. Eric verlagerte sein

Gewicht, ohne mich dabei loszulassen. Hart drückte er mich an die Wand hinter mir. Mit dem rechten Arm fixierte er meinen Kopf. Nur wenige Zentimeter trennten unsere Gesichter.

»Du willst mich küssen, 'Lijah?«

Verwirrt nickend bestätigte ich seine Frage erneut.

»Und ... willst du auch mehr?«

Ich begriff die Bedeutung seiner Frage sofort und es würgte mich dabei, als mir klar wurde, dass ich nunmehr kurz vor der Erfüllung meines dringendsten Wunsches stand. Das Zittern meines Körpers verstärkte sich. Hastig leckte ich über meine trocken gewordenen Lippen, bevor ich ein weiteres heiseres »Ja« hervor presste. Eric verzog teuflisch grinsend seine Lippen.

»Du willst also mit mir schlafen?«

Ich keuchte auf, vor Überraschung und vor Aufregung. Und vor ein klein wenig Unsicherheit und Angst. Ja, ich wollte mit ihm schlafen, dringend sogar. Aber jetzt, wo wir es so deutlich angesprochen hatten, wurde mir plötzlich mulmig. Ob es richtig war, es zu tun, stand nicht zur Debatte. Ob es richtig war, es zusätzlich hinter dem Rücken meines Bruders zu tun, war mir in diesem Moment ebenso egal. Aber ob ich soweit war, ob ich nach den schrecklichen Ereignissen der letzten Jahre mich wirklich würde hingeben können, das nagte schwer an mir.

Obendrein hatte ich keinerlei Erfahrung. Theoretisch wusste ich natürlich ganz genau, was mich erwarten würde, aber Angst machte es mir trotzdem. Es war nicht die Angst vor der körperlichen Sache. Nein, es war vielmehr die Befürchtung, mich so tief und hemmungslos jemandem zu öffnen, ihn in mein Innerstes schauen zu lassen und ihn damit nie wieder vergessen zu können. Ganz egal, ob die Sache gut oder schlecht ausgehen würde. Eric schien den Aufruhr in mir zu bemerken. Sein durchdringender Blick wurde weicher und er küsste mich sanft auf die Stirn.

»Du hast es noch nie getan, stimmt's?«

Ich errötete heftig unter seinen Worten, nickte aber dann stumm.

»Und du hast Schiss?«

Wieder nickte ich kurz und abgehackt. Mittlerweile hatte ich den heftigen Wunsch, mich einfach zu verstecken. Ich senkte die Augen, um ihn nicht ansehen zu müssen. Es war mir einfach zu peinlich.

»Hey, komm her. Du brauchst dich nicht zu genieren.«
Eric zog mich in eine warme Umarmung und drückte seine Nase in meine Haare.

»Ich bin gern dein Erster!«
Seine geflüsterten Worte sickerten an mir herunter wie flüssiger Samt. Eine dicke Gänsehaut bildete sich auf meinen Armen und meinem Rücken. Ich vergrub mein Gesicht an seiner Brust und atmete tief seinen Geruch ein. Ewig hätte ich so hier mit ihm stehen bleiben können. Dann räusperte ich mich leise und gab sowohl ungläubig als auch erstickt zurück: »Wirklich?«

Ich hörte ihn leise lachen und spürte die dadurch entstehenden Bewegungen an seiner Brust.

»Natürlich, Süßer. Es ist mir eine Ehre.«
Ich schmiegte mich noch enger an ihn. Mein Herz klopfte so laut, dass es mir bereits in den Ohren dröhnte. Wir hatten also nun beschlossen Sex miteinander zu haben. Mein Magen schlug Purzelbäume, als ich mir dessen bewusst wurde.

Die Fragen, die sich mir nun stellten, waren schlicht und einfach. Wann sollte es passieren? Wie sollten wir es tun? Und vor allem, wo sollten wir uns näher kommen? Ich hatte keine passende Antwort darauf. Vielleicht war es auch gar nicht richtig, es zu planen. Vielleicht war es nicht richtig, alles durch zu organisieren. Vielleicht sollte es spontan passieren, ohne dass wir, dass ich richtig darüber nachdenken konnte. Vielleicht sogar .... jetzt? Eine Welle, mir bisher unbekannt gebliebenen Wagemuts, überspülte mich. Ich löste einen Arm aus meiner Umarmung und fuhr damit Erics Rücken entlang. Ich spürte die warmen, harten Muskeln seiner Taille unter meinen zitternden Fingern, die Hüfte, den Oberschenkel und den Unterbauch. Es gefiel mir, als ich hörte, wie Eric scharf die Luft einzog, als ich mich um ihn schloss.

Was mir weniger gefiel, war die Tatsache, dass er mich erneut aufhielt.

»'Lijah, was tust du da?«

Frustriert und genervt hob ich den Kopf. Ich war nicht mehr in der Lage, mich zu beherrschen. Vergessen war plötzlich meine Unsicherheit. Ich wollte ihn so sehr, dass ich es ihm sagen musste. Auch wenn es mir peinlich war.

»Ich will es tun ... mit dir!«

Wieder sah er mich an und nickte.

»Ich weiß. Aber willst du wirklich, dass ich dich hier im Hausflur nehme?«

Er lachte auf, als er in mein entgeistertes Gesicht blickte. Was war nur in mich gefahren? Schnell schüttelte ich den Kopf und ließ ihn los.

»Nein, natürlich nicht, aber ...«

Ich wusste nicht, wie ich meinen Satz zu Ende bringen sollte. Ich war einerseits so heiß auf Eric, aber andererseits wollte ich auch keine schnelle Nummer in der Öffentlichkeit. Das wollte ich auf keinen Fall. Nur was ich ganz genau wollte, das konnte ich nicht formulieren. Was ganz klar war, denn ich hatte ja keinerlei Vergleichsmöglichkeiten. Eines jedoch war mir wichtig. Ganz egal wann wir zusammenkommen würden.

»Eric?«

Ich merkte selbst wie unsicher und leise meine Stimme klang und ich verfluchte mich innerlich für meine Schüchternheit.

»Hm?«

Ich war unglaublich froh, dass Eric wenigstens dieses eine Mal nicht amüsiert auf meine Unsicherheit reagierte. Oder gar spöttisch, was auch bereits vorgekommen war.

»Wirst du vorsichtig sein?«

Er schob mich sanft ein Stück weit von sich. Verständnis und eine Spur von Entzücken lag auf seinem Gesicht. Beinahe liebevoll hüllte mich sein Blick ein und ich wurde plötzlich sehr verlegen. Wie dumm von mir so etwas zu fragen.

Ich schaute weg und schimpfte mich selbst innerlich aus. Mittlerweile hatte ich alle Register gezogen, um ja als bedauernswerter Junge durchzugehen. Und das war eigentlich das Letzte, was ich wollte. Ich wollte, dass Eric mich anziehend fand, attraktiv und vielleicht sogar sexy, aber niemals bemitleidenswert. Ich stöhnte sehr leise auf, als ich über meine eigene Dummheit nachdachte und hatte fast die Befürchtung, mir damit alles verbaut zu haben. Zu meinem großen Glück schien Eric das anders zu sehen. Er strich mir mit seiner Hand über die Haare. Eine Geste, die mich umso mehr wie ein kleiner Junge fühlen ließ. Doch die zärtliche Berührung war ganz anders gemeint, als ich sie auffasste.

»Ich würde dir niemals weh tun.«

Er hielt kurz inne mich zu streicheln und zog mich dann unvermittelt wieder an sich.

»Ich verspreche es dir!«

»Okay«, gab ich zurück und war unendlich erleichtert, dass ihn meine Unsicherheit nicht abstieß.

Irgendwie hatte ich sogar das Gefühl, dass sie ihn eher reizte. Eine Sache, die ich überhaupt nicht verstehen konnte. Ich ließ mir seine Umarmung noch eine ganze Weile gefallen. Ich wusste, dass ich wahrscheinlich für längere Zeit wieder darauf verzichten musste, was mir sehr gegen den Strich ging.

»Versprichst du mir auch etwas, 'Lijah?«

Ich nickte langsam, ohne dabei zu wissen, auf was er anspielte.

»Versprichst du mir, dass du keinen Rückzieher machst? Versprichst du mir, dass du wirklich mit mir schläfst?«

Erstaunt horchte ich auf. Mir war nicht bewusst, dass es Eric genau so wichtig war mit mir zu schlafen, wie mir selbst. Fragend runzelte ich die Stirn, doch ich zog es vor nicht näher darauf einzugehen.

»Ja«, antwortete ich daher schlicht und war gespannt was nun als Nächstes kommen würde.

»Ja, was?«

Noch irritierter hob ich die Augenbrauen.

»Ja, ich will mit dir schlafen?«

Es ließ sich nicht verhindern, dass sich meine Antwort wie eine Frage anhörte. Ich wunderte mich sehr darüber, dass es Eric so wichtig zu sein schien, dass ich das so genau ausformulierte. Es war mir ein wenig unangenehm, so deutlich zu sein, aber ihn schien es zu befriedigen. Mehr als zu befriedigen, denn er grinste mich diebisch an und küsste mich anschließend. Wieder einmal schlug die Erregung über mir zusammen. Wir würden miteinander schlafen. Eric hatte mir versprochen, rücksichtsvoll zu sein. Ich wiederum hatte versprochen, keinen Rückzieher zu machen. Ich schnaubte innerlich auf. Als wäre das überhaupt möglich. Allein die Tatsache, dass wir überhaupt über dieses Thema gesprochen hatten, machte mich so unglaublich an und hatte meine Ungeduld noch geschürt. Ich hoffte bebend, noch während ich an Erics Lippen hing, dass ich nicht mehr lange warten musste.

Als wir uns endgültig voneinander lösten und schließlich nach einigem Zögern meinerseits beschlossen, getrennt voneinander nach oben zu gehen, brachte Eric ein weiteres Thema zur Sprache. Ein Thema, dass nicht ganz so prickelnd war wie das, welches wir bisher besprochen hatten. Er packte mich am Handgelenk und erreichte damit, dass ich mich nochmals zu ihm umdrehte.

»Was ist los?«

Für einen kurzen Moment wunderte ich mich über seinen Gesichtsausdruck. Nachdenklich kaute er auf seiner Unterlippe herum und schien zu zögern.

»Daniel hat mich gebeten, die Finger von dir zu lassen!«

Ich erstarrte mitten in der Bewegung und schaute ihn fassungslos an.

»Was?«

Er nickte zur Bestätigung und hob gleichzeitig die Schultern an, beinahe so als würde er sich für seine Worte entschuldigen wollen.

Ich atmete flach ein und aus und war sprachlos. Diese Neuigkeit konnte ich überhaupt nicht einordnen. Daniel hatte geschworen auf mich aufzupassen. Er hatte geschworen mich zu beschützen und mich aus dem tiefen Loch zu ziehen, in welches ich in den letzten Jahren geraten war. Er unterstützte mich, verstand mich und ich hatte stets das Gefühl gehabt, dass ich ihm alles erzählen konnte. Durch ihn ging es mir viel besser, als ich es mir je hätte erträumen können und das Beste von allem war natürlich, dass er ganz genau wusste, was in meinem Inneren vorging. Aber vielleicht war auch genau das das Problem. Er wusste, wie ungeduldig ich war, er wusste, wie Eric tickte und hatte dementsprechend versucht vorzubeugen, dass ich nicht Knall auf Fall mit seinem besten Freund ins Bett hüpfte.

Ich schaute in Erics hübsches Gesicht und versuchte genau zu verstehen, was meinen Bruder so sehr stören konnte, wenn es tatsächlich so passierte, wie er es vorausgesehen hatte. Doch ich kam nicht zu einem befriedigenden Schluss. Das Einzige, was mir einfiel, war die Tatsache, dass ich selbst versucht hatte, meine Gefühle für Eric und meine Absichten zu vertuschen. Doch nicht aus dem Grund, weil ich das Gefühl hatte etwas Verbotenes zu tun. Nein, ich hatte nichts gesagt, weil ich mir ein wenig dumm vorkam in meiner überschäumenden Verliebtheit. Das war alles. Und doch musste da etwas sein, was Daniel beunruhigte. Was ihn vermuten ließ, dass eine Verbindung zwischen mir und Eric alles andere als gut ausgehen konnte. Es war ein weiterer Versuch von ihm, mich vor Dingen und Situationen zu schützen, die mir schaden konnten.

Ich war ihm aufrichtig dankbar. Ich fühlte mich geborgen, gut aufgehoben, versorgt und geliebt. Und bisher war ich damit auch zufrieden. Doch jetzt, da ich Gefahr lief, aufgrund dieser Fürsorglichkeit, von der Erfüllung meines Wunsches abgehalten zu werden, wurden plötzlich ganz andere Gefühle in mir wach. Ich fühlte eine Art kindischen Trotz in mir hochkommen. Alles in mir schrie danach, mich der Anordnung meines misstrauischen Bruders zu widersetzen, meinen eigenen Kopf und meine eigenen Bedürfnisse durchzusetzen. Und dabei fiel mir auf, dass es mir egal war. Es war mir egal, ob ich ihn hinterging. Ich lächelte Eric an, als mir das richtig klar wurde. Ich lächelte und sagte: »Ich schlafe trotzdem mit dir!«

Kapitel 12

Seit einer halben Stunde saß ich nun ungeduldig, aber regungslos auf dem Sofa. Eine halbe Stunde, dreißig Minuten, die so träge vor sich hingetröpfelt waren, dass sie mir vorkamen wie dreißig Stunden. Ich hatte alle gefühlten zehn Sekunden auf die Uhr über dem offenen Kamin geschaut, doch der Zeiger bewegte sich so langsam, dass es mir schien, als wäre er in der Zwischenzeit gänzlich zum Stehen gekommen. Seit die Tür hinter Daniel und Alec zugefallen war, hatte sich eine fiebrige Aufregung über mich gelegt. Mein Magen hob und senkte sich unkontrollierbar; von Zeit zu Zeit war mir geradezu nach Kotzen zumute. Meine Hände schwitzten fürchterlich und mein Blut kochte förmlich, allein nur bei dem Gedanken daran, was mich heute vermutlich noch erwarten würde.

Ich war über alle Maßen unruhig und doch lähmte mich meine Ungeduld bis zur fast vollständigen Bewegungslosigkeit. Ich saß mit geschlossenen Augen im Schneidersitz. Meine Beine hatten anfangs wild gegen die unbequeme Haltung protestiert, doch mittlerweile spürte ich sie gar nicht mehr. Meine Finger hatte ich Halt suchend in meine Oberschenkel gekrallt. Mehr als einmal hatte ich versucht mich zu beruhigen, meinen Atem zu kontrollieren, um damit mein laut und schnell schlagendes Herz unter Kontrolle zu bringen, doch es hatte nicht geholfen. Ich stand völlig neben mir und fühlte mich, als würde ich schmelzen, als würde ich mich hier jetzt und auf der Stelle auflösen.

Anstatt an etwas Beruhigendes denken zu können, waren unaufhaltsam Bruchstücke meiner eigenen Erinnerungen in meinem Kopf umher gekreist. Bruchstücke, die keineswegs dazu geeignet waren mich zu konzentrieren oder den Boden wieder unter meine Füße zu bringen. Vielmehr hatten sie ein aphrodisierendes Echo bei mir ausgelöst. Die Gedanken an warme Hände, die über meine erhitzte Haut strichen, weiche Lippen, die meine liebkosten und feuchter Atem an meinem Ohr schossen mir durch den Kopf. Sie ließen mich unkontrolliert zittern, mich unruhig hin und her winden und rangen mir schließlich ein leises, ungeduldiges Stöhnen ab.

Ich dachte an das, was bisher zwischen mir und Eric passiert war und an das, was noch passieren würde. Heute, in dieser Nacht, mit ihm. Heiß schoss mir das Blut in die Lenden und ich stöhnte erneut leise und gequält auf, als eine brennende Erregung durch meinen Unterkörper zuckte. Nur der alleinige Gedanke daran machte mich so unglaublich heiß, dass ich glaubte es bald nicht mehr länger aushalten zu können. Ich brannte innerlich lichterloh, quälte mich und war völlig von Sinnen. Das Warten zermürbte mich, machte meinen hormongebeutelten Körper noch empfänglicher, als er es ohnehin schon die ganze Zeit war.

Ich atmete mehrmals tief ein und aus, versuchte zumindest kurz an etwas Anderes zu denken als an das fordernde Pochen in meinem Unterkörper, doch es gelang mir natürlich nicht. Langsam, ganz langsam löste ich meine rechte, vom langen Festkrallen verkrampfte Hand von meinem Oberschenkel und drückte sie, nach Erlösung suchend auf meinen Schritt und rieb langsam über den weichen Stoff meiner Jeans. Noch bevor ich mich dort berührt hatte, wusste ich, dass ich hart war. So hart, dass es beinahe schon weh tat. Wieder stöhnte ich und krümmte mich leicht nach vorne. Ich konnte nicht mehr, wollte nicht mehr warten. Ich wollte einzig und allein, dass sich endlich die verdammte Eingangstüre öffnen und Eric hereinlassen konnte, so dass ich von meinen Qualen erlöst werden würde.

Fordernd drängte sich mein Penis an den Stoff, an meine Hand, die ich heillos erregt öffnete und schloss. Zischend saugte ich die Luft durch die Zähne ein, als ich spürte was allein diese kleine Berührung, dieses unscheinbare Pumpen weiter in mir auslöste. Mit der letzten noch vorhandenen Kraft ließ ich dann aber von mir ab. Ich wusste genau, wenn ich nur kurz weitergemacht hätte, dann wäre ich gekommen. Ich legte meine Hand wieder auf meinen Oberschenkel und öffnete zögernd, meine Augen. Ich wollte nicht auf die Uhr schauen, nicht wissen, dass ich noch so lange ausharren musste. Doch natürlich tat ich es. Lediglich drei weitere Minuten waren verstrichen und nun befand ich mich beinahe am Rande der Verzweiflung. Ich war so randvoll mit angestauter sexueller Energie, dass wahrscheinlich nur ein Handgriff von Eric nötig gewesen wäre um mich hemmungslos kommen zu lassen.

Es schüttelte mich bei der Vorstellung an einen erlösenden Orgasmus, würgte mich vor Verlangen und trieb mir den Schweiß auf die Stirn. Die Häarchen an meinen Unterarmen stellten sich auf und an diesem Punkt konnte ich plötzlich nicht mehr still sitzen. Ich löste mich vorsichtig aus dem Schneidersitz und fast sofort fingen meine eingeschlafenen Beine wild zu prickeln an. Das unangenehme Gefühl lenkte mich kurz von meinem erregten Brüten ab und ich setzte mich auf den Rand des Sofas um darauf zu warten, dass ich endlich aufstehen konnte. Als es dann soweit war, wankte ich unsicher zum Fenster und schaute auf die Stadt unter mir. Ich hatte nicht bemerkt, dass es inzwischen dunkel geworden war. Der Wohnbereich wurde lediglich von dem diffusen Licht des heruntergebrannten Feuers im Kamin erhellt, so dass die Lichter der Häuser noch heller hervortraten.

Richtig ablenken konnte mich der Anblick, den ich sonst immer so genoss, aber nicht. Falls ich gedacht haben sollte, dass mir die Bewegung und der Positionswechsel vielleicht hätten helfen können, so wurde ich nun eines Besseren belehrt. Erschöpft durch das zermürbende Warten und die ständige Überreizung, lehnte ich mich mit der Stirn an den Fensterrahmen und atmete tief ein und aus. Das kühle Metall fühlte sich gut an auf meiner heißen Haut und so verharrte ich dort kurz und wartete weiter. Nie hätte ich gedacht, dass mir der Zeitraum von nur zwei Wochen so lang vorkommen würde. Ich hatte nicht gewusst, was ich mit mir anfangen sollte, war rastlos in der Wohnung umher getigert und hatte mich nur ansatzweiße auf mein Studium konzentrieren können. Ständig hatte ich nur an Eric gedacht, hatte mich nach ihm verzehrt und hatte buchstäblich die Stunden gezählt, bis ich Ihn endlich wiedersehen konnte.

Jetzt, da der Zeitpunkt immer näher rückte, wurde mir das Warten einfach unerträglich. Freudig und voller Erwartungen hatte ich Ihm heute Morgen auf die SMS geantwortet, die mir seine Rückkehr von der Tagung angekündigt hatte. Dass Daniel und Alec an diesem Tag für ein verlängertes Wochenende weggefahren waren, erschien mir wie der glückliche Wink des Schicksals. Alles, was ich wollte, war mit Eric allein und ungestört zu sein. Wieder meldete sich mein Penis fordernd, als ich an unser letztes Treffen dachte, welches mit einem Versprechen auf den heutigen Tag geendet hatte. Mit einem Versprechen von mir. Ich war soweit, wollte mich ihm endlich ganz hingeben, fieberte dem Moment entgegen, in dem es wahr werden sollte. Plötzlich schwindelte es mir, als das Pochen stärker wurde. Erstickt stöhnend griff ich mir erneut in den Schritt. Diesmal wild entschlossen mir Erleichterung zu verschaffen. Meine rechte Hand schlüpfte in meine Jeans. Doch bevor ich meine Erektion umfassen konnte, klopfte es.

Ich wirbelte mit wild pochenden Herz herum, war mit einigen wenigen Schritten an der Tür und riss sie auf. Lässig lehnte er am Türrahmen, ein subtiles Lächeln spielte um seinen schönen Mund. Ich starrte ihn kurz an und nahm den Anblick seines Gesichtes in mir auf, musterte seinen Körper in Bruchteilen einer Sekunde. Dann trat ich ganz an ihn heran, warf meine Arme ungestüm um seinen Hals und küsste ihn. Ich bemerkte am Rande, dass er kurz überrascht war, doch mehr als bereitwillig erwiderte er dann meinen Kuss. Unsere Zungen berührten sich, flatterten umeinander herum. Keuchend nahm ich seinen Geschmack war, die warme Süße seines Mundes machte mich verrückt. Mein Unterkörper wölbte sich wie von selbst nach vorne. Ich presste mich an ihn, drückte ihm meinen harten Schwanz entgegen und rieb mich an ihm.

Ich spürte seine Hände an meinem Rücken, wo sie mich streichelten, doch ich wollte, dass er mich ganz woanders berührte. Ich war wie von Sinnen, wie betrunken, heiß auf ihn. Ich wollte so viel aus diesem Moment herausholen, wie es nur ging. Doch ich hatte offensichtlich meine Rechnung ohne Eric gemacht. Nach einigen erregenden Minuten versuchte er sich von mir zu lösen, was mir ein enttäuschtes Geräusch entlockte. Ich sah erneut in sein belustigt wirkendes Gesicht und küsste ihn dann wieder. Ich hörte ihn leise lachen, dann schob er mich er entschlossen ein Stück von sich weg.

»Vielleicht sollten wir reingehen?«, sagte er leise, worauf ich mich entgeistert umsah und bemerkte, dass wir immer noch an der offenen Türe standen. Vermutlich hatte er recht. Ich machte daher ein paar kleine Schritte rückwärts, fuhr mir desorientiert mit beiden Händen durch die Haare und wartete darauf, dass hinter ihm die Tür ins Schloss fiel.

Lächelnd lehnte er sich dann an Selbige und streckte eine Hand nach mir aus, die ich ergriff, um mich dann in eine liebevolle Umarmung ziehen zu lassen. Wieder küssten wir uns, jedoch nicht ganz so wild wie zuvor. Doch es reichte um mich wiederum an den Rand des Wahnsinns zu treiben. Ich stellte mich auf die Zehenspitzen um Erics Gesicht, dass mich um ein gutes Stück überragte, besser erreichen zu können. Er hielt mich mit einem Arm fest, fuhr mit der anderen Hand sanft über meine Haare und beendete schließlich die Zärtlichkeiten mit einigen kleinen Küssen, die er über mein Gesicht verteilte. Dann sah er mir in die Augen, jedoch nicht ohne damit aufzuhören mein Gesicht und meine Haare zu streicheln.

»Hey«, sagte er dann und grinste spitzbübisch. Fast verlor ich mich in seinem Lächeln, doch dann leckte ich mir über die Lippen, holte kurz Luft und antwortete ihm heisser krächzend: »Hey.«

Kapitel 13

Erics Anwesenheit brachte mich beinahe um den Verstand. Ich hing in seinen Armen wie ein Ertrinkender, spürte dabei mehr als deutlich seine Wärme, nahm seinen Geruch wahr und wollte ihn, wie verrückt. Ich konnte nicht klar denken, keine Worte formulieren, nichts. Mit all meinen Sinnen fühlte ich seine Gegenwart, seine zarten Berührungen, die durch das lange Warten auf ihn mehrfach verstärkt auf mich wirkten. Ich fühlte mich benommen, schwindelig und registrierte nichts mehr um mich herum als ihn. Er lächelte mich immer noch an, küsste mich schließlich auf die Wange und schob mich dann aber auf Armeslänge von sich. Enttäuscht schaute ich zu ihm auf und schnappte nach Luft. Wie ein schmerzlicher Verlust fühlte es sich an, nicht mehr von ihm gehalten zu werden.

Eric drehte sich halb zur Seite, zog dabei seine Jacke aus und warf diese achtlos auf die Kommode neben der Tür. Dann drehte er sich wieder zu mir und beugte sich etwas vor.

»Geht`s dir gut?«, fragte er mich schließlich und nahm meine Hand. Mein Körper und mein umnebelter Verstand machten mir gerade ziemlich zu schaffen. Mein Herz raste überdurchschnittlich schnell, meine Haut schwitzte und ich war ziemlich wacklig auf den Beinen. Und so konnte ich mich nicht entscheiden, ob ich mit dem Kopf nicken oder ihn schütteln sollte. Deshalb zuckte ich kurz mit den Schultern und öffnete den Mund, in der festen Absicht ihm etwas zu erwidern, doch meine Stimme verweigerte mir zunächst den Dienst.

Ich schluckte schwer und schloss die Augen, um mich etwas zu sammeln. Dann startete ich den zweiten Anlauf. Meine Stimme klang heiser und unsicher, fast so, als würde sie gar nicht zu mir gehören.

»Ich weiß nicht ....«, flüsterte ich und schluckte erneut.

»Ich bin ... Du ...«

Sofort gab ich die Konversation wieder auf und blickte verlegen und unsicher zur Seite. Ich hörte mich an, wie ein verdammter Trottel.

»Was bist du?«, entgegnete mir Eric ebenso leise wie ich. Seine Stimme sickerte über meinen Rücken und es schauderte mich kurz. Er fasste mir unters Kinn und hob meinen Kopf, so dass ich ihn wieder ansehen musste. Seine unglaublich dunklen Augen blickten mich tiefgründig an und suchten in meinen nach der Antwort. Ich wand mich unter seinem intensiven Blick, beinahe so, als würde ich in Flammen stehen.

Ich wollte ihm unbedingt sagen, wie es um mich bestellt war, wie ich mich in diesem Moment fühlte, doch es war so, als wäre ich gefesselt und geknebelt. Sein Daumen strich über meinen Handrücken und ich stöhnte unterdrückt auf, als sich mein Schwanz bei der leichten Berührung wieder brennend meldete. Erics Gesicht näherte sich ein Stück meinem, sein Mund öffnete sich leicht und ich schloss erneut die Augen in der Erwartung eines weiteren Kusses. Doch er küsste mich nicht. Stattdessen hörte ich wieder seine sanfte Stimme, diesmal direkt neben meinem Ohr.

»Was? Sag`s mir.«

Sein Flüstern ging mir durch Mark und Bein, brachte meine Hände und Beine zum Zittern, so dass ich mich beinahe willenlos nach vorne sinken lassen musste, bis ich mit dem Kopf an seiner Schulter lag. Alleine hätte ich nicht mehr stehen können.

Ich merkte genau, dass er es von mir hören wollte. Ich atmete schnell, als er mich umfasste und mit den Händen langsam unter mein T-Shirt glitt. Meine Lippen berührten leicht die Haut an seinem Hals, ich spürte seine Berührung auf meinem Rücken und wusste plötzlich, dass er keinen Schritt weitergehen würde, bis ich ihm nicht geantwortet hatte. Nur leicht zögernd hob ich wieder den Kopf, sucht erneut seine Augen und flüsterte: »Ich bin nur so ...«

Tief holte ich Luft, als sich sein Blick unter meinem Worten noch mehr verdunkelte.

»... scharf?«, beendete er dann den Satz für mich. Ich nickte knapp, die Röte schoss mir ins Gesicht und ich blickte erneut verlegen weg. Er drückte mich fester an sich und lachte dann leise auf.

»Ich weiß, Ich weiß. Was willst du dagegen tun?«
Die mühselig zurückgehaltene Erregung schlug bei seinen Worten so plötzlich über mir zusammen wie eine Welle. Meine Schüchternheit war wie weggeweht und ich wimmerte vor Verlangen, als ich meinen Schwanz gegen ihn drückte.

»Fass mich an .... bitte ...«
Ich verlegte mich keuchend aufs Betteln, flehte ihn heiser an, endlich dass mit mir zu machen, auf das ich so lange gewartet hatte. Das Eis war gebrochen, mein Verstand vollends ausgeschaltet, ich hatte mich ihm vollkommen geöffnet. Blitzartig schoss es mir durch den Kopf, dass er genau das gewollt hatte. Und wieder hörte ich sein Flüstern an meinem Ohr.

»Du zuerst.«
Aufstöhnend zog ich ihn erneut zu mir herab, küsste ihn mit offenem Mund, rieb mich an ihm und tastete dann nach seiner Erektion. Eric war mindestens so hart wie ich selbst. Ich drückte seinen Penis keuchend, rieb über den Schaft, der unter dem Stoff verborgen war und befühlte die runde Eichel, die sich deutlich abzeichnete. Seine Hand legte sich über meine, führte mich und zeigte mir so, wie er es haben wollte. Zusammen öffneten wir den Verschluss seiner Jeans und dann brauchte ich keine Anleitung mehr. Ich schloss meine Hand um ihn, rieb ihn erst langsam, dann schneller und nahm dabei nur am Rande wahr, dass uns Eric Zentimeter um Zentimeter Richtung Sofa geschoben hatte.

Deutlich nahm ich die fordernde, pochende Erregung meines eigenen Glieds wahr. Hastig öffnete ich meine eigene Hose, fasste hinein, um mich selbst zu befriedigen. Leise stöhnend löste

Eric seinen Mund von meinem, hielt mich auf und schüttelte dann den Kopf.

»... bitte ...«, bettelte ich erneut und kam mir vor wie gefoltert. Er zog meine Hand heraus, führte sie zu seinem Mund, küsste erst die Innenfläche, dann die Fingerspitzen und fuhr schließlich mit der Zunge um den Mittelfinger. Ich warf den Kopf in den Nacken und spürte dabei, wie meine Knie nachgaben. Ich konnte einfach nicht mehr stehen und ließ mich auf das Sofa hinter mir sinken. Die Intensität seiner Berührung machte Pudding aus meinen Gliedmaßen, machte mich so an, ließ mich spüren, dass ich auf direktem Weg zu meinem Höhepunkt war. Das Verlangen zu masturbieren wurde übermächtig und wieder schnellte meine Hand nah unten, doch erneut hielt mich Eric auf.

Ein Zittern lief durch meinen Körper. Ich fühlte mich so gequält, so randvoll mit Lust, dass ich beinahe den Verstand verlor. Meine Nerven waren bis zum Zerreißen gespannt und ich wünschte mir so sehr die Erlösung, dass ich beinahe alles dafür getan hätte. Ein drückendes Gefühl, fast wie Weinen, machte sich in meiner Kehle breit. Ich schluckte schwer, blinzelte schnell mit den Augen und wurde fast wahnsinnig. Ich wollte so sehr, dass Eric mich berührte. So sehr ich mich auch dagegen wehrte, konnte ich nicht verhindern, dass plötzlich und unvermittelt heiße Tränen der Frustration in mir hochkochten.

Ich fuhr mit beiden Händen über mein Gesicht und biss mir auf die Unterlippe, um sie zu unterdrücken, kämpfte mit dieser eigentümlichen Reaktion, doch natürlich konnte ich nicht verhindern, dass Eric mein Beben bemerkte. Er sah mich an, sein Blick schien weicher zu sein als noch einige Minuten zuvor, lächelte und nahm mich wieder in den Arm.

»Schh ... Schh...«, machte er und wiegte mich kurz hin und her. Und obwohl ich keinen Trost von ihm wollte, klammerte ich mich an ihn und rang weiter mit dieser seltsamen Traurigkeit, während sich gleichzeitig mein Verlangen ins Unermessliche steigerte. Urplötzlich warf ich dann meinen Kopf in den Nacken, verdrehte stöhnend die Augen und krallte mich in seinen Rücken.

»... bitte ...«, formulierte ich heiser flehend, nicht in der Lage irgendwelche Aussagen zu machen. Und zum dritten Mal an diesem Abend hörte ich ihn lachen. Leise, dunkel und entzückt.

Ich spürte, wie er meinen Oberkörper auf das Sofa drückte, mich erneut küsste und mich damit zum Keuchen brachte. Ich schloss die Augen, als ich spürte, wie er meine Jeans öffnete, wie er die Knöpfe einzeln und quälend langsam aufmachte. Seine Fingerspitzen berührten nur hauchzart meine Erektion und beinahe wie von selbst, wölbte sich mein Unterkörper nach oben, während er sich über mich schob und dann kurz verharrte. Ich öffnete wieder meine Augen und begegnete seinem hungrigen Blick. Er kniete über mir, seinen Oberkörper auf einen Arm gestützt, mit halb geöffnetem Mund und schwer atmend. Er sah mich an, hielt mich mit seinem beinahe dämonischen Blick gefangen, während seine rechte Hand meinen Schwanz endlich aus seinem Gefängnis befreite, sich um ihn schloss und dann sanft, aber bestimmend anfing, ihn zu reiben.

Ich wusste nicht mehr wo oben oder unten war. Alles was ich noch wahrnahm, war die Stimulierung meines Penis, Erics stoßweiser Atem und das heiße, pulsierende Drängen in meinem Unterleib, welches sich von Sekunde zu Sekunde steigerte. Alles drehte sich um mich, wurde undeutlich, unwichtig. Unter meinem schwindelnden Bewusstsein bemerkte ich gerade noch, dass ich haltlos stöhnte, weiter bettelte und flehte. Mein Unterkörper bewegte sich von ganz alleine, simultan zu Erics Bewegungen, dessen Augen nun zu Schlitzen verengt waren. Sein Gesicht wirkte angespannt und hochkonzentriert, doch er machte keine Anstalten, irgendwas anderes zu tun, als mich zu befriedigen. Tief in meinem Inneren spürte ich kurz den Anflug eines schlechten Gewissens, doch seine heißen Berührungen verhinderten ein klares Denken.

Vollkommen gefangen in seiner Berührung lag ich da, lauschte seinem erregten Atem und spürte plötzlich mit der Wucht eines heranfahrenden Zuges das zuckende Näherkommen des Orgasmus, den ich so herbeigesehnt hatte. Ich biss die Zähne zusammen, krallte meine Fingernägel in den Stoff des Sofas, wollte nur noch kurz durchhalten, dieses Gefühl weiter auskosten, doch ich hatte meinen Punkt bereits überschritten. Also ließ ich los, ließ mich fallen, tiefer und tiefer, bis das Zucken meinen Schwanz erreichte und ich mich vehement ergoss. Krächzend quietschte ich auf, als mich der Höhepunkt fortriss. Ich wand mich unter Erics Hand, bog mich durch, keuchend und zitternd, so lange bis die Wellen des Gefühls langsam verebbten und mich befriedigt, aber vollkommen erschöpft und ausgelaugt zurückließen.

Nur sehr schwer fand ich nach diesem Moment zurück in die Realität. Ich versuchte Eric ein Lächeln zu schenken, dass er, ein klein wenig verkniffen, erwiderte und streckte die Arme nach ihm aus. Er kam der Aufforderung nach, legte sich neben mich. Deutlich konnte ich seine eigene Erektion an meinem Oberschenkel spüren. Doch plötzlich war ich so müde, dass ich mich nicht mehr in der Lage sah, auch etwas für ihn zu tun. Kurz meldete sich wieder mein Gewissen, doch mir fielen förmlich die Augen zu. Mit einer letzten Anstrengung drehte ich mich zu ihm hin, ließ mich von ihm umarmen und flüsterte: »Was ist mit dir?«

Der Schlaf hatte mich schon beinahe übermannt, doch bevor sich meine Augen vollkommen schlossen, meinte ich ihn sagen zu hören: »Später.«

Kapitel 14

Das Geräusch des Regens, der gegen die Fenster prasselte, weckte mich nach einiger Zeit. Schummriges Licht umgab mich und ließ alles ein wenig diffus wirken. Obwohl ich tief und fest geschlafen hatte, fühlte ich mich nun plötzlich hellwach. Erics leiser Atem streifte gleichmäßig und sanft mein Gesicht. Mit all meinen Sinnen nahm ich seine Gegenwart wahr. Ich lag halb auf der Seite, meinen Kopf in der Achselhöhle seines rechten Armes vergraben. Seine linke Hand lag vollkommen entspannt auf meiner Hüfte, während mich der rechte Arm umfing. Es war so warm in seiner Umarmung, beinahe schon zu warm. Tief atmete ich seinen Geruch ein und lauschte dem regelmäßigen Schlagen seines Herzens.

Nach einiger Zeit, vorsichtig, um ihn nicht zu wecken, drehte ich dann meinen Kopf und öffnete die Augen. Erics Gesicht sah im Schlaf weicher und entspannter aus. Er wirkte so viel ruhiger, als ich es sonst von ihm kannte. Die Abgeklärtheit, die leichte Arroganz und das fast immer vorhandene freche Grinsen, welches sonst immer in seinen Zügen stand, waren nun ganz verschwunden. Erstaunt erkannte ich, welche Veränderung in seinem Ausdruck dadurch entstanden war. Beinahe verletzlich schien er mir, nahbarer und auch jünger. Ich musterte, jetzt da ich für den Augenblick unbeobachtet war, in stummer Bewunderung sein Gesicht, die markanten Linien, die es so unglaublich schön machten.

Erics dunkle Locken ringelten sich unordentlich auf seiner Stirn und den Schläfen. Unwillkürlich hob ich meine Hand um sie ihm aus dem Gesicht zu streichen. Fast übermächtig wurde dabei mein Wunsch ihn intensiver zu berühren und mein Mund wurde trocken, als meine Fingerspitzen seine Haut fühlten. Sanft fuhr ich mit meinen Fingern durch seine Haare, über seinen Schopf und dann über den ausrasierten Nacken. Ich verharrte, schaute ihn weiter an und verlor mich in seinem Anblick. Er schien meine Berührung zu bemerken, denn ein plötzlicher Ruck lief durch seinen Körper und seine Lippen öffneten sich leicht unter einem zufriedenen Seufzer. Perfekt geschwungen waren sie, unwiderstehlich und dann, ohne darüber nachzudenken, küsste ich ihn.

Sofort, nach nur einen Augenblick, als ich meine Lippen auf seine gedrückt hatte, war ich wieder in Fahrt. Auf Hundertachtzig. Benebelt und schwindelig. Erneut war ich aufs Äußerste erregt. In Erics Gegenwart benahm ich mich seltsam. So, als wäre ich nicht fähig an etwas Vernünftiges zu denken oder mich normal zu benehmen. Schaudernd vor neu aufkeimender Lust beendet ich den Kuss, auf den er nicht reagiert hatte. Doch als ich ihm erneut ins Gesicht blickte, sah ich seine auf mich gerichteten Augen. Das gewohnt spöttische Grinsen war wieder da und ich fühlte mich ein klein wenig ertappt. Offensichtlich schien ihn das zu amüsieren. Prompt errötete ich, doch ich zwang mich, diesmal nicht wegzusehen.

»Du bist echt süß, wenn du rot wirst, weißt du das?«, flüsterte Eric, mit vom Schlafen heiserer Stimme und zog mich fester in eine Umarmung. Ich schüttelte den Kopf, unfähig etwas zu erwidern. Die Hitze in meinem Gesicht verstärkte sich und ich spürte den plötzlichen Wunsch mich einfach zu verstecken. Mit Erics direkter Art hatte ich tatsächlich so meine Schwierigkeiten. Insgeheim fragte ich mich, ob ich mich je daran gewöhnen würde. Ich wühlte also mein Gesicht wieder in seine Achselhöhle, schlang meinen rechten Arm um seinen Oberkörper und wollte dort so lange bleiben, bis ich meine Gesichtsfarbe wieder einigermaßen unter Kontrolle hatte. Doch Eric hatte andere Pläne. Er brachte sich in eine andere, bequemere Lage, drehte mich dabei mit sich, so dass ich schließlich auf dem Rücken zu liegen kam. Ein Bein platzierte er zwischen meinen, so dass sein Oberschenkel meinen Schritt berührte.

Er stützte sich mit einer Hand den Kopf, hielt mich mit der anderen weiter fest und sah mich dann forschend an.

»Geht`s dir jetzt besser?«, wollte er von mir wissen und beugte sich ein wenig vor in der Erwartung meiner Antwort. Seine leise Stimme ging mir durch Mark und Bein. Und auch die Bedeutung, die hinter der Frage stand. Ich schüttelte langsam, aber bestimmt den Kopf.

»Nein, nicht wirklich«, gab ich dann ebenso leise zurück und fragte dann weiter: »Und dir?«

»Auch nicht«, antwortete er mit einem unterschwelligen Lachen in der Stimme und beugte sich noch weiter zu mir vor. Der Schwindel in meinem Kopf nahm zu. Nur wenige Millimeter trennten unsere Lippen, sein Atem streifte meinen Mund.

»Du hast mir was versprochen, `Lijah«, flüsterte er weiter. Ich schloss die Augen, als mir die Aufregung plötzlich durch den Magen schoss, versuchte mich aber zu sammeln.

»Hab ich das?«, entgegnete ich. Und wieder hörte ich sein Lachen.

»Ja, das hast du!«

Ich leckte mir schnell über die trockenen Lippen und holte tief Luft. Dieses Frage-Spiel, dass Eric scheinbar so schätzte, würde ich mitspielen und dabei den Spieß herumdrehen, auch wenn ich es kaum abwarten konnte, ihm die Frage zu beantworten. Ich blieb also stumm, fing aber an, seinen Nacken und Rücken zu streicheln. Mein Blut kochte hoch, als ich ihn berührte, aber um den Augenblick noch ein wenig hinaus zu zögern, bezwang ich mich mühselig. Erics Augen waren geschlossen, auch er schien Schwierigkeiten mit seiner Selbstbeherrschung zu haben. Und als er mich dann erneut fragte, hörte ich deutlich die angespannte Erwartung in seiner Stimme mitschwingen.

»Was sagst du?«

»Zu was?«

Innerlich freute ich mich über seine Ungeduld. Schließlich hatte er mich vorhin auch gequält und dieses Mal wollte ich es von ihm hören.

»Zu deinem Versprechen«, brachte er dann knapp hervor, lehnte seine Stirn kurz an meine, löste sich aber sofort wieder und öffnete die Augen.

»Was hab ich dir denn versprochen?«

Langsam, aber sicher machte mir dieses Spiel großen Spaß. Eric sah mich irritiert an, bemerkte dann aber das Lächeln in meinen Mundwinkeln und begriff. Wieder tauchte das teuflische Grinsen auf. Er kniff kurz die Augen zusammen und platzierte dann seinen Mund direkt neben meinem linken Ohr. Gänsehaut überzog mich und als er mir antwortete, war seine flüsternde Stimme nur noch ein Hauch.

»Du hast versprochen, dass du heute mit mir schläfst, `Lijah. Ich will dich jetzt. Ich will dich ficken.«

Ich stöhnte unter seinen direkten Worten auf und schnappte nach Luft. Wenn ich nur einen Moment geglaubt haben sollte, ich hätte die Situation unter Kontrolle, so wurde ich jetzt eines Besseren belehrt. Eric hatte mich voll in der Hand, riss das Ruder herum und machte mich so williger, als ich es mir je hätte träumen lassen.

»Willst du es auch?«, hauchte er weiter und fuhr mit seiner Zungenspitze über mein Ohr. Seine Worte und die sanfte Berührung hallten in meinem Kopf nach. Natürlich wollte ich ihn und so würgte ich ein undeutliches »Ja« hervor. Er ließ von meinem Ohr ab, sah mich mit diesem dunklen, heißen Blick an und forderte: »Dann sag es!«

Ich atmete keuchend aus und ein, teils vor Erregung, teils vor Verlegenheit. Doch wieder kam mir die Erkenntnis, dass ich ihn bitten musste. Er wollte die Worte hören. Und ich wollte es endlich tun. Ich suchte also schwer atmend seinen Blick, schluckte meine Schüchternheit hinunter und gab ihm dann die gewünschte Antwort.

»Ich will mit dir schlafen.«

Glühend heiß senkte sich sein Mund auf meinen, kaum dass ich die Worte ausgesprochen hatte. Seine Zunge teilte meine Lippen, spielte mit meiner, drang tief in meinen Mund ein.

Unsere Hände waren überall, wir fassten uns an, schnell und gierig, dankbar dass die Zeit des Wartens nun vorbei war. Blitzschnell steigerte sich unsere Lust in schiere Raserei, unser keuchender Atem umgab uns, hüllte uns ein. Leicht schwankend kam Eric auf die Knie, zog mich dabei mit sich hoch und streifte mir mein T-Shirt über den Kopf. Seine Lippen waren auf meinem Hals, meiner Brust, meinem Ohr und wieder am Hals. Eine feuchte Spur, die seine Zunge hinterließ, zog sich über meinen ganzen Oberkörper. Heftig pochend meldete sich meine Erektion, verlangte nach Aufmerksamkeit. Ich tastete nach dem Verschluss seiner Jeans, öffnete sie und packte seinen Penis hart. So hart, dass er erschrocken nach Luft schnappte. Ich drückte seinen Schwanz, rieb ihn, hörte sein heiseres Stöhnen und fühlte dabei eine so unbändige Lust, dass ich glaubte verrückt zu werden.

Eric machte es mir nach. Er fasste mich an, reizte mich und plötzlich reichte mir die bloße Berührung seiner Hände nicht mehr aus. Ich wollte, dass er heiß auf mich war, dass er mich um mehr anbettelte. Also ließ ich von ihm ab und packte ihn an beiden Schultern. Erstaunt über mein Tun forschte er in meinem Gesicht nach der Antwort. Ich küsste ihn kurz und stieß ihn dann nach hinten. Seine Augen weiteten sich, als ich mich über ihn beugte und ein gequältes »Oh, verdammt« verließ seinen Mund, als ich mit meiner Zunge zum ersten Mal seine Eichel berührte. Doch bevor ich meine Lippen ganz um seinen Schwanz schließen konnte, ließ mich ein plötzliches und unerwartetes Geräusch hochfahren. Ein Schlüssel drehte sich im Schloss der Eingangstüre, welche sich kurz darauf öffnete. Der Schock, dass wir wohl nun nicht mehr alleine waren, riss uns förmlich auseinander. Ich starrte panisch in Erics Gesicht, welches das widerspiegelte, was ich soeben empfand. Und noch bevor wir irgendwie reagieren konnten, waren wir in hell gleißendes Licht getaucht.

Kapitel 15

Eric wirbelte in Sekundenbruchteilen aus seiner liegenden Haltung hoch, fluchte dabei leise vor sich hin und zog hastig die Jeans über seine Erektion. Angestrengt versuchte er dabei, sich einigermaßen präsentierbar zu machen, doch die Beule in seiner Hose sprach Bände. Ich blinzelte geblendet und bewegungsunfähig in das helle Licht der Deckenlampe und hantierte fahrig am Verschluss meiner eigenen Hose herum. Die plötzliche Helligkeit stach schmerzhaft in meinen Augen, aber ich versuchte dennoch angestrengt zu erkennen, wer uns so abrupt unterbrochen hatte. Mein laut pochendes Herz schlug mir bis zum Hals und ein leichter, vom Schock ausgelöster Schwindel ließ mich schwanken. Nur einige Sekunden dauerte es, bis sich meine Augen an die veränderten Lichtverhältnisse gewöhnt hatten und ich meine Umgebung wieder richtig wahrnehmen konnte. Ich stöhnte peinlich berührt und schockiert auf, als mir klar wurde, dass Alec in der Tür stand und uns mit offenem Mund anstarrte. In der rechten Hand hielt er den Türschlüssel, der immer noch im Schloss steckte und in der linken die Reisetasche, die er erst gestern zusammen mit Daniel für ihren Kurztrip gepackt hatte.

Seine weit aufgerissenen Augen glitten über meinen nackten Oberkörper, über meine noch halb geöffnete Jeans und schließlich über Erics zerzauste Frisur. Man sah ihm förmlich an, wie es in seinem Kopf ratterte. Ich starrte zurück, unfähig auf irgendeine Weise zu reagieren und dann sah ich plötzlich eine Welle der Belustigung über Alecs Gesicht hinwegziehen. Er prustete kurz auf, zuckte mit den Schultern und zog den Schlüssel aus dem Schloss. Kichernd trat er einen Schritt von der Tür weg, zog sie ein Stück weiter auf, um meinem ziemlich blass aussehenden Bruder den Weg frei zu machen. Verwirrt tauschte ich einen sehr schnellen Blick mit Eric, der immer noch regungslos vor dem Sofa stand und sich offensichtlich genau so wenig einen Reim auf Alecs Reaktion machen konnte wie ich.

Daniel musterte seinen Freund, ob seiner seltsamen Heiterkeit stirnrunzelnd, folgte dann seinem Blick und wurde, wenn überhaupt möglich, noch ein wenig blasser, als sein Blick uns traf. Ein unerklärlicher Ausdruck trat in seine Augen, als er uns musterte und uns dabei förmlich abscannte. Ein Schauder lief über meinen Rücken und ich wusste plötzlich sehr genau, was nun gleich kommen würde. Daniel schnaufte leise auf, drehte sich dann zur noch offenen Türe herum und warf sie mit einer so jähen Bewegung zu, dass ich sehr erschrak. Der unheilverkündende Knall ließ Eric zusammenzucken. Wieder schaute ich ihn kurz an und erkannte, dass er nun mittlerweile genau so blass war wie Daniel. Ich schluckte trocken und wünschte mir nichts sehnlicher, als einen Schluck Wasser zu trinken zu können. Die Anspannung, die in der Luft hing, fühlte sich an, als könnte man sie auseinanderschneiden.

Daniel blieb, mit einer Hand an die Tür gestützt, mit dem Rücken zu uns stehen. Ich sah ihn tief atmen, er holte bewusst Luft und als er dann sprach, machte sich großes Unwohlsein in meinem Magen breit.

»So ist das also.«

Seine Stimme klang beherrscht, doch ich konnte deutlich den mühsam unterdrückten Ärger darin hören. Er wandte sich uns wieder zu, den Oberkörper leicht nach vorne gebeugt, die Augen zu Schlitzen verengt. Wie ein Schlafwandler machte er zwei Schritte auf uns zu. Sein Blick traf zuerst mich, dann Eric, der unsicher auf den Boden sah, seine Hände dann aber wie zu einer entschuldigenden Geste hob.

»Es ist nicht so, wie`s aussieht«, versuchte er anzusetzen, doch Daniel schnitt ihm augenblicklich das Wort ab.

»Komm mir jetzt bloß nicht mit dieser Klischee-Scheiße. Ich bin sehr wohl in der Lage die Zusammenhänge zu erkennen, wenn ich zwei Kerle vor mir habe, die Hose runter Schwanz rauf vor mir stehen.«

Seine Stimme war mit jedem Wort lauter geworden und ich zuckte unbehaglich zusammen.

»Ich weiß, wie das aussehen muss, aber ...«, versuchte es Eric erneut, aber er hatte keine Chance.

»Halt sofort die Klappe, Eric. Halt bloß den Mund. Und wag es ja nicht, mich noch einmal zu unterbrechen, denn jetzt bin ich an der Reihe dir etwas zu sagen.«

Daniel wirkte nun mehr als gereizt. Wütend und unwillig schüttelte er mit einer flüssigen Bewegung Alecs Hand von seiner Schulter. Das Lachen war ihm wohl mittlerweile gründlich vergangen.

Mit zusammengepressten Lippen kam er noch näher an Eric heran, der seit ich ihn kannte, noch nie so hilflos gewirkt hatte. Daniels Stimme war nun, da er weitersprach, nicht mehr als ein heiseres Flüstern, voll mit mühselig unterdrückten Emotionen.

»Dir reicht es wohl nicht, dass du jedes Wochenende die halbe Stadt flachlegst, es reicht dir nicht, dass du mich belügst und mir Dinge versprichst, die du nicht halten kannst und willst. Es reicht dir nicht, mich zu verletzen und zu betrügen. Nein, du musst auch noch meinen kleinen Bruder ficken, der überhaupt keine Ahnung hat, mit wem er es zu tun hat und auf wen er sich einlässt.«

Er holte erneut tief Luft, ballte die Hände zu Fäusten und machte dann weiter.

»Ich lasse nicht zu, dass du dem Jungen das Herz brichst. Dieses mal nicht. Oh nein, Eric, das wirst du bleiben lassen.«

Schockiert starrte Eric Daniel an. Er schluckte mühsam, schaute befangen im Raum umher und wusste offensichtlich nicht, was er entgegnen sollte ohne sofort wieder angeschrien zu werden. Mein Bruder suchte seine Augen, zwang ihn, ihn anzusehen und richtete dann das dritte Mal das Wort an ihn.

»Ich hoffe, wir haben uns jetzt ein für alle mal verstanden. Du lässt deine Hände von Elijah. Du wirst ihn nicht noch einmal anfassen oder ihm irgendwie in die Quere kommen. Ist das klar?«

Eric schaute zu mir. Deutlich sah ich die Verletztheit in seinem Blick und mein Herz krampfte sich schmerzhaft zusammen, da mir hier und jetzt klar wurde, dass Daniel eine Trennung zwischen uns herbeiführten wollte. Seine harten Worte hatten mich tief getroffen, obwohl ich deren Bedeutung nicht ganz erfassen konnte. Ein Kloß bildete sich in meinem Hals, als mich die wilde Zärtlichkeit in Erics Blick streifte und ich erschauerte.

»Warum schaust du jetzt Elijah an?«

Daniel, dem der Blickkontakt zwischen uns natürlich aufgefallen war, zeigte mit ausgestrecktem Arm auf mich.

»Ich hab dich was gefragt, also antworte mir."

»Ich hab ihn nicht gefickt, Dany«, antwortete Eric mit leiser Stimme, doch seine Worte schienen meinen Bruder nur noch wütender zu machen, als er es ohnehin schon war.

»Du warst aber auf direktem Weg dahin. Und das hört auf der Stelle auf. Und nenn mich nicht Dany. Für dich gibt es ab sofort keinen Dany mehr.«

Eric schüttelte den Kopf, ganz so als wollte er seine Worte verscheuchen. Entsetzen hatte sich auf seinem Gesicht breitgemacht.

»Das meinst du doch nicht ernst. Ich bin dein bester Freund.«

»Du warst es! Und jetzt raus hier. Raus!«

Daniel schrie plötzlich, als Eric keinerlei Anstalten machte sich zu bewegen. Er schubste ihn Richtung Tür, Eric zuckte erneut mit den Schultern, hilflos und nicht fähig sich zu wehren. Ungläubig, dass er wirklich gehen würde, starrte ich ihn an, doch er sah nicht noch einmal zu mir. Er griff sich seine Jacke, die noch immer über er Kommode hing und zog sie sich über. Und als er dann die Hand auf den Türknauf legte, drehte sich Daniel weg von ihm, stürmte an mir vorbei aus dem Zimmer und schlug schließlich die Türe des Schlafzimmers hinter sich zu. Ich schrak zusammen und hob die Hand in Erics Richtung. Doch er verschwand nach draußen, ohne dass ich die geringste Chance hatte ihn aufzuhalten. Kraftlos fiel mein Arm wieder nach unten und fassungslos wurde mir plötzlich bewusst, was hier eigentlich gerade passiert war.

Unaufhaltsam kochten Tränen in mir hoch, Schmerz breitete sich in meiner Brust aus und ich fiel förmlich in mich zusammen.

Als mich die ersten Schluchzer schüttelten, spürte ich plötzlich Alecs Hand auf meiner Schulter. Hicksend schaute ich zu ihm hoch und ein verständnisvoller und mitleidiger Blick traf mich. Er lächelte mitfühlend und zuckte dann kurz mit dem Kopf in Richtung Tür. Zuerst verstand ich nicht, was er mir mitteilen wollte. Doch dann wiederholte er die Geste, dieses Mal mit mehr Nachdruck und ich begriff. Kurz zweifelte ich, ob es richtig war dies zu tun, doch ich wischte alle Bedenken beiseite, als mir Alec aufmunternd auf den Rücken klopfte. Schwankend kam ich hoch, lief unsicher ein paar Schritte und drehte mich noch einmal zu ihm um. Er kniff das rechte Auge zusammen und lächelte erneut. Dann öffnete ich die Tür.

Kapitel 16

Die ersten paar Schritte, nachdem ich die Türe hinter mir zugezogen hatte, ging ich noch langsam und zögerlich. Daniels Worte, die mir so rein gar nichts sagten, kreisten in meinem Kopf umher und lähmten meine Bewegungen. Erics Blick, kurz bevor mein Bruder ihn an die Luft setzte, hatte sich zusätzlich, mehr als deutlich, vor meinem inneren Auge eingebrannt und verursachte einen dumpfen Schmerz in meiner Brust. Das Weinen hatte ich, so gut es ging, unter Kontrolle gebracht, was man von meiner sonstigen Gefühlswelt nicht unbedingt behaupten konnte.

...du musst auch noch meinen kleinen Bruder ficken, der überhaupt keine Ahnung hat, mit wem er es zu tun hat ... Ich lasse nicht zu, dass du dem Jungen das Herz brichst ... dieses Mal nicht ....

Ich war kolossal verwirrt, fühlte mich erschöpft von der langen, aufregenden Nacht, von dem immer noch brennenden Verlangen in mir und der plötzlichen Unterbrechung, die dem gefolgt war. Angestrengt versuchte ich die Bedeutung hinter den Sätzen meines Bruders zu analysieren. Doch je mehr ich darüber nachgrübelte, desto undurchsichtiger schien mir die Aussage zu sein.

Mir war mehr als bewusst, dass Eric kein unbeschriebenes Blatt war, dass er mit weit mehr, als nur einem oder zwei Männern geschlafen hatte und dass er im Grunde genommen nicht der Typ für eine ernsthafte, feste Beziehung zu sein schien. Ich wusste das Alles ganz genau und es machte mir nichts aus, zumindest nicht soviel, dass es mir größere Probleme bereitet hätte. Es machte also eigentlich keinen Sinn darüber zu spekulieren, ob Daniel genau das gemeint hatte. Es kam mir eher so vor, als würde er auf etwas gänzlich Anderes anspielen wollen. Etwas, dass ich mir nicht erklären konnte und dass mir deshalb großes Unbehagen bereitete. Ich hasste es, nicht im Bilde zu sein.

Ich schien der Einzige zu sein, der nicht verstanden hatte, was hier los war und das machte mich total unruhig. Immerhin ging es dabei ja auch um mich. Und wenn Eric und Daniel irgendein bescheuertes Geheimnis teilten, dann wäre es jetzt wohl an der Zeit, mich darüber aufzuklären. Ich war Teil ihrer beider Leben und das war doch wohl Grund genug mich einzuweihen. Wütend, dass ich nicht wusste, was zwischen den beiden abging, beschleunigte ich meine Schritte. Ich wollte Eric unbedingt fragen, was es damit auf sich hatte und Klarheit in diese Sache bringen. Der Drang zu erfahren was los war, wurde plötzlich übermächtig und nahm komplett von mir Besitz. Ich begann zu laufen, schaute mich dabei hektisch nach ihm um und rannte schließlich, den Lift links liegen lassend und immer zwei Stufen auf einmal nehmend, die Treppe hinunter. Unter meinen bloßen Füßen spürte ich die glatte Kälte der marmornen Stufen und plötzlich wurde mir bewusst, dass ich ohne Schuhe und immer noch nacktem Oberkörper unterwegs war. Doch der Gedanke konnte mich nicht abschrecken. Auch, dass es mittlerweile sehr spät war, stockdunkel und obendrein noch immer in Strömen regnete, ließ mich kalt. Alles was jetzt gerade für mich zählte, war Eric noch zu erwischen und ihn zu fragen, was los war.

Ich übersprang den letzten, kurzen Treppenabschnitt mit einem Satz, rannte am Nachtportier vorbei, der mir entgeistert nachstarrte und schlängelte mich durch die Drehtüre nach draußen. Die eiskalte Luft und der Regen trafen mich wie ein Faustschlag. Fast augenblicklich begann ich zu zittern und schlang meine Arme um meinen Oberkörper, um so zumindest ein klein wenig vor der Witterung geschützt zu sein. Zähneklappernd machte ich einige tapsige Schritte auf dem Asphalt vorwärts. Die Kälte brannte unter meinen Fußsohlen und bibbernd hoffte ich, dass ich Eric nicht verpasst hatte. Nur sehr zögerlich bewegte ich mich vorwärts und dann sah ich ihn.

Wieder begann ich zu laufen, näherte mich ihm, während mich die Kälte schüttelte. Krächzend rief ich seinen Namen, einmal, zweimal und dann bemerkte ich, mehr als erleichtert, dass er sich stirnrunzelnd umdrehte. Erics Augen weiteten sich entsetzt, als er mich auf sich zukommen sah und trat mir schnell einige Schritte entgegen.

»Großer Gott `Lijah, was machst du denn hier draußen? Geh wieder rein, du holst dir hier noch sonst was!«

Ich schüttelte kurz, aber bestimmt den Kopf. Ganz sicher würde ich mich jetzt nicht abweisen lassen und wenn ich mich zu Tode frieren würde.

Eric schlüpfte augenblicklich aus seiner Jacke und hängte mir diese um die zitternden Schultern. Dann zog er mich in seine Umarmung, schlang fest die Arme um mich in der Absicht mich zu wärmen und drückte schließlich Mund und Nase in meine Haare.

»Was machst du denn für Sachen?«, murmelte er dabei. Trotz der Eiseskälte und der Tatsache, dass ich meine Füße fast nicht mehr spürte, fühlte ich mich plötzlich wieder wohl. Dies war der Platz, an den ich hingehörte, hier in Erics Armen. Wie gerne hätte ich ihm gesagt, dass er nicht gehen, dass er mich einfach weiter festhalten und mir endlich eine verdammte Antwort auf meine Fragen geben sollte. Doch obwohl ich mich fest darauf konzentrierte, war es mir nicht möglich die Worte zu formulieren. Das enorme Zittern, dass mich durchschüttelte, Erics durchdringender Blick mit dem er mich ansah, aber auch eine unbestimmte Angst vor seiner Antwort, verhinderten dies erfolgreich.

So viele Fragen brannten in mir darauf beantwortet zu werden, doch ich brachte sie nicht über die Lippen. Ich kämpfte mit mir, zwang mich, mich zu überwinden, doch es war hoffnungslos. Wütende Tränen stiegen in mir hoch und unwillig stampfte ich mit meinem rechten, gefühllosen Fuß auf. Wütend war ich auf mich selbst. Ich benahm mich wie ein trotziger, kleiner Junge, ein Kind welches man absichtlich, um es zu schonen, im Unklaren lässt. Eric schien meinen inneren Aufruhr zu spüren. Er sah mir forschend ins Gesicht, während ein weicher, besorgter Ausdruck sich in seinen Augen breitmachte. Sanft, aber bestimmt, schob er mich zurück in Richtung der Drehtüre.

»Lass uns reingehen«, sagte er leise, als ich vergeblich versuchte mich dagegen zu wehren. Ich hatte keine Chance gegen ihn, wahrscheinlich deshalb, weil es mir, trotz meiner Wut zu sehr gefiel, dass er mich festhielt. Insgeheim, sehnte ich mich zusätzlich auch heftig nach den etwas angenehmeren Temperaturen in der Lobby.

Zusammen wanden wir uns etwas umständlich durch die Türe. Eric hielt mich immer noch im Arm, schaute in mein Gesicht und lächelte schließlich zufrieden, als wir im Inneren angekommen waren. Neugierig, beinahe schon sensationslüstern, beobachtete uns der Portier, der sich etwas nach vorne gebeugt hatte, um uns besser sehen zu können.

»Komm«, flüsterte Eric und zog mich in eine Ecke der Eingangshalle, wo wir etwas unbeobachteter waren. Dort strich er mir übers Haar, über meine Wange, küsste anschließend meine eiskalten, zitternden Finger und schließlich meine Stirn.

»Geh jetzt bitte wieder nach oben `Lijah. Du wirst noch krank.«
Wieder schüttelte ich stur den Kopf. Der Sprache war ich immer noch nicht mächtig, doch ich konnte und wollte mich einfach noch nicht von ihm trennen.

»Geh nach oben, bitte ....«, versuchte Eric erneut mich umzustimmen, aber ich rührte mich nicht vom Fleck. Ich löste mich aus seiner Umarmung, verschränkte trotzig die Arme und schaute ihn herausfordernd an. Er schüttelte amüsiert und ungläubig aufseufzend den Kopf. Wieder küsste er mich auf die Stirn.

»Wenn ich dir verspreche, morgen mit dir frühstücken zu gehen, gehst du dann nach oben und wärmst dich auf?«, wollte er dann wissen.
Ich überlegte kurz und entschied mich dann auf sein Angebot einzugehen, in der Hoffnung, dass ich spätestens am nächsten Tag meine gewünschten Antworten bekommen würde. Ich nickte langsam und bedächtig, zog dabei seine Jacke fester um mich und schaute in seine unglaublich dunklen Augen. Mühselig

schürzte ich meine Lippen, versuchte nur für einen Augenblick das Zittern meines Körpers unter Kontrolle zu bringen und brachte es schließlich fertig ein Wort zu formulieren.

»Wieso?«

Sehr viele Unklarheiten legte ich in dieses einzige Wort und Eric schien zu verstehen. Sein Lächeln verschwand, sein Ausdruck wurde düsterer. Er senkte kurz den Blick, kniff sich dann mit Daumen und Zeigefinger in die inneren Augenwinkel und seufzte erneut auf. Dann sah er mich wieder an.

»Morgen, okay?«, antwortete er mir, hob die Hand und streichelte erneut meine Wange. Ich schloss die Augen, spürte die Wärme seiner Finger an meiner Haut und nickte zum zweiten Mal.

»Morgen ...«, echote ich, atmete tief durch und öffnete die Augen wieder. Dann machte ich Anstalten Erics Jacke auszuziehen, um sie ihm wieder zurückgeben zu können. Doch er hinderte mich daran, indem er meine Arme festhielt und mich sanft auf die Lippen küsste.

»Schlaf gut«, flüsterte er dann noch leise und verabschiedete sich schließlich. Ich hob die Hand und sah ihm nach bis er ins Auto gestiegen und weggefahren war. Dann drehte ich mich um, holte mir den Lift während der Portier mich weiter anstarrte und fuhr schließlich wieder nach oben.

Mir war kalt bis auf die Knochen. Meine Füße schmerzten von der Kälte. Das Zittern meines Körpers hatte zwar nachgelassen, aber es schüttelte mich nach wie vor und ich machte mir nun tatsächlich ein wenig Sorgen, ob mich nach dieser Aktion nicht vielleicht doch eine Erkältung heimsuchen würde. Ich schob den Gedanken beiseite, da er momentan absolut keine Priorität hatte. Als ich vor unserer Eingangstüre angekommen war, hob ich die Hand und klopfte an, in der starken Hoffnung, dass Alec auf mich gewartet hatte. Bei meinem überstürzten Aufbruch hatte ich natürlich nicht an meinen Schlüssel gedacht. Ich hatte Glück. Alec öffnete mir verschmitzt grinsend und ließ mich herein.

Ich ließ mich, so wie ich war, mit Erics Jacke, nassen Haaren und blau gefrorenen Füßen erschöpft auf das Sofa fallen. In vielerlei Hinsicht war dies ein sehr langer Abend gewesen und ich merkte, dass mich eine bleierne Müdigkeit überkam. Alec, dem die Feuchtigkeit an mir natürlich aufgefallen war, setzte sich zu mir und legte eine Decke über mich. Dankend nickte ich ihm zu, hüllte mich ein und schenkte ihm ein müdes Lächeln.

»Hast du ihn noch erwischt?«, wollte er dann wissen. Ich nickte bestätigend und lehnte mich dann nach hinten. Ich wollte schlafen, mich einfach ausruhen, den Tag und die damit verbundenen Geschehnisse abhaken, aber noch immer kreisten unaufhörlich Fragen in meinem Kopf umher, die ich beantwortet wissen wollte. Auch der Gedanke, dass mein Bruder höchstwahrscheinlich ziemlich sauer auf mich war, behagte mir gar nicht.

Ich drehte mich zu Alec, blinzelte gegen meine Müdigkeit an und fragte: »Wo ist Daniel?«

Er zuckte mit den Schultern und machte ein bedauerndes Gesicht.

»In unserem Schlafzimmer«, antwortete er lakonisch.

»Schläft er schon?«, fragte ich weiter und kannte bereits die Antwort.

»Das bezweifle ich stark. Vorher war er ziemlich aufgewühlt.« Alec schaute mich ernst an. Eigentlich war es unnötig mir das zu sagen. Das hatte ich mir bereits ausgemalt.

»Warum seit ihr eigentlich schon wieder hier?«, wollte ich wissen.

Und habt mich gestört?, fügte ich in Gedanken noch hinzu.

»Daniel ging es gestern schon nicht so gut. Und auf der Hinfahrt heute hat er plötzlich Fieber bekommen. Wir haben alle gefühlte 2 Minuten angehalten, damit er kotzen konnte. Das war echt kein Spaß. Und dann haben wir irgendwann beschlossen umzudrehen, damit er sich auskurieren kann. Und dann sind wir auf euch getroffen«, schloss Alec grinsend seine

Zusammenfassung des verkorksten Tages und ich kniff erneut peinlich berührt die Augen kurz zu.

Zögernd schaute ich ihn an, mir war die ganze Sache total unangenehm, aber wieder traf mich ein verschmitztes Lächeln. Ich zuckte mit den Schultern und schaute auf meine Finger, die ich angefangen hatte zu kneten.

»Ich muss mit Daniel reden«, platzte ich dann heraus.

»Ja, das sehe ich auch so. Aber der Zeitpunkt ist gerade nicht besonders gut.«

Ich nickte erneut, legte den Kopf etwas schief und fuhr mir mit einer Hand durch die nassen Haare.

»Ich versteh es einfach nicht. Warum ist er bloß so sauer auf mich?«

Alecs Lächeln verschwand. Er seufzte kurz und rückte etwas näher an mich heran.

»Er ist gar nicht sauer auf dich. Er ist stinkwütend auf Eric.«

Verwirrt starrte ich ihn an. Ich verstand gar nichts mehr.

»Aus welchem Grund denn?«

Alec stockte kurz, sah mich dann zweifelnd an und antwortete: »Ich weiß nicht, ob ich dir das erklären soll. Vielleicht ist es besser, du klärst das mit Daniel.«

»Ganz sicher nicht«, brauste ich auf und spürte schon wieder Wut in mit aufsteigen. Ich wollte jetzt endlich wissen, was Sache war und nicht schon wieder hingehalten werden. Warum machten bloß alle, nur so ein riesiges Geheimnis um die ganze Angelegenheit? Was um Himmels willen konnte denn so schlimm sein? Ich konnte mir absolut keinen Reim darauf machen. Ich bat Alec also erneut um Aufklärung und nach einem weiteren, kurzen Zögern antwortete er mir: »Okay, ich sag dir, was ich weiß.«

Kapitel 17

Aufregung machte sich in mir breit, sobald Alec diese Worte ausgesprochen hatte. Mein Magen schlug Purzelbäume, als ich näher an ihn heranrückte und mich gespannt nach vorne beugte. Er sah alles andere als begeistert aus, als ihm die Bereitwilligkeit zum Zuhören und meine Neugier auffiel. Langsam zog er seine Beine in den Schneidersitz, stützte sich dann mit den Unterarmen auf seine Knie und räusperte sich kurz.

»Okay, hör zu. Irgendwann hättest du diese Geschichte ganz sicher gehört. Ich wünschte nur, dass ich jetzt nicht derjenige sein müsste, der sie dir erzählt.«
Er seufzte kurz und sprach dann weiter.

»Aber unter diesen Umständen ist es wahrscheinlich besser, dass du Bescheid weißt.«

»Welche Umstände meinst du jetzt genau?«, unterbrach ich ihn und kratzte mich am Kopf. Alec sprach in Rätseln und ich meinte förmlich zu spüren wie sich die Ungereimtheiten in mir zu einem riesigen Fragezeichen zusammenballten. Alec seufzte erneut auf und fuhr sich mit beiden Händen durch die Haare.

»Ich meine, dass du mit Eric schläfst ... und so.«

Ich musterte Alec verlegen, während mir wieder mal die Röte ins Gesicht sprang. Unter seinem ernsten Gesichtsausdruck konnte ich ganz genau das mühsam zurückgehaltene Amüsement erkennen. Alec war einfach kein ernster Typ und ich merkte schnell, dass ihn "die Umstände" nicht im Mindesten so sehr aufregten, wie es bei Daniel der Fall war.

... und so ...
Seine Worte formten sich erneut in meinem Kopf und ich zuckte vor plötzlich aufwallender Aufregung zusammen, als mir bewusst wurde, dass mir dieses *"...und so ...."* mehr bedeutete, als der Sex mit Eric, den ich eigentlich noch nicht gehabt hatte, zumindest nicht im herkömmlichen Sinne. Und den ich aber unbedingt und so schnell wie möglich haben wollte. Gänsehaut kroch mir über die Arme, als ich an ihn dachte und an das, was er vor einigen

Stunden mit mir gemacht hatte. Ich hätte mich diesen Gedanken einfach hingeben können, doch sofort rief ich mich innerlich wieder zur Ordnung. Ich konnte jetzt nicht einfach gedanklich abschweifen.

Ich wedelte mir mit der rechten Hand Luft in mein glühendes Gesicht und hatte plötzlich das Bedürfnis mich Alec anzuvertrauen, ihm mein Herz auszuschütten und ihm zu erklären, was in meinem Inneren vorging. Ich meinte zu platzen vor unausgesprochenen Emotionen und Erlebnissen, die ich unbedingt mit jemandem teilen wollte. Doch meine Gefühle in Worte zu fassen, fiel mir schlichtweg schwer. Und so beschränkte ich mich auf ein paar einfache Worte.

»Eigentlich schlaf ich gar nicht mit ihm, zumindest jetzt noch nicht.«

Ich rang kurz nach Luft und spürte genau, dass ich, wenn ich jetzt weitersprechen würde, meine Gefühle besiegeln würde. Doch genau das war es ja auch, was ich wollte. Ich wollte meine Gefühle in die ganze Welt hinausschreien. Deshalb riss ich mich erneut zusammen und fügte leise, aber bestimmt hinzu: »Ich hab mich total in ihn verliebt.«

Alec legte den Kopf zur Seite und grinste mich an. Lächelnd beugte er sich noch weiter zu mir vor und wuschelte mir mit einer Hand durch die Haare. Verlegen kratzte ich mich an der Nase und grinste zurück.

»Ich weiß `Lijah. Ich hab`s gleich gemerkt. WIR haben es gleich gemerkt. Und das ist auch der Grund, warum Daniel so besorgt ist.«

Alecs Grinsen verschwand mit seinen Worten, bis er mich wieder ernst ansah. Verwirrt schüttelte ich den Kopf.

»Ich versteh nicht.«

Diesmal unterbrach Alec mich, indem er die Hände leicht hob und mir so mitteilte, dass nun der Moment gekommen war. Ich schloss also meinen Mund und hörte zu.

»Hab ich dir schon mal erzählt, wie ich hierher gekommen bin?«

Ich schüttelte nur leicht den Kopf und verstand nicht so ganz was Alecs Geschichte mit Eric und mir zu tun hatte. Ich entgegnete aber vorerst nichts.

»Eigentlich ist es bei mir ähnlich abgelaufen wie bei Daniel und dir. Ich komme aus einem kleinen Kaff, dass sich nicht besonders weltoffen nennt. Meine Familie, besonders meine Eltern, gehören zu der Art von Mensch, die einfach nur in Schubladen denkt. Dementsprechend waren sie auch entsetzt, als sie das mit mir herausfanden. Für so jemanden wie mich gab es in ihrer Welt einfach keinen Platz. Meine Mum hat anfangs wenigstens noch versucht mich zu verstehen, aber spätestens nachdem sie mich in flagranti mit Julian, meinem ersten Freund, erwischt hatte, war auch das aus. Na ja, um es kurz zu machen, wir haben es einfach irgendwann nicht mehr ausgehalten. Deshalb sind wir eines Nachts mit nicht mehr als ein paar Pfund in der Tasche abgehauen und sind hierher getrampt.«
Alec holte tief Luft und sprach dann weiter.

»Du kannst dir vorstellen, wie cool wir uns gefühlt haben. Endlich von zu Hause weg, ein eigenes Leben führen. Wir hatten Glück, haben jeder ziemlich schnell eine Arbeit gefunden, sind in eine kleine vergammelte Bruchbude gezogen und waren einfach frei, um das zu tun, was wir wollten. Ich war damals sehr in Julian verliebt. Ich hätte mir niemals vorstellen können, dass ich irgendwann mal jemanden treffe, der mir mehr bedeutet als er.«

Ich lächele Alec mitfühlend an, der zum Schluss immer leiser geworden war. Seine Worte trafen mich, da sie mich so sehr an mich selbst erinnerten und weil ich deutlich spürte, dass diese Geschichte kein Happy End gehabt hatte. Doch darüber, hinaus hatte ich noch immer keinen blassen Dunst, wo der Zusammenhang zwischen mir und Eric sein sollte.

Alec lächelte schief zurück und fuhr schließlich fort.

»Julian teilte meine Gefühle. Zumindest sagte er das. Und eine Zeitlang schien auch alles gut zwischen uns zu laufen. Irgendwann merke er, dass es hier in der Stadt eine Szene gab, die ihn total faszinierte. Er steckte mich mit seiner Begeisterung an und wir zogen nächtelang durch die Clubs und die Lokale. Wir waren häufig betrunken, tanzten bis die Läden dichtmachten, und experimentierten mit Drogen herum. Mir wurde das bald zu viel. Die Oberflächlichkeit in der Szene begann mich abzustoßen. Genau so sehr wie sie Julian anzog. Eigentlich ging es immer nur um Sex und Drogen. Ich wollte das nicht mehr. Julian verstand mich einfach nicht. Für ihn war dieses Leben das Nonplusultra. Aus unserer anfänglichen Zweisamkeit wurde deshalb sehr schnell Einsamkeit. Ich saß nur noch alleine zu Hause, wartete auf ihn und wurde immer unglücklicher. Sehr bald begann ich zu vermuten, dass er nicht nur wegen der Tanzerei aus dem Haus ging. Der Gedanke, dass er mit einem Anderen zusammen war, riss mich innerlich beinahe auseinander. Also machte ich mich irgendwann auf die Suche nach ihm. In all den Clubs, in denen wir zusammen waren und in all den Kneipen. Und schließlich fand ich ihn auch. Mit einem Anderen, wie ich vermutet hatte.«

»Er hat dich betrogen? Echt jetzt? Dich?«, platzte ich dazwischen und ballte die Hände vor Entsetzen und Mitgefühl zu Fäusten.

»Dreckiges Schwein«, fügte ich noch solidarisch hinzu.

»Danke«, entgegnete Alec lachend.

»Ich bin dann relativ schnell über ihn hinweggekommen, dank Daniel. Aber du fragst dich jetzt sicher was das Alles mit ...«

»... mir und Eric zu tun hat, ja«, beendete ich den Satz für ihn. Er wurde wieder ernst und fuhr fort.

»Wie gesagt, ich hab ihn mit einem Anderen erwischt. Ich weiß noch, wie es mir schwindlig wurde, als ich ihn knutschend und voll in Fahrt mit diesem Typen gesehen habe. Ich war so wütend und enttäuscht. In diesem Moment wollte ich nichts anderes als die beiden auseinanderzureißen und Julian so richtig eine zu verpassen. Ich war bereits im Begriff mein Vorhaben in die Tat umzusetzen, als mir plötzlich jemand zuvorkam. Ich wurde schlicht und einfach nur grob Seite gestoßen. Ich kann mich noch daran erinnern, dass ich dachte: *"Der ist hübsch."* Ich weiß das klingt jetzt vielleicht absurd, aber so war es.«

Alec seufzte und blinzelte mir dann verschwörerisch zu.

»Es war natürlich Daniel, der mich da einfach zur Seite drückte.«

Ich riss meinen Mund auf. Ich hatte bisher nie darüber nachgedacht, wie die beiden sich getroffen hatten. Doch noch immer war ich im Unklaren darüber, wieso mir Alec unbedingt diese Geschichte erzählte.

»Daniel riss Julian von dem Typen weg, schrie ihn an, er solle sich verpissen und baute sich dann vor dem Anderen auf. Er ballte die rechte Hand zu einer Faust, holte aus und verpasste ihm einfach ein blaues Auge. Der Typ wehrte sich nicht, schaute aber ziemlich verdattert aus der Wäsche. Dann drehte sich Daniel um und wollte wütend wissen, was ich mit der ganzen Sache zu tun hätte. Ich erklärte es ihm, er nickte und lief dann, ohne sich noch einmal umzudrehen, einfach weg. Ich weiß nicht wieso, aber ich bin ihm gefolgt, durch den Club, nach draußen, wo er schließlich heulend zusammenbrach. Ich hab so gut, wie ich konnte, versucht ihn zu trösten, obwohl ich ja gerade selbst meinen Freund verloren hatte. Daniels Schmerz machte es irgendwie besser für mich. Ich hatte plötzlich das Gefühl, dass mich jemand brauchte.«

Fassungslos starrte ich Alec an. Er und Daniel taten mir unglaublich leid, obwohl die ganze Sache schon so lange her war. Doch dann fiel mir eine Frage ein: »Was ist mit Julian passiert? Und Daniel`s Freund?«

Alec zögerte kurz, bevor er antwortete.

»Julian hab ich nach diesem Abend nie mehr wiedergesehen. Das lag wahrscheinlich daran, dass ich unser Türschloss austauschen ließ und ihm seine Klamotten in einem hübschen, unordentlichen Haufen vor die Türe geschmissen hatte.«

Er lächelte verschmitzt und ich kichert leise über seinen zufriedenen Gesichtsausdruck. Wieder zwinkerte er, sah dann aber weg, auf seine Knie und sprach weiter: »Daniels Freund hat es ihm nicht so leicht gemacht. Ich befreundete mich nach dieser Nacht sofort mit Daniel und stand ihm zur Seite.«

Alec schnaufte kurz, als ihn die Erinnerung durchzuckte.

»Ich hab die ganze Scheiße mit ihm durchgemacht. Das ganze Wechselbad der Gefühle. Die Tränen, die Wut, die Trauer. Daniel ging es richtig beschissen. Er hatte seinen Freund verloren und das ging ihm wirklich schlimm an die Nieren. Der Typ ließ nicht locker. Er versuchte es mit Entschuldigungen, die Alec vehement abschmettert, mit Wut und mit allen möglichen anderen Dingen. Doch es war zu spät. Die Beziehung war unrettbar.«

Alec machte eine Pause, fuhr sich mit einer Hand in den Nacken und schaute mich dann zögernd an. Irgendetwas schien ihm richtig unangenehm zu sein.

»Du wolltest wissen, was mit Daniels Freund passiert ist?«, fragte er mich dann und ich nickte wissbegierig. Alec nickte und schluckte trocken.

»Das weißt du vermutlich genau so gut wie ich.«

Verwirrt starrte ich ihn an. Ich hatte keinen Schimmer, was er mit diesen Worten meinte. Er musterte mich kurz, lächelte schwach und fügte dann hinzu: »Es war Eric!«

Ich hörte die Worte allzu deutlich. Sie verhallten in meinem Kopf und formten sich zuerst zu einer Frage, dann zu einer Phrase.

Daniel und Eric?

Daniel und Eric!!!

DANIEL UND ERIC!!!!!!!

Entgeistert starrte ich Alec an, starrte und starrte, vergaß dabei das Atmen und konnte es nicht glauben. Ich hatte mit allem Möglichen und Unmöglichen gerechnet, aber dass die beiden einmal ein Paar gewesen waren, das lag jenseits meiner Vorstellungskraft. Ich kannte die beiden nur als Freunde, als beste Freunde. Nichts hätte mich je glauben gemacht, dass es irgendwann einmal anders gewesen war, dass da mehr gewesen war, als nur die reine Freundschaft. Okay, sie wirkten vertraut, sogar sehr vertraut. Aber keine andere Gefühlsregung darüber hinaus ließ mich etwas Romanisches zwischen ihnen vermuten.

Gut, die Liebesbeziehung schien vorbei zu sein, doch warum um Himmels willen war Eric dann noch da? Hatten sich die zwei wirklich an das uralte Klischee "Lass uns Freunde bleiben" gehalten. War es wirklich so einfach, Emotionen fallen zu lassen um anderem Platz zu machen?

Plötzlich wurde ich sehr wütend. Ich spürte förmlich, wie die Hitze in mir hochstieg und sich mein Herzschlag beschleunigte. Das durfte ja wohl nicht wahr sein. Was mich so sehr aufregte, war nicht die Tatsache, dass einmal etwas zwischen den beiden gelaufen war. Die Sache war wohl offensichtlich vorbei. Was mich riesig ärgerte, war schlicht und einfach, dass mir niemand etwas gesagt hatte. Man hatte mich einfach im Unklaren gelassen. Eigentlich hatte es dafür ja auch keinen Anlass gegeben. Dass ich mich auf Eric eingelassen hatte, hatten Daniel und Alec zwar vermutet, aber konkret war die Sache ja erst heute geworden aber das erklärte auch nicht Daniels unverständliche Reaktion.

War er vielleicht eifersüchtig? Und war deshalb so ausgerastet? Nein, irgendwie konnte ich das nicht glauben. Daniel liebte Alec und Alec ihn. Dafür hatte ich schon mehr als genug Beweise geliefert bekommen. Also was war es dann? Mein Kopf fühlte sich an, als müsse er gleich platzen. Ich stöhnte auf, vergrub mein Gesicht in meinen Händen und fragte dann Alec, gepresst durch meine Finger hindurch: »Was ist Daniel`s Problem mit mir und Eric?«

Ich nahm die Hände wieder weg, sah ihn an und wartete auf eine Antwort. Er holte tief Luft, doch bevor er ansetzen konnte, ertönte hinter meinem Rücken eine andere Stimme. Ich zuckte erschreckt zusammen und drehte mich schnell um.

»Mein Problem ist, dass ich mich davor fürchte, dir könnte es genauso ergehen wie mir.«

Mein sehr blasser, krank aussehender Bruder stand vor mir. Er hatte die Hände in seinen Hosentaschen vergraben und ließ den Kopf etwas hängen. Offensichtlich schien es ihm überhaupt nicht gut zu gehen, was teils an der Grippe lag, die er sich eingefangen hatte und teils wegen der Ereignisse des Tages. Er kam langsam ein paar Schritte näher und setzte sich schließlich auf die Armstütze des Sofas direkt neben mir. Erleichtert nahm ich zur Kenntnis, dass er nicht mehr wütend aussah. Ich sah ihn an und fragte nach einigen Sekunden des Zögerns: »Und warum sollte das passieren?«

Er seufzte auf, wie als wenn er einem kleinen Kind die Welt erklären müsste.

»Ob du's weißt oder nicht, du bist genau Erics Beuteschema.«

Ich zuckte mit den Schultern. Das war nun echt nichts Neues, dass mein Bruder und ich uns ähnelten wie ein Ei dem Anderen. Außerdem fand ich es ganz gut, dass ich rein äußerlich genau das war, was Eric gefiel.

»Und?«, fragte ich deshalb. Daniel sah mich durchdringend an.

»Kannst du es denn immer noch nicht erraten? Verdammt, 'Lijah. Eric ist nie so richtig über unsere Beziehung hinweg gekommen. Obwohl er derjenige war, der sie zerstörte. Seit unserer Trennung hat er nicht eine richtig funktionierende Partnerschaft gehabt. Verstehst du was ich meine?«

Zögernd schüttelte ich den Kopf und wünschte mir dabei, dass mir nur endlich klar werden würde, was Daniel mir sagen wollte. Erneut seufzte er auf und in seinem Blick tauchte plötzlich ein sehr mitfühlender Blick auf. Er beugte sich vor und sagte dann leise: »Ich hab Angst, dass du nur den Lückenbüßer für ihn spielst.«

Kapitel 18

»Den Lücken ... Was?«

Ungläubig sah ich meinen Bruder an und hoffte inständig, dass er nicht wirklich meinte, was er da gerade gesagt hatte. Ganz langsam keimte ein kleiner Funken Wut in mir auf. Der ganze Abend drehte sich nun um Eric und um das, was er getan hatte, was er mit mir tat und was er vielleicht noch tun würde. Und er drehte sich um mich, meine Gefühlswelt, meine Unwissenheit über den Mann, den ich so sehr begehrte und um meine wohl behütete Unschuld. Ich schnaubte leise auf. Auf diese Unschuld pfiff ich mittlerweile. Im Gegenteil, ich war froh, wenn ich sie endlich los war. Verdammt nochmal, meinte Daniel allen Ernstes, dass Eric immer noch in ihn verliebt war, ihn nicht haben konnte und sich deshalb mich als neues Ziel ausgesucht hatte? Weil ich wie Daniel aussah? Weil ich dem entsprach, was ihm gefiel?

Von unserer äußerlichen Ähnlichkeit mal abgesehen, hatten Daniel und ich noch einige andere Dinge gemeinsam. Dinge, die uns tief verbanden und die uns tatsächlich zu Brüdern machte. Aber ich war ich. Und nicht eine verkleinerte, jüngere und frischere Ausgabe von ihm selbst. Ich war eine eigenständige Person, die machen konnte was sie wollte. Okay, ich war noch nicht so lange volljährig und hatte wenig Lebenserfahrung und somit auch wenig oder besser gesagt keine Erfahrung mit Männern. Aber das konnte mich doch nicht davon abhalten, mich auf jemanden einzulassen, der vielleicht auf den ersten Blick nicht perfekt zu mir passte und vielleicht auch nur das Eine von mir wollte. Nämlich mit mir zu schlafen.

Wieder schnaubte ich leise auf und schüttelte den Kopf. Daniels mitfühlender Blick hatte sich nicht geändert und zum ersten Mal, seit ich hier bei ihm und Alec wohnte, war mir sein Beschützerinstinkt lästig. Er schien zu bemerken, dass ich auf stur schaltete, denn er seufzte leise und rieb sich dann mit der Hand über seine fiebrige Stirn.

»`Lijah, ich mein`s echt nicht böse. Ich will dir nur was ersparen, dass ich selbst durchgemacht habe. Eric ist nicht der Mann für`s Leben, vor allem nicht für dein Leben. Und außerdem ist er zu alt für dich.«

Noch bevor Daniel seinen Satz beenden konnte, hatte ich für mich entschieden, dass es mir nun reichte. Ich war an einem Punkt, an dem ich einfach nicht mehr zuhören konnte und wollte. Ich pellte mich kurzerhand aus der Decke, stand auf, ging ein paar Schritte zur Treppe und hob dabei ganz nebenbei meine rechte Hand zu einer beschwichtigenden und gleichzeitig wegwerfenden Geste. »Ist okay, ich werd drüber nachdenken. Ich geh jetzt schlafen«, warf ich dann unverbindlich in den Raum und peilte zielstrebig mein Zimmer an. Ich spürte in meinem Rücken, dass Daniel noch etwas erwidern wollte, doch er wurde von Alec zurückgehalten, was ich sehr begrüßte. Auf weitere Diskussionen, dramatische Geschichten und Warnungen hatte ich nun wirklich keine Lust mehr. Die Wut, dass ich nicht mehr als ein verdammter Lückenbüßer zu sein schien, zumindest in Daniels Augen, pochte schmerzhaft in meinem Inneren. Vielleicht war es ja so, vielleicht auch nicht. Das wusste nur der Himmel und herausfinden konnte ich es nur auf eine Art und das würde ich auch.

In meinem Zimmer angekommen, atmete ich erst einmal tief durch. Erschöpft lehnte ich mich an die Wand direkt neben der Türe und tastete dann nach dem Lichtschalter. Ich blinzelte in die Helligkeit, die den Raum durchflutete und machte dann ein paar weitere tapsige Schritte. Vor dem Spiegel, an meiner Schranktüre, machte ich halt und musterte mich selbst. Ich sah wirklich gruselig aus. Meine vom Schneeregen nassen, mittlerweile halb getrockneten Haare standen in alle Himmelsrichtungen ab. Meine grünen Augen blickten mich selbst trübe und müde an. Die feuchte Jeans klebte ekelhaft an meinen Beinen, der Verschluss stand immer noch offen. Ich schauderte, als ich Erics Hände dort zu spüren glaubte.

Es hätte heute Abend sein müssen, aber es war mir, durch mehr als unglückliche Umstände, verwehrt gewesen. Alles in mir schrie danach Erics Hände auf mir zu spüren, sie das machen zu lassen, was ich mir seit Langem vorstellte und auch die Dinge, die ich mir noch nicht vorstellen konnte. Doch dieses Feuer brannte immer noch in mir, war nicht gelöscht worden und quälte mich, jetzt da ich wieder alleine mit mir selbst war, aufs Neue. Hier stand ich also nun, randvoll mit Lust und Frust und war noch immer kein Mann. Wütend und enttäuscht zog ich Erics Jacke, welche ich immer noch trug, enger um mich. Für einen winzigen Moment ersetzte sie mir den wirklichen Mann, den ich jetzt so gerne bei mir gehabt hätte.

Ich schloss die Augen, drehte mein Gesicht ein wenig nach links und atmete tief den Geruch ein, der dem Kleidungsstück anhaftete. Es roch so sehr nach ihm, nach seiner Haut, nach allem. Ich stöhnte, als der Duft mir die vielfältigsten Emotionen und Erinnerungen implizierte.

Ich will dich ˋLijah... jetzt will dich ficken .... hatte mir Eric ins Ohr geflüstert. Und wieder stöhnte ich auf, gequält und unbefriedigt. Heiß schoss mir neues Verlangen in den Unterleib und nach nur wenigen Sekunden war ich wieder hart und verzweifelt. Ich riss die Augen auf und schluckte trocken, als ich im Spiegel den eindeutigen Beweis für meine plötzlich wieder entstandene Erregung sah. Pochend und drängend verlangte meine Erektion nach Aufmerksamkeit und wie von selbst schlüpfte meine rechte Hand in meine Jeans und umschloss sie fest.

Unkontrolliert bewegte ich meinen Arm, langsam und stetig. Ich wurde schneller als die Lust größer wurde, keuchte leise und abgehackt, in der Hoffnung, dass sich die Erleichterung schnell einstellen würde. Doch etwas sehr Seltsames passierte nun hier mit mir. Je mehr ich mich selbst stimulierte, desto mehr entfernte ich mich von dem erlösenden Höhepunkt. Ich rieb und rieb, krümmte mich vor Lust nach vorne und spürte überdeutlich das pochende Verlangen in meinem Schwanz. Doch ich kam und kam nicht zum Abschluss. Irritiert hielt ich inne, die Hand noch immer zwischen meinen Beinen. Und dann plötzlich, erst klein beginnend und dann immer größer werdend, bildete sich ein dicker Kloß in meinem Hals.

Die Tränen und die Wut kamen gleichzeitig und ich konnte nicht sagen, was gerade schlimmer für mich war. Die Traurigkeit kämpfte mit dem Zorn und mit einer unwilligen, harschen Bewegung zog ich meine Hand aus meiner Hose, wischte mir mit beiden Händen über das nasse Gesicht und versuchte ein verzweifeltes Schluchzen zu unterdrücken. Der Kloß hatte sich mittlerweile bis in meine Brust ausgebreitet und brannte dort wie Feuer. Ich ballte die Hände zu Fäusten, atmete gegen das Brennen an, aber es half nicht. Ein krächzendes »Verdammte Scheiße, nochmal« entrang sich mir. Dann holte ich, wie von Sinnen, mit dem rechten Fuß aus und kickte mit voller Kraft gegen meinen Schreibtischstuhl, der daraufhin polternd umfiel.

Das Geräusch nahm mir ein klein wenig von meinem Zorn, aber ruhig war ich ganz sicher noch nicht.

Ich zitterte am ganzen Leib, vor Wut, vor unerfüllter Sehnsucht und nicht zuletzt, wegen der feuchten Jeans, die immer noch an mir klebte. Schwer atmend stützt ich mich auf meine Oberschenkel, versuchte mich unter Kontrolle zu bringen und dann überkommt mich das vehemente Verlangen nach einer warmen Dusche. Kurzerhand richtete ich mich auf, warf Erics Jacke auf den Schreibtisch zu meiner rechten und zerrte dann an meiner Jeans und den Shorts. Ich ließ alles so liegen, wie es war, schlüpfte nackt durch die Tür in mein Badezimmer und stellte augenblicklich das Wasser in der Dusche an.

Der warme Wasserstrahl prasselte auf mich herunter und übte eine ungeahnte, noch beunruhigendere Wirkung auf mich aus. Ich stützte mich mit einer Hand an die gläserne Front der Dusche, ließ das Wasser an mir herunterperlen und dachte über einen Ausweg aus meiner angespannten Situation nach. Doch mir wollte und wollte nichts Passendes einfallen. Es war schlicht und einfach zum verrückt werden.

»Verdammt«, nuschelte ich erneut vor mich hin.

»Scheiße.«

Meine Stimme brach am Ende dieses kleinen Wortes und frustriert, dass ich nun nicht mal mehr Herr über meine Stimme war, griff ich zum Duschgel.

Ich verteilte den Schaum auf meinem Körper, wusch meine Haare und wurde immer hibbeliger. Tief in mir wusste ich natürlich, dass es nur eine einzige Möglichkeit für mich gab ruhiger und entspannter zu werden. Aber die Person, die ich dafür brauchte, war nicht mehr da. Und plötzlich blitzte eine verrückte Idee durch meinen umnebelten Verstand. Ich riss den Kopf hoch, wischte schnell mit einer Hand über die beschlagene Duschwand und versuchte die Uhrzeit auf dem Wecker über dem Waschbecken zu erspähen. Ein Uhr dreißig. Es war spät, aber noch nicht zu spät. Die letzte Tube fuhr um 3.47 Uhr. Ich hatte also noch genug Zeit, um .... Ich wollte den Gedanken nicht zu Ende denken. Es war Zeit für mich zu handeln.

In Windeseile spülte ich mir den Schaum aus den Haaren und von meinem Körper. Dann stieg ich aus der Dusche, trocknete mich schnell ab und föhnte meine Haare trocken. Ich war aufgeregt, als ich zurück in mein Zimmer lief, mir wahllos frische Kleider aus meinem Schrank holte und mich so schnell anzog, wie es nur ging. Ich griff nach meiner Jacke, meiner Umhängetasche samt Geldbörse und Schlüssel und drückte dann die Türklinke nach unten. Ich hielt kurz inne, überlegte ob ich Daniel oder vielleicht besser Alec Bescheid geben sollte, was ich vorhatte, doch ich verwarf den Gedanken so rasch, wie er gekommen war. So leise wie ich nur konnte, stieg ich also die Treppe hinunter, in der Angst, dass ich im Wohnzimmer auf einen von den beiden treffen würde, doch niemand war da. Ich atmete erleichtert auf und schlüpfte dann durch die Eingangstüre nach draußen.

Keine zwei Minuten später war ich auf der Straße, wo mir der eiskalte Wind dicke Schneeflocken ins Gesicht blies. Frierend zog ich mir die Kapuze meines Shirts über den Kopf und lief im Stechschritt zur Tube-Station, die zum Glück nicht allzu weit entfernt war. Trotz der Kürze der Strecke waren meine Hände fast blau gefroren und dass, obwohl ich sie tief in den Taschen meiner Jacke vergraben hatte. Ich löste umständlich ein Ticket am Automaten und hoffte zitternd, dass ich nicht sehr lange auf die nächste Bahn warten musste. Die Station war beinahe menschenleer, bis auf einen älteren, harmlos wirkenden Mann, der mir, als ich mich in seine Nähe stellte, freundlich zunickte. Insgeheim war ich sehr froh, dass ich nicht alleine war. Um diese Zeit hatte ich mich noch nie alleine in die riesige Stadt gewagt.

Ich nickte zurück und stieg dann mit ihm, als die Bahn endlich kam, in den gleichen Wagon. Aufgeregt knete ich meine eiskalten Hände. Meine spontane, unüberlegte Aktion schwebte beinahe drohend über mir. Es war riskant und ein wenig kindisch was ich hier tat. Doch im Krieg und in der Liebe war schließlich alles erlaubt. Ich grinste kurz, als mir dieser Gedanke durch den Kopf schoss. Nichtsdestotrotz hätte ich mir zumindest überlegen sollen, was ich machen sollte, wenn ich bald vor verschlossener Türe stehen würde. Ich redete mir augenblicklich, gegen meine Vernunft ein, dass das nicht passieren würde. Doch ein wenig von dem beklemmenden Gefühl blieb und ließ mich sehr nervös auf der Sitzbank hin und her rutschen.

Ich war unendlich erleichtert und so aufgeregt wie nie zuvor, als ich endlich die richtige Haltestelle erreichte und aussteigen konnte. Das Schneetreiben hatte zugenommen und ich konnte es kaum abwarten ins Trockene und Warme zu kommen. Ich stapfte durch das weiße Nass, dass nunmehr knöchelhoch auf der Straße lag, bog einmal um die Ecke und war da. Mein Magen hüpfte Übelkeit erregend, als ich an der Hausmauer hinaufschaute und Erics Fenster ausmachte. Mit großer Erleichterung nahm ich wahr, dass sie beleuchtet waren. Er war zu Hause. Ich wappnete mich, atmete tief durch und drückte schließlich die Haustüre auf. Ich ignorierte den Lift und nahm die Treppe. Fast zögernd stieg ich die Stufen hinauf und wurde bei jedem Zentimeter den ich erklomm nervöser.

Als ich schließlich vor seiner Türe stand, keuchte ich beinahe vor Aufregung. Breitbeinig, fast nach Halt suchend platzierte ich mich davor und hob langsam die Hand, um anzuklopfen. Auf halbem Wege hielt ich inne, kniff die Augen kurz zusammen und leckte mir über die sehr trockenen Lippen. Mit geschlossenen Augen harrte ich kurz aus, versuchte meinen hämmernden Herzschlag zu kontrollieren und tippte schließlich zögerlich mit den Fingerknöcheln gegen das dunkle Holz der Türe. Das Geräusch erschien mir sehr laut, übertrieben laut. Beinahe schien es die Luft um mich herum zu zerschneiden, obwohl es außer mir wahrscheinlich keiner gehört hatte.

Ich hörte nicht, dass sich die Türe öffnete, aber ich fühlte es. Ich fühlte Erics Gegenwart, roch seinen Duft, bevor ich langsam meine Augen öffnete und in sein fassungsloses Gesicht blickte. Ich lächelte ihn an und brachte ein leises »Hey« hervor. Einen Sekundenbruchteil später befand ich mich seiner Umarmung. Stürmisch hatte er mich an sich gerissen, drückte mich an sich und vergrub sein Gesicht in meinen Haaren.

»`Lijah, was machst du hier?«, flüsterte er kaum hörbar. Ich löste mich ein wenig von ihm und schaute ihn an. Ich blickte tief in seine Augen und versuchte alles was ich in diesem Moment fühlte in diesen Blick zu legen. Ich sah ihn erschauern, meine Botschaft schien anzukommen, doch um ganz sicher zu gehen wollte ich es auch formulieren.

»Ich bin gekommen, um mein Versprechen einzulösen.«

Erneut riss er mich in seine Umarmung und fiebrig heiß senkte sich sein Mund auf meinen. Ich stöhnte augenblicklich auf, als sich unsere Zungen berührten, klammerte mich an ihn und wollte endlich wissen, wie es sein würde, ihn ganz in mir zu spüren. Torkelnd schlossen wir die Türe irgendwie hinter uns, zogen und zerrten wie Besessene an unserer Kleidung, hatten die Hände überall, ertasteten jeden Zoll unserer Haut und küssten uns wie Wahnsinnige. Wieder bettelte ich ihn an, keuchte eindeutige, schmutzige Wünsche in sein Ohr und vernahm dabei bebend sein raues Stöhnen, als ich so deutlich wurde.

Ich war zu erregt, um zu bemerken, dass Eric zögerte einen Schritt weiter zu gehen. Erst als ich seine Jeans öffnete und ihn umschließen wollte, hielt er mich plötzlich auf. Er packte mich am Handgelenk, küsste mich flüchtig und löste sich dann von mir. Irritiert schaute ich in an und flüsterte: »Was ist los?«

Er musterte mich lange mit seinen dunklen Augen, als wolle er jedes Detail in meinem Gesicht in seinem Gedächtnis speichern. Dann hob er langsam seine rechte Hand und strich mir zärtlich über die Wange. Ich schmiegte mich an seine Hand und streckte meine Arme erneut nach ihm aus.

»Ich kann nicht«, hörte ich ihn dann mit deutlicher Zerrissenheit in der Stimme flüstern.

Ich konnte kaum glauben, was ich da hörte. Sollte es tatsächlich so sein, dass es mir zum zweiten Mal in einer Nacht verwehrt sein sollte endlich richtigen Sex zu haben?

»Warum denn nicht?«, fragte ich tonlos, aber verzweifelt zurück. Eric fuhr sich mit den Händen durch die Haare und legte den Kopf schräg zur Seite. Er zögerte kurz, antwortete mir dann aber.

»Ich will keinen Keil zwischen dich und Daniel treiben.«

Ich lachte kurz auf, so erleichtert war ich nach seiner Erklärung. Ich hatte mit weit Schlimmerem gerechnet. »Wenn es einen Keil geben würde, dann wäre ich jetzt nicht hier«, erklärte ich ihm dann bestimmt. Zweifelnd sah er mich weiter an, aber ich konnte förmlich erkennen, wie sein Widerstand schmolz und sich dann praktisch in nichts auflöste.

»Kannst du eine einzige Sache für mich tun?«, fragte ich weiter und registrierte sein widerstandsloses Nicken. Ich trat erneut ganz dicht an ihn heran, schlang meine Arme um seine Mitte und stellte mich auf die Zehenspitzen um sein Ohr besser erreichen zu können. Er beugte sich ein Stück vor, um mir mein Vorhaben zu erleichtern.

»Schaff mich endlich in dein verdammtes Bett!«, raunte ich dann heiser und fügte ein leises »Bitte« hinzu.

Bangend wartete ich einige endlos scheinende Sekunden auf seine Antwort.

»Bist du sicher?«, kam es dann ebenso heiser zurück. Noch nie in meinem Leben war ich mir mit etwas so sicher gewesen, wie in diesem Augenblick.

»Ja«, antwortete ich deshalb mit fester Stimme.
»Schlaf endlich mit mir!«

Kapitel 19

Ich landete mit dem Rücken auf Erics Bett. Ob ich gestolpert war, mich freiwillig hingelegt hatte oder gestoßen worden war, konnte ich nicht mehr sagen. Alles was ich eins zu eins wahrnahm, war Eric, der vor mir stand, mich mit seinem dunklen Blick beinahe verschlang und sich langsam auszog. Ich hielt den Atem an, blinzelte aufgeregt und konnte nicht fassen, wie schön er war. Ich streckte eine Hand nach ihm aus und wollte, dass er endlich zu mir kam. Doch er schüttelte den Kopf, lächelte sein diabolisches Lächeln und schob sich aufreizend langsam seine Jeans über die Hüften, seine Oberschenkel und schüttelte sie sich schließlich lässig von den Knöcheln. Mit einer anmutigen Bewegung beugte er sich dann zu mir vor, stützte sich mit den Händen auf meinen Knien ab und drückte meine Beine auseinander. Kurz verharrte er und suchte dann erneut meinen Blick.

»Du willst also, dass ich mit dir schlafe?«, raunte er mir heiser zu. Seine Finger glitten an den Innenseiten meiner zuckenden Schenkel nach oben. Ich stöhnte leise auf und nickte ungelenk.

»Okay«, flüsterte er weiter und fuhr mit beiden Händen über meinen harten Schwanz bis zu meinem Bauch und wieder zurück zu meinen Hüften. Er suchte meine Arme, packte sie, als er sie schließlich gefunden hatte und zog mich nach oben, so dass ich breitbeinig vor ihm zu sitzen kam. Ich sah zu ihm auf, mit wild pochendem Herzschlag und bemerkte, dass er mich anlächelte. Dann fuhr er mit einer Hand über meine Haare, streichelte wiederum meine Wange und sagte dann leise: »Ich will, dass du das hier nie vergisst!«

Ich erschauerte unter seinen Worten und war mir sicher, dass sich alles, was bisher passiert war und noch passieren sollte, sich in mein Gedächtnis einbrennen würde.

Ich lächelte tapfer zurück und ließ mich dann von ihm in den Stand ziehen. Einen kurzen Moment lang sahen wir uns nur an, dann küsste er mich flüchtig auf die Lippen, zog mich an sich und flüsterte mir schließlich leise zu: »Zieh dich aus.«

Wieder stöhnte ich auf, als ich seinen warmen Atem an meinem Ohr spürte. Und wieder einmal schoss mir die Röte ins Gesicht. Eric trat einen Schritt zurück, lachte leise auf als er meine Verlegenheit bemerkte und legte den Kopf schief zur Seite.

»Du machst mich ganz verrückt, wenn du errötest.«
Dann wurde er wieder ernst und sein Blick noch dunkler wie zuvor.

»Zieh dich aus, 'Lijah. Ich will dich nackt sehen.«
Ich biss mir auf die Unterlippe und kam mir verdammt ungeschickt vor. Wie ein kleiner Junge, wusste ich plötzlich nicht mehr, ob ich oben oder unten anfangen sollte. Ich nestelte ein wenig an mir herum und bekam dann unvermittelt Hilfe.

Eric schob sanft, aber bestimmt meine Hände zur Seite, zog mir langsam mein T-Shirt über den Kopf, küsste mich dann mit halb geöffneten Lippen und öffnete meine Jeans. Mein Atem beschleunigte sich, als er mich wieder aufs Bett schob, meinen Oberkörper in eine liegende Position drückte und mir schließlich die Hose samt Shorts von den Beinen zog. Meine harte Erektion streckte sich ihm entgegen und wieder fuhr er mit beiden Händen darüber. Wie von selbst wölbte sich mein Unterkörper nach oben. Dann schob er sich, wie ein Raubtier, langsam über mich, taxierte mich und lächelte schließlich wieder.

»Hoffentlich mache ich mich nicht strafbar«, meinte er dann mit einem spöttischen Grinsen und zwinkerte mir zu. Ich begriff den Zusammenhang nicht, da ich viel zu sehr damit beschäftigt war, meine Hände an jede freie Stelle seines Körpers zu legen.

»Was?«, fragte ich daher verwirrt zurück. Das Denken in seiner Gegenwart fiel mir gerade etwas schwer.

»Du siehst einfach so jung aus«, antwortete er mir und seine Mundwinkel zuckten ob seiner Belustigung.

»Rasierst du dich eigentlich schon?«, machte er dann weiter. Empört schlug ich ihn mit der rechten Hand auf seinen Arm, schnaubte und tat beleidigt. Eric lachte laut auf und warf den Kopf in den Nacken. Ich konnte es nicht fassen. Machte er sich wirklich lustig über mich? In dieser Situation? Angestrengt versuchte ich mich unter ihm hervor zu winden, doch ich hatte natürlich keine wirkliche Chance. Erics Gewicht hielt mich an Ort und Stelle fest.

»Hey, hör sofort auf zu lachen«, beschwerte ich mich dann laut und wollte ihn erneut auf den Arm schlagen, doch Eric war schneller.
Er packte meine Hand noch bevor ich überhaupt hatte richtig ausholen können. Noch immer leise kichernd beugte er sich dann ganz zu mir vor.

»Okay, okay, Schluss mit den Scherzen. Zeit ernst zu werden«, sagte er leise und eine riesige Welle der Aufregung brach sich plötzlich über mir. Sein Mund fand meinen, er küsste mich langsam und intensiv. Wie von selbst öffneten sich meine Lippen, ließen seine Zunge herein und wieder stöhnte ich, als mich die Erregung packte. Seine Hände gingen auf meinem Körper auf Wanderschaft, ließen keine Stelle aus, reizten mich so, dass ich bald nur noch abgehackt Luft holen konnte. Seine feuchten Lippen glitten über meinen Hals, über meine Brust, seine Zungenspitze spielte mit meinen harten Brustwarzen, während er gleichzeitig meinen Schwanz sanft massierte. Sein Daumen glitt über meine Eichel, kreiste um sie, drückte sie. Sehr bald hatte ich das Gefühl explodieren zu müssen. Egal was er mit mir machte, es törnte mich so an, dass ich einfach immer und immer wieder kommen wollte. Aber ich wollte auch mit ihm schlafen, deshalb bezwang ich den heißen Drang in mir und harrte der Dinge die da noch kommen würden.

Meine Selbstbeherrschung wurde jedoch schon sehr bald auf eine sehr harte Probe gestellt. Eric ließ von meiner Brust ab, rasch glitt sein Mund tiefer, über meinen Bauchnabel, meinen Bauch, tiefer und tiefer. Kurz spürte ich seinen raschen Atem an meinem Schwanz. Dann umschlossen seine Lippen glühend heiß meine Erektion. Ich quietschte keuchend auf, presste seinen Namen durch meine zusammengebissenen Zähne hindurch. Seine Zunge kreiste langsam um meine Eichel, fuhr in den kleinen Spalt an der Spitze hinein und wieder hinaus. Er saugte an mir, nahm mich tief in seinem Mund auf, während ich mich in sein Bettlaken verkrallte und mich ihm entgegen wölbte. Ich stieß ihm mein Becken entgegen, wollte mehr von diesem geilen Gefühl haben. Mit einer großen Kraftanstrengung richtete ich mich ein wenig auf, stütze mich auf meine Unterarme und wollte sehen, was er da mit mir machte. Ich zuckte zusammen, als ich Eric so über meinen Unterkörper gebeugt sah. Ich war mir sicher, absolut sicher, dass ich noch nie etwas so Heißes, so Erregendes gesehen hatte wie Ihn. Ihn, mit meinem Schwanz in seinem Mund.

Er richtete seine Augen auf mich und ich stöhnte ungehalten auf, als mich sein Blick traf. Er fixierte mich weiter, als er eine Hand um meinen Schaft legte und wieder anfing ihn zu reiben. Noch immer umschlossen seine Lippen meine Eichel und saugten gierig an ihr. Und dann, als ich plötzlich das fast unaufhaltbare Zucken eines sich nähernden Orgasmus spürte, hielt ich ihn panisch auf. Es war zu früh.

»Eric. Nicht!«

Hochkonzentriert versuchte ich mein pochendes Glied unter Kontrolle zu bringen und es gelang mir gerade noch. Keuchend, mit geschlossenen Augen glitt ich haarscharf am Höhepunkt vorbei. Ich ließ mich wieder nach hinten fallen und atmete angestrengt ein und aus während Eric von mir abließ und sich dann neben mich legte.

Ich drehte den Kopf zu ihm herum und ein Lächeln traf mich. Ich versuchte zurückzulächeln, aber mehr als eine verzerrte Grimasse brachte ich sicherlich nicht zu Stande. Wieder lachte er über mich, sein Gesicht hatte einen entzückten Ausdruck angenommen.

»Du bist wohl soweit, oder?«

Ich nickte eckig, unfähig etwas zu erwidern.

»Ja, das bist du!«, stellte er dann unnötigerweise fest und küsste mich anschließend unvermittelt. Deutlich konnte ich Erics eigene Erregung durch den Kuss hindurch spüren und ein Zittern überkam mich, als mir bewusst wurde, dass es jetzt soweit war. Ich wappnete mich innerlich, denn neben meiner unverhohlenen Erregung hatte ich doch ein klitzeklein-wenig Schiss.

Eric beendete seinen Kuss, zwinkerte mir lächelnd zu und legte dann eine Hand auf meine Hüfte. Sanft, aber mit leichtem Druck drehte er mich dann auf den Bauch. Mit pochendem Herzen blieb ich bewegungslos liegen. Ab diesem Punkt hatte ich einfach keinen Plan mehr, was ich zu tun hatte. Ich spürte, wie er sich zwischen meine Beine kniete, meine Oberschenkel streichelte und sich dann nach vorne beugte. Seine Erektion streifte mich und ich verkrampfte urplötzlich. Sein Atem streifte mein Gesicht und dicht an meinem Ohr hörte ich ihn dann sagen: »Entspann dich 'Lijah. Ich fall doch nicht einfach so über dich her.«

Ich kicherte nervös, fast schon hysterisch und kam mir dabei ziemlich dumm vor. Eric strich mit beiden Händen über meinen Rücken und zog mich schließlich zu sich hoch, so dass ich mit dem Rücken zu ihm auf seinem Schoss zu sitzen kam. Ein Anflug von Unsicherheit, von Zweifel und von leichter Panik kam plötzlich über mich. Ein unkontrollierbares Zittern hatte von mir und vor allem von meinen Beinen, Besitz ergriffen.

Schlotternd und bebend saß ich auf ihm und wusste plötzlich nicht mehr, was ich mit meinen Händen machen sollte, ob ich etwas sagen sollte oder wie ich mich überhaupt verhalten musste. Mein naives Halbwissen über schwulen Sex spielte mir einen üblen Streich, flößte mir angstmachende Bilder ein, flüsterte mir ein, dass ich hier wahrscheinlich einen riesigen Fehler machte. Ich zog die Schultern hoch und versuchte mich klein zu machen. Das hier war doch genau das, was ich die ganze Zeit über hatte haben wollen. Und jetzt machte ich mir selbst einen Strich durch die Rechnung? Das war doch geradezu absurd. Aber meine schlotternden Beine sprachen ihre eigene Sprache. Und auch die Panik, die mich nun beinahe vollständig ausfüllte, war mehr als präsent.

Eric schlang seine Arme um mich. Einen um meinen Bauch, den Anderen um meine Brust. Ich war mir ziemlich sicher, dass er meine Panik bemerkte. Das Zittern meiner Beine war mittlerweile auf meinen ganzen Körper übergegangen. Doch er sagte nichts, drückte mich leicht an sich und küsste meine Schulter. Dann meinen Hals und schließlich meine Wange. Ich schloss die Augen, schmiegte mich in seine Umarmung und spürte dabei sein verständnisvolles Lächeln. Ich war dankbar, dass er still war. Worte wären überflüssig gewesen. Sie hätten alles nur schlimmer gemacht. Eric wusste, was in mir vorging und machte genau das Richtige. Anstatt mich zu trösten oder mich zu beschwichtigen, reizte er mich weiter. Er tat es zärtlich, aber bestimmt. Hielt mich weiter in seinen Armen fest und fasste mir dann wieder in den Schritt. Massierte mich und küsste dabei weiter meinen Hals.

Was immer er tat, was genau er damit bezweckte, es funktionierte. Die Erregung kochte wieder hoch, kämpfte mit meiner unbegründeten Angst und gewann schließlich. Japsend hing ich in Erics Armen und stieß meinen Unterkörper in seine Faust, so lange bis ich wieder kurz davor war zu kommen. Mein Verstand hatte sich nun glücklicherweise ausgeschaltet und ich nahm kaum etwas anderes mehr wahr, als seine Hände auf meinem Körper, meiner Erektion, meinen Beinen, meinem Po und schließlich, oh verdammt, an meinem Eingang. Ich stöhnte haltlos auf, als er mich dort berührte, mich stimulierte und mich dann auf das vorbereitete, was anschließend kommen würde. Ich blendete alles aus, bis auf seine Berührung, ließ mich gehen und bemerkte nur am Rande das Knistern und das Zerreißen der kleinen Folienverpackung. Ich wusste sofort was das bedeutete, doch es machte mir jetzt keine Angst mehr.

Schwer atmend spürte ich Erics Schwanz zwischen meinen Beinen, spürte den Druck den er auf meine intimste Stelle ausübte und dann, nachdem mein Magen einen kurzen Purzelbaum zu schlagen schien, durchstieß er den Muskelring. Es war kein Schmerz, aber es war auch nicht der Himmel auf Erden. Eric hielt inne, drang nicht vollständig in mich ein, sondern gab mir die Gelegenheit mich an ihn, an dieses vollkommen neue Gefühl, zu gewöhnen. Wieder schlang er die Arme um mich und hielt mich fest, seine flüsternde Stimme an meinem Ohr: »Alles gut?«

Ich nickte zögernd, nicht wissend, ob es auch wahr war, was ich da bejahte. Doch im selben Moment, als ich noch grübelte, ob ich es gut fand oder nicht, überkam mich ganz plötzlich dieses Gefühl. Natürlich war es gut, nein nicht nur das. Es war verdammt geil ihn so in mir zu spüren. Zu hören, wie er sich stöhnend zusammenriss um Rücksicht auf mich zu nehmen und zu fühlen, wie sich das Bedürfnis nach mehr in uns beiden steigerte.

Langsam und vorsichtig begann Eric sich in mir zu bewegen und ohne dass ich es richtig bemerkte, passte ich mich sofort seinem Rhythmus an. Ich drückte mich ihm entgegen, öffnete mich ihm und fasste schließlich nach hinten um ihn noch näher an mich zu ziehen. Ich wollte mehr von ihm, wollte ihn ganz in mir spüren, ihm ganz und gar gehören. Eric packt mich an der Schulter, verlagerte seinen Körper neu und holte tief Luft. Ich spürte plötzlich überdeutlich wieviel Kraft ihn seine Zurückhaltung kostete. Wie sehr er sich wünschte einfach in mir zu versinken. Zu wissen, wie geil er war, machte mich rasend und so überkam mich das dringende Bedürfnis, ihn anzusehen. Ich verdrehte meinen Oberkörper während er sich weiter leicht in mir bewegte und suchte seine Augen.

Sein Blick war von mühsam zurückgehaltener Lust verschleiert. Ich sah ihn schlucken, als ich ihn musterte, sah, dass er sich regelrecht abmühte zärtlich zu mir zu sein und ich war dankbar dafür. Doch eigentlich wollte ich nicht wie ein rohes Ei behandelt werden. Das pochende Verlangen in mir wollte etwas ganz Anderes. Ich zog sein Gesicht näher zu mir heran, hielt seinen Blick fest und sagte dann leise, aber bestimmt: »Fick mich, Eric.«

Aufstöhnend suchte er meinen Mund, küsste mich mit weit geöffneten Lippen und stieß seine Zunge tief hinein. Er atmete schwer in diesen Kuss, was mich regelrecht verrückt machte und legte dabei seine Hände auf meine Hüften. Widerstandslos glitt er ganz in mich und ich keuchte unvermittelt auf, als er mich nunmehr vollständig ausfüllte.

Kapitel 20

Ich krallte meine Finger in meine Oberschenkel, als ich Eric ganz in mir fühlte und war vollkommen außer mir. Ich drückte mich gegen ihn, wollte ihn nur zu gerne so tief in mir spüren. Er fühlte sich so warm an, so hart, so heiß und so unendlich geil. Ich hörte sein leises Stöhnen, als er mich zum ersten Mal stieß. Langsam und vorsichtig, aber fordernd genug um mir den Schweiß ausbrechen zu lassen. Das zweite Mal entlockte mir ein bettelndes Jammern. Dreimal, viermal und ich fiel hemmungslos nach vorne über. Keuchend, stöhnend öffnete ich mich ihm noch mehr. Wieder zitterten meine Beine, doch dieses Mal nicht vor Angst. Das fünfte Mal und ich fühlte mich plötzlich, als müsse ich mich auflösen, mich in meine Einzelteile zerlegen. Eric beugte sich über mich, schmiegte seine Stirn zwischen meine Schulterblätter und küsste meinen verschwitzten Rücken. Er pumpte ein sechstes Mal in mich, fester und schneller als zuvor. Ich quietschte schrill auf, spürte seinen schnellen Atem auf meiner erhitzten Haut. Sieben Mal, acht Mal, dann hörte ich auf zu zählen. Ich warf den Kopf in den Nacken, schnappte nach Luft, mit weit geöffnetem Mund und stöhnte.

Eric griff um mich herum, umfasste fest meine Erektion, was mir ein gepresstes und lüsternes »Ja« entlockte. Dann stieß er mich erneut und ich kam so heftig, so endgültig, dass es mir schier die Sinne raubte. Der Höhepunkt schüttelte mich regelrecht, ließ mich meinen Rücken durchbiegen, mich schwindeln und wie von Sinnen krallte ich mich in Erics Laken fest. Ich schnappte hörbar nach Luft, überließ mich ganz diesem Gefühl, welches mich fortriss und keuchte meine Lust hinaus. Eric lehnte weiter schweratmend an meinem Rücken und wollte mich den Moment bis zur letzten Sekunde auskosten lassen. Doch noch während ich mich ergoss, hörte ich sein flüsterndes, fast bittendes Murmeln: »Ich will in dir kommen 'Lijah.«

Er stöhnte beinahe verzweifelt, bewegte sich langsam in mir und verharrte wieder. Fast kam es mir so vor, als würde er mich um Erlaubnis bitten. Seine Worte, sein Verhalten hauten mich beinahe um, noch mehr, als er es ohnehin schon tat. Also nickte ich, flüsterte ein leises »Okay« zurück und spürte beinahe augenblicklich, wie er sich selbst losließ, seine Rücksicht auf mich einen kurzen Moment vergaß und endlich seinen eigenen, erlösenden Orgasmus erlebte.

Ich schlief in Erics Armen ein, verschwitzt, klebrig, hundemüde, aber auch endlich vollkommen zufrieden. Ich war endlich befriedigt und ruhig. Wieder hatte es bei mir nur für ein schwaches Lächeln gereicht, während er mir die feuchten Haare aus dem Gesicht strich und mich küsste. Ich hätte ihm so gerne etwas gesagt, aber mein Körper wollte jetzt nur noch Eins: Schlafen. Er schien es zu verstehen, denn er zog lächelnd die Decke über mich, nahm mich in den Arm und drückte mich an seine Brust. Kurz bevor ich ganz wegdämmerte, ging mir ein Gedanke durch den Kopf. Nämlich dass ich heute meinen Abend der Abende erlebt hatte. Und ich war zu tausend Prozent sicher, dass ich ihn niemals vergessen würde. Dieses Erlebnis war unglaublich gewesen, genauso wie der darauf folgende Morgen.

Ich erwachte mit einem lästigen Kratzen im Hals. Nach einigen kurzen Sekunden der Orientierungslosigkeit, in denen ich zu begreifen versuchte, in wessen Bett ich da lag, schluckte ich und zuckte zusammen, als ich den Schmerz fühlte, der durch meinen Hals schoss. Ich stöhnte genervt auf, als mir klar wurde, dass die vergangene Nacht zu Lasten meiner Gesundheit gegangen war. Die ganze Aufregung, mein Besuch bei Eric und nicht zuletzt der heiße Sex, den wir gehabt hatten, forderten nun ihren Tribut. Zu dem Schmerz in meinem Hals fühlte ich ein Brennen in meiner Brust, begleitet von einem seltsamen Schwindel, der höchstwahrscheinlich vom Fieber herrührte. Zu allem Überfluss war mir speiübel. Ich fühlte mich wie durch die Mangel gedreht.

Eine Weile überlegte ich, ob ich Eric wecken sollte, der nach wie vor wie ein Baby neben mir schlief. Doch ich verwarf den Gedanken. Ich wollte ihn nicht mit solchen Belanglosigkeiten stören. Ich machte mir jedoch sehr bald selbst einen Strich durch die Rechnung. Eine halbe Stunde später, in der ich versuchte mir all die Gefühle in Erinnerung zu rufen, die ich die Nacht zuvor gefühlt hatte, wurde ich von einem Hustenanfall geschüttelt, der Eric abrupt weckte und sich besorgt nach mir umsehen ließ. Ich winkte ab, als er sich nach meinem Befinden erkundigte und wollte die Sache herunterspielen. Doch eine weitere halbe Stunde später hing ich kotzend über seiner Toilette.

Er hielt mir den Kopf, als ich mich übergab, brachte mir ein feuchtes Tuch um mich etwas zu säubern und kümmerte sich auch sonst wirklich rührend um mich. Erschöpft blieb ich nach dem krampfartigen Zucken auf den Knien vor der Toilette sitzen. Vorsichtshalber ließ ich meine Arme auf der Brille liegen und lehnte mich schlapp gegen sie. Ich war mir sicher, dass ich es noch nicht endgültig durchgestanden hatte, da mir immer noch hundeelend war.

»Ich will sterben«, raunte ich mühselig und drehte meinen Kopf leicht in Erics Richtung, der mit verschränkten Armen und im Übrigen noch immer splitternackt neben mir stand und mich eindringlich ansah. Wenn mir nicht so schlecht gewesen wäre, hätte ich den Anblick sicher noch mehr genossen. Im gleichen Moment wurde mir jedoch auch bewusst, dass auch ich nicht viel mehr anhatte und in einer etwas entwürdigenden Stellung vor seiner Toilette hockte. Es war einzig und allein meiner Übelkeit zu verdanken, dass ich nicht schon wieder rot anlief.

Eric zog seine Augenbrauen hoch und meinte daraufhin: »Tja, mit dem Frühstück wird`s wohl nichts.«
Mein Magen drehte sich, noch während er sprach.
»Mann, red doch nicht vom Essen!«
Erneut erbrach ich mich, wartete kurz und beugte mich ein drittes Mal panisch über die Schüssel. Danach war ich vollkommen erledigt.

»Du gehörst ins Bett, und zwar sofort«, stellte Eric dann nüchtern fest und machte Anstalten mich nach oben zu ziehen. Willenlos ließ ich es mir gefallen. Mein dröhnender Kopf und der erneute Hustenanfall, der mich schüttelte, machte eine Widerrede sowieso unmöglich. Er bugsierte mich ins Wohnzimmer und wollte mich auf die Couch drücken.

»... muss was anziehen ...«, nuschelte ich aber und versuchte mich gegen ihn zu wehren. Krank oder nicht, ich wollte nicht mit meinem nackten Hintern auf seiner Couch herumrutschen.

Seufzend kam Eric meiner Aufforderung nach und holte mir meine Shorts und eins seiner T-Shirts, in dem ich fast versank, als er es mir überzog. Dann manövrierte er mich entschlossen aufs Sofa, deckte mich zu und schaute mich erneut mit verschränkten Armen an.

»Du hast dir ja ganz schön was eingefangen«, sagte er und ich konnte eine Spur des gewohnt spöttischen Lächelns in seinem Mundwinkel aufblitzen sehen, als ich zu ihm hochsah. Es war mir peinlich, dass er mich in diesem Zustand sah.

»Tut mir leid«, murmelte ich daher, senkte verschämt den Kopf und meinte beinahe körperlich zu spüren, dass er sich schon wieder über mich amüsierte. Das konnte ja wirklich nur mir passieren.

Eric winkte ab und antwortete leichthin: »Das muss es nicht. Du bist nicht der erste Kranke, den ich diese Woche sehe.«

Ich zuckte mit den Schultern, aber wirklich beruhigen konnten mich seine Worte natürlich nicht. Schließlich machten mich Kotzen, Husten und blass aussehen in seinen Augen bestimmt nicht sexier. Er beugte sich nach unten zu mir, befühlte meine Stirn und streichelte mir anschließend übers Gesicht. Seine kühle Hand fühlte sich gut an auf meiner fiebrigen Haut.

»Warte kurz, ich hol was für dich.«

Ich ließ mich zurücksinken und schloss die Augen, als er das Zimmer verließ. Ich war schon lange nicht mehr so krank gewesen und hatte mich ergo auch schon lange nicht mehr so schlecht gefühlt.

Es strengte mich wahnsinnig an, meine Augen wieder zu öffnen, als er zurückkam. Eric hatte sich ebenfalls etwas übergezogen und kniete sich nun neben mich. Eine Reihe verschiedener Gegenstände hatte er neben sich auf dem Boden deponiert. Darunter auch ein Fieberthermometer, welches er sich nun anschickte zu benützen.

»Mund auf«, befahl er mir grinsend und zwinkerte mir zu, als ich ihn empört ansah. Zweideutigkeiten in dieser Situation? Ich schüttelte leicht meinen schmerzenden Kopf, was ich sogleich bereute, murrte vor mich hin, tat aber dann wie geheißen. Er pfiff beeindruckt durch die Zähne, als er einige Minuten später meine Temperatur kontrollierte, legte das Thermometer dann weg und füllte schließlich eine braune Flüssigkeit in einen tiefen Löffel. Diesen hielt er mir dann unter die Nase und sagte ein zweites Mal: »Mund auf!«

Ich rümpfte angeekelt die Nase, als ich den Geruch wahrnahm.

»Ist ja widerlich«, stellte ich dann fest und wollte mich schon weigern das Zeug zu schlucken. Doch Eric schaute mich streng und beinahe böse an.

»Dass das kein Cocktail ist, ist mir klar. Das soll deinen Magen beruhigen. Also runter damit.«

Ich seufzte ergeben.

»Jawohl, Herr Doktor.«

Dann konzentrierte ich mich darauf den Geruch wegzudenken und schluckte schließlich das Medikament. Ich verzog das Gesicht, schüttelte mich dann und schaute Eric vorwurfsvoll an.

»Brav«, lobte er mich spöttisch und lachte, als ich beleidigt schnaubte.

»Und nenn mich nicht Doktor. Das muss ich mir erst noch verdienen«, fügte er hinzu und lachte erneut. Wieder verließ er kurz das Zimmer, um wenige Minuten später, mit einer Tasse die eine dampfende Flüssigkeit zu enthalten schien, zurückzukommen.

Der Tee schmeckte, wenn überhaupt möglich, noch ekelhafter, als das Medikament und ich zweifelte einen Augenblick daran, ob mir Eric helfen oder mich foltern wollte. Notgedrungen nahm ich einige Schlucke und versuchte das Schaudern zu unterdrücken. Eric schien damit endlich zufrieden zu sein und setzte sich wieder auf dem Boden neben mich. Erschöpft lehnte ich mich nach hinten und sah ihn an. Es war mir furchtbar unangenehm, dass ich ihm auf den Wecker ging. Ob er nun ernsthaft etwas von mir wollte oder nicht. Einen kranken Typ, den er eben erst im Bett gehabt hatte, fand er mit Sicherheit nicht wirklich berauschend. Und so machte ich ihm den Vorschlag, dass ich mich auf den Heimweg machen wollte, was er jedoch kategorisch ablehnte.

»Du schläfst dich jetzt erstmal aus. Später ruf ich Daniel an und sag ihm, wo du bist. Und dann sehen wir weiter«, meinte er leichthin.

»Du willst Daniel anrufen? Echt jetzt?«, fragte ich bass erstaunt zurück. Eric nickte grimmig.

»Die Angelegenheit ist noch nicht aus der Welt. Er hätte mir zumindest die Chance geben können, mich zu erklären. Außerdem muss ich ihm einige Dinge noch ganz klar sagen.«
Von meiner Überraschung hatte ich mich noch nicht ganz erholt. Ich fand es unfassbar, dass Eric die Stärke besaß, sich Daniel zu stellen, obwohl er so unmöglich zu ihm gewesen war. Außerdem war ich ein ganz klein wenig neugierig.

»Was willst du ihm denn sagen?«

Eric sah mir direkt in die Augen und hob dann die Hand um mir übers Gesicht zu streicheln. Ganz so wie er es sich in den letzten Stunden zur Angewohnheit gemacht zu haben schien. Er lächelte leicht, beinahe schüchtern und ich erschauerte unter der wilden Zärtlichkeit, die mir aus seinen dunklen Augen entgegen leuchtete.

»Ich will ihm sagen, dass ich seinen kleinen Bruder nicht nur ficke.«

Kapitel 21

Vielleicht lag es ja an meiner Übelkeit. Vielleicht auch an meinem wüst schmerzenden Kopf. Oder aber ich entwickelte gerade eine akute Mittelohrentzündung mit schwerer Beeinträchtigung der Hörkraft. Ich wusste es nicht. Auf jeden Fall konnte und wollte ich meinen Ohren nicht trauen. Und auch meinem Verstand, der nicht in der Lage war das eben Gehörte zu ordnen und zu verarbeiten. Ich blinzelte ein paar Mal irritiert und machte ein wahrscheinlich nicht besonders geistreiches Gesicht. Eric schaute mich tiefgründig an, einen Ausdruck auf seinem Gesicht, der wirklich nur schwer zu deuten war. Wie ein Blitz fuhr es mir in den Magen, der unter seinem Blick tausend übelkeitsfördernde Salti schlug.

Wie so oft in seiner Gegenwart brachte ich keinen Ton heraus. Ich öffnete und schloss meinen Mund mehrmals, wie ein Fisch auf dem Trockenen und schüttelte schließlich vorsichtig meinen schmerzenden Kopf. Es musste eindeutig an meiner Erkrankung liegen. Es konnte gar nicht anders sein. Niemals, nicht in einer Million Jahre, war es möglich, dass Eric so etwas gesagt haben konnte. Dass da mehr war als körperliche Anziehungskraft, mehr als die reine Lust auf das Abenteuer mit einem unerfahrenen und gutgläubigen Jungen. Ich wollte die Hoffnung, die sich gerade langsam, aber stetig einen Weg an die Oberfläche bahnte, im Keim ersticken. Auf eine herbe Enttäuschung hatte ich nun wirklich keinen Bock.

In meinem Gesicht arbeitete es, ich konnte es regelrecht spüren. Und auch Eric bemerkte natürlich, dass seine Worte sich in mir drehten. Ich biss mir auf die Unterlippe und schaute ihn zögernd an. Nur zu gerne hätte ich ihm geglaubt, doch Alecs Worte hatten eine deutliche Spur in meiner Erinnerung hinterlassen. Mir war zwar von Anfang an klar gewesen, auf wen ich mich bei Eric eingelassen hatte. Doch ich hatte mir natürlich die ganze Zeit etwas vorgemacht. Die zuerst fixe Idee, einfach nur ein einziges Mal mit ihm schlafen zu wollen und dann die ganze Sache von mir aus zu beenden, hatte sich sehr schnell in Nichts aufgelöst, war Schall und Rauch geworden. Und hatte dabei einem anderen, sehr viel ernsteren Gefühl Platz gemacht. Ich hatte mich Hals über Kopf in ihn verliebt.

Das änderte natürlich alles. Die letzte Nacht war in jedem Falle die Erfüllung meiner geheimsten Wünsche gewesen. Und ich würde sie immer als besonderen Erinnerungsschatz in meinem Gedächtnis behalten. Doch ich wollte mir nicht mehr darauf einbilden, mir mehr wünschen, als realistisch war. Ich konnte es nicht, durfte es nicht. Ich durfte nichts in Erics Satz hineininterpretieren, was da nicht hingehörte. Doch es fiel mir schwer, sehr schwer sogar, denn eigentlich hatte ich ja doch darauf gehofft. Ich hatte gehofft, dass Eric irgendwann einmal, irgendwie und irgendwo meine Gefühle erwidern würde. Und sei es auch nur ein Bruchteil meiner Eigenen. Und deshalb schaute ich ihn jetzt an. Sog seinen Blick, aus dem mir nun wilde Zärtlichkeit entgegen leuchtete, in mir auf. Und konnte meine Augen nicht mehr von ihm abwenden.

Ich zog meine Schultern ein wenig hoch und rutschte tiefer in mein Kissen. Dann holte ich Luft, in der festen Absicht etwas zu erwidern, doch wieder versagte mir meine Stimme. Der obligatorische Spott zuckte um Erics Mundwinkel und er legte den Kopf ein wenig schief zur Seite.

»Was?«

Ich versuchte lässig mit dem Kopf zu zucken, doch ich war mir sicher, dass es nicht besonders cool wirkte. Eher eingeschüchtert und ratlos. Und wieder war da dieses Lachen. Dunkel, belustigt mit einem Hauch Entzücken. Bildete ich es mir ein oder kam die plötzliche Hitze in meinem Nacken nicht vom Fieber? Ich räusperte mich verlegen, antwortete ihm aber nicht. Seufzend beugte sich Eric wieder zu mir vor und stützte sein Kinn auf meinen Unterarm, welcher quer über meinem Bauch lag. Seine direkte Nähe machte mich wieder einmal, trotz Grippe, total verrückt.

»Du bist wirklich der verschüchtertste Mensch, der mir je in meinem Leben begegnet ist«, stellte Eric dann nüchtern fest und lächelte mich an. Erneut zuckte ich, dieses Mal mit den Schultern und hatte nicht die leiseste Ahnung, was ich darauf hätte erwidern können. Er hatte ja irgendwie recht. Sehr oft traute ich mich nicht zu sagen, was ich fühlte. Und in dieser besonderen Situation sowieso nicht. Meine Zunge war wie gelähmt und klebte beinahe an meinem Gaumen. Erics Scharfsinn hatte selbstverständlich schon vor längerer Zeit bemerkt, dass man mich regelrecht aus der Reserve locken musste. Und er hatte es zu verschiedenen Zeitpunkten auch tatsächlich geschafft. Vor allem in der letzten Nacht, wo er mich beinahe gezwungen hatte, ihm zu sagen, was ich von ihm wollte. Doch jetzt brachte ich keinen Ton über die Lippen.

Er seufzte erneut und fuhr mit den Fingern durch meine Haare. Ich schloss die Augen unter seiner zärtlichen Berührung und wünschte mir, dass es nicht so kompliziert wäre.

»`Lijah, hast du gehört, was ich gesagt habe?«

Ich riss die Augen wieder auf und konnte es nicht fassen. Ich hatte mich nicht verhört, hatte mir seinen Satz nicht eingebildet. Und doch konnte ich nicht verhindern, dass Zweifel an der Wahrheit seiner Worte in mir hochstiegen. Ich nickte bedächtig mit dem Kopf. Er wollte darüber reden, also hieß es nun, mich zusammen zu reißen. Erneut räusperte ich mich, schluckte schwer und erwiderte ihm leise krächzend: »Ich hab dich gehört. Aber ich ...«

Ich brach mitten im Satz ab und stöhnte leise. Es fiel mir unglaublich schwer ihm meine Zweifel mitzuteilen.

»Aber?«, fragte Eric ebenso leise wie ich zurück.

»Bevor ich gestern zu dir gekommen bin ...«

Ich leckte mir über die trockenen Lippen.

»... hab ich mit Alec geredet und mit Daniel.«

»... und sie haben dich über mich aufgeklärt«, beendet er den Satz für mich und fluchte anschließend leise. Dann löste er sich von mir und fuhr sich hektisch, beinahe hilflos durch die Haare.

»Nun ... ja!«, antwortete ich und wünschte mir gleichzeitig, dass ich nichts gesagt hätte. Eric schaute mit zusammengebissen Zähen kurz zur Seite, atmete tief durch, um mich dann anschließend wieder mit seinem dunklen Blick zu fixieren.

»Und sie haben dir alles erzählt?«, wollte er dann wissen. Ich nickte verschreckt.

»Wirklich alles?«, herrschte er mich an und wieder nickte ich, dieses Mal ein wenig verwirrt. War denn da noch mehr?

»Daniel sagte, du hättest ihn betrogen und du seist nie über eure Beziehung hinweggekommen. Und dass er Angst hätte, dass ich nur den Lückenbüßer für ihn spiele.«

Die Worte sprudelten aus mir heraus, ohne dass ich eine wirkliche Chance gehabt hätte sie aufzuhalten. Entsetzt hörte ich mir selber beim Reden zu und wusste, dass ich nunmehr einen Stein ins Rollen gebracht hatte. Eric starrte mich ungläubig an, der finstere und fast wütende Ausdruck in seinem Gesicht schwand langsam und schließlich lachte er leise auf.

»Daniel, diese kleine Pissnelke!«

Ich war kolossal erstaunt. Was hatte das nun zu bedeuten? Er schüttelte den Kopf, wieder und wieder, als könne er nicht glauben, was ich ihm da erzählt hatte.

»Hat er dir auch gesagt, warum ich ihn betrogen habe?«

Ich verneinte seine Frage und fühlte mich plötzlich, als wäre ich zwischen zwei Ambosse geraten. Nach Alecs und Daniels Erzählungen gestern Abend, hatte ich einfach nur geglaubt, dass Eric einen Hang zu schnellen Abenteuern sexueller Natur gehabt hatte. Vermutlich war das auch so. Nein, es war sogar ganz sicher so. Aber dass ihm mein Bruder einen Anlass dazu gegeben hatte, das konnte ich mir irgendwie nicht vorstellen. In meinen Augen war immer Eric der „Bad Boy" gewesen, der jede Gelegenheit nutzte, die sich ihm bot. Und nun stand hier auf einmal etwas im Raum, von dem ich nie geahnt hätte, dass es so hätte sein können. Ich starrte Eric an und hielt die Luft an. Ich spürte, dass ich nun ganz kurz vor der Aufklärung der ganzen Sache stand und ich hoffte innerlich, dass dies für mich zu einem guten Ende führen würde.

»Ich hab ihn wirklich hintergangen. Das stimmt schon.«
Eric sprach zögernd, ganz so, als würde es ihm schwerfallen mir die Geschichte zu erzählen.

»Aber nicht einfach nur so. Ich drehte beinahe durch mit ihm. Ich war total verzweifelt. Er hielt mich hin, ließ mich zappeln und das konnte ich irgendwann nicht mehr aushalten.«
Er holte erneut tief Luft und fuhr dann fort: »Ich weiß, das ist keine Entschuldigung für mein Verhalten, aber ich habs wirklich nicht mehr ausgehalten. Das ist alles.«

Ich verstand kein einziges Wort von dem, was mir Eric da erzählte, aber er schien noch nicht fertig zu sein.

»Wir waren beide ungefähr so alt, wie du jetzt bist, als wir zusammen waren. Und wir hatten nichts anderes im Kopf als Sex. Ich hätte es fünf mal am Tag mit ihm machen können, doch wir hatten ein kleines Problem.«

Eric machte eine kurze Pause und kratzte sich verlegen an der Schläfe.

»Wir stritten uns täglich um die Position des Top. Und es blieb nicht beim Streit. Wir wurden teilweise sogar handgreiflich und keiner von uns wollte nachgeben. Ich weiß, das ist total kindisch, aber genauso war es. Ich schaltete auf stur, Daniel schaltete auf stur und dann waren wir plötzlich an einem Punkt, an dem es überhaupt nicht mehr weiter ging. Daniel erklärte mir, dass er nicht nachgeben würde, ich sagte das Gleiche und das Ganze endete dann darin, dass Daniel sich mir komplett verweigerte. Bis zu dem Zeitpunkt, so wie er sagte, an dem ich zu ihm angekrochen kommen würde. Diese Sache machte unsere Beziehung natürlich kaputt. Wir hatten uns sehr bald nichts mehr zu sagen und irgendwann landete ich in diesem Club, ganz ohne Absicht. Und dort ist es dann eben passiert.«

Ich riss den Mund auf. Ich hatte mit vielem gerechnet. Aber niemals mit so etwas. Daniel ein Top? Es schüttelte mich kurz, denn meinen Bruder wollte ich mir wirklich nicht in eindeutigen Situationen vorstellen. Und ich wollte mir auch nicht vorstellen, dass er zu sowas tatsächlich fähig gewesen war. Ich kannte Daniel nur als verständnisvollen, liebevollen und aufmerksamen Menschen und Bruder. Jemand auf dem man sich verlassen konnte und der einem aus den schlimmsten Situationen heraushalf. Eric schien meine Gedanken spüren zu können, denn er lächelte schwach und entschuldigend.

»Es tut mir leid, `Lijah. Ich will nicht, dass du deinen Bruder jetzt als etwas siehst, dass er nicht ist. Zwischen uns beiden hat es nicht funktioniert. Das lag aber nicht nur an ihm. Außerdem waren wir jung und hatten nicht viel Ahnung vom Leben und obendrein auch noch keinerlei Erfahrung.«

Wieder holte er tief Luft.

»Eins stimmt schon, was er dir gesagt hat. Ich hab seitdem, seit die ganze Scheiße zwischen uns passiert ist, keine ernsthafte Beziehung mehr geführt. Zumindest keine, die länger angedauert hat.«

Ich starrte ihn an und fürchtete mich plötzlich. Ich fürchtete mich davor, dass nun der Moment gekommen war, an dem er mir sagen würde, dass das, was zwischen uns gewesen war, keine Angelegenheit auf Dauer sein würde. Einfach eine einmalige Sache. Aus und vorbei. Keine Chance auf Wiederholung. Doch meine Befürchtungen blieben glücklicherweise unbegründet.

»Es liegt nicht daran, dass ich nicht über ihn hinweg bin. Daniel ist mein bester Freund, nicht mehr, aber auch nicht weniger. Der Grund dafür, dass ich keine Beziehung geführt habe, ist ganz einfach der, dass ich bisher noch nicht den Richtigen getroffen habe.«

Wild purzelten Gedanken und Gefühle durch meinen fiebrigen, schmerzenden Körper. Allen voran, das kleine Samenkorn der

Hoffnung, dass tief vergraben in mir geschlummert hatte und nun, nach Erics ehrlicher Ansage, wieder in mir wuchs. Doch noch immer ließ es der Zweifel nicht zu, dass ich mich vollständig entspannen konnte. Eric hatte mich noch immer nicht gefragt, er hatte mir nicht gesagt, dass sein Interesse an mir ernsthaft war. Doch konnte ich das auch von Jemandem erwarten, der seit Jahren frei und ungezwungen lebte? Der Niemandem Rechenschaft ablegen musste? Ganz sicher nicht. Das wäre zuviel erwartet. Doch so ganz konnte ich meine Neugier und Ungeduld nicht im Zaum halten und so zwang ich mich, meinen Mund aufzumachen, um ihm eine Frage zu stellen.

»Und du meinst, dass sich das vielleicht in naher oder ferner Zukunft ändern könnte?«

Sein Lächeln war atemberaubend. Frei von Spott oder Belustigung. Ehrlich und tief, ganz so, als hätte er genau auf diese Frage gewartet und sich die passende Antwort bereits zurechtgelegt. Er richtete sich auf, nahm meine schwitzige Hand und drehte sie herum. Dann küsste er die Innenfläche und schließlich meine Fingerspitzen. Ich schloss die Augen und hielt die Luft an. So lange bis ich wieder seine Stimme hörte, die mir durch Mark und Bein ging.

»Ich bin ganz sicher, dass sich das in naher Zukunft ändert.«

Kapitel 22

Es war mir plötzlich alles zuviel. Erics Worte, die eigentlich ein Geständnis waren, die mich eigentlich so glücklich machten, sie waren zuviel. Zuviel für meinen fiebrigen Kopf, zuviel für den Teil meines Körpers, der für meine Emotionen verantwortlich war. Ich hatte genug für den Moment, konnte die letzten 24 Stunden mit meinem kranken Körper nicht mehr verarbeiten. Ich fühlte mich randvoll, so randvoll, dass ich überschwappte. Und zwar im wahrsten Sinne des Wortes. Grummelnd meldete sich erneut mein Magen. Er hob und senkte sich, zog sich schmerzhaft zusammen, so dass ich schließlich panisch auf die Füße kam. Ich stolperte gehetzt in Erics Badezimmer und beehrte seine Toilette erneut mit meiner Anwesenheit.

»Das ist ja ein wirklich nettes Kompliment«, meinte Eric trocken, der mir natürlich wieder gefolgt war und half mir hoch. Fix und fertig musterte ich ihn kurz und entschuldigte mich zähneknirschend. Das Schicksal oder das Leben oder was auch immer spielte mir heute einen hübschen Streich. Da war ich endlich am Ziel meiner Träume und was tat ich? Anstatt vor Freude durchzudrehen gab ich Eric ein hübsches, kleines Kotzkonzert und stellte damit seine Geduld auf eine sehr harte Probe. Beschämt sah ich ihn weiter an und hoffte inständig, dass er seine Meinung zu mir nach dieser Aktion nicht doch noch ändern wollte. Kopfschüttelnd grinste er zurück und versuchte dann wieder, mich in Richtung Wohnzimmer zu schieben. Doch ich hielt ihn auf, da sich ein anderes, recht dringendes Bedürfnis in mir breitmachte.

Er schaute über seine Schulter um den Grund meines Zögerns zu erfahren und ich deutete schwach mit dem Daumen nach hinten.

»Ich muss mal pinkeln.«

Er nickte, wandte sich aber nicht zur Tür, sondern fragte stattdessen: »Brauchst du Hilfe?«

Entgeistert blinzelte ich ihn an und schüttelte schnell den Kopf.

»Willst du ihn vielleicht für mich halten?«

Ich hörte sein Lachen noch längere Zeit, nachdem ich die Tür etwas heftiger als geplant hinter ihm zugeworfen hatte. Ich seufzte leise auf und verbot mir weiter, zumindest im Moment, über Eric nachzudenken. Nicht, dass mein Magen meine Verliebtheit erneut mit Übelkeit verwechseln würde.

Kopfschüttelnd und mit wackligen Knien erleichterte ich mich und wusch mir anschließend die Hände. Ein Blick in den Spiegel über dem Waschbecken, stellte sich als keine besonders gute Idee heraus.

»Oh Scheiße«, murrte ich vor mich hin, als ich mich kurz begutachtete. Eigentlich hatte ich gestern noch gehofft, dass Eric und ich das, was wir angefangen hatten, heute fortführen würden. Doch mit dem Teint und mit dem flauen Gefühl, dass mich einhüllte, würde das wohl erstmal nichts werden. Ich versuchte kurz, mich einigermaßen präsentierbar zu machen, spritzte mir etwas kaltes Wasser ins Gesicht und spülte meinen Mund aus. Das Ergebnis war genauso, wie ich es mir vorgestellt hatte: Unverändert. Seufzend ließ ich es also sein, trocknete mir die Hände ab und schlurfte dann auf unsicheren Beinen wieder zurück zur Couch, wo Eric mich bereits erwartete.

Ich war müde, so müde, dass ich es nicht mehr schaffte, Eric die fünf Millionen Fragen zu stellen, auf die ich gerne noch eine Antwort gehabt hätte. Ich war sogar zu erschöpft, ihm zu sagen, wie viel es mir bedeutete, dass er uns eine Chance gab. Wie viel er mir bedeutete. Und wie wunderschön und unvergesslich die letzte Nacht für mich gewesen war. Ich rollte mich auf dem Sofa zusammen und schloss die Augen, sobald ich meinen Kopf auf das Kissen gelegt hatte. Nur am Rande bekam ich noch mit, dass er mich zudeckte und mir über den Kopf strich. Dann schlummerte ich zufrieden weg.

Ich musste sehr lange geschlafen haben, denn als ich wieder aufwachte, umgab mich nicht mehr das helle Morgenlicht. Die Sonne hatte sich gedreht und beleuchtete nur noch schwach, aus einem ganz anderen Winkel, Erics Wohnung. Kurz war ich ein wenig orientierungslos, vor allem deshalb, da ich das Gefühl hatte, dass mich irgendetwas abrupt geweckt hatte. Ich rappelte mich hoch, sah mich um und blinzelte gegen die nur noch leicht vorhandene Helligkeit an. Beiläufig nahm ich wahr, dass mein Kopf nicht mehr schmerzte. Zumindest nicht mehr so sehr, wie noch vor ein paar Stunden. Doch etwas störte mich und ich versuchte stirnrunzelnd herauszufinden, was es war. Mein schlaftrunkenes Gehirn erkannte nicht sofort um was es sich handelte, doch nach einigen Sekundenbruchteilen, in denen ich meinen Verstand scharf gestellte hatte, war mir plötzlich klar, was mich geweckt hatte. Das Klingeln des Telefons.

Eric, der wahrscheinlich noch davon ausging, dass ich schlief, meldete sich mit leiser Stimme.

»Hey!«

Ich hörte die Stimme des Anrufers deutlich durch den Hörer und ich schloss daraus, dass dieser entweder sehr laut oder sehr aufgebracht sprach.

»Jetzt mal langsam .... Ja, er ist hier bei mir ... nein, ich ... nein, das hab ich nicht ... jetzt lass mich doch mal ausreden, verdammt ... ich kann dir das erklären, wenn du mich lässt ... lass mich ... ja, ich kann mir denken, dass du dir Sorgen gemacht hast, aber ... ich hab nicht ... Verdammte Scheiße nochmal, er ist doch freiwillig zu mir gekommen ...«

Aufstöhnend schloss ich die Augen und fasste mir mit Daumen und Zeigefinger in die inneren Augenwinkel. Bereits nach den ersten Worten hatte ich kapiert, wer da anrief. Daniel! Und scheinbar war er stinkwütend, genau so wie Eric, der fuchsteufelswild wirkte und nicht wirklich zu Wort kam.

»Er ist krank, deshalb ist er noch hier bei mir ... was weiß ich, wahrscheinlich hat er sich bei dir angesteckt ... nein ... nein ... Dany .... Dany, hör auf ... so ist es nicht ... hör mir doch bitte zu ... Scheiße ... tu, was du nicht lassen kannst, ich halt dich nicht auf ... nein ... nein ... hör schon auf ... Hör endlich auf mir vorzuwerfen ich würde deinen Bruder ficken!«

Ich richtete mich langsam ganz auf, drehte meinen Oberkörper in die Richtung aus der Erics Stimme kam und linste über die Rückenlehne des Sofas. Er klang nicht nur wütend, er war es ganz offensichtlich auch. Mit sauer aufeinandergepressten Lippen hörte er sich die Tirade meines Bruders an. Von Zeit zu Zeit versuchte er, gegen ihn anzuschreien, doch er hatte keine Chance. Daniel redete ihn einfach in Grund und Boden. Erschreckt starrte ich Eric an und versuchte Blickkontakt zu ihm aufzunehmen. Er bemerkte mich schließlich, nachdem er einige Male vergeblich einen neuen Anlauf unternommen hatte, meinem Bruder zu erklären, dass es nicht so war, wie er es sich dachte und sein Blick wurde eine Spur weicher, als er mich traf. Er hob die Schulter und schüttelte fragend, entschuldigend, beinahe fassungslos den Kopf. Und deutete anschließend auf das Telefon an seinem Ohr. Ich versuchte ein Lächeln und tippte mir dabei mit dem Finger in einer eindeutigen Geste an die Stirn und ließ ihn dann rotieren. Urplötzlich sah ich es in seinem Mundwinkel zucken.

Ich unterdrückte mühsam das Lachen, dass sich in mir hoch stahl und seufzte dann leise auf. Was für Scherereien, in die ich uns beide gebracht hatte. Eric kam langsam auf mich zu, den Hörer immer noch ans rechte Ohr gepresst und streichelte mir über die Wange. Wie ich diese Geste liebte. Dann unternahm er eine weitere Anstrengung Daniel zu widersprechen.

»Wie gesagt, mach was du willst, dann komm ihn eben abholen, wenn du das für richtig hälst ... nein, das werde ich ganz sicher nicht. Wenn du deinen Bruder wiederhaben willst, dann musst du ihn dir holen ... verdammt nochmal ... sorry, aber da kommst du zu spät ... ich erklär dir gerne, was ich damit meine ... In meinem Bett hab ich ihn schon gehabt und ganz sicher nicht das letzte Mal!«

Er riss das Telefon von seinem Ohr weg, drückte die rote Taste und pfefferte das Teil schließlich unbeherrscht in die nächste Ecke, wo es sich scheppernd in seine Einzelteile zerlegte. Er ballte die Hände zu Fäusten und atmete tief durch. Dann sah er mich wieder an, ganz offensichtlich ziemlich ratlos. Ich schaute auf das Telefon in der Ecke, dann zu ihm und wieder zum Telefon. Ich war so unglaublich froh, dass er gerade so für mich, für uns in die Bresche gesprungen war. Ein weiterer, kleiner Beweis, dass er es wohl tatsächlich ernst mit mir meinte.

»Das Ding ist kaputt«, stellte ich dann nüchtern fest, deutete auf den Schrotthaufen, der kürzlich noch ein Telefon gewesen war und heftete meinen Blick wieder auf ihn. Er nickte kurz und verkniffen. Und dann zuckte es erneut in seinem Mundwinkel.

Der Lachanfall, der uns nur einige Sekunden später schüttelte, war nicht von schlechten Eltern. Ich krümmte mich auf dem Sofa und versuchte angestrengt nicht in Erics Richtung zu sehen, der keuchend und prustend in die Knie ging und sich etliche Tränen aus den Augen wischte. Ich kicherte wie ein Irrwisch, kriegte mich kurz ein und reagierte dann auf sein Gelächter mit einer neuen Lachsalve, die ich aber schlussendlich erfolgreich bekämpfen konnte. Meine Seiten taten mir weh vom Lachen und ich musste regelrecht zu Atem kommen. Nur ganz kurz streifte ich ihn mit meinem Blick, sah seine vor Belustigung zusammengekniffenen Augen und seine Hand, die er nach mir ausstreckte. Ich ergriff sie und wurde ungestüm in seine Umarmung gezogen.

»Er will dich abholen kommen«, kriegte Eric mühsam heraus und drückte mich an sich. Ich zuckte mit den Schultern. Wenn ich in seinen Armen lag, war mir alles andere egal.

»Wir machen einfach nicht auf«, schlug ich vor und kicherte wieder.

»Der ist im Stande und schlägt mir noch die Tür ein.«

Wieder brachen wir beinahe zusammen, als das Lachen erneut über uns kam. Eigentlich war unsere Heiterkeit ja absurd, wenn man bedachte, dass uns in Kürze ein weiteres Donnerwetter, in Form meines Bruders bevorstand. Doch irgendetwas in uns ließ das gänzlich unwichtig werden. Absurd war es eigentlich auch, dass mich Eric unvermittelt, trotz meines Lachens, trotz meines Grippe-gebeutelten Körpers auf den Mund küsste. Und mehr als absurd war es, wie ich darauf reagierte. Ich keuchte auf, riss meine Lippen auseinander, um seiner Zunge Einlass zu gewähren, und küsste ihn zurück, als würde es kein Morgen geben. Ich sank nach hinten auf das Sofa, zog Eric mit mir und wühlte meine Hände in seine dunklen Locken. In mehr als eindeutiger Weise reagierte mein Unterkörper. Lust durchzuckte ihn und unbeherrscht wölbte ich mich ihm entgegen.

Doch bevor ich ihn in irgendeiner Weise weiter ermuntern konnte, ließ er wieder von mir ab.

»Du bist krank, `Lijah.«

Enttäuscht zog ich einen Schmollmund und wollte ihn wieder zu mir herunterziehen.

»Komisch, ich fühl mich gar nicht mehr so krank«, meinte ich dann scheinheilig und rollte mit den Augen, als ich seine lächelnde Ablehnung erkannte. Ich stöhnte gespielt gequält auf und war mir fast sicher, dass er das mit Absicht machte. Er blieb vollkommen regungslos zwischen meinen geöffneten Schenkeln liegen, tat aber nichts. Er berührte mich nicht, ermunterte mich nicht, tat aber auch nichts, um die Situation zu beenden.

Er sah mich nur an und musterte mein Gesicht. Sein Blick glitt über meine Lippen, meine Wangen, meine Nase und schließlich zu meinen Augen, wo er mich gefangen hielt. Das Lächeln, welches noch bis vor wenigen Sekunden in seinen Mundwinkeln gestanden hatte, war verschwunden. Wieder küsste er mich flüchtig, nur ganz sanft. Die kleinen Berührungen ließen tausende Schmetterlinge in meinem Bauch erwachen und inständig hoffte ich, dass mein angeschlagener Magen das auch verkraften würde.

Erneut suchte er meine Augen, während ich atemlos unter ihm lag.

»Gott, bist du wunderschön«, flüsterte er dann plötzlich und ließ mir mit seinen Worten wieder einmal die Röte ins Gesicht steigen. Er küsste mich erneut und fuhr dann heiser fort: »Eins darfst du nie vergessen, `Lijah. Was auch immer passiert.«

Zitternd und bebend hielt ich den Atem an.

»Ich liebe dich.«

Kapitel 23

Ein kurzer Satz, drei magere Worte, elf kleine Buchstaben. Nicht wirklich viel, im Hinblick auf das, was ich in meinem ganzen Leben schon gehört hatte. Wenig, mit Aussicht auf das, was ich noch in meinem weiteren Leben hören würde. Aber genug, mehr als genug, um mein jetziges Leben vollkommen und komplett auf den Kopf zu stellen, mein Dasein aus den Angeln zu heben. Es war einfach alles, was zählte. Erics Worte trafen mich wie ein Hammer. Genau so, wie der Kuss, den er darauf folgen ließ und der nichts mit den Küssen zu tun hatte, die wir bisher getauscht hatten. Nichts Erotisches war in ihm. Nichts, was mich hätte glauben lassen können, dass er zu mehr führen würde. Nein, es war ein Kuss, in dem so viele tief empfundene Emotionen lagen, von denen ich niemals geglaubt hatte, dass sie irgendjemand für mich empfinden würde. Und schon gar nicht, dass Eric sie für mich empfand.

Ich glaubte diesem Kuss mehr, als den Worten. Es fühlte sich so echt an, so wahr und so unendlich richtig. Noch niemals, hatte ich mich jemandem so nahe gefühlt, wie ihm in diesem Augenblick. Und ich wusste plötzlich, dass sich das nicht mehr ändern würde, komme, was da wolle. Ich gehörte ihm, mit jeder Faser meines laut pochenden Herzens. Ich küsste ihn zurück, mit allem was in mir war und mit noch viel mehr. Der Augenblick war kostbar. So kostbar, dass ich nicht wollte, dass er jemals endete. Ich war glücklich und doch konnte ich nicht verhindern, dass heiße, salzige Tränen in mir hochkochten und sich zwischen unseren Kuss stahlen. Ich schluchzte lachend in diesen Kuss, meine Reaktion war irrational, einfach nicht plausibel, aber trotzdem richtig und angebracht.

Ich krallte mich wie ein Verrückter in Erics Rücken, drückte mich an ihn, schmiegte unsere Körper aneinander, während mein Verstand durchdrehte und der tief in mir verborgen gewesenen Verliebtheit Platz machte. Sie hatte jetzt die Oberhand. Sie würde ab sofort bestimmen, was ich tat, mich fliegen lassen, bis zu den Sternen und langsam wieder zurück. Eric beendete sanft den Kuss und ich schlug die Augen auf. Nahm meine neue Wirklichkeit wahr. Lächelnd, nein, mit dem für mich schönsten Lächeln der ganzen Welt, sah er mich an, wischte mir die Tränen vom Gesicht, strich mir übers Haar und küsste mich erneut kurz auf die Lippen.

»Wieso weinst du bloß immer?«, flüsterte er mir dann zu. Wie immer konnte ich ihm nicht antworten. Meine ganzen Gefühle für ihn hatten sich zu einem Kloß in meinem Hals gebildet und wenn ich jetzt nur ein einziges Wort gesagt hätte, dann wäre alles wieder von vorne losgegangen. Deshalb zuckte ich nur entschuldigend mit den Schultern, worauf sein obligatorisches leises Lachen erklang. Er richtete sich langsam auf und ließ sich, immer noch zwischen meinen Beinen, auf den Knien nieder. Dann zog er mich zu sich hoch, umarmte mich erneut und vergrub sein Gesicht an meinem Hals.

»Du brauchst nichts zu sagen, `Lijah. Ich will nur, dass du weißt, dass ich es ernst meine. Mit dir und mit dem, was ich gesagt habe.«
Ich löste mich von ihm, während mir mein Herz beinahe aus der Brust sprang.

»Wirklich?«, brachte ich, mit Mühe und Not heraus und konnte es immer noch nicht fassen.

»Wirklich«, beteuerte er mir und lachte wieder. Dann wurde er ernst, fasste mir unters Kinn und sah mir in die Augen.

»Ich liebe dich, Elijah Warren. Und ich will mit dir zusammen sein.«

Erneut stürzten mir die Tränen aus den Augen und ich wollte, voller Verlegenheit, mein Gesicht vor ihm verbergen. Doch Eric ließ nicht zu, dass ich mich versteckte. Er blickte mir forschend ins Gesicht und fragte: »Du freust dich wohl nicht?«

»Doch«, gab ich erstickt zurück und schämte mich noch mehr für meine jetzt unangemessene Reaktion.

»Wieso weinst du dann?«
Ich kam mir wirklich dumm vor.

»Ich weiß auch nicht.«

Wieder das dunkle Lachen, dass mir durch Mark und Bein ging. Und wieder zog er mich an sich.

»Ich vergesse immer, dass du noch fast ein kleiner Junge bist.«
Er streichelte mir beschwichtigend über den Rücken, als ich mich vehement gegen das "klein" zur Wehr setzen wollte.

»Schh...`Lijah. Nicht böse sein. Ich will, dass du mein kleiner Junge bist und ich will dich beschützen.«
Zitternd und bebend lehnte ich mich nach diesen Worten mit der Stirn gegen seine Brust und versuchte, Herr über mich selbst

zu werden. Es war unfassbar, für mich nicht nachvollziehbar, woher das alles so plötzlich kam. Und es überforderte mich ein klein wenig, obwohl ich mir genau das immer gewünscht hatte. Ich atmete leise keuchend ein und aus, ließ mich von Eric wiegen, mich von ihm umarmen, mich von ihm beschützen. Und dort, in seinen Armen, kam mir die Erkenntnis, dass es so genau richtig war.

Wo ich schwach war, war Eric stark. Wo ich schüchtern war, war er schlagfertig. Und wo ich beschützt werden musste, tat er alles, um mir Sicherheit zu geben. Ich wusste plötzlich, dass ich es wirklich so haben wollte. Ich wollte, dass er mich führte und mich beschützte, und zwar vor jedem Unbill, dass sich mir, dass sich uns in den Weg stellen wollte. Die Gelegenheit, mir genau das zu beweisen, kam schneller als erwartet. Und zwar in der Form meines stinkwütenden Bruders. Das Klopfen an der Türe riss uns auseinander und wir starrten uns kurz erschreckt an, ganz in der Gewissheit, dass alles, was jetzt folgte, höchst unangenehm werden würde. Unwillig aufseufzend entließ mich Eric aus seiner Umarmung, atmete tief durch und machte sich schließlich auf zur Türe, wo das Klopfen immer fordernder wurde. Er öffnete langsam. Daniel stürmte an ihm vorbei und pflanzte sich vor ihm auf.

»Wo ist er?«

Das Reden ließ er gleich ganz aus und ging zum Schreien über. Ich zuckte zusammen und schloss die Augen, ganz in der Hoffnung, dass er sich in Luft aufgelöst haben möge, wenn ich sie wieder öffnete, was natürlich nicht der Fall war. Ich sah, wie Eric stumm mit dem Finger auf mich zeigte. Sein Gesicht wirkte verschlossen und unnahbar. Daniel drehte sich zu mir um. Seine Augen weiteten sich kaum merklich, als er mich sah und mit nur wenigen Schritten war er bei mir. Er musterte mich und ein ernsthaft besorgter Ausdruck erschien in seinen Augen, was mir auf der Stelle ein schlechtes Gewissen einjagte. Immerhin war er mein großer Bruder und automatisch darauf programmiert, sich um mich Sorgen zu machen.

Außerdem sah ich bestimmt beschissen aus. Blass und ungepflegt von der Grippe und mit vor Verliebtheit rotgeweinten Augen. Mit großer Sicherheit konnte man da einiges hineininterpretieren, was Daniel dann auch tat.

»Was hast du mit ihm gemacht, du Penner?«

Er wandte sich wieder Eric zu, der ihn entgeistert anstarrte und antworten wollte. Aber wieder einmal kam er nicht zu Wort.

»Hab ich dir nicht gesagt, du sollst die Finger von Elijah lassen? Und jetzt sieh in dir an. Er ist völlig fertig.«

Seine Stimme überschlug sich am Ende des Satzes. Heftig atmend, versuchte er, sich zusammenzureißen, schluckte hörbar und trat dann wieder vor Eric, der entsetzt aussah und sich offenkundig tief verletzt fühlte. Es versetzt mir einen Stich, ihn so zu sehen, und mein Herz krampfte sich zusammen.

»Du mieser Drecksack. Du hast mir versprochen, dass du Elijah nicht weh tust. Aber du hast dich einfach darüber hinweg gesetzt. Du musst ja immer alles bekommen, was du willst und Andere bezahlen dann die Rechnung. Was du mir antust, das ist das Eine. Aber hier gehts um meinen kleinen Bruder. Und den lässt du jetzt in Ruhe.«

Daniel spie seine Worte beinahe in Erics Gesicht, der sie nicht verdient hatte und der sich deshalb nicht wehrte, weil das zu noch mehr harten Worten geführt hätte. Ich schaute ihn zärtlich an, versuchte in meinen Blick all das Vertrauen in ihn zu legen, welches er mir heute vermittelt hatte. Dann holte ich tief Luft und versuchte ihn, uns zu verteidigen.

»Dany. Dany! Daniel! Bitte hör mir doch mal zu. Es ist wirklich nicht so, wie du denkst. Ich .....«

Ich konnte meinen Satz nicht zu Ende bringen.

»Ich weiß, dass du das glaubst, `Lijah und es tut mir leid. Du kannst das jetzt vielleicht noch nicht verstehen.«

Es war mir schleierhaft, was ich hier nicht verstehen sollte. Daniel ritt auf der Sache herum und verdrehte sie zusätzlich dermaßen, dass er es eigentlich war, der sich in einer verstrickten Situation befand. Ich schloss den Mund, wie Eric und ließ ihn einfach reden. Alles andere hat einfach keinen Zweck.

»Zieh dir was an, um Gottes Willen. Wir gehen.«

Protestierend schüttelte ich darauf den Kopf. Das Letzte, was ich jetzt wollte, war nach Hause zu gehen. Was hätte ich dort schon machen sollen? Nein, ich wollte viel lieber her bei Eric bleiben.

Doch bevor ich irgendwas erwidern konnte, fiel mein Blick auf ihn. Eric machte eine auffordernde Bewegung mit der Hand und bedeutete mir damit, einfach dass zu tun, was Daniel von mir wollte. Ich seufzte innerlich auf. Vielleicht hatte er ja Recht und ich sollte meinem Bruder einfach folgen und ihn damit etwas beruhigen. Widerstrebend stand ich also vom Sofa auf, lief in

Erics Schlafzimmer und suchte meine Sachen zusammen. Trotzig behielt ich jedoch sein T-Shirt an. Daniel konnte ruhig sehen, auf wessen Seite ich stand. Während ich mir meine Jeans anzog, fiel mein Blick auf das zerwühlte Bett und ein wilder Schauer überlief mich, als ich mir kurz meine jüngsten Erinnerungen ins Gedächtnis rief. Das Verlangen einfach hierzubleiben, wurde beinahe übermächtig in mir und kurz war ich versucht, meinen Willen einfach durchzusetzen. Doch meine Vernunft behielt die Oberhand. Ich schlüpfte in meine Schuhe und schlurfte anschließend wieder unwillig zurück ins Wohnzimmer, wo die Temperatur inzwischen ein neues Rekordtief errungen hatte. Die Stimmung war eisig.

Daniel und Eric standen sich mit verschränkten Armen und zusammengepressten Lippen gegenüber und hatten offensichtlich kein weiteres Wort miteinander gewechselt. Ich schüttelte den Kopf und seufzte erneut. Was für eine Scheiße. Wieder meldete sich mein Gewissen. Die Freundschaft der beiden stand im Moment wohl sehr auf der Kippe und ich trug eindeutig die Schuld daran. Doch verzichten wollte ich nicht. Weder auf meinen Bruder und schon gar nicht auf Eric. Inständig hoffte ich, dass ich die Gabe besaß, die beiden miteinander zu versöhnen. Ich musste vor allem erst einmal Daniel davon überzeugen, dass Eric mich nicht einfach ausnützte und dass ich wirklich in ihn verliebt war. Und dass er, verdammte Scheiße nochmal, mich auch liebte.

Mit meinem Purzelbaum schlagenden Magen stellte ich mich dann neben Daniel, zog mir meine Jacke an und nickte schließlich zum Zeichen, dass ich fertig war. Ohne weiter auf Eric zu achten, begab sich mein Bruder zur Tür und öffnete sie. Ich konnte keinen Schritt vorwärtsmachen. Wie gelähmt stand ich da, suchte Erics Blick und kam fast um vor Sehnsucht. Ich wollte nicht gehen, ich wollte bei ihm bleiben, ihm erneut in die Arme sinken. Doch Daniel riss uns grausam auseinander und wusste gar nicht, was er damit bei mir anrichtete. Ein unangenehmer Druck breitete sich auf meiner Brust aus und ich wusste sofort, was dieser nach sich ziehen würde. Ich beherrschte mich mühsam, denn weitere Tränen, dazu noch in Gegenwart meines Bruders, hätte ich mir jetzt nicht leisten können.

Ich zwang mich vorwärts, machte ein paar Schritte, lief langsam an Eric vorbei und streckte heimlich meine Hand nach ihm aus. Unsere Fingerspitzen berührten sich leicht und an der Tür drehte ich mich noch einmal nach ihm um. Er lächelte mich an, zwinkerte und hob dann die Hand zum Gruß. Nein, ich konnte nicht gehen. Ich konnte es einfach nicht, musste es aber tun. Ich spürte Daniels Ungeduld in meinem Rücken, doch eine Sache musste ich jetzt einfach noch tun. Ich lief zurück zu Eric, der erstaunt eine Augenbraue hob. Ich fasste ihm in den Nacken und zog sein Gesicht zu mir herunter. Kurz sah ich ihm in seine dunklen Augen und wandte mich dann seinem linken Ohr zu. Und als ich sprach, war meine Stimme nur ein heiseres, kaum hörbares Flüstern.

»Ich liebe dich auch.«

Kapitel 24

Ich trottete wortlos hinter Daniel her, schleppte meine Beine schwerfällig nach und stieg schließlich mit ihm in den Aufzug. Genauso stumm setzte ich mich in seinen Wagen und schnallte mich an. Ich fühlte mich, als hätte mir jemand ein unsichtbares Gummiband an meinem Rücken befestigt, welches mich unaufhörlich nach hinten zog und mich davon abhielt vorwärtszukommen. Erics magnetische Anziehungskraft hatte mich voll in ihrem Bann und ich hasste es, dass ich ihn, zumindest für den Moment verlassen musste. Daniel schien meine Unwilligkeit mehr als deutlich zu spüren, denn er sah mich immer wieder unsicher von der Seite her an. Ich wusste genau, dass er jetzt nur zu gerne mit mir geredet hätte, mir die in seinen Augen gerechtfertigte Standpauke gegeben hätte. Aber mein abweisender Gesichtsausdruck hielt ihn wohl davon ab.

Ein Gespräch würde es geben, das war mir klar und dass ich dieses hinauszögerte, war mir auch bewusst. Irgendwie fühlte ich mich nicht in der Lage, mich nochmals für mein Handeln rechtfertigen zu müssen. Einerseits schien ich ihm eine Erklärung ja schuldig zu sein, doch andererseits fehlte mir dazu einfach die Lust. Außerdem begann mir Eric bereits zu fehlen, obwohl wir erst fünf Minuten getrennt waren. Ich seufzte lauter als eigentlich beabsichtigt auf und wieder schaute mich Daniel an. Ich konnte seinen Blick förmlich auf mir spüren, schaltete aber auf stur. Ich ärgerte mich dermaßen über ihn bzw. über die Art und Weise, wie er mit dieser Situation umging, dass ich ihn schlicht und einfach weiter ignorierte. Oder besser gesagt, es erfolglos versuchte.

Daniel steuerte das Auto durch die verschneite Stadt und hielt schließlich an einer roten Ampel, wo er sich räusperte und das unvermeidliche Gespräch begann.

»Geht`s dir gut?«

Ich schnaubte so leise auf, dass er es nicht hören konnte.

»Klar«, antwortete ich ihm dann schnippisch und versuchte gleichzeitig, eine hübsche Portion Ablehnung in das kurze Wort zu legen. Doch mein Ton schien ihn nicht weiter zu stören.

»Hast du echt mit ihm geschlafen?«

Ich versteifte mich. Typisch Daniel, gleich so mit der Tür ins Haus zu fallen. Und eine Antwort schien er auch auf jeden Fall haben zu wollen. Ich sah aus dem Fenster, runzelte die Stirn und überlegte, ob ich ihm die Nachricht absolut schonungslos oder möglichst höflich überbringen sollte. Ich entschied mich, nach einem kurzen Anflug von Sadismus für Ersteres.

»Ja, hab ich.«

Mein Satz war an Knappheit nicht mehr zu überbieten. Überhaupt fragte ich mich, was die Frage sollte, denn er war ja einfach davon ausgegangen, dass es so gewesen war. Ich sah ihn, aus dem Augenwinkel, langsam nicken und ärgerte mich noch viel mehr über ihn.

»War's schön für dich?«

Entgeistert riss ich den Kopf zu ihm herum und starrte ihn an. Was zum Teufel sollte denn das nun wieder? Erst spielte er den Beleidigten und jetzt zeigte er plötzliche Interesse? Was erwartete er jetzt von mir? Einen vollständigen Tatsachenbericht? Fassungslos überlegte ich, was ich ihm darauf erwidern könnte und entschied mich wieder für die knappe, aber ehrliche Antwort.

»Es war geil.«

Ich sah ihn fassungslos schlucken, in seinem Gesicht arbeitete es. Angestrengt legte er einen Gang ein, die Ampel schaltete wieder auf Grün und er fuhr los, mit einem leicht schockierten Ausdruck. Fast hätte er mir jetzt leidtun können. Nein, irgendwie tat er mir wirklich leid. Da war ich, sein kleiner Bruder, den er vor noch nicht allzu langer Zeit aus einer beschissenen Situation erlöst hatte, der immer ausgesehen hatte, als könne er kein Wässerchen trüben. Der still und dankbar an seinem Leben teilgenommen hatte. Und jetzt? Jetzt fickte dieser kleine Junge seinen besten Freund und plötzlich meinte ich zu verstehen, was in Daniel vorging. Er hatte tatsächlich Angst, dass es mit mir und Eric das gleiche beschissene Ende nehmen würde, wie bei ihm selbst. Und natürlich spielte ein gewisses Maß an nicht erklärbarer Eifersucht eine Rolle.

Das schlechte Gewissen schäumte in meinem Magen wieder hoch. Bruder oder nicht. Niemand teilte gerne mit irgendjemand Anderem den gleichen Partner. Auch nicht, wenn es bei dem einem schon so lange her war, dass es keine Bedeutung mehr hatte. Ich biss mir auf die Unterlippe und schämte mich ein ganz klein wenig. Daniel hatte immer alles für mich getan und ich liebte ihn so sehr, wie man einen Bruder nur lieben konnte. Und die Besorgnis, die er für mich an den Tag legte, war schließlich nur gut gemeint. Auch wenn er meiner Meinung nach viel zu überzogen reagierte. Das Bedürfnis, mich bei ihm zu entschuldigen, wuchs in mir so schnell, wie der Ärger auf ihn verschwand. Ich wollte mich nicht mit ihm streiten. Ich wollte, dass er sich für mich freute, dass ich momentan so glücklich war. Und ich war bereit dafür ganz und gar ehrlich zu ihm zu sein.

Ich wartete bis Daniel erneut an einer Kreuzung halten musste. Dann drehte ich mich auf dem Sitz zu ihm hin und legte eine Hand auf seinen Unterarm. Er sah sie an und schlug schließlich die Augen zu mir auf.

»Tut mir leid, Dany. Ich wollte nicht so ... direkt sein. Sei mir nicht böse.«

Er seufzte geschlagen auf und lächelte.

»Ich bin nicht böse auf dich. Das war ich die ganze Zeit nicht.« Er hob abwehrend die Hand, als ich ungläubig dreinsah und machte dann weiter: »Was du da tust, macht mir nichts aus. Das ist vollkommen normal. Was mich stört, ist, mit wem du es machst!«

Ich schnalzte ungeduldig mit der Zunge, als ich das hörte. Ich wollte mir Eric einfach nicht von ihm schlecht machen lassen, doch bevor ich etwas erwidern konnte, sprach er schon weiter.

»Ich hab`s verstanden, `Lijah. Du willst Eric. Okay, dann nimm ihn dir. Aber lass dir bitte eins von mir sagen. Ich kenne ihn schon viel länger als du. Und ich bin mir sicher, dass irgendwann etwas passieren wird, dass dir ganz und gar nicht gefallen wird. Und wer wird dann den Scherbenhaufen wegmachen? Hm?«

Ich konnte nichts darauf erwidern, da ich ihm innerlich widersprach. Ich konnte mir einfach nicht vorstellen, dass Eric so etwas tun würde. Nicht, nachdem er mir gesagt hatte, dass er mich liebte. Daniel deutete mein Schweigen anders.

»Weißt du, ich war bereits in deiner Situation. Eric ist der Hammer. Er haut dich um, das kann ich wirklich verstehen. Aber je mehr du dich, je mehr du dein Herz an ihn hängst, um so schlimmer wird es am Ende für dich werden.«

»Gibt es denn in deinen Augen überhaupt keine Chance für uns?«, wollte ich schließlich frustriert von ihm wissen. Er seufzte wieder.

»Doch, die gibt es schon. Aber ob die Sache auf Dauer funktioniert weiß ich nicht.«

Daniel machte ein entschuldigendes Gesicht.

»Wieso sollte es nicht funktionieren? Und überhaupt: Das Risiko würde ich doch mit jedem anderen genauso eingehen.«

Unbeabsichtigt war meine Stimme bei meinen letzten Worten wieder lauter geworden. Verdammt, ich war doch frisch verliebt. Alles, was ich jetzt eigentlich hören wollte, waren nette Dinge, die mich bestärkten und meine Gefühle anerkannten. Und nicht die negative Unkerei meines Bruders, der so tat, als hätte er das gebrochene Herz erfunden.

Ich wollte mich nicht mit ihm streiten und so antwortete ich ihm, auf seine noch folgenden Fragen, nur einsilbig und hoffte dabei, dass sie diese im Keim ersticken würde. Doch Daniel durchschaute natürlich meine Absicht.

»Ich weiß, was du tust, `Lijah. Alles klar. Ich bin ja schon ruhig. Aber sag mir bitte nicht irgendwann, ich hätte dich nicht gewarnt.«

Himmel, noch so ein Klischee-Spruch und ich würde platzen. Angestrengt brachte ich ein »Ja, ja« heraus und verkniff mir das "Leck mich am Arsch". Ich hatte echt genug. Wer wusste schon, was mich in Zukunft mit Eric erwarten würde. Vielleicht funktionierte es ja zwischen uns, vielleicht auch nicht. Ich hoffte natürlich ganz naiv auf Ersteres und das war mir ja wohl erlaubt. Und falls es nicht so wäre, dann konnte Daniel immer noch mit einem "Ich hab`s dir doch gesagt" aufwarten.

Den Rest der Fahrt verbrachten wir schweigend, wofür ich sehr dankbar war. Zur allgemeinen Aufregung dazu war ich ja noch immer krank, auch wenn ich mich ein wenig besser fühlte, als heute Morgen. Daniel schien es nicht anders zu gehen. Im Prinzip sah er so aus, wie ich mich fühlte und wieder spürte ich das schlechte Gewissen in mir. Die Rum-Kurverei mit dem Auto und unsere Diskussion machte die ganze Sache auch nicht wirklich besser, so dass wir beide mehr als erleichtert waren, als wir endlich zu Hause ankamen. Es kam mir vor, als wäre ich länger als einen Tag weg gewesen und es fühlte sich beinahe auch so an. Wie viel war in den letzten 48 Stunden passiert! Ein aufgeregtes Kribbeln erfasste mich, als meine Gedanken erneut zu Eric glitten. Ich hoffte sehr, dass sich unser Wiedersehen nicht zu lange hinauszögern würde.

Erschöpft ließ sich Daniel auf das Sofa fallen. Da ich nicht wusste, was ich jetzt alleine in meinem Zimmer mit mir hätte anfangen sollen, setzte ich mich neben ihn und zog die Beine an. Matt dreht mein Bruder seinen Kopf zu mir und sah mich an.

Ich zog, in Erwartung neuer Warnungen und Fragen über Eric, die Schultern ein wenig hoch. Doch er wollte etwas ganz anderes wissen.

»Hast du auch so oft gekotzt wie ich?«

Ich musste unwillkürlich grinsen.

»Es hat auf jeden Fall gereicht.«

Er kicherte kurz und lehnte sich nach hinten. Längere Zeit schwiegen wir wieder. Jeder von uns hing seinen Gedanken nach. Ich dachte natürlich an Eric, daran dass ich jetzt nicht immer noch bei ihm sein konnte, wie sehr ich in ihn verliebt war und auch daran, dass Daniel und er nun wegen mir im Clinch lagen.

Ich wollte nicht, dass sie sich stritten. Ich wolle einfach nur in Frieden und Harmonie leben und das Gleiche wünschte ich mir auch für die beiden. Die harten Worte, die zwischen ihnen gefallen waren, lagen mir schwer auf der Seele und fraßen sich immer tiefer. Ich konnte es beinahe nicht ertragen, dass ich der Grund dafür sein sollte oder der Auslöser, was auch immer. Seit Eric in mein Leben getreten war oder ich in seines, hatte es immer Probleme zwischen ihm und Daniel gegeben. Diese Probleme hatten sich stets nur um mich gedreht. Um mich, um meine sensible Seele, um die Bewahrung meiner Würde. Daniel spielte den Beschützer gut oder war es vielmehr auch. Er fing mich auf, als ich ganz am Boden lag. Und er half mir da, wo ich es am nötigsten gebraucht hatte. Er machte wieder einen brauchbaren Menschen aus mir.

Und dann, zu dem Zeitpunkt, an dem ich wieder "hergestellt" war, erschien plötzlich Eric auf der Bildfläche und brachte mein Weltbild, dass von Daniel natürlich gepflegt worden war, vollkommen durcheinander. Er bereicherte es. Zu dem brauchbaren Menschen, der ich war, kamen nun andere Attribute hinzu, die mich zusätzlich zu den Bemühungen meines Bruders formten. Und schlussendlich den Mann aus mir machten, der ich war.

Kapitel 25

Sechs Tage musste ich warten, bis ich Eric wiedersehen konnte. Sechs unendlich lange Tage und fünf schier endlose Nächte harrte ich aus und ging fast dabei zugrunde. Es war die Sehnsucht, die mich zermürbte und die pure Ungeduld, die mich in den Wahnsinn trieb. Um nichts anderes, als um Eric, hatten sich meine Gedanken in den letzten Wochen gedreht. Die erotische Kostprobe, die mir zuteilgeworden war, heizten diese noch an, was mir das Warten natürlich zusätzlich erschwerte. Und ich wartete und wartete und wartete. Eigentlich tat ich nichts Anderes mehr. Selbstverständlich nahm ich an meinem regulären Alltagsleben teil. Ich stand morgens auf, ging zur Uni, sah abends fern und tat all die anderen Dinge, die sonst immer meinen Tag gefüllt hatten. Doch innerlich war ich stets bei Eric, genauer gesagt in Erics Bett.

Ich zählte die Stunden, die Minuten und sogar die Sekunden bis zu unserem nächsten Treffen. Die Wartezeit ging mir fürchterlich auf die Nerven. Am liebsten hätte ich mich sofort wieder auf den Weg zu ihm gemacht. Aber die Grippe, die mich so unschön heimgesucht hatte, machte mir zunächst einen gewaltigen Strich durch die Rechnung. Zwei Tage lang war ich noch mit weiteren, scheußlichen Magenkrämpfen, Übelkeit und leichtem Fieber gesegnet. So sehr ich es auch wollte, es war unmöglich mich in diesem Zustand mit Eric zu treffen oder gar mit ihm zu schlafen. Zähneknirschend sah ich die Notwendigkeit, im Bett zu bleiben, ein. Und hoffte dabei dringend, dass es mir bald besser gehen würde. Als ich dann endlich wiederhergestellt war und ich voller Vorfreude unser nächstes Treffen planen wollte, war es dann Eric selbst der dieses, wenn auch unfreiwillig, verhinderte.

Natürlich hatte ich Verständnis dafür, dass er sich nicht nach einer der anstrengenden Nachtdienste, die er versehen musste, mit mir treffen konnte. Ich nahm es hin, dass ihn sein Studium in Beschlag nahm und es war klar, dass auch Eric Prioritäten hatte, die nichts mit mir zu tun hatten. Aber trotz allem passte mir das nicht wirklich in den Kram. Er fehlte mir, ich verzehrte mich nach ihm und wurde dabei allmählich immer unleidlicher. Es kam grenzenloser Erleichterung gleich, als wir uns dann endlich für den Samstagmorgen verabredeten. Unsere Kommunikation per SMS, war das Einzige in dieser sich entsetzlich lang hinziehenden Woche, was mich über Wasser hielt. Jedes Mal, wenn mein Handy das leise "Pling" einer eingehenden Nachricht von sich gab, fuhr es mir krampfartig in den Bauch.

Ich hatte mich immer noch nicht an den Gedanken gewöhnt, dass ich nun einen festen Freund zu haben schien, dass ich eine Beziehung führte und in festen Händen war. Ich war liiert, vergeben und unheimlich verliebt. Von Zeit zu Zeit glaubte ich zu träumen. Ich glaubte wirklich, dass ich mir alles einbildete, dass es einfach nicht wahr sein konnte. Und doch war es Realität, so absurd es mir auch vorkommen mochte.

Eric war mein Freund. Es war zum Durchdrehen, zum Ausflippen und zum vor Freude schreien. Erics "Ich liebe dich" verschwand nicht aus meinen Ohren und auch nicht aus meinem Kopf. Immer wieder hörte ich ihn diese Worte sagen, doch immer wieder zweifelte ich auch daran, dass ich sie wirklich gehört haben sollte. Eric liebte mich? Mich, den unscheinbaren, unsicheren und naiven Elijah? Den angeknacksten Jungen, der gerade eben erst im richtigen Leben angekommen war? Grinsend vergrub ich jedes Mal, wenn ich daran dachte, mein Gesicht in mein Kopfkissen, während mir mein verliebtes Herz laut pochend bis zum Hals schlug.

Mein Herz blieb nicht der einzige Teil meines Körpers, der sich in dieser Woche laut puckernd bemerkbar machte. In meinem jugendlichen Leichtsinn hatte ich tatsächlich geglaubt, dass mich der Sex mit Eric vorerst befriedigen würde. Dass meine Lenden danach tatsächlich Ruhe finden würden. Doch ich hatte nicht damit gerechnet, dass er alles noch viel schlimmer machen würde. Ich hatte Blut geleckt, hatte mich an einer Sache versucht, die süchtig machte und musste nun mit den einem Entzug gleichkommenden Symptomen leben. Ich war noch heißer auf Eric, als ich es vor meinem ersten Mal gewesen war. Ich war sogar so heiß, dass ich bei jeder noch so unbedeutenden Stimulation hart wurde. Ich war dauererregt und gleichzeitig unersättlich.

Immer wieder haderte ich mit mir selbst, ob ich Eric mitteilen sollte, wie es mir ging. Doch ich traute mich nicht so recht, es ihm zu sagen. Ich hatte keine Ahnung, wie er darauf reagieren würde und so hielt ich meinen Mund und verzweifelte. Das Einzige, was ich mich traute per SMS zu sagen, war ein unschuldig klingendes »Ich freu mich auf Morgen.«

Und natürlich las Eric auch bei diesen wenigen Worten die tiefere Bedeutung zwischen den Zeilen heraus.

»Lass die Finger von dir. Du gehörst mir«, war seine atemraubende Antwort darauf. Aufstöhnend beendete ich unser Gespräch und konnte dabei förmlich sein dunkles Lachen hören. Er wusste ganz genau, auf was ich mich wirklich freute. Ich hörte auf ihn, obwohl es mich viel kostete, meine Hand nicht fest um meinen Schwanz zu schließen.

Ich war wirklich und wahrhaftig erleichtert, dass ich Eric in weniger als zwölf Stunden endlich wiedersehen würde. Und ich hoffte, dass sich unsere darauf noch folgenden Treffen, nicht genauso lang auseinanderziehen würden. Was mir darüber hinaus zusätzlich Kopfzerbrechen machte, war Daniel. Seit mich mein Bruder aus Erics Wohnung geschleppt hatte und nach dem darauffolgenden Gespräch hatten wir kein Wort mehr über diese Angelegenheit verloren. Ich konnte nicht sagen, ob es mir recht war oder auch nicht, dass das Thema "Eric" plötzlich ein unausgesprochenes Tabu war. Wir verhielten uns absolut normal. Er machte mir keine Vorwürfe. Er hielt sich nicht mit weiteren Warnungen auf und bat mich auch nicht mehr auf ihn zu hören.

Ich hatte den Verdacht, dass ich dieses Verhalten vor allem Alec zu verdanken hatte, der mehr Verständnis für mich aufbrachte, als es Daniel tat. Ich war einerseits dankbar, dass ich mir keine negativen Dinge über Eric mehr anhören musste, andererseits hätte ich sehr gerne über meine neueste Erfahrung gesprochen. Und auch den einen oder anderen Rat hätte ich gut gebrauchen können. Doch darüber nicht zu sprechen, war anscheinend Daniels Strategie mir zu sagen, dass er noch immer nicht damit einverstanden war, dass ich mit seinem besten Freund schlief. Dieses dämliche Redeverbot schwebte drohend über uns und brachte mich beinahe zum verrückt werden. Genauso wie Erics fehlende Präsenz bei uns. Der Streit zwischen ihm und meinem Bruder war noch immer nicht beigelegt und seine Abwesenheit riss ein riesiges Loch in unseren Alltag.

Wir alle drei bemerkten, dass Eric fehlte. Es war stiller als sonst in der Wohnung, viel stiller. Und ich konnte deutlich bemerken, dass es Daniel näher ging seinen besten Freund verloren zu haben, als er es zugeben mochte. Ich fühlte mich sehr schlecht deswegen. Es hatte nie in meiner Absicht gelegen, Probleme zu verursachen. Und doch hatte ich es getan. Aus ganz eigenen, egoistischen Gründen. Es war mir schleierhaft, was ich gegen diese Situation tun sollte. Ich fragte Alec um Rat, der der Meinung war, ich solle der Sache einfach noch etwas Zeit geben und dass sich die Freundschaft bestimmt wieder einrenken würde. Es blieb mir also nichts anderes übrig als abzuwarten. Daniel blieb die ganze Woche über stumm. Zumindest in dieser Angelegenheit. Und auch nur bis zum Samstagmorgen, an dem ich frisch geduscht und angezogen in der Küche erschien.

Ich war kribbelig und aufgeregt. Ich hatte mich mit Eric zu dem Frühstück verabredet, aus dem in der letzten Woche nichts geworden war. Es war ungewöhnlich für mich, am Samstag so früh aufzustehen. Doch an diesem Tag war es mir sogar lieb gewesen. Ich hatte ohnehin nicht besonders gut geschlafen. Das und die Tatsache dass ich mir besonders viel Mühe gegeben hatte gut auszusehen, fiel natürlich sofort auf. Daniel und Alec zählten nur eins und eins zusammen und wussten Bescheid. Alec grinste verstohlen und zwinkerte mir zu. Die Reaktion meines Bruders war eine ganz andere. Er musterte mich von oben bis unten und setzte dann eine schlecht gelaunte und besorgte Miene auf.

»Triffst du dich mit ihm?«

Ich zuckte betont lässig mit den Schultern und fügte ein leises »Ja« hinzu. Daniel nickt kurz und abgehackt. Das schlechte Gewissen, dass plötzlich in mir hochkroch war nicht von schlechten Eltern, obwohl ich nicht einordnen konnte, warum ich es hatte.

»Pass auf dich auf«, sagte er dann schlicht und drehte sich schließlich ohne ein weiteres Wort von mir weg. Ich fühlte mich stehen gelassen. Wie bestellt und nicht abgeholt. Und es war klar, dass Daniel genau das auch so beabsichtigte. Er wollte oder konnte mich nicht unbeschwert aus dem Haus gehen lassen. Er machte sich Sorgen, so unbegründet sie in meinen Augen auch waren. Und er wollte mich davor bewahren, dass mir etwas noch Schlimmeres passieren würde, als es schon passiert war. Es war keine Schikane, die sich hinter seinen Worten verbarg. Seine Besorgnis war ehrlich. Und doch konnte sie mich nicht davon abhalten, das zu tun, was ich vorhatte.

Erst die eiskalte Morgenluft konnte ein wenig von dem mulmigen Gefühl, dass Daniel in mir ausgelöst hatte, wieder wettmachen. Ich atmete tief ein und aus und versuchte mein Gewissen abzuschütteln. Ich hatte mich so sehr und so lange auf Eric gefreut, dass ich mir diesen Moment nicht kaputt machen lassen wollte. Und tatsächlich, nachdem ich einige Minuten in der

Kälte gelaufen war, schien Daniel vorerst vergessen zu sein und die sagenhafte Aufregung hatte mich wieder. In meiner Ungeduld Eric zu sehen, war ich viel zu früh aufgebrochen und musste nun, nach einem kurzen und ungeduldigen Blick auf meine Uhr, noch einige Zeit warten. Unruhig und frierend lief ich vor dem Café auf und ab, während die verbliebene Zeit, zäh wie Melasse, vor sich hin tröpfelte und sich meine Eingeweide immer weiter verknoteten.

Ich zuckte buchstäblich zusammen, als ich Eric auf mich zukommen sah. Ich trat verlegen von einem Fuß auf den anderen, hob aber halb eine Hand und winkte ihm zu. Er lächelte mich schon von Weitem an. Mit jedem Schritt, den er auf mich zumachte, wurde es breiter und breiter, bis es sich zu einem regelrechten Grinsen ausdehnte. Er sah mir spitzbübisch in mein obligatorisch errötendes Gesicht und als er schließlich dicht vor mir halt machte, lachte er lauthals auf.

»Noch immer nervös, wie ich sehe.«

Am liebsten wäre ich im Erdboden versunken. Wieder einmal bewies mir Eric, dass er ganz genau wusste, was in mir vorging. Oder, dass er es zumindest erahnen konnte. Er hatte natürlich absolut recht. Der Sex mit ihm, die ganzen intimen Momente, welche ich mit ihm geteilt hatte und nicht zuletzt, sein für mich immer noch unglaubliches Geständnis, ließen mich noch schüchterner ihm gegenüber werden, als ich es bereits vorher gewesen war.

Er fasste nach meiner immer noch erhobenen Hand und verschränkte unsere Finger miteinander. Ich folgte seiner Bewegung mit den Augen, beobachtet einen Moment lang, wie er mit dem Daumen meinen Handrücken streichelte und sah dann zu ihm hoch. Kurz ließ ich mich dazu hinreißen zu lächeln. Ganz ohne Scheu, ohne Zurückhaltung. Er beugte sich langsam vor, streifte federleicht mit seinen Lippen meine Stirn. Und dann war ich endlich an dem Ort, an dem ich, um nichts in der Welt, hätte lieber sein wollen. In seinen warmen, starken Armen. Noch immer bebten seine Schultern leicht vom Lachen, doch sein leises, zärtliches »Hey, 'Lijah« stand im krassen Gegensatz zu dieser Heiterkeit. Ich schmiegte mich in die Umarmung, auf die ich so lange hatte warten müssen und erwiderte seinen Gruß mit einem ebenso leise gemurmelten »Hey«.

Unsere Berührung war kurz, zu kurz für meinen Geschmack. Und doch war sie lange genug um all die Empfindungen erwachen zu lassen, mit denen ich in den letzten Tagen so zu kämpfen gehabt hatte. Ich reagierte zu deutlich auf diese eine Zärtlichkeit, auf die ich mich im Moment beschränken musste. Viel zu deutlich für einen öffentlichen Ort, so dass mich Eric wieder einmal bremsen musste.

»Und immer noch unausgeglichen«, stellte er trocken fest und hielt mich schließlich auf Armeslänge von sich weg. Einzig und alleine, damit ich keine weiteren ungezogenen Dummheiten mehr machte.

»Du hast mich ja auch eine ganze Woche warten lassen«, gab ich trotzig zurück und verschränkte dann meine Arme fest vor meiner Brust. Wieder warf er belustigt den Kopf in den Nacken und legte schließlich seinen Arm um meine Schultern.

»Komm, mein ungeduldiger, kleiner Elijah. Lass uns was essen gehen. Ich hab Hunger.«
Eric dirigierte mich in eine ungestörte, ruhige Ecke des Cafés wo wir uns nebeneinander setzten.

Meine Nervosität legte sich schlagartig in der gemütlichen Atmosphäre, die uns umgab. Eine ganze Woche lang hatte ich unruhig darüber nachgedacht, wie ich Eric wohl würde begegnen können. Ich hatte mir nicht vorstellen können, einfach so unverfänglich mit ihm hier zu sitzen und mich mit ihm zu unterhalten. Ich war mehr als sicher gewesen, dass ich, so wie immer eigentlich, keinen Ton herausbringen würde. Und doch war ich jetzt in seiner Gegenwart ruhig. Noch fühlte sich unser Zusammensein fremd an und ungewohnt. Aber trotzdem hatte ich das Gefühl, dass alles zusammen passte. Ich war sicher, in meiner Entscheidung ihm zu trauen, und ich fühlte mich sicher bei ihm.

Eric bestellte uns Frühstück. Nachdem die Kellnerin dieses gebracht hatte, drehte er sich lächelnd in meine Richtung, schlug ein Bein über das andere und breitete seinen linken Arm in einer eindeutigen Geste aus. Ich zögerte kurz, doch dann rutschte ich näher und lehnte mich schließlich seitlich an ihn. Aufseufzend schloss ich kurz die Augen, als sein Atem meine Haare streifte und er seinen Mund in diese drückte. Er küsste mich dort und erneut verschränkten sich unsere Hände.

»Wie gehts dir 'Lijah?«, hörte ich ihn sagen und unbewusst zuckte ich mit den Schultern.

»Gut«, entgegnete ich unverbindlich, da ich viel zu beschäftigt war, seine Nähe auf mich wirken zu lassen.

»Aber?«

Eric nahm die Anspielung auf, führte unsere verschränkten Hände zum Mund und küsste jeden einzelnen meiner nunmehr zitternden Finger.

Die Berührung seiner Lippen auf meiner Hand ging mir durch Mark und Bein. Und dementsprechend fiel mir eine vernünftige Antwort schwer. Dumpf und vernebelt schwirrten mir Erics Worte im Kopf umher, bis mir klar wurde, dass ich etwas sagen sollte, dass ich etwas sagen musste. Ich räusperte mich hastig und hoffte, dass er nicht bemerken würde, dass er mich ein weiteres Mal völlig aus dem Konzept brachte. Ich versuchte mich zu kontrollieren, mich zusammenzureißen und Erics feuchtwarmen Atem auf meiner Haut zu ignorieren.

»Du hast mir gefehlt«, brachte ich dann schließlich einigermaßen normal klingend heraus. Ich drehte meinen Kopf und sah über meine Schulter zu ihm und stellte dabei fest, dass er immer noch atemberaubend lächelte. Wie von selbst zogen sich meine Mundwinkel ebenfalls nach oben.

»Du hast mir auch gefehlt. Sehr sogar.«

Aufregung zuckte durch meinen Magen.

»Wirklich?«, fragte ich atemlos zurück.

»Wirklich«, beteuerte Eric und lachte schon wieder. Dann drehte er mich sanft ein wenig weiter zu sich hin und streichelte über meine Wange. Ernst überzog plötzlich seine Züge und nach einer gründlichen Musterung meines Gesichts sah er mir schließlich direkt in die Augen.

»Ich kann dich immer noch jede Nacht unter meinen Fingern spüren.«

Nur ein Faustschlag in den Bauch hätte mich unvermittelter treffen können. Meine ungläubige Überraschung war so groß, dass ich sogar vergaß, rot zu werden. Und ich vergaß obendrein, dass Eric auf eine Antwort von mir wartete. Wie vom Donner gerührt saß ich dort, versuchte dabei seinem Blick standzuhalten und war gleichzeitig froh, dass ich saß. Stehen hätte ich in diesem Moment nicht mehr können, so weich wurden meine Knie plötzlich unter seinen Worten. Es war eine süße Schwäche, die mich hier überkam. Und eine, die sich verstärkte, je eindringlicher er mich ansah.

Langsam senkte er wieder unsere ineinander verschlungenen Hände, platzierte sie dann auf seinem Oberschenkel und ließ mich schließlich los. Ohne es kontrollieren zu können krallten sich meine Finger sofort in den Stoff seiner Jeans. Den Kampf gegen das verzweifelte Stöhnen in meiner Brust verlor ich augenblicklich und auch den Kampf gegen meinen mühselig unterdrückten Wunsch, Eric auf der Stelle zu küssen. Ich fasste nach hinten, in seinen Nacken und zog ihn zu mir hinunter, was er sich, ohne Widerstand zu leisten, gefallen ließ. Erst als unsere Lippen aufeinandertrafen, wurde mir bewusst, wie viel Kraft es mich gekostet hatte, diese schier unendlich lange Woche ohne ihn zu überstehen. Als ich seine Zunge in meinem Mund fühlte, war plötzlich klar, dass ich vordergründig auf genau das gewartet hatte. Und als ich schließlich deutlich spürte, dass Erics Reaktion auf mich genau so heftig war, wie meine auf ihn, konnte ich genau sagen, wie dieser Tag schließlich enden würde.

Kapitel 26

Wir vertändelten den ganzen Tag miteinander. Zutiefst zufrieden saß oder lief ich neben Eric her und war einfach glücklich, mit ihm zusammen sein zu können. Stück für Stück war der letzte Rest meiner Unsicherheit von mir abgebröckelt, so dass ich mich schließlich ganz entspannt mit ihm unterhalten konnte. Noch fühlte sich unser Zusammensein ein wenig fremd und ungewohnt an. Nicht so, als würden wir nicht zusammenpassen. Ich befand mich lediglich in einer für mich völlig neuen Situation. Mein Alltag, meine persönliche Normalität, war mit Erics Eintreten in mein Leben, gewachsen. Er bereicherte mich, meine Gefühle und meinen Erfahrungsschatz. All die Dinge, die für mich unvorstellbar gewesen waren, hatten plötzlich einen festen Platz. Ich war mir mehr als bewusst, was für ein Glück ich hatte und ich wusste dieses Glück auch wirklich zu schätzen.

Das Einzige, was mir immer noch einen Stich versetzte, war der Streit zwischen Eric und meinem Bruder. So richtig konnte ich mich nicht entscheiden, wem ich mehr glauben sollte. Ich hatte mir beide Versionen ihrer Geschichte angehört und tendierte in meiner Verliebtheit natürlich dazu, auf Erics Seite zu stehen. Doch andererseits war mir auch klar, dass Daniel mir nicht irgendeine Lügengeschichte auftischen würde. Beide Seiten schienen mir plausibel zu sein. Aber sowohl die eine, als auch die andere wollte ich mir nicht vorstellen. Ich fühlte mich, als würde ich zwischen zwei Stühlen sitzen. Zunächst war ich versucht das Thema nicht zur Sprache zu bringen. Ich wusste genau, dass ich bald genug nicht mehr darum herumkommen würde. Ich hatte schnell erkannt, dass ich nicht der Einzige war, dem dieser Streit sehr nahe ging. Eric wirkte bekümmert, sobald in einem unserer Gespräche Daniels Name fiel und das gefiel mir genauso wenig, wie ich etwas dagegen tun konnte. Ein klärendes Gespräch war daher wohl unverzichtbar, wie ich sehr bald, innerlich aufseufzend, feststellte. Doch wenigstens diesen einen Tag wollte ich unbeschwert genießen.

Meine Rechnung hatte ich da jedoch ohne Eric gemacht. Lächelnd hatte er mir vorgeschlagen, einen ausgedehnten Spaziergang durch den winterlichen Park zu machen. Ich hatte eingewilligt, obwohl mir der Gedanke nicht sonderlich behagte. Noch immer zog es mich aus Leibeskräften in sein Schlafzimmer und so begrüßte ich diese Verzögerungstaktik mit wenig Begeisterung. Obendrein hatte ich eine ziemliche Abneigung gegen Kälte entwickelt. Doch ich fügte mich, ohne etwas dazu zu sagen. Ich wollte nicht, dass er mich für zu lüstern hielt. Sehr schnell begann ich jedoch zu bemerken, dass sein Vorschlag doch eine gute Idee gewesen war. Nach nur wenigen Schritten hatte mir Eric seine Hand auffordernd hingestreckt. Und ich hatte sie, nach einem winzigen, erstaunten Zögern meinerseits, auch ergriffen. Ich lief mit meinem frisch gebackenen Freund Händchen haltend durch die Stadt und platzte beinahe vor Besitzerstolz.

Richtig weit waren wir noch nicht gekommen, als Eric das Thema zur Sprache brachte, welches ich so gerne vermieden hätte. Müßig waren wir durch den Park geschlendert, bis wir vor einem kleinen Teich dicht nebeneinander stehen blieben. Mir war inzwischen fürchterlich kalt und Eric war dies auch nicht entgangen. Fürsorglich rieb er meine Finger zwischen seinen Händen warm und zog sie an seine Brust. Dort bedeckte er sie dann mit seinen und drückte schließlich sein Kinn in meine Haare.

»Mach ich dich eigentlich immer noch nervös, 'Lijah?«
Ich dachte nur ganz kurz über seine Frage nach. Dann schüttelte ich leicht den Kopf und schmiegte mich noch dichter an ihn.

»Nur ein bisschen ... manchmal vielleicht«, entgegnete ich wahrheitsgetreu. Ich hörte ihn, wie so oft lachen und spürte, wie er abermals seine Lippen auf meinen Schopf drückte. Dann lockerte er unsere Haltung ein wenig und blickte mir wieder ins Gesicht. Ich lächelte ihn an.

»Vertraust du mir auch?«
Ich sah ihn an und wusste, dass es darauf nur eine Antwort geben konnte. Ich kannte Eric noch nicht lange. Und ich kannte ihn auch noch nicht wirklich gut, doch eins wusste ich ganz genau, ich fühlte mich so sicher bei ihm, wie ich mich bisher nur bei Daniel gefühlt hatte. Und dass war für mich der ausschlaggebende Punkt, ihm tatsächlich mein ganzes Vertrauen zu schenken. Vielleicht war es ja naiv von mir, so zu denken, aber bisher hatte er mir keinen Anlass gegeben, es nicht zu tun. Auch wenn er noch immer ein wenig undurchsichtig für mich und die Angelegenheit mit meinem Bruder noch immer nicht vom Tisch war. Ich nickte also und bestätigte meine Geste mit den Worten: »Ja, das tu ich.«

Ein schnelles, kaum wahrnehmbares Lächeln huschte über sein Gesicht.

»Danke«, flüsterte er dann und küsste mich flüchtig.

»Du vertraust mir, trotz allem, was Daniel dir über mich erzählt?«

Ich seufzte frustriert auf. Ich wollte unsere Beziehung nicht mit dem Durchkauen von Problemen beginnen. Darauf hatte ich absolut keine Lust. Auf der anderen Seite war es vielleicht ganz gut, wenn wir die ganze Angelegenheit würden abhaken können. Ein wenig wunderte ich mich aber doch. Daniel hatte die ganze Woche über so eisern geschwiegen wie ein Grab. Mit keiner Silbe hatte er Eric erwähnt und hatte somit keinerlei Einfluss auf mich genommen. Mal abgesehen von dem Abend, an dem wir so unschön von den beiden überrascht worden waren und dem Tag darauf, hatte ich nichts mehr von ihm gehört. Und ein bisschen hatte ich dadurch auch die Hoffnung bekommen, dass er vielleicht begonnen hatte, die Sache zu akzeptieren.

Ich blinzelte in Erics Gesicht.

»Eigentlich hat er mir gar nichts erzählt. Nichts, was du nicht schon weißt.«

Eric sah verdrossen zurück.

»Hat er nicht? Nun, mir jedenfalls eine ganze Menge.«

Ich riss völlig überrumpelt die Augen auf.

»Was soll das heißen? Dass ihr miteinander gesprochen habt?«

Eric nickte langsam und sah dann über meinen Kopf hinweg in die Ferne.

»Ich hab ihn ein paar Mal angerufen, um die Sache zu klären und um diesen bescheuerten Streit beizulegen.«

Ich sah weiter erstaunt zu ihm auf und wusste nicht, wo ich diese Neuigkeit nun einordnen sollte. Davon hatte ich wirklich nichts gewusst.

»Und?«

Sein Gesicht bekam einen verkniffenen Ausdruck.

»Es ist nichts dabei herausgekommen. Ich hab versucht ihm zu erklären, wie ich zu dir stehe, aber er hat völlig auf stur geschaltet. Er glaubt mir einfach nicht.«

Empörung schlug über mir zusammen und plötzlich wusste ich nicht mehr, was ich sagen sollte.

Ich hätte nie gedacht, dass ich einmal so wütend auf Daniel würde sein können. Doch die Art und Weise, wie er mit der Situation umging, war in meinen Augen schlichtweg unangebracht. Ich konnte sein Problem einfach nicht verstehen. Gleichermaßen entsetzt und wütend starrte ich Eric an. Er erwiderte meinen Blick mit einem dünnen Lächeln.

»Er meint, ich soll es dir nicht noch schwerer machen, als du es ohnehin schon hast. Und dass ich dich nicht zwischen uns beiden wählen lassen soll.«

Ich schnappte nach Luft und war weiterhin kaum im Stande zu antworten. Ungläubig schüttelte ich den Kopf und presste ein »Was? Wählen?« hervor. Erics Gesichtsausdruck wurde plötzlich ein sehr bekümmert. Unruhig huschten seine Augen über mein Gesicht und ich spürte deutlich den übergroßen Skrupel, der jäh von ihm ausging.

Mir wurde schwindlig, als mich eine schreckliche Ahnung befiel. Ich biss mir zitternd auf die Unterlippe und hoffte, mit allem, was in mir war, dass sich diese nicht erfüllen würde. Eric riss mühselig seine Augen von meinen los und sah schließlich betreten zu Boden.

»'Lijah, es tut mir leid. Ich will mich nicht zwischen dich und deinen Bruder stellen.«

Er stockte, während ich von plötzlicher Hoffnungslosigkeit übermannt wurde. Meine Kehle brannte, noch bevor ich seine Worte richtig verarbeitet hatte. Ein dumpfes, alles übertünchendes Gefühl legte sich auf meine Ohren. Ich fühlte mich plötzlich völlig taub.

»Ich geb dich frei, wenn ... wenn du das willst. Ich möchte nicht, dass du diese Wahl treffen musst.«

Ich keuchte auf, als mir ungehindert und unaufhaltbar die unvermeidlichen Tränen aus den Augen stürzen wollten. Die schreckliche Wendung, die dieses Gespräch, die dieser Tag plötzlich bekommen hatte, warf mich völlig aus der Bahn.

»Du machst mit mir Schluss?«

Ich war außer Stande, meine Stimme und meine Gefühle zu kontrollieren.

Schrill hatten sich meine Worte aus meinem Mund gestohlen und hallten nun fürchterlich in meinem Kopf nach. Völlig aufgebracht riss ich mich von Eric los, trat zitternd einen Schritt zurück und starrte ihn erzürnt an. Es schüttelte mich von den Emotionen, denen ich ausgesetzt wurde. Und es schüttelte mich vor Kälte und vor unglaublicher Angst. Ich hatte wahnsinnige Angst, dass seine Antwort das unheilverkündende "Ja" sein könnte. Dass sie das Ende von etwas einläutete, dass doch gerade erst angefangen hatte. Und dass ich etwas verlieren würde, dass mir so schnell so wichtig geworden war. Ich ignorierte Erics Hand, die er bittend nach mir ausgestreckt hatte, genauso wie sein vehementes Kopfschütteln. Ich war fassungslos und konnte unter meinen mühsam zurückgehaltenen Tränen nur noch ein kaum hörbares »Es ist ... aus?« herausbringen.

Eric sah gleichermaßen bestürzt und mitfühlend aus. Er wirkte völlig hilflos, als ich versuchte, mich gegen seine Absicht zu wehren, wieder in seine Umarmung gezogen zu werden. Ich wand mich unter seinen Händen, die meinen rechten Unterarm umklammert hielten und versuchten mich davon abzuhalten, mich umzudrehen und zu flüchten. Ich sträubte mich, widersetzte mich ihm, zog und zerrte und hatte nur die eine Absicht, so schnell und soweit wie möglich von ihm wegzukommen, vor dem drohenden Schmerz davon zu laufen. Ich verlor jedoch haushoch und fand mich plötzlich doch in seinen Armen wieder. Sobald mein Gesicht wieder seine Brust berührte, verlor ich dann widerstandslos den Kampf um meine Selbstbeherrschung.

Wut und ohnmächtiges Bangen erschütterten mich zutiefst. Das Verlangen auf Eric einzuschlagen und gleichzeitig von ihm getröstet und beschwichtigt zu werden, wurde beinahe übermächtig. Erneut versuchte ich mich von ihm loszureißen, doch es gelang mir nicht. Viel zu fest hielt er mich und drückte mich an sich. Und dann verließ mich alle Kraft. Ich hing völlig aufgelöst in seinen Armen und versteckte mein tränennasses Gesicht im Stoff seiner Jacke. Bebend und hoffend spürte ich seine Hände, die mir übers Haar strichen. Seine Hände, welche die Tränen von meiner Haut wischten. Die mich zärtlich streichelten, während ich immer und immer wieder stammelte: »Bitte nicht ... bitte, bitte nicht.«

Es dauerte sehr lange, bis ich realisierte, dass mir Eric unentwegt beruhigende Worte ins Ohr flüsterte.

»Nicht doch, Süßer. Ich mach doch nicht Schluss mit dir. Bitte glaub mir.«

Und es dauerte noch länger, bis ich akzeptieren konnte, dass ich ihm glauben konnte. Meine Angst, dass es wirklich so hätte sein können, ließ sich nur sehr schwer abschütteln. Und als sich die Wogen einigermaßen glätteten, schämte ich mich zusätzlich zutiefst für mein so unmännliches Benehmen. Es fiel mir schwer, wieder in Erics Gesicht zu sehen und ihm somit meine

Verlegenheit offen zu zeigen. Er schüttelte nur den Kopf und küsste mich.

»Es tut mir unglaublich leid, dass ich mich so falsch ausgedrückt habe. Ich wollte dich nicht vor eine Entscheidung stellen.«

Er holte tief Luft und fuhr fort: »Ich wollte nur nicht, dass du dem gleichen Druck ausgesetzt bist, wie ich. Ich will nicht der Grund für weitere Probleme in deinem Leben sein.«

Für einen Moment wurde ich wieder stinkwütend. Wütend auf meinen Bruder. Wütend darauf, dass er mich in eine solche Situation brachte. Und auch wütend auf meinen Vater. Wütend auf die Umstände, die eine solche Heulsuse aus mir gemacht hatten. Doch Eric ließ nicht zu, dass ich mich wieder aufregte.

»Nein. Nicht. Es ist okay. Ich weiß, dass ich euch beide offensichtlich nicht zusammen haben kann.«

Panik mischte sich unter meine Wut. Ich war nicht fähig einzuschätzen, wo uns Erics Worte hinbringen würden und so sammelten sich neue Tränen in meinen Augen. Er sah mich zärtlich und ein wenig reuevoll an.

»Ich will dich, 'Lijah. Auf dich will ich nicht verzichten.«

Und dieses Mal war ich an der Reihe mich zu entschuldigen. Ich klang so erstickt, dass man hätte meinen können, ich litte unter einem schweren Schnupfen. Besorgt musterte mich Eric und machte eine wegwerfende Handbewegung.

»Du brauchst dich nicht zu entschuldigen. Du bist es mir wert.«

Ein weiteres Mal kamen mir die Tränen. Dieses Mal kamen sie aus Erleichterung, aus Rührung und natürlich wegen der ordentlichen Portion Scham in mir. Zum gefühlt tausendsten Mal hatte ich völlig überreagiert. Doch sagte diese Reaktion nicht alles darüber, wie sehr ich in ihn verliebt war? Und auch darüber, dass ich noch nicht so richtig erwachsen war und ganz offensichtlich noch nicht so ganz meine Vergangenheit bewältigt hatte? Ich war nicht gefestigt, immer noch nicht, das wurde mir jetzt plötzlich ganz klar. Und die Tatsache, dass ich immer noch so schwerwiegende Probleme hatte, nagte tonnenschwer an mir. Ich hatte zu meinem großen Glück, keine Gelegenheit intensiver über mein Verhalten nachzugrübeln. Und zu meinem noch größeren Glück auch keine Gelegenheit zu überdenken, was Eric darüber dachte.

Unvermittelt presste er seinen Mund auf meine Lippen und küsste mich so hart, dass sie bald anfingen zu schmerzen.

Überrascht und atemlos ging ich auf ihn ein, küsste ihn zurück und verlor mich völlig in diesem Ablenkungsmanöver. Ich spürte genau, was Eric damit bezweckte. Er wollte mich ablenken, mich vergessen lassen, dass wir gerade haarscharf an einer Katastrophe vorbeigekommen waren. Und es funktionierte auch, zumindest zu einem kleinen Teil. Seine Berührung machte mir wieder einmal klar, wie viel er mir bedeutete und auf was ich verzichten müsste, wenn er plötzlich nicht mehr da wäre. In unseren Kuss mischten sich meine Tränen. Und als diese schließlich über meine Wangen bis zu meinen Lippen rollten, ließ Eric von mir ab.

»Du weinst ja schon wieder, 'Lijah!«

Ich sah verlegen weg.

»Diese Tränen bringen mich völlig um den Verstand. Kann ich irgendetwas tun, damit es dir wieder besser geht?«

Mehr als ein ersticktes Murmeln brachte ich nicht heraus, doch was ich sagen wollte, war mir ganz klar. Es gab tatsächlich eine Sache, derer ich jetzt dringend bedurfte.

»Ja, das gibt es.«

Er stutzte kurz, verstand aber schließlich und nickte dann lächelnd sein Einverständnis.

»Okay, dann komm.«

Eric legte seinen Arm um meine Schultern und bugsierte mich vorwärts. Meine getrübte Stimmung hielt weiter an, obwohl ich wusste, was mich jetzt nun endlich erwartete. Die innere Unruhe, die mir das Warten auf Eric so schwer gemacht hatte, war zwar immer noch da. Aber jetzt, nach meinem heftigen Gefühlsausbruch von vorhin, hatte sich diese etwas gedämpft. Ich freute mich auf einen neuen intimen Moment, doch die Angst, dass ich so etwas noch einmal erleben würde oder dass unsere Beziehung Daniels Druck nicht aushalten würde, hatte sich eiskalt und drohend auf meine Seele gelegt.

Eric hatte mich beruhigt, hatte mir gesagt, dass er mich gewählt hatte. Und dass er mir zuliebe auf meinen Bruder verzichten würde. Doch ein winziger Splitter von Zweifel blieb. Ein Zweifel, der mich nach alles vergessen machender Lust süchtig machte. Meine Hände zitterten vor Aufregung, als wir Erics Wohnung betraten. Ich zitterte noch mehr, als er, kaum dass die Tür hinter uns ins Schloss gefallen war, meinen Mund eroberte. Ich bebte unter seinen Händen, die ohne dass wir weitere Worte verloren, auf meiner Haut auf Wanderschaft gingen. Küssend, keuchend und wie von Sinnen zerrten wir an unserer Kleidung, entledigten uns ihr und ließen sie dann einfach dort liegen, wo sie hinfiel. Wir hatten keine Ruhe, nahmen uns nicht die Zeit uns langsam auf den Sex vorzubereiten. Wir ließen uns einfach von der Lust überrollen, ließen uns hinweg spülen und verloren uns in der Leidenschaft.

Wild und voller Verlangen nahm mich Eric in Besitz und plötzlich war ich wirklich dankbar, dass es nun endlich passierte. Wieder war er zärtlich und rücksichtsvoll, aber auch fordernder und besitzergreifender als beim ersten Mal. Es machte mir nichts aus, dass er sich fallen ließ und mich dabei mit sich riss. Ich gab mich ihm völlig hin und kämpfte um meinen Verstand, als ich ihn dann endlich hart und prall in mir fühlte. Ich stöhnte rückhaltlos unter seinen Stößen und hatte in mehr als nur einem Moment das Gefühl, unter diesem Ansturm auseinanderzubrechen. Die ganze angestaute, alles zersetzende Lust peitschte uns vorwärts, trieb uns an einen Punkt, an dem nichts mehr rückgängig zu machen war und der uns in einem Feuerwerk der Emotionen auflöste.

Ich kam im gleichen Moment, als es Eric heftig schüttelte. Sterne tanzten dabei vor meinen Augen und für einen kurz andauernden Moment verlor ich die Orientierung, den Bezug zur Realität. Ich ließ die Wogen sich über mir brechen, ging völlig in ihnen auf, zog sie soweit wie möglich in die Länge und landete schließlich wieder schwindelnd in der Wirklichkeit. Minutenlang lag Eric bewegungsunfähig auf mir, während sein Keuchen abebbte, er sich immer weiter beruhigte bis er wieder regelmäßig atmete. Ich spürte in diesen Atemzügen, dass er unseren Moment genauso erlebt hatte wie ich. Dass es ihn einfach fortgerissen und überwältigt hatte. Und obwohl es nicht lange gedauert hatte, fühlte ich mich endlich zufrieden und ausgefüllt.

Meine Mundwinkel zogen sich nach oben, als Eric mich sanft küsste und sich schließlich von mir herunter rollte. Erschöpft blieb er neben mir auf dem Rücken liegen, verharrte dort kurz und drehte seinen Kopf zu mir. Sein zufriedenes Grinsen zeigte eine Spur von Bedauern.

»Es tut mir leid, 'Lijah. Ich ... konnte nicht anders.«

Ich drehte mich auf die Seite, hin zu ihm, strich mit der Hand über sein Gesicht und fühlte die Schweißperlen unter meinen Fingerspitzen. Ich hatte keine Ahnung, warum er das Bedürfnis hatte sich jetzt bei mir zu entschuldigen. Dazu gab es keinerlei

Anlass. Ich fühlte mich weder überrumpelt noch ausgenutzt, ganz im Gegenteil. Endlich hatte ich das bekommen, was ich wollte. Meine Zweifel waren in weite Ferne gerückt. Ich schmiegte mich in Erics Armbeuge und atmete ein paar Mal tief seinen Duft ein. Dann hob ich den Kopf und sah ihm in sein lächelndes Gesicht. Er drückte mich an sich und küsste mich sanft auf die Stirn, während sich eine erschöpfende Müdigkeit näherte. Träge blinzelte ich ihn an und wollte noch eine Sache wissen, bevor ich mich dem Schlaf hingeben würde. Eine Sache, die mich wieder ganz ruhig machen sollte.

»Du verlässt mich doch nicht, oder?«

Ebenso schläfrig, wie ich mich fühlte, fasste mir Eric in die Haare und drückte meinen Kopf auf seine Brust. Er streichelte mich, während ich seinem Herzschlag lauschte, und antwortete mir mit verhaltener Zärtlichkeit: »Nein, 'Lijah. Niemals.«

Kapitel 27

Ich hatte eigentlich nicht einschlafen wollen. Ich wollte nichts von der Zeit, die ich mit Eric hatte, verschwenden. Nicht mal eine Minute wäre der Schlaf es mir wert gewesen und doch war es passiert. Ich war so schnell auf seiner Brust weggedämmert, dass ich überhaupt keine Chance gehabt hatte, mich dagegen zu wehren. Ich schlief so tief und fest, wie ich es die ganze Woche nicht getan hatte. Das lag vor allem daran, dass mich das verflixte Ausharren auf unser nächstes Treffen so ungeduldig hatte werden lassen. Das Warten war nun glücklicherweise vorbei. Ebenso, was beinahe noch viel wichtiger war, die Ungeduld. Darüber hinaus lag ich im Bett des Mannes, in den ich so sehr verliebt war, so dass es mich nicht weiter verwunderlich war, dass ich schlief wie ein Baby. Wahrscheinlich hätte ich sogar die ganze Nacht einfach durchgepennt, eingehüllt in diese wundervolle Mischung aus Wärme, Befriedigung und angenehmer Erschöpfung, wenn ich nicht irgendwann von Eric geweckt worden wäre.

Ich erwachte mit einem plötzlichen Ruck. Das Licht in Erics Schlafzimmer wirkte diffus, und ließ mich sogleich vermuten, dass ich viel länger geschlafen hatte, als ich es gewollt hatte. Ich seufzte leise und ärgerte mich darüber, dass wir so viel Zeit verloren hatten. Doch trotzdem trennte ich mich nur ungern von dem wohligen, einhüllenden Gefühl, welches der Schlaf in mir ausgelöst hatte. Mein Kopf lag in Erics Armbeuge und ich spürte überdeutlich die warme Präsenz seines nackten Körpers hinter mir. Vor Wohlbehagen aufseufzend, streckte ich mich ein wenig und versuchte dabei ein herzhaftes Gähnen zu unterdrücken. Ich wollte mit meinem leisen Hantieren nicht auch noch Eric wecken. Doch dann bemerkte ich, dass er keineswegs schlief und noch im gleichen Moment wurde mir bewusst, dass er es gewesen war, der mich aus meinem Schlummer gerissen hatte. Sein Atem streifte meinen Nacken. Sachte fuhr er mit den Fingerspitzen über meinen Rücken, die Wirbelsäule hinunter und anschließend wieder hinauf.

Seine Berührung löste sofort einen Schauder bei mir aus und die Härchen auf meinen Unterarmen stellten sich auf. Ich seufzte nochmals, als seine Finger von ihrem Weg abkamen und über meine Brust streichelten. Lächelnd spürte ich ihn noch näher an mich heranrücken, drückte mich ihm entgegen um ja nichts zu verpassen und legte schließlich meine rechte Hand auf seine. Er veränderte seine Lage ein wenig, hob seinen Kopf und küsste mich auf die Schläfe.

»Elijah?«

Er flüsterte so leise, dass es kaum zu hören war.

»Hm?«, brummte ich verschlafen zurück und rieb mein Ohr an seinen halb geöffneten Lippen. Schauder um Schauder überrollte mich unter dem Klang seines Atems.

»Bist du jetzt wach?«

Wieder lächelte ich, ob der seltsamen Frage. Ganz sicher hatte Eric bereits bemerkt, dass ich nicht mehr im Land der Träume unterwegs war. Trotzdem antwortete ich mit einem verschlafen klingenden »Ja«.

Er verschränkte unsere Finger, die noch immer auf meiner Brust lagen und führte sie tiefer, bis zu meinem Bauch.

»Das ist gut.«

Ich schloss die Augen und überließ mich willenlos seinen Berührungen, die eine erregende Spur auf meiner Haut hinterließen. Er hob unsere ineinander verschränkten Hände zu seinem Mund, küsste jeden einzelnen meiner Finger und fuhr schließlich sanft mit seiner Zungenspitze über die Kuppe meines Zeigefingers. Für den Bruchteil einer Sekunde umschloss er ihn mit seinen Lippen, saugte daran und ließ dann wieder los. Ich stöhnte verhalten auf, während meine vom Schlaf noch ein wenig umnebelten Sinne vollends erwachten. Unter seinen Zärtlichkeiten dagegen jedoch kraftlos geworden, fiel meine andere Hand auf die Matratze. Ich war zu keiner Bewegung mehr, zu keiner anderen Reaktion fähig, als einfach still zu halten, zu fühlen, auszukosten und seine Aufmerksamkeiten zu genießen. Vorsichtig und kaum zu spüren, bewegte er seine Finger tiefer, ließ sie über meinen Bauchnabel gleiten, über den Unterbauch, kreiste damit über meine Hüfte und die Oberschenkel.

»Du hast so weiche Haut 'Lijah.«

Vorwitzig kroch seine Hand zwischen meine Beine, schob sie sanft auseinander und glitt dann an der Innenseite meines Schenkels langsam noch oben. Ich zuckte und stöhnte erneut, als er meinen Penis streifte und sich schließlich ganz um mich schloss. Wie von selbst drängte ich mich ihm entgegen, wollte seine Berührungen noch intensiver spüren. Doch er tat nichts

Weiteres, harrte einfach aus und atmete tief und beherrscht in meinen Nacken. Er massierte mich nicht, stimulierte mich nicht, sondern ließ einzig und allein seine Hand in meinem Schritt liegen. Für einen Moment verwirrte mich sein Verhalten. Es war mehr als eindeutig, dass wir beide erregt waren. Es war überdeutlich, dass wir einander wollten. Doch als ich, in der Absicht ihn anzufassen, mich zu ihm umdrehen wollte, hielt er mich auf. Zärtlich, aber bestimmt schob er meine Hand zurück, die auf Wanderschaft gehen wollte.

!Nein, nicht. Lass dich einfach fallen, okay?«
Seine heißere Stimme so dicht an meinem Ohr, seine Zungenspitze in diesem, raubte mir schier den Verstand.

Ich nickte überrascht, zog meine Hand aber gehorsam wieder zurück. Meine Fingerspitzen prickelten nervös und ich hätte alles dafür gegeben, ihn jetzt nur einmal berühren zu dürfen. Oder alles dafür, dass er mich einfach weiter streichelte. Sein Nichtstun machte mich nervös. Unruhig bewegte ich mich vor ihm und wünschte mir dabei, dass er, wenn er mich schon nicht weiter anmachen wollte, dann wenigstens seine Hand von meiner Erektion nehmen würde. Ich war wieder einmal heiß auf ihn und wurde unter seiner steten Berührung schier verrückt. Ich schluckte trocken, drückte mich an seine Hand und rieb mich an ihm. Selbst diese kleine, verhaltene Bewegung ließ ein Feuerwerk der Gefühle in mir explodieren. Ich ächzte unter der Lust, die durch meinen Unterkörper zuckte und war dabei weiter seiner unbeweglichen, bitter-süßen Folter ausgesetzt. Er änderte seine Haltung nicht, atmete weiter betont gleichmäßig ein und aus, während ich verzweifelt mein Gesicht in das Kissen unter mir vergrub, mich weiter an ihm rieb und langsam, ganz langsam in kleine Stücke aus Lust und Ungeduld zerfiel.

»Bitte.«
Das Wort war aus mir herausgerutscht, ohne dass ich es wirklich gewollt oder auch nur beabsichtigt hatte. Ich stand kurz vor der Explosion und war sicher, dass ich in den nächsten Sekunden in Flammen aufgehen würde. Ich spürte Erics Lächeln mehr als ich es sah, als dann doch endlich Bewegung in ihn kam. Er beugte sich über mich und suchte meinen Mund. Gierig reckte ich mich ihm entgegen. Nur unsere Zungenspitzen berührten sich, seine Hand, die nun endlich meine Erektion aus seiner Gefangenschaft entließ, streifte meinen Bauch, glitt über Brust und Hals und schließlich über mein Gesicht.

»Halt es aus. Für mich.«

Eric wusste sicher, dass er beinahe Unmögliches von mir erwartete.

»Wie?«, stieß ich gepresst hervor und versuchte dabei vergeblich, das Pochen zwischen meinen Beinen zu ignorieren. Ich bekam keine Antwort, jedenfalls keine verbale.

Eric strich sowohl liebevoll, als auch beruhigend über meine Wange. Und unter dieser zärtlichen Berührung begriff ich endlich, was er bezweckte. Er wollte die Sache in die Länge ziehen, uns so viel Zeit wie möglich geben um den Augenblick voll auszukosten. Er wollte einen angemessenen Ausgleich zu der schnellen Nummer von vorhin schaffen. Seine Zurückhaltung hatte nichts mit Folter zu tun und nichts mit Sadismus. Er wollte mich nicht quälen oder irgendetwas tun, was mich schlecht fühlen ließ. Es war ein klein wenig anrüchig, das war klar. Etwas was ich nicht, noch nicht, verstand. Eric schickte meine Sinne auf eine Reise. Er wollte mich soweit bekommen, dass ich mich ganz hingeben konnte, ohne dass dafür das übliche Vorspiel nötig gewesen wäre. Und er tat es nur für mich, zu meinem Vergnügen, für meine Lust und zu meiner Befriedigung. Es war vollkommen falsch, in so einer Situation an so etwas zu denken. Doch als mir das klar wurde, konnte ich mich einer alles überwältigenden Rührung nicht erwehren.

Ich spürte, wie meine Augen feucht wurden und versuchte angestrengt, dieses seltsame, nicht zur Situation passende, Gefühl zu meistern. Ich schluckte erneut, kämpfte mit dem Kloß in meinem Hals und riss mich umständlich zusammen. Ich war hier die Hauptperson, das hatte mir Eric sehr deutlich klargemacht. Er wollte, dass es mir so gut wie nur möglich ging. Auch wenn das bedeutete, dass er sich zurücknehmen musste, dass er wieder einmal Rücksicht nehmen und wieder auf den kleinen Jungen in seinen Armen aufpassen musste. Ich biss mir auf die Lippen und hoffte inständig, dass ich den drohenden Gefühlsausbruch verhindern konnte, bevor Eric ihn bemerkte, doch wie gewöhnlich entging ihm nichts. Er blieb ruhig, sagte nichts, sondern schob einfach seinen linken Arm unter meinem Kopf hindurch. Dann legte er den anderen um mich herum und schmiegte sich schließlich an mich. Ich atmete tief durch, als er mich so nah wie nur möglich an sich zog.

»Ich überfordere dich doch nicht, oder?«

Ich zuckte ein wenig mit den Schultern, spürte dabei, dass ich die Frage verneinen sollte, nickte aber dennoch. Der Sex war ganz und gar nicht zu viel für mich. Im Gegenteil, ich wollte so viel wie möglich davon haben. Doch dass ich mich teilweise so unbeherrscht verhielt und damit die ganze Palette meiner Unerfahrenheit präsentierte, war mir irgendwie peinlich. Mittlerweile hatte ich ja begriffen, was Eric mit seiner "Verzögerungstaktik" erreichen wollte. Und es machte mich unendlich glücklich, dass er so auf mich einging. Doch was ich wirklich nicht wollte, war, dass er wegen mir auf irgendetwas verzichten musste. Ich schüttelte den Kopf und wurde mir noch in der gleichen Sekunde bewusst, dass ich ihm nun alle nur erdenklichen Antworten zu gleichen Zeit gegeben hatte. Ich fühlte überdeutlich das Grinsen, dass sein übliches Amüsement begleitete.

Ich stöhnte verlegen auf und schloss die Augen. Natürlich wartete Eric auf eine Antwort von mir und vielleicht war es besser, gleich mit der Sprache herauszurücken.

»Es ist nur ...«

Ich unterbrach mich selbst und kam mir wohl zum tausendsten Mal so richtig dumm vor.

»Es ist nur?«, echote Eric und küsste mich anschließend aufs Ohr. Es schüttelte mich kurz, doch ich wollte mich, wenigstens dieses eine Mal, nicht ablenken lassen.

»Ich hab nur ein wenig Angst, dass ich dich irgendwann mit meiner Unerfahrenheit langweile.«

Ich wurde zum Ende des Satzes immer leiser und spürte, wie mir dabei die Röte ins Gesicht schoss. Vielleicht wäre es besser gewesen, wenn ich nichts gesagt hätte.

»Dummer, dummer Junge!«, entgegnete Eric und klang dabei beinahe so liebevoll entrüstet, wie ich mich im gleichen Moment unsicher fühlte. Er lachte leise auf, packte mich an der Schulter und drehte mich so, dass ich auf dem Rücken zu liegen kam. Ich sah ihm in die Augen und konnte mir ein schüchternes Lächeln nicht verkneifen.

»Du glaubst das doch nicht wirklich? Dass du mich langweilst?« Eric sah mich forschend an. Beinahe wie von selbst hob ich meine Hand und fuhr mit meinen Fingern durch die schwarzen Locken auf seinem Kopf.

»Ich weiß nicht. Vielleicht ist es ja so. Du bist sicher was anderes gewöhnt.«

Er machte ein tadelndes, beinahe streng wirkendes Gesicht.

»Du hast es immer noch nicht begriffen, oder?«

Er pausierte, während ich ihn verständnislos anschaute und blinzelte.

»Was begriffen?«

Er seufzte ergeben auf und beugte sich über mich. Nur ganz leicht berührten seine Lippen meine und bevor mich die Lust ein weiteres Mal packen konnte, ließ er schon wieder von mir ab. Er stützte sich auf den Ellenbogen und schließlich seinen Kopf schräg in seine Hand. Zärtlich streichelte er wieder meine Wange.

»Du bist alles andere als langweilig, glaub mir.«

Ich schnaubte ungläubig und erstaunt auf.

»Ach ja wirklich?«

Ich konnte nicht verhindern, dass ein Hauch von Ironie in meiner Stimme mitschwang. Ich hätte ihm so gerne geglaubt, aber ich konnte es einfach nicht. Wieder lachte er auf und drückte mich ein weiteres Mal an sich.

»Wirklich! Was hast du denn geglaubt? Dass es mich kalt lässt, dass ich einen sexy, knackigen 18-jährigen im Bett habe?«

Ich hustete überrascht und versuchte damit meine Verlegenheit zu überspielen. Dann versteckte ich hastig mein dunkelrot gewordenes Gesicht an Erics Hals und rieb meine Nase daran.

»Ich und sexy, na klar«, nuschelte ich hervor. Irgendwas passte hier nicht so richtig zusammen. Entweder war Eric völlig von Sinnen, was mich anging oder was noch plausibler war, ich hatte ein schwer angeschlagenes Selbstbewusstsein. Er zog mich in seine Umarmung und drückte sein Gesicht in meine Haare.

»Wenn es etwas gibt 'Lijah, dass du wirklich über mich wissen solltest, dann ist es die Tatsache, dass ich immer alles auch so meine, wie ich es sage, okay?«

Ich nickte kurz, schaute aber nicht auf. Noch immer war ich nicht ganz überzeugt. Er machte eine Pause und fuhr dann fort: »Es ist mir wichtig, dass du mir sagst, was du fühlst, was du brauchst und was du dir wünschst. Nur so kann ich wirklich auf dich aufpassen.«

Erics eindringlich zärtliche Stimme rann mir bis ins Mark. Und schlussendlich war es dieser Klang, der mich nicht mehr an mir selbst zweifeln ließ, zumindest nicht mehr so sehr. Und zumindest nicht in diesem Augenblick. Ich bewegte mich umständlich, machte mich von ihm los und lugte dann mit einem Auge zu ihm hoch. Er zwinkerte zurück, küsste mich auf die

Stirn und fuhr schließlich mit der linken Hand über mein Schulterblatt.

»Also?«

Ich räusperte mich heiser, als seine Finger tiefer glitten und er schließlich auf meinem Po Halt machte. Das Denken fiel mir so nicht unbedingt leichter, doch ich musste, auch auf Erics Wunsch hin, nun etwas loswerden.

»Du findest mich knackig?«

Er kicherte, während sich seine Finger für einen Moment fester in mein Sitzfleisch krallten.

»Und ob.«

Ich biss mir kurz auf die Unterlippe, um den Heiterkeitsausbruch, der sich ganz plötzlich auf mich zu übertragen schien, zu entgehen. Für einen kurzen Moment war ich versucht, über mich selbst und meine bescheuerte Frage zu lachen. Doch Erics Lippen, die inzwischen an meinem Hals knabberten, verhinderten dies erfolgreich. Ich verdrehte die Augen und spürte plötzlich die Lust zurückkommen. Doch bevor ich mich ihr hingeben wollte, hatte ich noch eine letzte Frage übrig.

»Und du findest mich echt sexy? Mich?«

Eric hob den Kopf von meinem Hals und sah mich an. Die Zärtlichkeit in seinen Augen war längst einem teuflischen Glitzern gewichen. Mir blieb die Spucke weg, als unsere Gesichter nicht mehr als ein Zentimeter trennte. Sein Atem steifte über meine Lippen und ich stöhnte willenlos auf, als mich das Feuer nun endgültig wieder packte.

»Verdammt sexy, sogar«, hörte ich ihn sagen. Und dann küsste er mich. Ich riss die Lippen auseinander, gewährte seiner Zunge Einlass in meinen Mund und seinen Händen freie Bahn auf meinem Körper. Ich keuchte unter seinen Berührungen, wand mich unter seinen geschickten Händen und bog mich durch, als seine Finger endlich meinen Eingang eroberten. Ich versuchte der Stimulation, wimmernd vor Erregung, standzuhalten, versuchte mich zu beherrschen, als er die Berührung durch einen zweiten Finger intensivierte. Doch es dauerte nicht lange, bis ich ihn erneut inständig, atemlos und hungrig anflehte mich endlich zu nehmen.

»Dreh dich zur Seite.«

Ich kam der Aufforderung nach, rollte mich auf die rechte Seite, zitternd und ungeduldig und wartete einen unendlich lange wirkenden Moment darauf, dass Eric sich endlich das Kondom überstreifte. Er rückte nah an mich heran, so nahe, dass ich seinen Schwanz deutlich spüren konnte. Ich rieb meinen Po an ihm und brummte unbeherrscht vor mich hin. Es dauerte mir einfach zu lange. Wieder landete ich in Erics Armen, mein Rücken an seine Brust geschmiegt, das linke Bein, leicht angewinkelt nach vorne geschoben. Ich spürte, wie er sich sammelte, spürte, wie er die richtige Position einnahm, um dann endlich in mich einzudringen. Ich kam ihm entgegen, drückte mich an ihn, wollte ihn ganz und richtig in mir aufnehmen und hörte ihn schließlich kehlig stöhnen, als uns nichts mehr trennte. Ein wild erstickter Laut stahl sich aus mir heraus, als wir für einen kurzen Moment innehielten und ich tief durchatmete, mich darauf konzentrierte alle Barrieren fallen zu lassen.

Dann begannen wir uns im gleichen Rhythmus zu bewegen. Langsam, im vollen Einklang zelebrierten wir unsere Vereinigung, gaben uns der Lust hin, wurden von ihr mitgerissen. Und doch ließen wir nicht zu, dass sie die Überhand in unserem Spiel übernahm. Ich ließ mich einfach treiben, nahm jeden von Erics sanften Stößen in mir auf, erwiderte sein leises Stöhnen mit einem ebenso zarten Keuchen und wurde von den überwältigenden Emotionen, die mich überrollten, weggeschwemmt. Ich fühlte mich Eric so nahe wie nie zuvor. Und es war nicht die körperliche Nähe, die mich so empfinden ließ. Ich griff nach seiner Hand, die mich umfing, verschränkte unsere Finger miteinander, während sich das warme Gefühl in meiner Brust, dass sich schon so lange dort eingenistet hatte, verstärkte. Es brannte wie Feuer, lichterloh und gleißend hell.

Ich presste unsere verschlungenen Hände auf die Stelle, unter der mein Herz wie verrückt pochte und hoffte dabei, dass Eric bemerken würde, was er tatsächlich in mir auslöste. Ungestüm spürte ich meinen Höhepunkt näher kommen und ich bedauerte dieses Mal nicht, dass es schon vorbei sein sollte. Es war nicht wichtig. Es war ganz und gar unbedeutend, dass meine Gelüste befriedigt wurden. Alles was zählte, war die Tatsache, dass ich mit Eric zusammen sein konnte. Dass uns nichts auseinanderreißen konnte.

»Ich liebe dich.«, hörte ich ihn kaum merklich flüstern. Und dann explodierte die Welt vor meinen Augen.

Kapitel 28

Wir schliefen an diesem Abend noch ein drittes Mal miteinander. Obwohl mich die körperliche Anstrengung eigentlich hätte erschöpfen müssen, passierte dennoch genau das Gegenteil. Ich fühlte mich voller Energie, hellwach und so ausgeglichen wie schon lange nicht mehr. Ich konnte mir zwar ausmalen, dass ich unsere Aktivitäten am nächsten Morgen bereuen würde, doch für den Moment war alles in reinster Butter. Ich hatte endlich bekommen, was ich wollte. Ich hatte, was ich brauchte. Eric schien es nicht anders zu gehen. Er ließ sich wie ein nasser Sack neben mich plumpsen und versuchte angestrengt zu Atem zu kommen. Sein diabolisches Grinsen wirkte enorm selbstzufrieden und ich war mir ziemlich sicher, dass wir beide auf unsere Kosten gekommen waren. Ich griente zurück und ließ mich in seine Arme ziehen. Eric vergrub sein Gesicht an meinem Hals und knabberte übertrieben knurrend daran.

Ich kicherte, wehrte mich gegen dass Kitzeln, dass er bei mir auslöste und verbot mir schließlich ausdrücklich weitere Aktionen, die irgendetwas mit körperlicher Anstrengung zu tun hatten. Eric schaute gespielt enttäuscht auf, ließ jedoch wie gewünscht von mir ab und setzte sich auf. In seinen Augen glitzerte der Schalk.

»Und? Was machen wir jetzt?«

Ich gähnte und streckte mich ausgiebig, dann zuckte ich mit den Schultern. Es gab nichts für mich, was wir hätten tun können, um den bisherigen Abend noch zu toppen. Er sah mich eine ganze Weile sinnend an, die Arme um seine angewinkelten Beine geschlungen. Es fiel mir unheimlich schwer, nicht unverschämt zurück zu starren. Er war einfach so wahnsinnig hübsch. Trotz der Intimität, die wir geteilt hatten und trotz der Gefühle, die in mir waren, fand ich es noch immer unglaublich, hier in seinem Bett zu liegen und sein Freund zu sein.

Meine Mundwinkel bogen sich nach oben, als sich ein breites Lächeln in mir hoch stahl. Er erwiderte es strahlend, beugte sich etwas nach vorne und wuschelte mir zärtlich durch die Haare. Dann ging plötzlich ein Ausdruck der Erkenntnis über sein Gesicht.

»Ich weiß was. Lass uns tanzen gehen.«

Erstaunt riss ich die Augen auf.

»Tanzen? Jetzt?«

Ich hatte keine große Lust das Haus und somit das Bett zu verlassen. Geschweige denn, mich weiteren anstrengenden Aktivitäten hinzugeben. Doch Eric war bereits aufgesprungen, drehte, nackt wie er war, eine elegante Pirouette um sich selbst und machte sich anschließend zu meiner Seite des Bettes auf. Dort angekommen stemmte er die Hände in die Hüften und sah mich auffordernd an.

»Steh auf, Süßer.«

Ich bewegte mich nicht einen Millimeter und schüttelte abwehrend den Kopf. Doch er streckte mir seine Hand hin, wedelte damit so lange frech vor meiner Nase hin und her, so dass ich sie schließlich ergreifen musste.

»Komm schon, 'Lijah. Die Nacht ist noch jung. Machen wir was draus.«

Ich stöhnte ergeben auf und wusste, dass Widerstand zwecklos war. Eric riss mich hoch, direkt in seine Arme, küsste mich wild und wirbelte mich schließlich im Kreis herum. Dann ließ er mich atemlos stehen. In Sekundenschnelle war er im Bad verschwunden und hatte mir noch über die Schulter ein »Zieh dich an« zugerufen. Seufzend machte ich mich auf die Suche nach meinen Kleidern, die überall in seiner Wohnung verstreut herumlagen und wusste nicht, ob ich lachen sollte oder nicht. Es gefiel mir durchaus, dass Eric so aufgekratzt war. Die Begeisterung stand ihm ausgesprochen gut und er wirkte dabei so jung, wie ich ihn noch nie erlebt hatte. Beinahe so wie ich. Doch sein Plan, bei dem ich notgedrungen mitmachen musste, gefiel mir weniger, auch wenn ich genau wusste, dass es wahrscheinlich gar nicht so übel werden würde. Immerhin bedeutete es, dass ich noch mehr Zeit mit ihm verbringen konnte.

Ich zuckte also mit den Schultern, lachte leise über das ausgelassene Pfeifen, dass aus seinem Bad drang und ließ mich kurzerhand von seiner guten Laune anstecken. Ich hatte gerade mal ein Bein in meiner Shorts, als Eric, bereits fix und fertig angezogen, wieder hinter mir erschien.

»Wie lange brauchst du denn noch? Und ich hab gedacht, ich wär der Ältere von uns.«

Er schmunzelte, als ich ihm die Zunge heraus streckte, machte sich dann aber die Mühe, mir meine restlichen Sachen zu bringen. Ich sah zweifelnd an mir hinunter, als ich endlich fertig war. So richtig passend war ich für einen Besuch in einer Disco eher nicht angezogen. Und das sagte ich ihm auch. Eric lachte kurz auf und schüttelte dann vehement den Kopf.

»Du bist 18 Jahre alt und dazu noch wirklich süß. Mehr brauchst du in einem Gay-Club nicht.«
Verschämt boxte ich ihm auf den Arm und wusste ein weiteres Mal nicht, wohin ich mit dem Kompliment sollte. Eric grinste mich schelmisch an.

»Nicht, dass dich mir jemand wegschnappt.«
Ich rollte ungläubig mit den Augen, schnappte mir dann meine Jacke und stiefelte zur Tür. Ich würde ganz sicher irgendwann arrogant werden, wenn Eric mit diesen Komplimenten so weitermachte. Seufzend drehte ich mich zu ihm um.

»Gehen wir jetzt oder nicht?«
Ich klang zickiger, als es meine Absicht gewesen war. Wieder lachte Eric und machte eine komische, kleine Verbeugung.

»Jawohl, der Herr.«
Er packte meine Hand, zog mich durch die Tür und tänzelte schließlich mit mir in seinen Armen durch den ganzen Flur, bis in den Aufzug, wo er mich, sobald sich die Türen geschlossen hatten, ungestüm küsste. Er drückte mich forsch an die Wand des Lifts, seine Handinnenfläche fixierte besitzergreifend meine Stirn. Es erschien mir äußerst unrealistisch zu sein, doch sobald seine Lippen meine berührten, reagierte ich erneut auf ihn und er auf mich.

»Verdammt, 'Lijah, was machst du nur mit mir?«
Eine Mischung aus Verzweiflung und Erregung schwang in Erics heiser geflüsterten Worten mit und ich hatte genug damit zu tun, mich nicht in diesem Klang zu verlieren. Und auch damit seine Hand in meinem Schritt zu ignorieren.

»Vielleicht sollten wir aufhören?«, fragte ich ihn atemlos. Ich versuchte wirklich Vernunft walten zu lassen. Nicht, dass wir noch öffentliches Ärgernis erregen würden. Ich brachte widerwillig ein wenig Abstand zwischen uns. Die körperliche Nähe war einfach zu verlockend. Eric grinste mich gequält an. Ein Ruck ging durch seinen Körper und dann fuhr er sich mit beiden Händen durch seine Haare.

»Ja, lass uns aufhören. Sonst dreh ich auf der Stelle um und vergnüge mich ein weiteres Mal mit dir.«
Ich kicherte entzückt auf und kurz darauf öffneten sich die Türen des Aufzugs erneut. Eric hielt mir seine Hand hin und sagte: »Komm!«

Dann zog er mich hinter sich her.

Eric schleppte mich tatsächlich in einen Club. Es war der Gleiche, in dem ich in meinen 18. Geburtstag hinein gefeiert hatte. Der, in dem mich Eric zum ersten Mal geküsst hatte. Der Gleiche, in dem ich den Beschluss gefasst hatte, mit ihm zu schlafen. Ich vermutete eine kleine, sentimentale Absicht dahinter. Sicher war ich nicht der Einzige, den hier, in der stickigen, Kunstnebel-geschwängerten Luft die Erinnerungen einholten. Die Eindrücke hatten sich nicht geändert. Auch nicht die oben-ohne tanzenden Kerle, dass "Humpa-Humpa" der Musik oder der Geschmack von Bier, den ich immer noch nicht mochte. Wieder landete ich mit Eric in der Mitte der Tanzfläche, umringt von der Menge, die sich ekstatisch zur Musik bewegte. Und wieder gingen beinahe meine Hormone mit mir durch.

Eric war ganz sicher nicht der einzige gut aussehende Kerl in der Szene. Doch trotz der vielen nackten Haut, den hübschen Gesichtern und den interessierten Blicken, die mich wider Erwarten trafen, hatte ich trotzdem nur Augen für meinen Freund. Er war der Schönste für mich, der Beste. Ich hing ergeben an ihm, lag in seinen Armen, meine Hände in seinem Nacken verschränkt, bewegte mich mit ihm zur Musik und war einfach glücklich. Von Zeit zu Zeit wechselten wir einen Blick, küssten uns flüchtig oder berührten uns kaum merklich. Er ließ mich keinen Augenblick alleine, heischte besitzergreifend in die Menge und lächelte mich fortwährend an. Wir tanzten uns durch den ganzen Abend, ließen uns von der Stimmung mitreißen und von unserer verliebten Zweisamkeit. Wir waren ausgelassen und beinahe außer Rand und Band. Es machte Spaß, doch nach ein paar Stunden merkte ich, wie mein Akku leer wurde.

Ich schmiegte mich an Eric, der mich langsam hin und her wiegte. Unsere Bewegungen passten so gar nicht zum Rhythmus des Liedes. Ich war plötzlich furchtbar müde, doch es war eine angenehme Erschöpfung. Ich fühlte mich, als könnte ich bis ans Ende aller Tage schlafen und es hätte mich nicht gestört. Eric küsste mich auf die Stelle über meinem Ohr.

»Und? Was macht deine Libido jetzt?«

Ich gab ihm einen vorwurfsvollen Klaps auf den Po und kicherte trotzdem leise vor mich hin. Mein Interesse an ihm hatte sich keineswegs geschmälert, doch mir fehlte inzwischen die nötige Energie diesem nachzugehen.

»Sie schläft schon«, entgegnete ich daher trocken und spürte Erics Brust unter seinem Lachen erbeben.

»Es gibt hier ein paar lauschige Eckchen, falls sie es sich noch anders überlegen will.«

Ich schüttelte den Kopf. So verlockend sich sein Angebot auch anhören mochte, so war ich ganz sicher, dass ich nicht bereit für Sex an einem öffentlichen Ort war, noch nicht jedenfalls. Selbst wenn wir dabei unbeobachtet bleiben würden.

»Danke, aber sie lässt dir ausrichten, dass es dafür noch zu früh ist.«

Mir gefiel unsere kleine Plänkelei. Doch inzwischen gingen mir wirklich die Lichter aus. Eric merkte, dass ich müde war.

»Sollen wir gehen?«

Ich bestätigte seinen Frage mit einem schläfrigen Nicken und ließ mich dann von ihm nach draußen führen. Die eiskalte Luft traf mich wie ein Schock und fast augenblicklich begann ich zu zittern und suchte Schutz in Erics Armen.

»Kommst du wieder mit zu mir?«

Ich seufzte, als ich über Erics Angebot nachdachte und im gleichen Moment doch wusste, dass ich ablehnen musste. Nichts wäre mir lieber gewesen, als nach diesem perfekten Abend, nach dieser perfekten Nacht wieder in sein Bett zu schlüpfen, um dann am Morgen neben ihm aufzuwachen, dieses Mal natürlich ohne Übelkeit und Fieber. Und ohne einen übervorsichtigen Bruder, dem mein langes Fernbleiben ein Dorn im Auge war. Ich seufzte erneut. Nein, ich wollte Daniel das nicht antun. Ich überstrapazierte seine Geduld ohnehin schon, auch wenn ich immer noch nicht wusste warum. Eric schien zu spüren, was in mir vorging. Er setzte eine ehrlich bedauernde Miene auf und lächelte halbherzig. Auch er schien nur schwer auf mich verzichten zu wollen, was mir einen warmen Schauer über den Rücken jagte.

»Dann bring ich dich wenigstens nach Hause, okay?«

Ich war einverstanden und freute mich über die Gelegenheit unsere gemeinsame Zeit noch ein wenig ausdehnen zu können.

Eric fuhr mich nach Hause, hielt während der Fahrt meine Hand und sah mich bei jeder sich bietenden Gelegenheit lächelnd an. Mein verliebtes Herz zersprang beinahe unter seinen Blicken. Und auch unter der Sehnsucht, die mich sofort wieder fest im Griff hatte, als wir uns verabschiedet hatten. Ich hatte Eric noch das Versprechen abgenommen, sich sobald als möglich bei mir zu melden und sich wieder mit mir zu treffen. Er hatte lachend zugestimmt und mich noch einmal geküsst, dann waren wir auseinandergegangen. Ich spürte meine Müdigkeit und die Erschöpfung erst richtig, als ich durch die Eingangshalle zum Lift lief. Erst am Morgen war ich hier durchgelaufen, doch es fühlte sich beinahe so an, als wäre ich mehrere Tage abwesend gewesen. Ich lehnte mich neben dem Aufzug an die Wand und schloss für einen kurzen Moment die Augen. Ich war hundemüde und wollte einfach nur ab ins Bett.

Ich bedauerte zutiefst, dass ich nicht bei Eric sein konnte, doch die Aussicht mich in meinem weichen Bett auszuschlafen, war trotzdem mehr als verlockend. Ich gähnte mehrfach hintereinander, als ich nach oben fuhr, den Flur entlang schlurfte und schließlich meinen Schlüssel aus meiner Tasche kramte. Ich öffnete sehr leise, um niemanden zu stören, oder gar Daniel auf den Plan zu rufen. Doch als ich eintrat, bemerkte ich sofort, dass das Licht brannte und der Fernseher lief. In der einen Sekunde war ich noch erstaunt. Es war wirklich schon sehr spät. In der anderen spürte ich mächtigen Ärger in mir aufsteigen. Daniel saß, mit der Fernbedienung in der Hand auf der Couch und wandte mir sein Gesicht zu, als die Türe hinter mir sehr viel lauter ins Schloss fiel, als ich es gewollt hatte. Wir schraken beide bei dem Geräusch zusammen.

Daniel, der ganz offensichtlich auf mich gewartet hatte, musterte mich eindringlich. Und ich meinte sofort zu wissen, dass hier nun Ärger auf mich wartete. Ich warf den Schlüssel scheppernd in die Schale neben der Tür und biss wütend die Zähne zusammen. Dann verschränkte ich die Arme vor meiner Brust und näherte mich ihm.

»Hey«, brachte ich heraus und hörte im selben Moment den mühselig unterdrückten Ärger aus meiner eigenen Stimme heraus. Was zum Henker dachte sich mein Bruder überhaupt?

»Hey«, entgegnete er und sah mich weiter durchdringend an.

»Du kommst jetzt erst von Eric nach Hause?«

Ich nickte ihm herausfordernd zu und ließ es geschehen, dass die Wut über seinen so übertriebenen Beschützerinstinkt in mir überschäumte.

»Ja, so spät. Was willst du jetzt machen? Mich wieder ausschimpfen? Eric anrufen und ihm sagen, was für ein Arschloch er ist? Oder willst du mir jetzt endgültig den Kontakt zu ihm verbieten?«

Ich wurde immer lauter und bei jedem Wort, dass wie ein Peitschenhieb aus mir herausgekommen war, zuckte Daniel mehr zusammen. Verletztheit machte sich in seinem Gesicht breit, doch ich hatte keine Augen und keine Geduld dafür übrig. In mir brodelte es. Ich wollte nichts Negatives mehr, auch nicht das Geringste über meine Beziehung zu Eric von ihm wissen. Ich hatte es so satt, mich gegen seine unangebrachten Verdächtigungen zu verteidigen. Er senkte den Blick, ganz so als fühle er sich ertappt, hob dann die Fernbedienung und schaltete den Fernseher aus. Die dadurch entstandene Stille war merkwürdig aufgeladen und ich ballte meine Hände zu Fäusten, bereit für die schon so lange ausstehende Auseinandersetzung. Daniel brachte sich bitter lächelnd in eine andere Position. Er rutschte bis zur Sofakante, blieb dort sitzen und faltete schließlich seine Hände in seinem Schoss. Dann sah er wieder zu mir auf.

»Eigentlich wollte ich dir nur sagen, dass wir einen Brief vom Anwalt bekommen haben. Es ist alles durch. Der Gerichtstermin steht.«

Meine brodelnde Wut fiel nach Daniels Worten so schnell in sich zusammen, dass ich das Gefühl hatte, der Boden wäre mir unter den Füßen weggezogen worden. Mein Gewissen meldete sich laut schreiend, schalt mich einen übergroßen Narren und verhinderte gleichzeitig, dass ich etwas sagen konnte. Ich war sprachlos und ekelte mich gleichzeitig vor mir selbst. Ich hatte völlig überreagiert, hatte mich von meinem Bauch und nicht von meinem Verstand leiten lassen. Ich hatte Daniel einfach etwas unterstellt und mich dabei wie ein Vollidiot benommen. Und das hatte er einfach nicht verdient.

Wie vom Donner gerührt stand ich einfach da, starrte meinen Bruder, der die Stirn in Falten gelegt hatte, unverwandt an und schämte mich in Grund und Boden. Die Stille zwischen uns dehnte sich aus, blähte sich auf und machte diesen furchtbaren Moment zu einem der schlimmsten, die ich je erlebt hatte. Ich schluckte hart, als Daniel aufstand, ein paar Schritte näher kam und schließlich vor mir stehen blieb. Ich sah mehr als deutlich die Gefühle in seinen Augen stehen und ich wünschte mir plötzlich nichts mehr, als dass ich nichts gesagt hätte.

»Ich hab nur auf dich gewartet, um dir das zu sagen.«

Plötzlich spürte ich es in meinen Augen brennen. Mein Gewissen suchte sich einen Weg nach außen und machte sich sehr deutlich bemerkbar. Ich blinzelte und schluckte erneut. Noch nie hatte ich jemandem weh getan, zumindest nicht bewusst. Und dass es mir nun zum ersten Mal mit Daniel passiert war, machte die Tatsache noch schlimmer.

»Ich ...«

Ich kam nicht dazu meinen Satz, den ich zur Entschuldigung hatte vorbringen wollen, zu Ende zu sagen. Daniel hob eine Hand und machte eine wegwerfende Bewegung, die meine Worte sofort abschnitt.

»Lass es gut sein. Du bist sicher müde.«

Ich klappte den Mund zu, zögerte kurz und wollte dann einen Schritt auf meinen Bruder zugehen. Doch er hatte sich bereits abgewandt, bevor ich einen Versuch starten konnte, mich angemessen zu entschuldigen.

»Gute Nacht, 'Lijah!«

Kapitel 29

Mit Daniel zu streiten, ging mir deutlich mehr an die Substanz, als ich es je für möglich gehalten hätte. Dass ich die Schuld daran trug und dass ich dieses Mal derjenige war, der etwas falsch verstanden hatte, machte es nur noch schlimmer für mich. Im Prinzip stritten wir uns ja gar nicht richtig. Wir hatten keinerlei Auseinandersetzungen, keine Wortgefechte. Es war mehr wie ein kalter Krieg mit ungeklärten Fronten. Ich hatte versucht, mit Daniel über das zu reden, was ich ihm vorgeworfen hatte. Ich hatte auch noch mehrfach versucht, mich für mein Verhalten zu entschuldigen. Er hatte diese Entschuldigung mit einem belanglosen Schulterzucken akzeptiert. Doch ich konnte ihm einfach nicht glauben, dass er mir wirklich verziehen hatte. Daniel begegnete mir mit höflicher Gleichgültigkeit. Nach Außen hin wirkte alles ganz normal. Unser Zusammenleben hatte sich nicht geändert. Wir sprachen, aßen, wohnten miteinander, besprachen Alltagssorgen und lachten sogar manchmal über etwas. Wir redeten auch über die anstehende Gerichtsverhandlung, die nun endlich auf einen konkreten Zeitpunkt festgesetzt worden war. In diesem Punkt waren uns Daniel und ich nach wie vor einig.

Wir fürchteten uns beide vor dem erneuten Zusammentreffen mit unserem Vater und konnten uns nicht entscheiden, ob es gut war, dass wir noch einige Wochen darauf warten mussten oder ob es besser wäre, alles so schnell wie möglich hinter uns zu bringen. Was sich allerdings sehr deutlich geändert hatte, war die Tatsache, dass nichts mehr, was ich nun mit Daniel machte, wirklich in die Tiefe ging. Er schimpfte nicht mehr mit mir, ermahnte mich auch nicht mehr, um auf mich aufzupassen, und erwähnte mit keinem einzigen Wort Eric. Er fragte aber auch nicht mehr nach, ob es mir gut ging. Nach wie vor hatte ich ein mächtig schlechtes Gewissen und ich verstand seine Reaktion. Ich hätte an seiner Stelle sicher nichts anders gemacht. Aber diese Belanglosigkeit, die zwischen uns stand und die nicht wirklich zählende Vergebung seinerseits, machte mir zu schaffen. Der Riss in unserer Beziehung ging mir heftig an die Nieren. Mein überfürsorglicher Bruder fehlte mir. Mit diesem neuen, eiskalten Daniel konnte ich nichts anfangen. Er stand im krassen Gegenzug zu dem Mann, den ich bisher so geliebt und so sehr gebraucht hatte. Und doch zeigte mir diese kalte Schulter, einen Bruchteil von der Geschichte, die mir Eric erzählt hatte und die ich fassungslos versucht hatte, zu glauben. Und von der ich jetzt wusste, dass sie wahr war. Sie zeigte mir den Daniel, der sich mit meinem Freund um die Vorherrschaft im Bett gestritten hatte. Den Daniel, der nicht ruhig, nett und liebenswert war. Sondern den Daniel, der wusste, was er wollte, der den Ton angab und der stur war wie ein Esel.

Jeder weitere Versuch von mir, mich zu entschuldigen, war aussichtslos. Jedes Mal winkte Daniel nur ab und meinte leichthin: »Alles ist gut.«
Doch dem war ganz und gar nicht so. Er ließ mich deutlich spüren, dass der Zug der Entschuldigung abgefahren war und ich schwankte nach einigen Tagen, nach diesem bescheuerten Hin und Her zwischen Verzweiflung, Bestürzung und Wut. Ich wusste, dass ich einen Fehler gemacht hatte. Mir war klar, dass ich in sein Verhalten etwas hineininterpretiert hatte. Und dass ich alles andere als nett zu ihm war. Aber irgendwann musste es doch mal gut sein. Wie lange wollte Daniel mir das noch nachtragen? Die Strafe schien dem Vergehen einfach nicht angemessen zu sein.

Ich suchte in meiner Verzweiflung sowohl bei Alec um Rat, der jedoch genau so überfordert mit der Situation war wie ich, als auch bei Eric, der unergründlich besorgt die Stirn runzelte, wann auch immer ich das Thema zur Sprache brachte. Nachdem ich mich einige Zeit bemüht hatte, die Situation erfolglos zu bereinigen, gab ich es schließlich auf. Diesen Kampf gegen Windmühlenflügel konnte und wollte ich nicht mehr mitmachen. Sehr oft saß ich also, nach meiner Entscheidung, auf meinem Bett und kam mir ein ganz klein wenig isoliert vor. Jede Minute, jede Sekunde in der es möglich war, traf ich mich mit Eric, um mit ihm das zu machen, was alle normal Verliebten eben machten. Wir gingen ins Kino, aßen auswärts, tanzten uns durch die Clubs und, natürlich, schliefen wir miteinander, so oft es ging.

Ich fühlte mich geborgen bei ihm. Ich war glücklich mit ihm zusammen sein zu können. Ich genoss jeden Moment, als wäre er etwas ganz besonders Kostbares. Und das war es auch, zumindest für mich. Wir sahen uns leider nicht so oft, wie ich es mir gewünscht hätte. Eric stand nun unmittelbar vor seinem Examen. Er musste dafür soviel lernen, dass dieser Umstand und die Tatsache, dass er zusätzlich noch seinen Dienst im Hospital leisten musste, unsere gemeinsame Zeit sehr stark beschnitt. Diese Einbuße hätte mir mit Sicherheit weit weniger etwas ausgemacht, wenn die Stimmung zwischen mir und Daniel nicht ins Bodenlose gefallen wäre. Doch da es nun mal so war, sah ich mich gezwungen einen großen Teil meiner Freizeit mit mir selbst zu verbringen.

Wenn ich mit Eric zusammen war, ging es mir natürlich weitaus besser. Er trug mich auf Händen und gab mir stets das Gefühl geliebt und gewollt zu werden. Seine Art und seine Fürsorge tat mir unheimlich gut, zeigte mir jedoch gleichzeitig, dass mir die Unstimmigkeiten zwischen mir und Daniel weitaus mehr ausmachten, als ich bereit war zuzugeben. Langsam begann ich mich zu fragen, ob dies mein Schicksal war oder ob ich irgendwann einmal so richtig glücklich sein konnte, in jedem Bereich meines Lebens. Ohne das obligatorische Aber, Kompromisse oder zwei Seiten, die sich um mich stritten und an mir zerrten. Ich lernte mich in dieser Zeit noch besser kennen, was mich einerseits freute, da ich einen weiteren Schritt in Richtung Erwachsensein ging. Andererseits erschreckten mich die Dinge, die ich dabei über mich selbst ans Tageslicht brachte.

Ich hatte mich immer gefreut, Daniel ähnlich zu sein. Sowohl was das Äußere betraf, als auch unsere Charaktereigenschaften. Umso mehr erschreckte mich jetzt die raue, ungehobelte Seite an meinem Bruder, die nun durch unseren Streit hervorgekehrt wurden. Bedeutete dies im Umkehrschluss, dass auch ich eine Seite hatte, die nichts mit dem schüchternen Elijah zu tun hatte? Dass auch ich dunkle Flecken auf meiner Seele hatte, die ich bisher nur noch nicht entdeckt hatte? Dass ich grob, hässlich und aggressiv sein konnte? Die Vorstellung, dass es so sein könnte, machte mir einerseits Angst, doch andererseits begrüßte ich die Vorstellung, dass in mir mehr Dampf sein könnte, als ich es ahnte. Ich fühlte mich durch diese ungehobelten Eigenschaften, die zwar noch in mir schliefen, aber allmählich erwachten, plötzlich männlicher, selbstbewusster und stärker.

Ich wuchs an mir selbst, das merkte ich und auch Eric blieben diese feinen Veränderungen an mir natürlich nicht verborgen. Ich spürte, dass er sich freute, wenn ich mehr Selbstvertrauen zeigte und nicht eingeschüchtert die Augen senkte, während ich sprachlos neben ihm saß. Die Rolle als mein Beschützer gefiel ihm sichtlich gut. Und ich freute mich im Grunde genommen auch darüber, dass er den Ton angab und dass er mir zeigte, wo es lang ging. Doch ich holte schnell auf, stärkte mein Rückgrat und versuchte immer wieder, in gewissen Situationen, mich zu behaupten. Mein Denken änderte sich, erweiterte sich und machte aus der halben Portion, die ich immer gewesen war, eine runde Sache. Ich wurde ein Mann.

Woran ich sehr deutlich merkte, dass mich die Situation formte, waren die Gedanken, die mir immer wieder klammheimlich kamen. Im Grunde genommen wollte ich keine Veränderung in meiner Beziehung zu Eric. Es war gut so, wie es war. Ich fühlte mich wohl. Doch immer wieder konnte ich es nicht verhindern, dass ich mich fragte, wie es wohl wäre, auf der anderen Seite zu stehen. Selbst die Initiative zu ergreifen und damit den aktiven Part zu übernehmen. Ich wurde erst neugierig und wissbegierig, beobachtete Eric bei seinem Tun und nahm alles in mir auf, was mir wichtig erschien.

Dann überkam mich schließlich dieselbe Ungeduld, die mich bereits heimgesucht hatte, bevor ich mit Eric geschlafen hatte. Die mich gepackt und nicht mehr losgelassen hatte, bis ich bekommen hatte, was ich wollte. Und schließlich, was die logische Konsequenz daraus war, bemerkte ich, dass mich der Gedanke erregte. Die Vorstellung, dass ich derjenige war, der Eric nahm, ihn unter mir zu haben, ihn vor Lust wimmern zu lassen, törnte mich an und ließ mich nicht mehr aus ihren Fingern. Als mir klar wurde, dass ich offensichtlich auch in dieser Hinsicht wie Daniel tickte, war ich für einen Moment verwirrt. Viel zu viel verband uns beide. Es gab viel zu viele Dinge, Situationen die wir ähnlich meisterten und die wir ähnlich beurteilten. Und so war es eigentlich voraussehbar gewesen, dass wir uns irgendwann streiten mussten. Dass wir aufeinanderprallen würden, wenn diese Ähnlichkeiten ans Licht kommen würden.

Ich war seltsam erleichtert, als mir dies klar wurde. Ich war zwar immer noch ich, doch unser Streit hatte so gesehen, einen beinahe natürlichen Grund. Es lag nicht daran, dass wir uns nicht leiden konnten oder uns aus irgendeinem Grund auf den Wecker gingen. Hier stieß lediglich Feuer auf Feuer. Und dass dies Unstimmigkeiten produzierte, war beinahe klar. Zwei verschiedene Dinge erhoffte ich mir jedoch nach dieser Erkenntnis. Zum einen wollte ich nicht, dass dieser Streit zwischen mir und meinem Bruder endlos in die Länge gezogen werden würde oder dass es immer wieder passieren würde. Zum anderen musste ich verhindern, dass mein bisher noch heimlicher Wunsch, meinen Part mit Eric zu tauschen, eine ebenso große Lücke in unsere Beziehung reißen würde, wie sie es einst mit Daniels und Erics gemacht hatte. Selbstverständlich bedeutete das, dass ich mit Eric reden musste. Ich wollte ehrlich sein, ihm meinen Wunsch offenbaren und dann das Beste draus machen.

Die Gelegenheit, genau das zu tun, kam schneller, als ich gedacht hatte. Ich war heilfroh, als mich Eric an diesem Nachmittag um eine spontane Verabredung gebeten hatte. Ich hatte nicht damit gerechnet und kam seiner Bitte nach, so schnell ich konnte. Es tat mir gut, aus der noch immer ein wenig angespannten Lage zu entkommen und ihn obendrein noch sehen zu können. Es überraschte mich wenig, dass mir Eric zerzaust und müde aussehend die Türe öffnete. Die ganze Lernerei und die Nervosität vor dem anstehenden Examen erschöpfte ihn zusehends. Dunkle Ringe lagen unter seinen Augen und ein 7-Tage-Bart kratzte an meinem Gesicht, als er mich zur Begrüßung küsste und mich kurz in seinen Armen drückte. Besorgt sah ich anschließend zu ihm hoch. Er lächelte müde zurück.

»Das hab ich jetzt gebraucht. Dich hab ich jetzt gebraucht.«

Ich strich ihm mit dem Handrücken über seine Wange, versuchte die Müdigkeit aus seinem Gesicht zu wischen. Aufseufzend rieb er sich an meiner Hand, während ich über seine Schulter lugte. Ein ganzer Berg Bücher, Aufzeichnungen und Notizen lag aufgestapelt auf seinem Couchtisch. Ganz obenauf thronte eine einsame Pappschachtel. Er hatte Pizza bestellt. Ich schmunzelte und schüttelte gleichzeitig den Kopf über ihn.

»Bist du sicher, dass es eine gute Idee ist, dass ich hier bin?«
Ich deutete auf die Bücher, als mich Eric verständnislos anschaute.

»Du musst doch lernen. Ich lenk dich nur ab.«
Ich ließ mich von ihm zur Couch bugsieren, wo er sich mit mir zusammen darauf plumpsen ließ. Matt drehte er den Kopf zu mir hin und nahm eine Hand.

»Darum gehts doch. Ich brauche ein bisschen Ablenkung. Ich brauche Gesellschaft. Ich dreh hier bald durch.«
Lächelnd beugte ich mich vor und küsste ihn sanft.

»Na, dann ist es ja wohl okay.«

Er nickte bestätigend und angelte nach der Pizzaschachtel. Wir aßen schweigend, Hand in Hand und sahen uns ab und zu an. Als wir fertig waren, ließ sich Eric nach hinten sinken, schloss kurz die Augen und seufzte auf. Dann sah er mich wieder an.

»Ich muss mit dem Quatsch hier weitermachen. Bleibst du noch bei mir?«
Ich nickte mein Einverständnis.

»Wenn es dir wirklich nichts ausmacht?«

»Nein, du tust mir gut. Bitte bleib!«

Wir küssten uns, bevor sich Eric mit einem bedauernden Blick wieder seinen Büchern widmete. Ich rückte ein Stück von ihm weg, zog die Beine an und stellte den Fernseher leise an. Dann schaltete ich auf eine schwachsinnige Sitcom, die mich jedoch nicht lange fesseln konnte. Immer wieder schwenkte mein Blick von der Mattscheibe zu Eric, der sich tief hinter einem Buch vergraben hatte. Mein unausgesprochener Wunsch lag mir auf der Zunge, ließ meinen Mund trocken werden und meine Gliedmaße kribbeln. Nervös rutschte ich auf dem Sofa hin und her, wechselte ständig meine Position und schaltete von einem Sender zum nächsten. Erics Präsenz, seine Körperwärme, sein Geruch machten die Sache auch nicht besser. Er merkte sehr bald, dass ich unruhig war, und schaute mich kurz über den Rand seines Buches hinweg fragend an.

»Was ist los?«
Ich hatte unbedingt mit ihm darüber reden wollen. Die Motivation das Gespräch zu beginnen hatte mir bisher gefehlt und nun bekam ich sie plötzlich auf dem Silbertablett präsentiert. Es gab also nur zwei Möglichkeiten, die ich jetzt ergreifen konnte. Entweder die Sache nicht anzusprechen und dann zu vergessen oder Augen zu und durch.

Ich atmete tief durch und entschloss mich dann für Variante zwei. Ich zog die Beine an die Brust und schlang meine Arme darum. Mit dem Kinn auf den Knien sah ich meinen Freund, der sich erneut seinem Buch widmete an. Dann räusperte ich mich.

»Weißt du, was ich wirklich gerne wüsste?«
Eric schüttelte ein wenig geistesabwesend den Kopf und blätterte eine Seite weiter.

»Ich wüsste gerne, wie es ist auf deiner Seite zu sein.«
Ich hielt den Atem an, nachdem ich den Satz beendet hatte, doch er schien seine Bedeutung nicht richtig erkannt zu haben.

»Wie meinst du das? Willst du wissen, wie es ist ich zu sein?«

Er klang ein ganz klein wenig irritiert. Ich seufzte leise auf. Ich musste wohl noch deutlicher werden.

»Nein, ich .... Ich meinte eigentlich im Bett. Beim Sex.«
Und plötzlich hatte ich Erics ungeteilte Aufmerksamkeit.

Er riss den Kopf hoch, zog dabei eine Augenbraue scharf nach oben und musterte mich eindringlich. Wir sahen uns einige Sekunden an, während meine Aussage über unseren Köpfen schwebte. Beinahe bereute ich es schon, es angesprochen zu haben. Doch dann veränderte sich Erics Gesichtsausdruck. Das Erstaunen wurde abgelöst von einer Mischung aus Spott, Amüsement und Ungläubigkeit. Ich versuchte die Hitze, die mir ins Gesicht stieg zu ignorieren. Ganz langsam ließ Eric das Buch sinken, dass er in den Händen gehalten hatte. Dann blinzelte er schnell und zog schließlich grinsend einen Mundwinkel nach oben.

»Elijah Warren. Ich bin schockiert.«
Er kicherte, legte das Buch dann ganz zur Seite und brachte sich in eine andere Position. Dann beugte er sich nach vorne zu mir und fesselte mich mit seinem Blick.

»Bittest du mich etwa gerade darum, mich ficken zu dürfen?«
Ein Teil von mir, besonders der, der rot übergossen hier auf dem Sofa saß, wollte nach Erics Aussage einfach wegrennen, sich verstecken und sich selbst ausschimpfen, einen solchen Gedanken überhaupt ausgesprochen zu haben. Ein ganz anderer Teil, der der Eric flachlegen wollte, reckte sich trotzig empor, kämpfte um sein Recht sagen zu dürfen, was man sich wünschte, rang mit der Schüchternheit des anderen Teils und behielt dabei schließlich die Oberhand. Die Zeiten, in denen ich mich für solch deutliche Worte geschämt hatte, waren vorbei. Und ich würde eher den Teufel tun, als zuzulassen, dass sie zurückkamen. Ich räusperte mich also ein zweites Mal, sah Eric fest in die weit aufgerissenen, amüsierten Augen und antwortete: »Nun ... Ja!«

Meine schlichte, aber überdeutliche Antwort ließ Eric sprachlos zurücksinken. Er fuhr sich mit einer Hand durch die Haare und überlegte, das sah man ihm deutlich an. Ich spürte, dass ihn mein Wunsch forderte, beinahe schon überforderte. Das war offensichtlich etwas, was er nie in Erwägung gezogen hatte. Etwas, mit dem er sich eher schwer würde anfreunden können. Ich sagte nichts, ließ ihn denken und wartete gespannt auf eine Reaktion. Es verging einige Zeit, in der ich nichts anderes tat, als ihn zu beobachten und zu hoffen, dass ich nicht zu weit gegangen war. Schließlich sah ich ihn dann zögernd Nicken und die Erleichterung darüber, dass er mir nicht böse war, war plötzlich viel stärker als die Freude darüber, dass mein Wunsch wahr werden würde. Ich kam auf die Knie, beugte mich zu ihm hinunter und küsste ihn. Ich spürte in diesem Kuss seine Verwirrung und wusste gleichzeitig, dass es noch nicht genug war. Ich wollte es hören. Genau so, wie er die Dinge immer von mir hören wollte. Ich ließ also von ihm ab und sank zurück auf meine Beine.

»Was meinst du dazu?«

Er lächelte mich an, als ich ihn erwartungsvoll anstarrte. Mein Herz flatterte unruhig, voller Nervosität, bis er erneut nickte. Dieses Mal mit etwas mehr Nachdruck.

»Ich meine, es ist okay. Du kannst mit mir schlafen, wenn es dir wirklich so viel bedeutet!«

Ich holte überrascht Luft. Ich hatte damit gerechnet, dass Eric offen mit mir über das Thema sprechen würde. Ich wusste ja, dass er kein Blatt vor den Mund nahm und das Gleiche von mir erwartete. Ich hatte instinktiv gespürt, dass ihm meine Offenheit gefallen würde, doch ich hatte nicht erwartet, dass er es mir so leicht machen würde. Dass er einwilligen würde in etwas, was ich ihm eigentlich nicht zugetraut hätte. Er steckte auch, nach der ganzen Zeit, die ich ihn jetzt kannte, immer noch voller Überraschungen.

Seine Einwilligung, die er sicher auch zu einem großen Teil nur für mich gemacht hatte, machte mich gleichzeitig glücklich und übermütig. Ich fiel Eric so schnell um den Hals und küsste ihn so stürmisch, dass ich ihn umwarf, was er sich, immer noch lächelnd, gefallen ließ. Er schlang die Arme um mich und zog mich fester in seine Umarmung, so dass ich zwischen seinen Beinen zu liegen kam. Seine Reaktion fachte meine Ungeduld noch zusätzlich an. Zwischen zwei Küssen sah ich ihn an, hochgradig erregt und wollte noch einmal hören, was er mir versprochen hatte.

»Ich darf? Wirklich?«

Und ein drittes Mal nickte er mir grinsend zu. Mein Magen vollführte einen Salto und ich fragte aufgeregt: »Wann, jetzt sofort?«

Eric warf den Kopf in den Nacken und lachte lauthals auf, kaum, dass ich diese Worte ausgesprochen hatte. Es dauerte einige Zeit bis er sich wieder beruhigt hatte und sich die Tränen, die im vor Lachen gekommen waren, aus den Augenwinkeln wischte. Dann sah er mir in mein schmollendes Gesicht und berührte federleicht mit seinen Fingerspitzen meine Lippen.

»Gib mir ein paar Tage Zeit. Ich muss mich an diesen Gedanken erst noch gewöhnen.«

Kapitel 30

Eric brauchte sehr viel länger als nur ein paar Tage, um meine Bitte sacken zu lassen. Ich hielt mich ganz bewusst zurück und drängte nicht auf Erfüllung meines Wunsches, da ich ja wusste, dass ich eine ganze Menge mehr von ihm einforderte, als nur einen kleinen Gefallen. Wir sprachen auch nicht mehr über das Thema und agierten dabei gleichzeitig ein wenig um den springenden Punkt herum. Eric wich mir nicht direkt aus. Noch immer konnten wir unsere Hände nicht voneinander lassen und schliefen häufig miteinander, so dass ich immer voll auf meine Kosten kam. Doch bei jeder noch so kleinsten Anstrengung meinerseits, das Ruder herum zu reißen, blockte er ab. Sein Widerstand war sanft und nicht rüde oder gar aggressiv, aber ich merkte sehr deutlich, dass es ihm schwerfiel, mir die Kontrolle und sei es auch nur für einen Moment, zu überlassen. Ich verstand durchaus, dass ihm eine Änderung in unserer Konstellation seltsam vorkommen musste. Schließlich hatte er mir versprochen, auf mich aufzupassen. Und bisher war ich ja auch definitiv der Schwächere in unserer Beziehung.

Es gefiel mir, dass ich jemanden hatte, der mir den Rücken stärkte und der mir auf sanfte Weise sagte, wo es lang ging. Daran wollte ich auch gar nichts ändern. Mein Wunsch, von Zeit zu Zeit den aktiven Part zu übernehmen, hatte mit unserem Beziehungsstatus nichts zu tun. Ich war einfach nicht der dominante Typ. Ich wollte ihn nicht gängeln oder die Rollen mit ihm tauschen. Ich wollte einfach nur etwas ausprobieren, dass mir heiße Lust durch den Unterkörper jagte, wenn ich nur dran dachte. Mir bereitete der Gedanke, Eric zu toppen, wahnsinnige Erregung, das war alles. Zu gerne hätte ich ihm diese Gedanken auch mitgeteilt, doch ich wollte ihn nicht drängen und dann damit noch mehr Widerstand auslösen. Ich harrte also aus und wartete auf einen passenden Moment, mein Vorhaben in die Tat umsetzen zu können.

Viele Gelegenheiten das auch zu tun, gab es jedoch nicht. Der Termin der Gerichtsverhandlung rückte unaufhaltsam näher. Damit verbunden stieg auch der Pegel meiner Nervosität und Angst kontinuierlich an. Und die ohnehin schon schlechte Stimmung zu Hause fiel gleichzeitig ins Bodenlose. Meine knapp bemessene, gemeinsame Zeit mit Eric wurde durch die anstehenden Vorbereitungsgespräche mit unserem Anwalt, noch weiter sehr stark reduziert, so dass wir uns nur noch selten sehen konnten. Amouröse Gedanken traten dabei stark in den Hintergrund. Die Nervosität machte mich reizbar, genau so wie auch Daniel und so kam es immer wieder zu sinnlosen Streitereien zwischen uns, die auf Nichtigkeiten basierten. Von unserer bisher so guten Beziehung zueinander, merkte ich nicht mehr viel. Wir waren beide ständig genervt und brüllten uns an, wenn uns irgendwas nicht passte. Ich wusste natürlich, dass mein Verhalten sich aus meiner Angst begründete und hoffte, dass wir diesen verfluchten Termin bald hinter uns bringen würden. Danach, so hoffte ich, würde alles sehr viel besser werden, vielleicht sogar auch Daniels Einstellung zu mir und Eric.

Doch bevor es soweit war, wurden meine Geduld und meine Bemühungen einen klaren Kopf zu bewahren, auf eine harte Probe gestellt. Daniel giftete mich an, wann immer ich die Wohnung verlassen und zu Eric gehen wollte. Und ich tat es ihm gleich, bei unzähligen anderen Gelegenheiten. Ich litt sehr unter diesem Bruch und wusste, dass es ihm ganz genau so gehen musste. Ich war jedoch nicht fähig an dieser Situation etwas zu ändern. Lediglich bei den Terminen, die wir zusammen bei unserem Anwalt hatten, saßen wir einträchtig nebeneinander. Zu diesen Zeiten waren wir ein Team, ein zusammengeschweißtes Paar, welches das gleiche Ziel verfolgte. Sobald wir die Räumlichkeiten jedoch verließen, baute sich die Mauer zwischen uns wieder auf. Es war, als würde ein unsichtbarer Schalter umgelegt werden. Irgendwann konnte ich damit einfach nicht mehr leben. Nach unserem letzten Gespräch vor der Gerichtsverhandlung platzte mir dann schließlich der Kragen.

Wir stritten uns auf dem ganzen Weg nach Hause, machten uns Vorwürfe und brüllten uns an, als ob wir nichts mehr zu verlieren hätten. Die Worte, die Daniel mir an den Kopf warf, waren schmerzhaft und ungerecht. Meine waren rachsüchtig und gemein. Jeder Versuch, mich gegen seine Gemeinheiten zu verteidigen, wurde von ihm niedergeschmettert. All die Dinge, die er mir mit dem letzten bisschen, noch verbliebener Vernunft mitteilen wollte, überhörte ich ganz einfach. Unser Streitgespräch verlief zusehends im Sande und stagnierte schließlich ganz. Wir wurden immer stiller und stiller, bis wir schließlich einfach nur noch trotzig nebeneinander herliefen. Diese unangenehme Stille quälte mich. Es fühlte sich für mich einfach nur unnatürlich an, entweder nichts mit meinem Bruder zu reden oder, wenn wir denn Worte wechselten, uns nur zu streiten. Das hatte ich nie gewollt. Nicht umsonst war Daniel mein Anlaufpunkt gewesen, als ich vor so vielen Monaten von zu Hause weggelaufen war.

Er wurde zu meinem Fixpunkt, zu jemandem, den ich so sehr gebraucht hatte. Jemand der mir Halt verschafft hatte. Daniel war mein Bruder, er bedeutete mir eine Menge und ich liebte ihn. Und ich wusste, dass auch er mich liebte. Auch wenn wir uns das zur Zeit nicht sagen konnten. Ich schaute unauffällig zu ihm hoch, als wir in den Lift stiegen. Die Arme im Rücken, lehnte er sich gegen die Wand und sah mit versteinertem Gesichtsausdruck auf seine Füße. Ich hasste die Situation, ich hasste unseren Streit, die kurz bevorstehende Gerichtsverhandlung und noch mehr hasste ich es, dass ich nicht den Mut aufbringen konnte, mich zu entschuldigen. Oder eine Entschuldigung einzuholen. Ich öffnete ein paar Mal den Mund, in der festen Absicht das alles zu beenden, doch ich konnte mich nicht überwinden.

Daniels unbewegliches Gesicht hielt mich erfolgreich davon ab. Wir verließen den Lift genau so schweigend, wie wir hineingegangen waren, betraten die Wohnung und trennten uns augenblicklich, nachdem die Tür hinter uns ins Schloss gefallen war. Ich winkte dem unglücklich aussehenden Alec lediglich einen kurzen Gruß zu und verschwand dann sofort nach oben in mein Zimmer. Ich fühlte mich schlecht, sogar richtig schäbig. Das war alles nicht richtig. Es fühlte sich so falsch an, auf diese Art und Weise meinen Standpunkt zu vertreten. Auch wenn ich absolut das Gefühl hatte, Recht zu haben. Ich musste unbedingt mit Daniel reden und ihm klarmachen, dass ich nicht anders denken wollte. Ich würde Eric nicht aufgeben, niemals. Aber es war mir wichtig, dass diese Entscheidung nicht mehr wie ein unüberwindbarer Wall zwischen uns stehen würde.

Ich setzte mich grübelnd auf den Stuhl vor meinen Schreibtisch. Es waren nur noch wenige Tage bis zum Prozess. Und alles was ich jetzt brauchte, war Halt und Stütze. Das Warten auf den Gerichtstermin war ohnehin schon schwer genug, auch ohne diese dummen Streitereien. Ich brauchte meinen Bruder, ich brauchte auch Alec und am allermeisten brauchte ich natürlich Eric. Alle drei, meine kleine neue Familie wollte ich haben. Und am besten alle zusammen, ohne Versteckspiel, ohne mich verteidigen zu müssen. Ich seufzte auf und bückte mich nach vorne, um mir meine Schuhe auszuziehen. Es musste doch einen Weg geben diese drei Menschen unter einen Hut zu bringen. Und zwar unter meinen Hut. Im Grunde genommen mochten sie sich doch, sehr sogar. Was also konnte so schwer daran sein, sie miteinander zu versöhnen? Nachdenklich streifte ich meine Socken ab, erhob mich dann wieder, um zu meinem Schrank zu laufen.

Ich sah in die verspiegelte Tür desselben und lockerte dabei umständlich den dämlichen Schlips, auf den Daniel bestand, wenn wir zu unserem Anwalt gingen. Ich zog ihn vom Hals und ließ ihn dann achtlos durch meine Finger zu Boden gleiten. Dann öffnete ich die obersten Knöpfe meines Hemdes und hielt schließlich inne. In den schicken Klamotten, die ich anhatte, sah ich einmal mehr aus wie Daniel. Wir waren uns so verdammt ähnlich und das nicht nur äußerlich. Wir legten den gleichen Starrsinn an den Tag, die gleiche Unnachgiebigkeit und im Gegenzug dazu auch die Sensibilität und unseren Hang dazu leidenschaftlich zu lieben. Im Grunde genommen waren wir ein und dieselbe Person, nur in zwei verschiedenen Körpern. Ich starrte in mein eigenes Gesicht und wurde mir dabei bewusst, wie gleich wir tatsächlich waren. Und das hieß selbstverständlich auch, dass wir zur Zeit auf die gleiche Art und Weise litten.

Ich schluckte den Knoten in meinem Hals hinunter. Plötzlich hatte ich das übermächtige Bedürfnis, nach unten zu gehen und meinem Bruder um den Hals zu fallen. Ich wollte die Sache ein für alle Mal klären. Mit der Entscheidung den ganzen Mist aus der Welt zu schaffen, hatte ich ein riesiges Problem gehabt. Jetzt, da ich sie getroffen hatte, ging es mir plötzlich um vieles besser. Ich freute mich auf die Wiederherstellung der Harmonie, derer ich so dringend bedurfte und die mir so gefehlt hatte. Lächelnd straffte ich die Schultern, merzte das letzte bisschen Zweifel in mir aus und wandte mich dann zur Tür. Ich wollte die Angelegenheit sofort klären, ohne Aufschub. Ich war aufgeregt, als ich meine Zimmertür öffnete, doch ich ignorierte es und schlüpfte durch sie hindurch. Bevor ich jedoch Anstalten machen konnte, die Treppe hinunterzugehen, wurde ich durch laute Stimmen von unten aufgehalten. Ich blieb wie angewurzelt stehen.

»... weißt, dass es passieren wird. Bis jetzt ist es doch immer so gewesen. Bei mir und auch bei allen anderen danach.«

Ich runzelte die Stirn, als Daniels Stimme zu mir vordrang, verstand jedoch nicht so ganz. Doch als eine zweite, mir wohl bekannte Stimme antwortete, hielt ich, eiskalt überrascht, den Atem an. Eric sprach leiser als Daniel, soviel leiser, dass ich nicht hören konnte, was er erwiderte. Doch dass mein Bruder ihn mitten im Satz unterbrach, war mehr als deutlich.

»Na klar, plötzlich ist alles anders. Ich lach mich gleich tot.«
Daniel schnaufte laut auf und unterbrach Eric dann erneut.

»Was willst du mir eigentlich sagen? Dass Elijah dich zu einem besseren Menschen gemacht hat? Wie oft willst du mir das eigentlich noch weismachen?«
Und zum dritten Mal unterbrach er Eric, ohne ihm die Chance gegeben zu haben, sich zu verteidigen. Seine Stimme war kalt und berechnend.

»Ich sag's dir noch ein letztes Mal. Lass die Finger von meinem Bruder. Und jetzt verschwinde!«
Es wurde plötzlich sehr still zwischen den beiden. So still, dass ich mein Herz irrsinnig laut in meinen Ohren pochen und rauschen hörte. Fassungslos stand ich an der Treppe, während es mich gleichzeitig heiß und kalt überlief, und konnte nicht fassen, dass sich die beiden schon wieder wegen mir stritten. Und dass Daniel immer noch so unnachgiebig gegenüber Eric war. Er gab uns keine Chance, das merkte man deutlich. Trotz der ganzen Zeit, die ich bisher mit Eric zusammen war und trotz der vielen positiven Erfahrungen mit ihm. Unsere Beziehung war aussichtslos in seinen Augen und sogar falsch. Den Mut, mir das ins Gesicht zu sagen, hatte er wohl nicht gehabt, doch Eric gegenüber war er überdeutlich. Es schmerzte mich sehr, dass er nicht einmal versuchte, uns zu verstehen. Und es schmerzte mich noch mehr, dass er Eric so heftig angriff, ihn von sich stieß und mit ihm, auch einen großen Teil von mir selbst.

Ich hatte nie wählen wollen. Ich hatte die ganze Zeit die Hoffnung gehabt, dass mir beide erhalten bleiben würden. Doch diese Möglichkeit schien es nun für mich nicht mehr zu geben. Ich musste mich entscheiden, ob ich es nun wollte oder nicht. Gerade eben noch war ich so guter Dinge gewesen. Gerade noch hatte ich mich aufgerafft, um unseren Streit und damit auch das Thema "Eric" aus der Welt zu schaffen. Und nun hatte sich die Lage exorbitant verschlimmert. Die Mauer, die zwischen uns Dreien gestanden hatte, wuchs sich aus und wurde zu einem unüberbrückbaren Monster. Ich überlegte kurz, ob ich einfach kehrtmachen und damit der Konfrontation aus dem Weg gehen sollte oder ob ich dazwischen gehen sollte. Ich entschied mich, nach kurzem Überlegen, nichts von beidem zu tun. Stattdessen, im vollen Bewusstsein, dass es nicht richtig war, was ich tat, ließ ich mich langsam auf die oberste Stufe der Treppe sinken, lehnte meinen Kopf ans Geländer und lauschte atemlos weiter.

Eric durchbrach nach einer Weile die unangenehme Stille. Auch auf die Gefahr hin, dass ich mich irrte, glaubte ich zu hören, dass seine Stimme sich belegt anhörte. Und ich konnte den Gedanken nicht ertragen, dass er traurig war. Mein Herz flog ihm zu, als er weitersprach und ich wünschte mir plötzlich, dass ich zu ihm gehen und ihn in meine Arme schließen konnte.

»Du willst das wirklich, oder? Dass ich mit 'Lijah Schluss mache?«

Wenn ich bisher nicht sicher gewesen war, um was es in dieser grotesken Unterhaltung ging, so bekam ich nun plötzlich eine sehr deutliche Vorstellung vor den Latz geknallt. Und es gefiel mir ganz und gar nicht. Wohl bekannte Angst stieg in mir hoch. Die gleiche Panik, die mich vor Wochen in dem kleinen Park bei unserem Spaziergang heimgesucht hatte, überkam mich. Nur mit dem Unterschied, dass dieses Mal etwas sehr viel Greifbareres im Raum stand. Die Auseinandersetzung zwischen Daniel und Eric war echt. Genauso Daniels Forderung, die schrecklich und grausam war und die ein Chaos in meinem Inneren anrichtete.

»Ob ich es will oder nicht, spielt überhaupt keine Rolle. Du wirst ihm weh tun, das stand schon von Anfang an fest.«

Ich wusste nicht, was schlimmer war. Dass Daniel Eric anschrie, der nüchterne, beinahe sachliche Ton, mit dem er erklärte, dass unsere Beziehung bereits von Anfang an zum Scheitern verurteilt gewesen war oder die Tränen, die tief in mir bereits bereitstanden, um vergossen zu werden. Laut meinem Bruder stand unser Zusammensein noch nie unter einem guten Stern und würde es auch nie tun. Warum das so sein sollte, war mir nicht klar. Das Einzige was Erics und mein Zusammensein je gestört hatte, war schließlich nur er selbst gewesen. Oder war da vielleicht doch etwas, von dem ich nichts wusste oder von dem ich nicht einmal etwas ahnte? Entsetzt klammerte ich meine Finger um das Treppengeländer und betete, dass Eric nicht auf Daniel hören würde. Dass er sich nicht beirren lassen würde. Ich hatte solche Angst.

Ich schloss fest meine Augen, während der schwindelerregende Wirbel aus Panik durch meinen Kopf wütete. Es war alles andere als gut, was hier gerade passierte. Es war sogar richtig schlecht. Schlecht für mein angeknackstes Seelenheil, schlecht für die anstrengende Zeit, die kurz vor der Türe stand und richtig schlecht für den Teil in mir, der gerade erwachsen und selbstbewusst werden wollte. Es war entsetzlich, hier zu sitzen, mitzuhören und sich bewusst zu werden, dass hier vielleicht das Ende von etwas eingeläutet werden würde, was doch eben erst begonnen hatte. Ich konnte den Gedanken, dass es tatsächlich so passieren würde, nicht zu Ende denken. Ich wehrte mich mit aller Macht gegen die düstere Ahnung, die langsam in mir Gestalt annahm und konnte trotzdem nicht verhindern, dass sie von mir Besitz ergriff.

Ich war so sehr mit dem Kampf gegen die negativen Gefühle beschäftigt, dass ich nur am Rande bemerkte, dass Eric Daniels Aufforderung zu gehen, nachkommen wollte. In meinen Gedankenwirbel mischte sich Daniels wütende Stimme, Alecs besorgte Wortfetzen und dann, nachdem es zum letzten Mal an diesem Tag still geworden war, das Knarren unserer Eingangstüre. Das Geräusch riss mich zurück in die Realität und ließ mich alarmiert aufblicken. Eric war im Begriff zu gehen, ohne dass ich ihn gesehen hatte und ohne dass ich die Chance gehabt hatte, mit ihm über das eben Geschehene zu sprechen. Und das konnte ich nicht zulassen. Ich wirbelte schwankend hoch, polterte unsicher über die Stufen nach unten und krächzte dabei heiser Erics Namen.

»Warte, bitte!«

Ruckartig drehten sich drei Köpfe zu mir um und drei Augenpaare starrten mich gleichermaßen entsetzt an.

»'Lijah!«

Erics Stimme war so leise, dass ich sie mehr erahnen als hören konnte. Er machte einen Schritt auf mich zu, den rechten Mundwinkel ganz leicht nach oben gebogen. Doch ein richtiges Lächeln wurde es nicht, denn bevor er mich erreichen konnte, wurde er von meinem immer noch wütenden Bruder unsanft aufgehalten.

»Lass ihn.«

Eric riss seinen Blick von mir los und drehte den Kopf dann langsam in Daniels Richtung.

»Darf ich noch Hallo sagen? Nur eine Minute?«

Daniel öffnete den Mund für eine Erwiderung und wurde dieses Mal jedoch selbst aufgehalten. Alec fiel ihm in die Arme, schüttelte vehement den Kopf und zuckte dann eindeutig mit demselben in eine andere Richtung, weg von uns. Er zögerte sichtlich, straffte sich mühsam beherrscht und sah von mir zu Eric. Dann ging er zögernd, nach sanfter Gewaltanwendung von Alec, weg. Nicht ohne vorher noch ein drohendes "Eine Minute" in den Raum zu werfen.

Als die beiden außer Sichtweite waren, zog mich Eric sofort in seine Arme und drückte sein Gesicht in meine Haare. Ich klammerte mich an ihn und wünschte uns augenblicklich weit, weit weg.

»Hörst du schon lange zu?«

Ich schluckte umständlich, nickte und entgegnete: »Lange genug!«

Ich hörte ihn fluchen, merkte, wie er sich anspannte und dann heftig ausatmete.

»Es tut mir so leid. Es war keine gute Idee herzukommen.«

Ich gab ihm innerlich Recht, obwohl seine Gegenwart, die meinem Bruder so sehr missfiel, mir so guttat.

»Was machst du überhaupt hier?«

Ich wartete eine Weile auf seine Antwort.

»Ich wollte mit Dany reden. Und euch Glück wünschen für den Prozess.«

Er pausierte kurz und machte dann weiter: »Wie gesagt, keine gute Idee.«

Ich löste mich aus seinen Armen und schaute zu ihm hoch. Sein Erscheinen war nicht nur "keine gute Idee" gewesen. Es hatte damit sogar eine Katastrophe ausgelöst.

Ich nickte bestätigend, musterte dann sein unglückliches Gesicht und wusste, dass ich ihm die Frage stellen musste, bevor ich verrückt werden würde oder bevor mich der Mut wieder verließ.

»Und? Wirst du es tun?«

Ich wusste, dass er sofort begriffen hatte, was ich meinte, denn ein Schatten legte sich über sein Gesicht. Ich fürchtete mich vor seiner Antwort, doch er wich mir zunächst aus. Zärtlich streichelte er mir über die Wange und fragte dann mit einem seltsamen Unterton zurück: »Was tun?«

Ich lachte bitter auf. Eric war eben Eric. Selbst in dieser Situation wollte er, dass ich direkt und ohne Umschweife zum

Thema kam. Und vielleicht hatte er ja auch Recht. Nur auf eine direkte Frage, konnte man eine ehrliche Antwort bekommen. Ich schluckte also den Frust und die Angst vor seiner vermeintlichen Antwort hinunter und setzte erneut an.

»Wirst du tun, was Daniel dir gesagt hat? Wirst du mit mir Schluss machen?«

Ich wusste nicht, was mich so stark machte, was meine Tränen, die den Rand beinahe schon erreicht hatten, zurückhielt. Erics Augen flackerten deutlich unter meinen Worten. Zum ersten Mal, seit ich ihn kannte, spürte ich eine alles übertünchende Unsicherheit in ihm, eine Aussichtslosigkeit, mit der er selbst nie gerechnet hätte. Wir sahen uns einige Sekunden an und beinahe hatte ich mich schon damit abgefunden, dass er meine Frage mit einem "Es tut mir so leid, aber ja" beantworten würde. Doch es kam anders. Erics Unterlippe zitterte kaum merklich, was ich mit schmerzhafter Ungläubigkeit bemerkte. Ich starrte ihn an, starrte in seine plötzlich wässrig gewordenen Augen und wollte nicht begreifen, was ich da sah. Urplötzlich riss er mich erneut in seine Arme und drückte mich fest an sich. Seine Stimme war voller unterdrückter Emotionen, als er mir antwortete: »Ich mache nicht Schluss mit dir.«

Er küsste mich auf die Stirn und fuhr mir langsam durch meine Haare.

»Ich muss jetzt gehen.«

Kapitel 31

Daniel und ich fielen nach Erics Gehen, sofort wieder in unsere höflich-beherrschte Distanziertheit zurück. Ich war jetzt noch wütender auf ihn, als ich es vor seinem Gespräch mit Eric gewesen war. Es brodelte regelrecht in mir und hätte die Gerichtsverhandlung nicht immer noch im Raum gestanden, hätte ich ihm ganz sicher meine Meinung gesagt. Doch meine Vernunft hielt mich davon ab, die Angelegenheit anzusprechen. Außerdem hatte ich auch überhaupt keine Lust mehr auf weitere Konflikte. Unseren akuten Streit ließen wir einfach unter den Tisch fallen. Wir kehrten alles unter den Teppich, wo es hübsch versteckt darauf wartete, dass unser größeres Problem, der Prozess, abgehakt war, um dann mit voller Wucht wieder zu uns zurückzukehren. Alec versuchte alles um uns richtig miteinander zu versöhnen, doch ohne Erfolg. Er sah schließlich ein, dass es keinen Zweck hatte, jetzt etwas ändern zu wollen und gab, zumindest vorübergehend, auf. Er tat mir leid, da er komplett zwischen zwei Stühlen stand. Das Zusammenleben mit mir und meinem Bruder war ganz sicher nicht leicht und das nicht nur für ihn.

Schwer war es vor allem auch für mich selbst. Ich fühlte mich sehr einsam. Dort, wo mir die Gesellschaft meines Bruders und Alec gefehlt hatte, hatte Eric diese Lücke gefüllt. Und das mehr als ausreichend. Doch seit dem Abend nach dem Streit hatten wir uns nicht mehr gesehen. Eric wollte die Situation nicht noch weiter verschärfen, hielt sich daher fern und meinte, dass wir uns nach der Verhandlung wiedersehen würden. Und dass wir dann versuchen würden eine Klärung herbei zu führen. Ich sah ein, dass er recht hatte. Weiteren Streit hätten wir momentan wirklich nicht gebrauchen können. Doch unsere Kommunikation beschränkte sich seither auf ein paar sehr kurze Telefonate und wenige, etwas einsilbige SMSen, was mir üble Bauchschmerzen verursachte. Eins hatte Daniel ganz sicher erreicht. Unsere Beziehung hatte sich, durch Daniels Worte, die sich wie ein Keil zwischen uns getrieben hatten, ein wenig abgekühlt. Das gefiel mir ganz und gar nicht, doch dieses Mal konnte ich mir nicht erlauben, dass mich die Panik übernahm.

Ich hatte mit einem Mal ein sehr seltsames Gefühl in der Magengrube, doch ich schob es auf die Angst vor der

Gerichtsverhandlung. Alles andere, was nicht akut damit zu tun hatte, packte ich notgedrungen auf die Seite und kapselte es ein. Meine nervös kribbelnden Fingerspitzen, die sich immer dann meldeten, wenn ich an Eric dachte, ignorierte ich und versuchte, nicht mehr daran zu denken. Ich schlief sehr schlecht in diesen Tagen und ein paar mal waren auch die Albträume zurückgekehrt. Nicht so schlimm, wie es bereits gewesen war, doch es reichte völlig aus, um mich komplett aus der Bahn zu werfen. Dass ich mit niemandem darüber reden konnte, war der Sache nicht besonders dienlich. Ich versuchte natürlich, mich einigermaßen zu beruhigen und mich unter Kontrolle zu bringen, doch in der letzten Nacht vor dem Termin machte ich kein Auge zu.

Ich hatte einfach Angst. Angst vor dem Prozess selbst, Angst davor meinem Vater in die Augen sehen zu müssen, Angst, dass die Albträume wieder kämen, Angst, dass Daniel mich und Eric .... Ich wollte den Gedanken nicht zu Ende denken. Es graute mir so sehr vor all dem. Und ich hasste es, dass ich gezwungen war, so etwas durchzumachen. Ich wälzte mich in meinem Bett hin und her und fand keine Ruhe. Ich versuchte mich mit allem Möglichen abzulenken, schaltete den Fernseher ein und wieder aus, legte leise Musik auf, doch nichts half. Die Angst hatte mich fest in ihrer eiskalten Hand und ließ mich nicht mehr los. Ich fror entsetzlich, fühlte mich schrecklich alleine gelassen und stand wieder einmal kurz davor, in Tränen auszubrechen. Ich wusste, wer mir helfen konnte, doch nach einem Blick auf meinen Wecker war klar, dass es bereits viel zu spät war, um Eric noch anzurufen. Ich brannte vor Sehnsucht nach ihm, rollte mich ein weiteres Mal auf die andere Seite und nahm das Bild, dass uns beide zeigte, in die Hand.

Ich war so sehr verliebt in ihn. Nein, vielmehr liebte ich ihn so sehr, dass es weh tat. Es fühlte sich nicht richtig an, von ihm getrennt zu sein und wenn es auch nur für ein paar Tage war. Ich biss mir auf die Unterlippe, als ich in sein lächelndes Gesicht auf dem Foto schaute und legte den Kopf nachdenklich zur Seite. Plötzlich war es mir egal, wie spät es war oder ob ich ihn wecken würde. Ich musste mit Eric sprechen, musste seine Stimme hören und wenn es nur ganz kurz wäre. Ich schnappte mir also mein Handy, dass auf dem Tischchen neben meinem Bett lag und wählte kurzentschlossen seine Nummer. Es klingelte sehr lange und kurz bevor ich Anstalten machte wieder aufzulegen, ging er doch noch ran.

»Hallo?«

Seine Stimme klang heiser und deutlich verschlafen. Ich hatte ihn also tatsächlich geweckt.

»Ich bin's.«

»'Lijah, was ist los? Wie spät ist es?«

Ich nahm die Orientierungslosigkeit, die einen so kurz nach dem Aufwachen in der Hand hatte, deutlich an ihm war.

»Es ist kurz nach drei«, erwiderte ich leise und lehnte mich nach hinten. Der Klang seiner Stimme tat mir so gut.

»So spät. Ist was passiert?«

Ich schüttelte den Kopf und bemerkte noch im gleichen Moment, dass er mich ja nicht sehen konnte.

»Nein. Ich wollte nur deine Stimme hören.«

Regelmäßiger Atem drang durch den Hörer an mein Ohr.

»Kannst du nicht schlafen? Wegen morgen?«

Ich war so dankbar für die Zärtlichkeit, die aus seiner Stimme heraus sickerte.

»Nicht nur deshalb. Du fehlst mir.«

Ich hörte ihn leise auflachen.

»Du fehlst mir auch.«

Ich lächelte und fragte weiter: »Sehen wir uns morgen Abend, bitte? Ich halt's nicht mehr aus ohne dich.«

Ich wartete eine ganze Weile, bevor eine Antwort kam.

»Okay.«

Es klang nicht wirklich überzeugt. Ich schluckte verwirrt.

»Passt dir das nicht?«

Dieses Mal kam seine Antwort schneller, beinahe zu schnell.

»Doch, ist in Ordnung. Morgen ist perfekt.«

Ich stutze nach seinen Worten.

»Wieso perfekt?«

Ich nahm das Telefon vom Ohr und wechselte auf die andere Seite.

»Einfach nur so. Komm vorbei!«

Eric klang ausweichend.

»Okay«, antwortete ich irritiert, wartete einen Moment und fügte dann, nachdem ich vergeblich auf eine Reaktion von ihm gewartet hatte, ein »Dann gute Nacht« hinzu.

»Gute Nacht. Schlaf bitte, okay?«

Ich seufzte leise auf.

»Ich versuch's. Versprechen kann ich aber nichts.«

Wieder hörte ich ein kurzes Lachen.

»Bye, 'Lijah.«

Ich schloss die Augen und atmete tief durch. Ich wollte mich nicht verabschieden und schon gar nicht wollte ich dieses Gespräch beenden. Ich wusste genau, dass anschließend sofort wieder die Einsamkeit bei mir anklopfen würde.

»Bye«, sagte ich dennoch, da ich keine überzeugenden Argumente parat hatte, um unser Telefonat weiter in die Länge zu ziehen.

»'Lijah?«

Ich war froh, dass ich Eric noch am anderen Ende hatte.

»Was ist?«, flüsterte ich zurück und ließ seine Stimme ein letztes Mal für heute Nacht auf mich wirken.

»Ich liebe dich. Egal, was passiert.«

Dann legte er auf.

Ich war kolossal verwirrt. Das sanfte Tuten aus dem Telefon sagte mir, dass er aufgelegt hatte und es sagte mir auch, dass ich meinen Arm herunternehmen konnte. Doch ich brauchte eine ganze Weile, um mich überhaupt zu bewegen. Dieses Gespräch war merkwürdig gewesen und hinterließ ein komisches Echo in meinem Kopf. Eric war so anders gewesen als sonst und ich konnte mir nicht so recht erklären, was es wohl gewesen war. Ich überlegte eine Weile und dachte über das nach, was er mir gesagt hatte und vor allem, wie er es gesagt hatte. Ich wurde einfach nicht schlau daraus. Die beruhigende Wirkung, auf die ich gehofft hatte, war nicht eingetreten. Ganz im Gegenteil. Ich saß nun erst recht hier auf meinem zerwühlten Bett und zermarterte mir den Kopf. Vielleicht, so hoffte ich, bildete ich mir das Merkwürdige daran einfach nur ein. Eric war müde gewesen, schließlich hatte ich ihn mitten in der Nacht geweckt. So musste es einfach gewesen sein. Oder es war ganz einfach meine Angst, die mich alles ein wenig anders und verdreht sehen ließ.

Ich redete mir diese Erklärungen, mangels anderer Alternativen ein, doch ich konnte nicht verhindern, dass sich gleichzeitig ein nie gekanntes Misstrauen, wie ein eisiger Stachel in meinen Magen bohrte. Ich atmete tief durch und öffnete wieder die Augen. Ich war völlig durch den Wind, übermüdet, voller Panik und bildete mir Dinge ein, die höchstwahrscheinlich nichts mit der Realität zu tun hatten. Das schlaflose Warten auf den Morgen, auf die Dinge, die auf mich zukommen würden, strengte mich wahnsinnig an. In der Gewissheit, dass ich ohnehin keinen Schlaf mehr finden würde, schwang ich meine Beine über den Bettrand und stand auf. Es hatte sowieso keinen Zweck hier so unproduktiv herumzuliegen. Erholung würde ich ohnehin keine finden. Ich tigerte in meinem Zimmer auf und ab, dachte abwechselnd an Eric und an den Prozess und wurde immer nervöser. Meine Gliedmaßen prickelten vor Aufregung und ein flaues Gefühl breitete sich in mir aus.

Mein Mund war staubtrocken, doch ich brauchte ein paar Minuten, um zu begreifen, dass ich durstig war. Froh darüber, etwas gefunden zu haben, was mich zumindest für einen Moment beschäftigen würde, verließ ich mein Zimmer und machte mich auf den Weg in die Küche. Die nachtschlafende Stille in der Wohnung machte mich noch nervöser und ich fühlte mich, als würde ich etwas Verbotenes tun. So beeilte ich mich ein wenig, um dann schnellstmöglich den Rückweg in mein einsames Zimmer antreten zu können. Zu meinem Erstaunen brannte in der Küche jedoch bereits das Licht. Erstaunt machte ich auf der Türschwelle Halt, als ich Daniel sah, der vor einem leeren Wasserglas saß. Er sah mindestens genau so bleich, übernächtigt und panisch aus, wie ich mich fühlte. Und bei seinem geknickten Anblick vergaß ich für einen Moment, dass ich eigentlich so wütend auf ihn war.

Daniel hob langsam den Kopf, als ich leise die Küche betrat und nickte mir zu. Ich nickte zurück und quittierte seinen Gruß zusätzlich noch mit einem leisen »Hey«.

Er deutete mit der Hand in einer eindeutigen Aufforderung auf den Stuhl, der ihm gegenüber stand. Ich zögerte kaum merklich, als mir unser Streit und der Grund für denselben durch den Kopf schoss, doch ich setzte mich trotzdem. Irgendwie konnte ich meinem Bruder jetzt gerade nicht böse sein. Wenn er sich nur halb so schlecht fühlte, wie ich es tat, musste uns das auf eine groteske Weiße noch mehr aneinander schweißen. Das unsichtbare Band, dass uns immer verbunden hatte, war schließlich immer noch da. Auch wenn wir es zeitweise offenbar vergessen hatten. Ich schaute in Daniels unglückliches Gesicht und mein Herz flog ihm zu. Ihm schien es genau so zu gehen, denn er streckte mir seine Hand entgegen, die ich, nach kurzem neuerlichen Zögern doch ergriff.

Er drückte sie, während die wohlbekannte Wärme, die meines Bruders Schutz immer bei mir ausgelöst hatte, plötzlich wieder durch meine Adern floss. Wir hatten unsere Schwierigkeiten, das war klar. Und eigentlich war es für Geschwister beinahe schon normal, dass sie sich von Zeit zu Zeit stritten. Dies musste auch nicht zwangsläufig bedeuten, dass wir uns nicht mehr liebten. Das Wichtige an der Sache war einfach, dass wir wieder zueinanderfinden würden. Und das wünschte ich mir, hier in der schrecklich langen Nacht vor dem Prozess am allermeisten. Ich seufzte leise auf und spürte, wie der letzte Rest von dem Ärger, den ich in mir getragen hatte, von mir abfiel. Ich wollte mich jetzt nicht mehr streiten. Ich brauchte Trost, Zuspruch und Zuversicht. Ich brauchte Daniels Schulter, die mir Halt gab. Halbherzig lächelte ich ihn an und drückte seine Hand zurück.

Daniel räusperte sich ausgiebig und sagte: »Es tut mir leid, 'Lijah.«

Er pausierte für einen Moment, während ich ihn fassungslos anstarrte.

»Es tut mir alles so schrecklich leid. Ich wollte nicht, dass das passiert. Ich wollte mich nie mit dir streiten. Bitte verzeih mir meinen Dickschädel.«

Ich wusste nicht mehr, was dann passiert war. Doch kurz nachdem Daniel seinen Satz ausgesprochen hatte, war ich aufgesprungen, hatte den Tisch umrundet und befand mich nur Sekunden später in seinen Armen. Natürlich weinte ich, mal wieder. Doch dieser Gefühlsausbruch tat mir unendlich gut. Die ganze Anspannung, die Einsamkeit, die ich verspürt hatte, brach aus mir heraus und ließ mich endlich leichter fühlen. Es tat so gut, Daniel wieder nahe sein zu können. Wir standen lange Zeit einfach nur da, versuchten beide unsere Gefühle in den Griff zu bekommen und uns zu beruhigen. Mein Bruder war sicher nicht weniger emotional, als ich es war.

Irgendwann lösten wir uns voneinander und lächelten uns ein wenig verlegen an. Daniel streckte mir erneut seine Hand entgegen, die ich wiederum ergriff. Wir schüttelten uns die Hände und er meinte: »Lass uns Frieden schließen, ja? Wir brauchen uns morgen. Und über alles Andere sprechen wir, wenn es vorbei ist, okay?«

Sofort hatte ich begriffen, was Daniel mit "alles Andere" gemeint hatte. Das Thema Eric war also noch nicht vom Tisch, doch ich hätte mich auch gewundert, wenn ein solch schneller Sinneswandel stattgefunden hätte. Ich wollte unseren neu erkämpften Frieden nicht riskieren. Deshalb nickte ich mein

Einverständnis und ergänzte meine Entscheidung mit einem »Okay, Frieden.«

Es war schwer zu sagen, wer von uns beiden erleichterter war. Selbstverständlich war jetzt noch nicht alles in Butter, doch wir hatten immerhin einen großen Schritt in die richtige Richtung getan.

Wir sprachen nicht mehr viel miteinander. Weitere Worte wären jetzt überflüssig gewesen und über den Prozess zu reden, hätten wir beide nicht übers Herz gebracht. So saßen wir uns schweigend gegenüber, wechselten ab und zu einen Blick oder ein paar Belanglosigkeiten und trennten uns schließlich im stillen Einverständnis, als es hell wurde. Ich fühlte mich seltsam leicht und zuversichtlich, als ich unter die Dusche stieg. Ich fühlte sehr wohl noch die Müdigkeit und die Angst in mir. Doch jetzt, da ich und Daniel uns wieder näher gekommen waren, hatte ich diese negativen Gefühle besser im Griff. Die Maschen meines persönlichen Sicherheitsnetzes hatten sich wieder enger zusammengezogen und die Sicherheit, die ich dadurch endlich wieder verspürte, machte einen völlig anderen Menschen aus mir. Ganz plötzlich hatte ich das sichere Gefühl, dass alles gut werden würde, dass mein Leben ins Lot und ins rechte Licht gerückt werden würde. Und als ich mir von Daniel die Krawatte binden ließ, war fast alles wieder so wie früher. Einzig und allein Alec war mit dieser Situation hoffnungslos überfordert. Das Wechselbad der Gefühle hatte ihn enorm gestresst. Und unsere plötzlich wieder eingetretene Eintracht verwirrte ihn. Auch wenn es ihn, wie uns selbst auch, erleichterte.

Die Fahrt zum Gerichtsgebäude war eine der schlimmsten Wegstrecken, die ich je hinter mich gebracht hatte. Ich zitterte wie ein Wahnsinniger, hörte meine Zähne aufeinander klappern und schaffte es nicht einmal, Eric eine anständige SMS zu schreiben. Mir war kotzübel und zum wohl hundertsten Male war ich den Tränen schrecklich nahe. Ich wusste, dass es bald vorüber sein würde, dass ich durch diese bitteren Wasser gehen musste, um dieses Kapitel endlich und ein für alle Mal abzuschließen. Und mir war absolut klar, dass ich das einzig Richtige und Vernünftige tat, doch es war schwer, so unendlich schwer. Ich wusste, dass es Daniel nicht anders gehen musste. Für einen kurzen Augenblick war alles wieder da. Die Schläge, die Demütigung, die harten Worte meines Vaters, die Intoleranz. Der Gedanke daran, dass mein Bruder das Gleiche durchgemacht hatte und dass es noch viel schlimmer hätte kommen können. Und dass ich zu meinem großen und unendlich langem Glück gerettet worden war. Gerettet von meinem Bruder, von Alec und nicht zuletzt durch Eric, meine erste große Liebe.

Der Gedanke an Eric begleitete mich zu unserem Anwalt, war bei mir, als wir geschlossen den Gerichtssaal betraten. Ich hatte sein Gesicht vor Augen, als mein Vater den Raum betrat, ich hörte seine Stimme in meinen Ohren, als ich meine Aussage machte. Seine wundervollen, dunklen Augen sahen mich an, als ich den ganzen, langwierigen Prozess über mich ergehen ließ. Eric war überall. In meinen Gedanken, meinen Erinnerungen, unter meiner Haut. Und schlussendlich war er es, der mir die Kraft und den Willen gab, diesen Tag und die ganzen Erfahrungen zu schultern. Ich sah sein Lächeln vor meinem inneren Auge und hörte deutlich sein Lachen, als endlich das Urteil gesprochen wurde. Wir hatten gewonnen, hatten unser Recht bekommen und mein Vater das, was er verdient hatte.

Dass seine Strafe in den Augen unseres Anwalts nicht angemessen und viel zu milde war, beeindruckte mich nicht wirklich. Ich war einfach froh, dass dieser so düstere Teil meines Lebens endlich abgeschlossen war und ich mich jetzt, da ich mich endlich wirklich frei fühlen konnte, auf die wichtigsten Dinge konzentrieren konnte. Der lästige Schatten, der mich ständig begleitet hatte, war nun weg und allein diese Tatsache versetzte mich in Hochstimmung. Ich fiel abwechselnd Daniel und Alec um den Hals, bedankte mich überschwänglich bei unserem Anwalt und hätte tanzen und singen können, so unendlich erleichtert fühlte ich mich. Nichts hätte meine Stimmung jetzt trüben können, nicht einmal die halbherzig gezischte Androhung meines Vaters nach Rache, konnte diese trüben. Ich schwebte auf Wolke sieben und war mir sicher, dass ich niemals mehr würde glücklicher sein können, als heute.

Zur Feier des Tages gingen wir in ein schickes Restaurant, wo ich entgegen meiner Gewohnheiten, den mir angebotenen Alkohol hinunterstürzte, bis sich zu meinem Glück noch ein wohlig-betrunkenes Hochgefühl einstellte. Wir feierten ausgelassen den positiven Ausgang des Prozesses und waren so gut gelaunt, wie schon lange nicht mehr. Sehr deutlich konnte man spüren, dass die Angelegenheit deutlicher auf uns gelastet hatte, als es uns bewusst gewesen war. Ich fühlte mich leicht, unangreifbar und imstande Berge zu versetzten. Zu meiner Hochstimmung gesellte sich im weiteren Verlauf des Nachmittags und des frühen Abends noch ein weiteres Gefühl. Sehnsucht und Ungeduld packten mich und sehr bald hatte ich nur noch einen Gedanken in meinem betrunkenen Kopf. Ich wollte zu Eric. Ich wollte ihm berichten, was passiert war, ihn endlich wieder in die Arme schließen und die Siegesfeier mit ihm auf eine ganz andere Art fortsetzen.

Ich sah es ganz kurz im Gesicht meines Bruders wetterleuchten, als ich meine Absicht verkündigte, gehen zu wollen. Doch er hielt mich nicht auf, nahm mir aber das Versprechen ab, bald wieder zu Hause zu sein. Ich versprach es hoch und heilig und gab ihm innerlich Recht. Wir als Familie gehörten in diesen Stunden einfach zusammen. Und vor allem jetzt, nachdem wir uns versöhnt hatten, war es umso wichtiger, unsere Beziehung neu zu ordnen. Doch Eric zu sehen, ihn zu küssen, ihn zu spüren, wog in diesem Moment schwerer als alles andere. Ich verabschiedete mich also, taumelte leicht schwankend nach draußen und rief mir ein Taxi, welches mich zu meinem Freund bringen sollte. Ich schrieb während der Fahrt eine weitere SMS und kündigte mein Erscheinen an. Kurz wunderte ich mich darüber, dass ich keine Antwort bekam, doch ich schob diesen Umstand schlicht und einfach auf meinen angesäuselten Zustand. Ganz sicher hatte ich irgendetwas beim Versenden falsch gemacht.

Ich kicherte über das genervt aussehende Gesicht des Taxifahrers, als ich ihn bezahlte. Ich war sicher nicht der erste Betrunkene, den er kutschierte. Aber sich daran zu gewöhnen war bestimmt nicht leicht. Ich stolperte unbeholfen aus dem Taxi auf den Bordstein und sah, wie ich es immer tat, an der Hauswand nach oben zu Erics erleuchteten Fenstern. Das Bild vor meinen Augen schwankte ein wenig und meine Beine fühlten sich mehr als wackelig an. Mein Zustand ging eindeutig über einen Schwips hinaus. Das würde einen schönen Kater am nächsten Morgen geben. Unsicher, aber mit viel zu viel Kraft drückte ich die Eingangstüre auf und schrak ordentlich zusammen, als sie laut gegen die Wand krachte.

»Ups«, nuschelte ich vor mich hin, zuckte dann aber mit den Schultern. Zweifelnd besah ich mir den Aufzug und beschloss dann, doch lieber die Treppe zu nehmen. Ein kleines bisschen Übelkeit hatte sich bereits in meinem Magen ausgebreitet und ich war mir sicher, dass das Ruckeln des Fahrstuhl nicht gut für mich gewesen wäre.

Ich erklomm also umständlich, mit einem unangenehmen Schwindelgefühl im Kopf die Treppe, zog mich dabei am Geländer hoch und fragte mich, ob die Treppe schon immer so lang und steil gewesen war und ob ich je wieder richtig nüchtern werden würde. Ich ächzte vor mich hin, ärgerte mich über die Anstrengung, war mir dabei aber völlig bewusst, dass sich der Aufwand lohnen würde. Gleich würde ich Eric im Arm halten und ihm, in meinem betrunkenen Zustand die Kleider vom Leib reißen. Wieder kicherte ich lüstern, als ich mir die Szene ausmalte und mein Blut kochte hoch. Gleich würde es soweit sein, gleich würde ich ihn unter meinen Fingern spüren. Ich stieg die letzten Stufen hinauf und bog leicht schwankend um die Ecke. Dann wurde ich schlagartig nüchtern.

Finger, fremde Finger, die nicht dorthin gehören zu schienen, krallten sich in die dunklen Locken in Erics Nacken. Fremde Hände berührten ihn, berührten ihn in eindeutiger Manier an Stellen, an denen sie nichts zu suchen hatten. Fremde Lippen küssten Erics Mund, forderten mehr, bettelten um Einlass. Und ihr Wunsch wurde erfüllt, während mich ein Schmerz, so scharf, heiß und schneidend wie ein Blitz in der Mitte auseinanderriss, mir den Atem raubte, so dass mir die Sinne schwanden. Ich konnte mich nicht bewegen, nicht wegschauen. Ich musste es sehen, es ertragen, dass der Mann, dem ich mein Herz und alles was dazu gehörte, geschenkt hatte, der mir gehörte, in den Armen eines Anderen versank. Heiß glühende Tränen stiegen in mir hoch, doch bevor sie über den Rand schwappen konnten, fing mich plötzlich der Blick aus diesen unglaublich dunklen Augen ein. Ich vergaß zu atmen, vergaß, dass ich eben noch weinen wollte, und wusste dabei, dass es nicht mehr lange dauern würde, bis genau das passieren würde. Eric löste sich unerträglich langsam vom Mund des Anderen und sah mich dabei unergründlich an. Seine flüsternde Stimme schnitt eine noch tiefere Wunde in mich, während ich taumelnd ins Bodenlose fiel.

»Es tut mir so leid.«

Kapitel 32

Meine Welt löste sich auf in puren Schmerz, in alles verschlingenden, abgrundtiefen, dunkelsten Schmerz. Ich sah Eric ins Gesicht und wollte nichts anderes, als dieses falsche, verlogene Bedauern aus seinem Gesicht wischen, die gespielte Traurigkeit aus ihm heraus prügeln. Ich wollte auf ihn zu gehen, ihn packen, anschreien und schütteln, bis seine Zähne klappernd aufeinander schlagen würden. Das drängende, peinigende "Warum" wollte aus mir heraus und gleichzeitig wollte ich die Antwort nicht hören. Ich kannte sie ja bereits. Ich wusste, was sich hier in diesem Augenblick vor meinen Augen abspielte. Ich wusste ganz genau, weshalb ich diesen Schmerz fühlte und warum ich diesen Anblick zu ertragen hatte.

Meine Reaktion drauf war geradezu paradox. Ganz tief in mir wütete der Schmerz, der drohte mich auseinanderzubrechen, der mich für eine lange, sehr lange Zeit quälen und nicht mehr loslassen würde. Ich war bereits gefangen in diesem Labyrinth der Traurigkeit, doch noch konnte ich mich der Trauer nicht hingeben. Eric hatte sein Versprechen nicht gebrochen. Er hatte mir immer und immer wieder versichert, dass er niemals mit mir Schluss machen würde, dass unsere Beziehung von Dauer wäre und er mich lieben würde. Ich lachte bitter auf und schluckte das trockene Schluchzen in meiner Kehle hinunter. Diese Genugtuung wollte ich ihm nicht verschaffen. Ich wollte ihm nicht zeigen, was er mit seiner feigen, gestellten Aktion in mir anrichtete. Er war seiner Aussage treu geblieben, das stand fest. Er machte nicht Schluss mit mir. Doch dass er den Spieß herumdrehen und mir den schwarzen Peter zuschieben würde, das hätte ich niemals gedacht.

Er hatte ganz genau gewusst, dass ich nun keine andere Wahl hatte, als von mir aus die Sache zu beenden. Es war ihm klar gewesen, dass ich darüber nicht würde hinwegsehen können. Und mir war klar, dass er das alles nur machte, weil er dem Druck, den Daniel über mir und ihm erzeugt hatte, nicht mehr standhalten konnte. Die scheinbar edle Absicht dahinter, die Hoffnung, dass ich nicht hinter das abgekartete Spiel schauen würde, war dass schlimmste an der ganzen Sache. Es ekelte mich einfach an. Es ekelte mich an, dass Eric tatsächlich glaubte, mir damit einen Gefallen zu tun. Dass er meinte, mir die

Angelegenheit leichter zu machen. Doch es gab eigentlich nichts, das mir leichter gemacht hätte werden müssen. Ein letztes Mal lachte ich auf, bevor die Heiterkeit ihre Koffer packen und für sehr lange Zeit einfach verschwinden würde. Eric hatte offensichtlich nicht gewusst, dass ich meine Wahl schon vor sehr langer Zeit getroffen hatte, dass diese unumstößlich gewesen war und dass nichts und niemand mich je davon hätte abbringen können. Niemand, außer vielleicht er selbst.

Der Kuss, die Umarmung, die Berührungen, die sich vor meinen Augen abspielten, waren gestellt, inszeniert. Sie waren nicht echt und würden keinen Bestand haben, auch wenn sie die gewünschte Reaktion meinerseits auslösen würden. Und doch verletzte mich diese Intimität aufs Schwerste. Ich wollte nicht, dass irgendein dahergelaufenes Miststück Eric anfasste. Und ich wollte nicht, dass Eric jemand anderen so berührte, wie es lediglich mir zustand. Mir, seinem Freund, Elijah, der kleine Junge, der hatte gerettet werden müssen. Dem dummen Unschuldslamm, dem man die Welt, mit allem was in ihr war, hatte erklären müssen. Ich fiel in mich zusammen, als mir meine Naivität so hart auf dem Silbertablett dargeboten wurde. Was hatte ich mir nur gedacht? Hatte ich wirklich geglaubt, dass ich mit Eric glücklich werden würde? Glücklich bis ans Ende unserer Tage?

Plötzlich wurde ich sehr wütend. Wütend auf mich selbst, auf Daniel, der einen großen Teil der Schuld an dieser Situation hatte. Ich wurde wütend auf Eric, der so schnell nachgegeben hatte und wütend auf den Drecksack, der noch immer die Hände auf den Hüften meines Freundes, meines Ex-Freundes hatte. Ich ballte meine Hände so fest zu Fäusten, dass es schmerzte. Langsam machte ich einen Schritt vorwärts, musterte Erics mitgenommenes Gesicht und hielt wieder inne. Ich hatte keine Ahnung, was ich tun sollte. Vernünftig wäre gewesen, einfach kehrtzumachen, Eric und seinen schauspielernden Freund einfach stehen zu lassen und sofort damit anzufangen, die Sache zu vergessen. Doch ich konnte es nicht. Ich konnte mich von Erics Anblick, von seinen dunklen Augen einfach nicht lösen. Ich wusste, dass es das letzte Mal sein würde, dass ich sie sehen würde. Ich würde das letzte Mal in sein Gesicht sehen und die Konturen von seinen schön geschwungenen Lippen mit meinen in Tränen schwimmenden Augen nachfahren.

Erst jetzt wurde mir bewusst, dass ich längst weinte, dass meine Wangen tränennass waren. Ich wollte diesen Abschied nicht, wollte nicht, dass es vorbei war und dass es hier so profan endete. Doch die Realität hatte andere Pläne mit mir. Pläne, die mir nicht gefielen, doch gegen die ich nicht den Hauch einer Chance hatte. Ich rang hicksend nach Luft, als erneut Bewegung in mich kam. Mit nur zwei Schritten stand ich vor den beiden, schob den Typen, der ein empörtes »Hey« von sich gab, grob zur Seite. Kurz freute ich mich unter meinen Tränen darüber, dass er durch meinen Stoß unsanft gegen die Wand neben ihm stieß und hoffte, dass der Aufprall ihm so richtig weh getan hatte. Doch dann baute ich mich vor Eric auf und vergaß augenblicklich alles, was sonst noch so um mich herum passierte. Ich suchte seine Augen, verlor mich ein letztes Mal darin und spürte, wie ich langsam zugrunde ging. Ich sah ihn schlucken, sah, wie sich sein Mund ein paar Mal öffnete und schloss, doch es kam kein Ton über seine Lippen.

Seine Hand hob sich, seine Finger näherten sich meinem Gesicht, in der Absicht mich zu berühren. Ich zuckte entsetzt zurück, wich nach hinten aus und machte mich klein. Abwehrend hob ich selbst meine Hand und bemerkte, wie Eric mitten in der Bewegung erstarrte.

»Fass mich nicht an!«

Meine geflüsterten Worte hörten sich viel zu schwach an, zu unterwürfig. Deshalb sammelte ich mich kurz, holte tief Luft und wiederholte: »Fass mich nicht an, du mieser Scheiß Dreckskerl, du verdammter Feigling!«

Eine Welle von kochend heißen Tränen überrollte mich, riss mich mit sich, als ich ein paar weitere, wacklige Schritte rückwärts tat und noch einmal kurz verharrte. Ich musste hier weg, musste mich von Erics Anblick entfernen, doch es war unendlich schwer für mich den Strich unter das alles zu ziehen und unerträglich mir einzugestehen, dass es das jetzt gewesen war. Unsere Zeit war abgelaufen. Es war aus und vorbei. Der bittere Schluss. The End. Fin.

Es kam mir vor wie in quälender Zeitlupe, als ich mich endlich abwandte, mich zur Treppe umdrehte und gleichzeitig wusste, dass der Zeitpunkt mich zu verabschieden nun gekommen war. Die Tränen schüttelten mich, als ich ein letztes Mal meinen Kopf zu Eric drehte. Ich kniff die Augen zusammen und wusste, bevor ich die Worte aussprach, dass ich log, wie sehr sie nicht der Wahrheit entsprachen.

»Ich hasse dich«, presste ich zischend hervor und sah gleichzeitig, wie meine Worte in Eric einschlugen, wie sie schmerzhaft aufprallten und ihn verletzten, ihm grausam weh taten. Und mit einem kurzen Anflug von Sadismus befriedigte mich sein Schmerz, machte es für einen Sekundenbruchteil leichter für mich. Doch dann realisierte ich, dass ich nicht besser war. Dass ich einen genau so großen Krater in ihm hinterließ, wie er bei mir.

Ich schämte mich dafür. Ich schämte mich, dass ich nicht besser sein konnte, dass ich mich dazu hinreißen ließ genau so schlimm zu handeln. Und schlussendlich war es dieses Gefühl, diese Scham, die mich fliehen ließ. Ich stolperte orientierungslos die Treppe hinunter, hörte, wie Eric mir meinen Namen hinterherrief, doch ich ignorierte es. Ich wollte einfach nur weg, weit weg. Raus aus seinem Einflussgebiet und ihn wie den störenden Stachel aus der heftig blutenden Wunde entfernen. Ich drückte mich durch die Eingangstüre, während mir immer noch die Tränen aus den Augen stürzten und verfehlte den Absatz. Ich spürte, wie ich nach vorne fiel und versuchte in der ersten Schrecksekunde noch mich zu halten, doch es war bereits zu spät. Rasend schnell kam mir der Asphalt entgegen, schlitterten meine Hände über den rauen Boden, bevor ich wie ein nasser Sack aufprallte und dann zunächst regungslos liegenblieb.

Ein »Verdammte Scheiße« brach schreiend aus mir heraus und voller Zorn hieb ich mit meinen brennenden, zur Faust geballten Fingern auf den Boden. Ich hörte eine besorgte Stimme hinter mir und versteifte mich, als ich eine Berührung an meiner Schulter bemerkte. Eric versuchte mir aufzuhelfen, doch ich schüttelte ihn mit einer unwilligen Bewegung einfach ab.

»Lass mich in Ruhe!«

Dann versuchte ich mich mit schmerzverzerrtem Gesicht aufzurappeln, was mir auch halbwegs gelang. Wieder vernahm ich seine Absicht mich anzufassen und es machte mich plötzlich einfach rasend. Irgendetwas machte "Klick" in meinem Kopf und ein Schleier legte sich über meine Augen. Gefährlich langsam richtete ich mich vollends auf, stieß seine Hand weg und fixierte Ihn. Sein geflüstertes »Lass mich dir helfen, bitte« gab mir vollends den Rest.

Ich schnappte zitternd und fassungslos nach Luft. Was, in Drei Teufels Namen, bildete er sich eigentlich ein? Ich hatte in den letzten 10 Minuten meine komplette Welt zusammenbrechen sehen und diese Tatsache war ausschließlich ihm geschuldet. Ich wollte keine Hilfe, kein Mitleid und keinen Trost. Ganz besonders nicht von ihm.

»Fass! Mich! Nicht! An!«

Ich spie Eric meine ganze Abscheu ins Gesicht, meine ganze Wut und die Traurigkeit, die mich fest in ihren Händen hatte. Mit unerträglicher, aufdringlicher Penetranz fasste Eric ein drittes Mal nach mir. Er versuchte meine Hand zu nehmen, mich an sich zu ziehen, doch ich war mit meiner Geduld nun endgültig am Ende.

»Nimm deine Hände von mir! Geh weg, ich will dich nicht mehr sehen!«

Meine Worte schnitten sich wie Messer in meine eigene Seele. Ich hatte es nun endgültig besiegelt, hatte das Verhalten an den Tag gelegt, was sich Eric wohl offensichtlich erhofft hatte. Ich beendete, hier mitten auf der Straße, mit meinen aufgeschürften Händen und den tränennassen Wangen unsere Beziehung. Ich hatte erfüllt, was er sich ausgemalt hatte.

Meine Wut verrauchte so schnell, wie die Erkenntnis über das endgültige Aus in mir Gestalt annahm. Eric war Vergangenheit, nur noch eine Erinnerung in meinem gepeinigten Geist, ein Schatten, der sich über mein Ich legte. Ich taumelte weg von ihm, ignorierte die Traurigkeit, die sich in seinem Gesicht spiegelte und begann zu laufen. Ich wurde schneller und schneller, rannte keuchend die Straße entlang und versuchte so viel Abstand zwischen uns zu bringen, wie es irgend möglich war. Beinahe hoffte ich, dass ich so den ganzen Scheiß hinter mir lassen könnte, dass ich dem Schmerz, dem Verlust einfach davonlaufen könnte. Doch ich merkte bald, dass es ein aussichtsloses Unterfangen zu sein schien. Es tat so weh, so schrecklich weh.

Der bittere Schmerz in mir war nicht mehr wegzudenken. Er verfolgte mich, war ein Teil von mir geworden und würde mich nicht so schnell wieder verlassen. Ich merkte nicht bewusst, dass mich meine Füße wie von selbst nach Hause trugen. Ich ignorierte, dass mir die Menschen auf der Straße erstaunt nachsahen, sowie das Brennen meiner Hände, den Schmerz in meinen ebenfalls aufgeschürften Knien. Alles was ich glasklar wahrnahm, war der Verlust, das riesige Loch, welches Eric in mich gerissen hatte. Ich weinte unaufhörlich, versuchte damit klarzukommen, dass ich nun wieder alleine war, und konnte gleichzeitig nicht das ganze Ausmaß erfassen. Der Kreis hatte sich geschlossen. Ich war wieder am Anfang. Zerrüttet, alleine und orientierungslos.

Die Narben, die tiefen Spuren, die mein Leben hinterlassen hatten, brachen wieder auf und schmerzten höllischer denn je. Fast vergessen hatte ich, wie es sich angefühlt hatte, so einsam, verlassen und gedemütigt zu sein. Und das Salz, welches ich nun von Eric, von Daniel und dem Leben in diese Wunden gestreut bekam, war unendlich grausam, peinigte mich und nahm mir die Luft zum Atmen. Ich erstickte in diesem Sumpf aus Ungerechtigkeiten, ging unter und war machtlos, irgendetwas dagegen zu unternehmen. Ich wurde gezwungen, diese Last zu tragen, mich dem zu stellen, ob ich es denn nun wollte oder nicht. Dies war mein Schicksal, die Straße, die für mich bestimmt worden war.

Keuchend vor Anstrengung erreichte ich unsere Wohnung. Ich quälte mich die Treppen hinauf, versuchte den alles übertönenden Schwindel in mir unter Kontrolle zu bringen. Noch konnte ich es mir nicht leisten endgültig zusammenzubrechen. Nicht, bevor ich noch eine einzige Sache geklärt hatte. Ich fühlte mich völlig erschöpft und niedergeschmettert. Ich zitterte hemmungslos, als ich den Schlüssel ins Schloss steckte und die Tür langsam öffnete. Das helle Licht in unserem Wohnzimmer blendete mich kurz und ich blinzelte vehement dagegen an. Scharf stach es hinter meinen Augen und ich musste mich schwer zusammenreißen, um der Übelkeit, die diesen ekelhaften Kopfschmerzen folgte, keinen Nährboden zu geben. Ich keuchte gurgelnd auf und presste eine Hand auf meinen Magen. Dann bemerkte ich, dass mich Daniel und Alec gleichermaßen verwirrt und entsetzt ansahen. Ich musste einfach furchtbar aussehen.

Dass ich hauptsächlich Daniel fürchterlich erschreckte, war mir mehr als recht. Er sollte einen gerechten Anteil an meinem Schmerz abbekommen, sollte sich in alle Ewigkeiten Vorwürfe machen, dass die Schuld am Zerwürfnis zwischen mir und Eric zum allergrößten Teil auf sein Konto ging. Ich hatte nicht vor, dieses Päckchen ganz alleine zu tragen. Alec erreichte mich, mit einem endlos besorgten Gesicht, als erstes. Ich ließ es zu, dass er mich in die Arme nahm, ließ seine Fragen teilnahmslos über mich ergehen, während ich über seine Schulter hinweg den Blick meines Bruders suchte. Daniel kam langsam auf mich zu, die Erkenntnis, was passiert war, was passiert sein musste, stand ihm deutlich ins Gesicht geschrieben. Doch die Anteilnahme, das Mitleid, welches er zeigte, störte mich nicht nur. Es widerte mich an.

Alec strich beruhigend über meinen Rücken und versuchte mein Entsetzen, mein Zittern zu beschwichtigen. Doch natürlich ohne Erfolg. Ich sah, wie Daniel eine Frage formte, nahm die Worte, wie ein Echo in meinem Kopf war.

»Was ist passiert?!

Ich lachte lautlos über diese unnötige Frage auf, da ich mir sicher war, dass er die Antwort bereits kannte. Ich löste mich umständlich, aber mit Bestimmtheit aus Alecs Armen, versuchte ihm ein Lächeln zu schenken und wandte mich dann an Daniel. Ich hörte meine eigene Stimme hohl in meinen Ohren klingen. Sie hörte sich seltsam und fremd an, so als würde sie nicht zu mir gehören. Als ob ich keine Kontrolle darüber hätte, was ich sagte. Und genauso formten sich auch meine nächsten Worte.

»Es ist aus.«

Fürchterliche Pein folgte diesen Worten auf dem Fuß. Ich biss mir auf die Unterlippe und schloss die Augen. Ich konnte mir nicht ausmalen, wollte mir nicht vorstellen, was diese Tatsache in den nächsten Wochen und Monaten aus mir machen würde. Wie ich es ertragen und verarbeiten sollte. Meine Welt war stehengeblieben, sie drehte sich nicht mehr. Schutt und Asche war alles, was übrig war. Deutlich hörte ich die Fassungslosigkeit aus Daniels nächsten Worten heraus.

»Hat er wirklich mit dir Schluss gemacht?«

Langsam öffnete ich die Augen wieder, spürte, wie sich endlose Tränen erneut einen Weg suchten und antwortete dann: »Nein, hat er nicht.«

Ich sah, wie Daniel ungläubig eine Augenbraue nach oben zog und vervollständigte meinen Satz mit: »Ich hab es getan!«

Kapitel 33

Meine ganze Unsicherheit, meine überwunden geglaubte Schüchternheit kam mit voller Macht zurück. Meine Vergangenheit, die nur aus Schlägen und Ungerechtigkeiten bestanden hatte, holte mich ein, überrannte mich und machte aus mir erneut den unglücklichen, naiven 17-jährigen, der ich gewesen war und der von der Welt, mit allem, was in ihr war, verraten worden war. Ich zog mich von allem zurück, vom Alltag, von meinem Studium, von Daniel. Einfach alles wurde mir egal, verblasste oder wurde in den Hintergrund gedrängt. Mein Leben, welches seit ich bei Daniel gelandet war, so kunterbunt und abwechslungsreich gewesen war, wurde nun grau in grau. Trostlos und langweilig vergingen die Tage und bald hatte ich kein Zeitgefühl mehr. Ich konnte nicht mehr sagen, ob es ein paar Tage, ein paar Wochen oder gar schon Monate her war, dass ich mit Eric Schluss gemacht hatte. Tag für Tag saß ich mit angezogenen Knien auf meinem Bett, den Kopf dagegen gelehnt und wusste nicht mehr weiter. Ich fühlte mich leer und ausgehöhlt. Nicht einmal mehr weinen konnte ich. Ich hatte all die Tränen, die nötig gewesen waren, um den schlimmsten Schmerz zu mildern, bereits vergossen. Nächtelang hatte ich voller Verzweiflung und Sehnsucht hemmungslos in mein Kissen geschluchzt.

Die Sinnlosigkeit, die mich nun einhüllte, war noch viel schlimmer. Ich wurde hin- und hergerissen zwischen tiefster Verzweiflung und einer Taubheit, die mir das Gefühl gab nicht mehr lebendig zu sein. Ich wusste nicht mehr, weshalb ich existierte. Verraten und verlassen kam ich mir vor. Verraten von meinem Bruder, der den riesigen Fehler, den er begangen hatte, noch immer nicht einsah. Dem nicht bewusst war, dass er eine sich selbst erfüllende Prophezeiung generiert und somit zur gleichen Zeit Recht und Unrecht gehabt hatte. Meine Beziehung zu Eric war vorbei. Genau so wie er es die ganze Zeit über vorausgesagt hatte. Nur die Beweggründe waren gänzlich anders. Eric hatte das Ende herbeigeführt, doch es war nicht aus den Gründen geschehen, die Daniel sich vorgestellt hatte. Er hatte mich weder betrogen noch ausgenutzt. Mal abgesehen von dem inszenierten Kuss in seinem Treppenhaus hatte ich nie einen

Anlass gehabt, an seiner Treue zu zweifeln. Eric hatte ehrliche Gefühle für mich gehabt, darüber war ich ganz sicher.

Dass es trotzdem vorbei war, verdankte ich dennoch eben dieser Voraussage, die soviel Druck ausgelöst hatte, dass Eric nicht mehr standhalten konnte. Welches Ausmaß dieser Druck gehabt hatte, erfuhr ich erst sehr viel später. Vieles hatte mir Eric einfach nicht erzählt. Er hatte all die Telefonate, all die Streitgespräche mit Daniel einfach unter den Tisch gekehrt. Vielleicht, um mich zu schützen, vielleicht auch in der Hoffnung, dass mein Bruder irgendwann aufgeben würde. Doch natürlich war das nicht passiert. Erics Widerstandsfähigkeit hatte Risse bekommen und war schließlich ganz zerbrochen. Ich flippte völlig aus, als ich die Wahrheit erfuhr. Noch nie in meinem Leben war ich so wütend gewesen. Nie hätte ich mir vorstellen können, so zu empfinden. Und ganz sicher nicht gegenüber meinem eigenen Bruder. Ich hatte ihn angeschrien, ihn beschimpft und gleichzeitig immer noch nicht begriffen, was er gegen mich und Eric einzuwenden gehabt hatte.

Natürlich hatte ich meine Vermutungen. Eric hatte Daniel einst so tief verletzt, dass diese Wunde noch immer vorhanden war und Daniel hatte eine unstillbare Angst davor, dass es mir genau so wie ihm gehen würde. Dies war ein nachvollziehbarer Grund. Doch besänftigen konnte es mich doch nicht. Ich hatte nie so richtig begriffen, wie Daniel und Eric es geschafft hatten, nach allem, was passiert war, Freunde zu bleiben. In meinem Fall hatte Daniel falsch und überzogen reagiert und so erst recht das herbeigeführt, vor was er sich so gefürchtet hatte. Ich war nicht in der Lage, vernünftig darüber zu denken. Für mich zählte nur die Tatsache, dass ich Eric verloren hatte. Dass ich wieder alleine war und meinen ganzen Halt auf einmal verloren hatte. Ich sprach kein Wort mehr mit Daniel. Ich sprach mit niemandem mehr, außer mit Alec, der immer wieder versuchte irgendetwas für mich zu tun, was aber jedes Mal missglückte. Ich wollte nicht reden. Reden hätte den ganzen Schmerz nur immer und immer wieder hervorgeholt. Und das wollte ich nicht. Ich wollte den ganzen Scheiß einfach unterdrücken und begrüßte das taube Gefühl, dass sich allmählich in mir breitmachte.

Taub war gut, taub war besser. Zumindest besser als die Pein, die mich immer und immer wieder drangsalierte, wenn ich keine Kontrolle über mich hatte. Ich schlief entweder sehr schlecht oder gar nicht. Ich hatte furchtbare Angst vor den Träumen, die mich nun wieder heimsuchten und von denen ich geglaubt hatte, sie überwunden zu haben. Mein Vater geisterte erneut durch meinen angeschlagenen Verstand. Der Kitt, der aus Daniel und vor allem Eric bestanden hatte und der die Risse geflickt hatte, die meine Kindheit in mir hinterlassen hatte, bröckelte massiv. Es ging mir richtig schlecht. Nicht ganz so schlecht, wie es mir kurz vor und nach meiner Flucht gegangen war, aber es reichte aus, um mich jede Nacht voller Panik aufwachen zu lassen. Dass wir den Prozess gegen meinen Vater gewonnen hatten, fiel gar nicht mehr ins Gewicht. Mein Seelenzustand litt und ich verfluchte mein Leben jedes Mal, wenn ich Schweiß getränkt und Tränen überströmt des Nachts aufschreckte.

Nichts zu fühlen erschien mir prinzipiell eine gute Idee zu sein. Dass ich mein Vorhaben nicht immer realisieren konnte, war jedoch beinahe klar gewesen. Eric hatte mich nicht einfach fallengelassen. Er versuchte unentwegt mich zu kontaktieren, mich anzurufen, doch ich ignorierte alles. Ich begriff nicht, was er dachte, mir noch erklären zu können. Er hatte das Ende herbeigeführt. Die Gründe dafür und wie er es getan hatte, wogen viel zu schwer. Und ich war nicht bereit ihm zu verzeihen. Es war aus und vorbei. Ich war auf Erics Treppe gestorben, zumindest innerlich. Ich hatte doch einfach nur mit ihm zusammen sein wollen, auch unter den größten Schwierigkeiten und gegen den Willen meines Bruders. Das alles hätte mir nichts ausgemacht. Doch er hatte diese Schwierigkeiten nicht schultern können und das war noch schlimmer, als wenn er mich einfach wirklich betrogen hätte. Dann hätte ich ihn auch tatsächlich hassen können. Doch so war mir dieses Gefühl verwehrt. Ich konnte nicht richtig abschließen, nicht richtig sauer auf ihn sein. Und gleichzeitig liebte ich ihn noch immer mit jeder Faser meines gebrochenen Herzens.

Ich wusste nicht mehr ein noch aus. Wenn sich die Taubheit vorübergehend verzog, ging es mir dreckig und ich war mehrere Male drauf und dran gewesen Eric anzurufen, auch wenn es paradox schien. Nur, um seine Stimme zu hören. Nur um mich noch einmal zu fühlen, dass ich doch noch lebte, dass es eine Chance für mich gab. Nur, um mich trösten zu lassen. Doch ich tat es nicht. Ich wollte nicht noch einmal in die gleiche Falle tappen und unter seiner samtenen Stimme meinen Willen verlieren. Es war einfach so ungerecht, so verdammt falsch, dass wir nicht zusammen sein konnten, obwohl unsere Gefühle füreinander noch immer vorhanden waren. Es war einfach nicht gerecht und sehr bald begann ich mich nach dieser Gerechtigkeit regelrecht zu sehnen. Ich wollte Fairness, ich wollte, dass es mir besser ging und gleichzeitig wollte ich doch, dass die Personen, die mir so schlimm zugesetzt hatten, eine Strafe bekamen. Ich wollte, dass es ihnen mindestens so schlecht ging wie mir selbst.

Mit jedem Tag wandelten sich diese Gedanken an Gerechtigkeit mehr und mehr in solche an Rache. Die Schmerzen in meinem Inneren wurde ich einfach nicht los, doch ich konnte mir vorstellen, dass es mir bedeutend besser gehen würde, wenn ich etwas von diesem Schmerz zurückgeben könnte, so kindisch und naiv es auch sein mochte. Es ließ mich einfach nicht los. Tagtäglich warf ich Eric gedanklich vor, nicht genug Mumm gehabt zu haben und nicht genug Standhaftigkeit. In meinen Augen hätte er sich mehr wehren müssen, sich gegen Daniel durchsetzen, doch er hatte es nicht getan. Wieder schüttelten mich die Tränen. Selbst wenn ich genug Kraft aufgebracht hätte, mich zu rächen, hätte ich nicht gewusst, wie ich es hätte anstellen sollen. Dazu fehlte mir die Kraft und ebenso die Kreativität. Doch so einfach auf mir sitzen lassen konnte ich es auch nicht.

Ich schämte mich für diese Gedankengänge, die so gar nicht meine Art waren, doch loslassen konnte ich sie nicht. Ich fand einfach keine Ruhe. Tausend verschiedene Szenarien wirbelten in meinem Kopf umher und noch mehr Gefühle verwirrten das letzte Bisschen noch funktionierenden Verstands in mir. Wieder einmal stand ich an einem Punkt in meinem Leben, an dem ich entscheiden musste, wie es mit mir und meinem Leben weitergehen sollte. Ich versuchte alle Möglichkeiten, die mir blieben, zu überdenken und sie sich gegenüber zu stellen. Hier bei Daniel und Alec zu bleiben schien keine Option mehr für mich zu sein. Auch wenn ich ihnen über alles dankbar war, für das, was sie für mich getan hatten, schien kein Weg daran vorbeizuführen sie zu verlassen. Eines Tages würde ich Daniel sicher verzeihen können, was er getan hatte. Doch für den Moment war es undenkbar.

Ich konnte ihm einfach nicht vergeben. Genauso wenig wie ich Eric verzeihen konnte. Mit ein bisschen gutem Willen und ein paar Gesprächen hätten wir die Sache sicher wieder hinbiegen können. Doch auch ich hatte meinen Stolz und obwohl ich noch so jung und unerfahren war und bereits so viele schlimme Dinge erlebt hatte, wollte ich nicht einfach nachgeben. Diese Möglichkeit kam gar nicht in Frage. Ich musste mich also von beiden Seiten trennen. Das Problem dabei war, dass sie mich sicher nicht so einfach würden ziehen lassen. Weder Daniel noch Eric. Abbringen lassen wollte ich mich aber ganz sicher nicht und so wählte ich nach endlosem, tränenreichen Überlegen eine Methode um dieses doppelte Übel endlich loszuwerden. Dass ich einen Plan hatte, der so radikal war, erschreckte mich. Ich erkannte mich selbst nicht wieder. Was war ich nur für ein verbitterter Mensch geworden? Und dennoch, auch wenn ich mich manchmal vor mir selbst ekelte, hielt ich daran fest und war wild entschlossen, es auch durchzuziehen.

Den richtigen Zeitpunkt es zu tun gab es selbstverständlich nicht. Mehrere Male war ich bereits an meiner Zimmertür gestanden, die Klinke in der einen, meine Tasche in der anderen Hand und hatte es nicht tun können. Zu sehr erinnerte mich meine Handlungsweise daran, dass ich schon einmal abgehauen war. Außerdem machte es mir bewusst, dass ich mich immer und immer wieder verhielt, wie Daniel es getan hatte. Wir gingen mit dem Kopf durch die Wand, wenn es richtig zu sein schien und der Gedanke versetzte mir einen Stich. Wenn ich das hier wirklich tat, dann würde ich überhaupt keine Familie mehr haben. Dann würde ich ganz auf mich allein gestellt sein. Wenn es einen Moment gegeben hatte, in dem ich tatsächlich zauderte, dann war es dieser gewesen. Ich würde sehr bald, sehr alleine sein. Ich würde noch einsamer sein, als ich es jetzt schon war. Und selbstverständlich erschreckte mich dieser Gedanke. Doch ein Zurück gab es nicht mehr.

Ich sammelte allen Mut in mir und atmete tief durch. Dann tat ich es. Ich verließ mein Zimmer, stieg so leise wie möglich die Treppe hinunter, rang kurz nach Fassung, als ich im leeren Wohnzimmer stand und mich noch einmal umsah. Meine Aktion würde folgenschwer sein, das war klar. Und ganz sicher fiel es mir nicht leicht. Doch ich riss mich zusammen, legte den Brief, welchen ich vorbereitet hatte, auf den Couchtisch und unterdrückte mühsam neuerliche Tränen. Mit einem Brief, mit Daniels altem Brief, hatte es begonnen. Und mit einem Brief würde es enden. Ich schluckte schwer, als ich meinen Schlüssel hervorkramte und ihn dann, nachdem ich noch einmal fest meine Faust um ihn herum geschlossen hatte, zu dem Umschlag legte. Ich wusste, dass ich feige war und dass ich Daniel aus dem Weg ging. Auch mein mehrerer Seiten langer Brief konnte mein plötzliches Verschwinden weder ausreichend erklären, noch entschuldigen. Doch ich hatte die Sache nun ins Rollen gebracht, und umkehren kam nicht in Frage.

Ich zuckte zusammen, als die Eingangstür hinter mir ins Schloss fiel. Das Geräusch war leise und doch so endgültig, dass es sich wie ein Peitschenhieb auf meiner Seele anfühlte. Meine Füße waren unendlich schwer, genau so schwer, wie mein Herz, als ich den Flur entlang lief und die Treppe hinunter stieg. Doch der schwerste Teil dieses schneeverregneten Tages stand mir erst noch bevor. Für diesen Abend, diese Nacht wusste ich, wo ich bleiben würde. Was danach kommen würde, das stand auf einem ganz anderen Blatt. Es schauderte mich, als ich durch die eisige, nasse Kälte stapfte und dieser Umstand war nicht nur den Temperaturen zu verdanken. Plötzlich war ich mir nicht mehr sicher, ob ich in der Lage war, meinen Plan, der meine nächste Tat beinhaltete, auch durchzuführen. Nicht schön war es, was ich mir da ausgedacht hatte. Und doch war es notwendig für mich, das zu tun. Ich wollte endlich meinen Strich unter der Angelegenheit, meine Chance auf einen Abschluss.

Der schmerzlich vertraute Anblick des Hauses aus Klinkersteinen ließ mich ein letztes Mal zögern und ein letztes Mal aufschluchzen. Den obligatorisch gewordenen Blick, zu den erleuchteten Fenstern hinauf, konnte ich nicht verhindern, auch wenn ich es gewollt hätte. Meine Brust tat mir so weh wie noch nie, als ich die Tür aufstieß und langsam nach oben ging. Ich versuchte wegzusehen, als ich an der Stelle vorbei kam, wo ich Eric in flagranti erwischt hatte, doch die Erinnerungen holten mich mit übernatürlicher Stärke ein. Ich verfluchte den Kerl, der sich dazu herabgelassen hatte bei Erics übler Idee mitzuspielen, versuchte aber dennoch, mich auf das zu konzentrieren, was ich vorhatte. Als ich dann endlich vor Erics Tür stand, der Tür mit der Aufschrift "3b", ließ sich die Ähnlichkeit einer bereits schon stattgefunden Situation nicht leugnen. Es war wie damals. Wie in der Nacht, als ich voller Lust, voller Verlangen, völlig außer mir hier gestanden hatte und einzig und alleine gehofft hatte, dass mein Traum wahr werden würde.

Ich war genau so aufgeregt, genau so ängstlich und mein Herz klopfte genau so laut, wie einst in dieser Nacht. Genau so lange stand ich mit erhobener Hand vor der Tür und traute mich nicht zu klopfen. Es war alles gleich, wie ein Deja- vu, mit dem einzigen Unterschied, dass sich ein bitteres Gefühl über alle anderen gelegt hatte. Die süße Ungeduld, das brennende Kribbeln, die ich empfunden hatte, war nicht mehr da und hatte einer großen Leere, einer alles übertünchenden Taubheit Platz gemacht. Wieder holte ich tief Luft, schloss dann meine Augen und schob alle Skrupel und Bedenken in mir beiseite. Dann klopfte ich endlich an.

Eine beinahe endlos scheinende Zeit stand ich mit immer noch geschlossen Augen vor der Tür und horchte auf Geräusche. Fürchterliche Angst breitete sich in mir aus. Ich fürchtete mich vor dem Augenblick, wo diese Tür aufgehen würde und ich Eric in seine bezwingenden Augen sehen musste. Kurz war ich versucht abzuhauen, meinen ganzen Plan einfach umzuschmeißen, mich davonzumachen und nie wieder zu kommen, da war es schon zu spät. Ich hörte Erics Schritte, hörte, wie sich die Tür öffnete und ich hörte ihn vollkommen überrumpelt Luft holen, als er mich sah. Meine Kehle war staubtrocken, als ich mir seiner Gegenwart bewusst wurde. Ich spürte ihn mehr als deutlich vor mir stehen, hörte seinen überraschten, schnellen Atem, roch ihn und nahm ihn mit jeder Faser meines Körpers wahr. All diese Dinge rissen mich völlig aus der Spur und waren dennoch nichts im Vergleich zu der sanften, kaum wahrnehmbaren Berührung an meiner Wange.

Ich keuchte leise auf, als ich Erics Finger so unvermittelt in meinem Gesicht spürte und endlich, nach so vielen langen Sekunden, öffnete ich meine Augen und blickte direkt in sein schönes Gesicht. Sein Anblick, seine Gegenwart, auf die ich so lange verzichtet hatte, haute mich fast um. Ich griff mir mit der linken Hand an die Brust und stützte mich mit der anderen am Türrahmen ab. Seine zärtliche Geste reichte beinahe aus um zu vergessen, weshalb ich hergekommen war. Sein geflüstertes »'Lijah« nahm mir ein großes Stück von meinem Willen und von meinem vernünftigen Denken. Die liebevolle Abkürzung meines Namens, die eigentlich schon ein Kosewort war, hallte tief in mir nach, machte mich unsicher und wankelmütig. Auf der Stelle wollte ich alle meine Vorsätze zum Teufel schicken und einfach in seine Arme sinken. Einfach vergessen was passiert war. Ich schlitterte haarscharf an einer Katastrophe vorbei und konnte mich im letzten Moment noch dazu zwingen, nicht nachzugeben.

Ich entzog mich mühselig Erics Berührung und zwinkerte angestrengt, um das sandige Gefühl in meinen Augen loszuwerden. Ich durfte jetzt nicht die Kontrolle verlieren. Es war schwer zu sagen, wer von uns beiden aufgeregter war. Eric stand seine Fassungslosigkeit ins Gesicht geschrieben. Ich war mir sicher, dass er mit vielem gerechnet hatte, doch nicht damit, dass ich vor seiner Tür stehen würde. Und genau so hatte ich es auch haben wollen. Der Überraschungsmoment war so groß für ihn, dass ich für einige Minuten freie Hand hatte. Und diese musste ich nutzen. Ich sah, wie Eric den Mund öffnete, um etwas zu sagen. Doch bevor er sein »Es tut mir so ...« beenden konnte, hatte ich ihm schon meine Finger auf den Mund gelegt. Energisch schüttelte ich den Kopf, machte »Schh ...« und schaute in seine entgeistert wirkenden Augen. Bevor noch einmal Bedenken in mir hochkommen konnten, packte ich ihn mit der anderen Hand an der Schulter, schob ihn nach hinten durch die Tür und schloss diese dann mit einem gezielten Tritt meines Fußes.

Meine Fingerspitzen prickelten unter der Wärme seiner Haut. Ich ließ ihn nicht los, nahm aber meine Hand von seinem Mund. Forschend sah ich ihn an, während sich mein Gesicht seinem näherte. Als ich so nah war, dass uns nur noch wenige Zentimeter trennten, sah ich, wie ein plötzlicher Ausdruck des Verstehens über sein Gesicht huschte. Eric wusste, was ich vorhatte und er versuchte erst gar nicht sich zu wehren. Das Verständnis wandelte sich in Unbehagen und plötzlich musste ich schlucken. Ich würde ihm weh tun, ihn übel verletzen. So übel, wie er es bei mir getan hatte. Und das Schlimme dabei war, dass ich es genießen würde. Ich würde mich an der Pein in seinen Augen laben und endlich Gerechtigkeit finden, so falsch es auch sein mochte. Ich brauchte diese kranke Aktion.

Heiß senkte sich mein Mund auf seinen. Ich zwang ihn forsch seine Lippen zu öffnen, um meiner Zunge Einlass zu gewähren, und er ließ es einfach geschehen. Er ließ zu, dass sich meine Hände unter sein T-Shirt schoben, ihn grob und bestimmend anfassten, ihn mit aller Leidenschaft verführten. Sehr rasch wanderten meine Finger über seinen Körper, über seine erhitzte Haut nach unten und schlossen sich um seine Erektion. Er keuchte auf, ein Laut irgendwo zwischen Lust und Qual, als ich schließlich den Reißverschluss seiner Jeans öffnete und hart zupackte. Ich spürte überdeutlich, dass es nicht in Ordnung war so grob zu sein, doch ich genoss die Kontrolle, die ich nun über Eric hatte. Ich genoss es, seine zitternde Unsicherheit unter meinen Händen zu spüren und plötzlich bekam ich einen Eindruck davon, wie er sich gefühlt haben musste. Mir wurde plötzlich klar, wie es für ihn gewesen sein musste, mir gegenüber den Ton anzugeben, die treibende Kraft zu sein.

Kurz löste ich mich von ihm, musterte seine vor Lust verschleierten Augen und lachte hohl und freudlos auf. Ich hatte mir sehr lange gewünscht, was ich nun im Begriff war zu tun. Doch es fühlte sich nicht halb so gut an, wie ich es mir vorgestellt hatte. Dieser Part war nichts für mich. Ich war nicht dominant, nicht bestimmend, nichts davon. Ich war der Unterwürfige, derjenige, den man an die Hand nehmen musste. Ich war der Kleine, immer noch unschuldige Junge. Meine Kehle schnürte sich zu, als ich mir heftig auf die Unterlippe biss. Nein, ich wollte das nicht tun, aber ich musste. Ich musste ein Exempel statuieren und Eric klarmachen, wie sehr er mich verletzt hatte. Wie zornig, wie kolossal wütend er mich gemacht hatte. Ich knurrte unwillig auf, als mich das zerstörerische Gefühl der Wut erneut packte. Ich war jetzt, für diesen Moment ein völlig Anderer. Jemand, der nicht nachgeben konnte und es auch nicht wollte.

Ich stieß Eric heftig zurück, zur Couch, wo er nach hinten überfiel und mich im Fallen mit sich riss. Wieder fanden sich unsere Lippen. Wieder küssten wir uns leidenschaftlich, während das Pochen in meinem Schritt unablässig zunahm. So falsch das hier auch sein musste, es war trotzdem schön. Es war schön, noch einmal, das letzte Mal, Eric unter meinen Fingern zu spüren, ihn zu küssen, ihm das T-Shirt über den Kopf und die Jeans über die Hüften zu schieben. Es war wunderschön, seinen keuchenden Atem in meinen Ohren zu hören und gleichzeitig seine Hände überall auf meinem eigenen Körper zu spüren. So schön, dass ich mir nichts mehr wünschte, als dass die Umstände anders gewesen wären. Ich war schon längst soweit, beinahe schon zu weit. Ganz knapp stand ich vor der Schwelle, als ein Ruck durch Eric ging. Er rappelte sich auf, versuchte mich in die Kissen zu drücken, doch ich wehrte mich.

Erneut schüttelte ich den Kopf.

»Nein, dieses Mal nicht«, raunte ich ihm heiser zu und verlagerte mein Gewicht auf meine Knie. Ich fasste Eric ins Gesicht, fuhr mit dem Daumen über seine halbgeöffneten Lippen und lächelte bitter über sein ungehaltenes Stöhnen.

»Du bist mir noch was schuldig.«

Ich sah kurz einen Anflug von Entsetzen über sein Gesicht huschen, doch es ging so schnell vorüber, dass ich es mir vielleicht auch nur eingebildet haben könnte. Mit einer flüssigen Bewegung war ich wieder über ihm, packte ihn an der Seite und drückte ihn auf den Bauch. Kaum konnte ich begreifen, dass er es auch zuließ, dass er mich gewähren ließ.

»'Lijah, was zum ...«

Ich ließ ihn nicht zu Wort kommen, verschloss seinen Mund mit meinem, als ich mich über ihn beugte. Unsere Zungen umflatterten einander, keuchend fand sich unser Atem im Mund des anderen wieder, als ich mich zitternd hinter ihm platzierte. Mein Zögern war kaum spürbar, meine Unsicherheit nicht zu bemerken. Es war soweit, ich würde es tun, ich würde endlich meine Gerechtigkeit bekommen.

Eric zuckte merklich zusammen, als ich in ihn eindrang. Ich spürte, wie er sich kurz anspannte, sich unfreiwillig gegen mich wehrte, doch ich konnte keinen Rückzieher mehr machen. Trotz meines unheimlichen Plans und trotz des Zorns, der mich so rücksichtslos handeln ließ, versuchte ich dennoch, mich ein wenig zusammenzunehmen. Es fiel mir wahnsinnig schwer, in meinen Bewegungen innezuhalten, Eric die Chance zu geben, zu begreifen, was hier gerade passierte. Doch es war schwer, unglaublich schwer. Ich hörte ihn zischend Luft ausstoßen, spürte, wie sich sein Unterkörper wölbte, wie er sich langsam an mich gewöhnte, mir entgegenkam. Heiß und eng spürte ich ihn um mich und ich wusste ganz genau, dass ich das nicht lange würde aushalten können. Ich stöhnte unbeherrscht auf und schloss meine Augen, als ich anfing, mich zu bewegen.

Die Lust, die in mir wütete, ließ Erinnerungen in mir wach werden. Erinnerungen an mein erstes Mal und an all die anderen Male, die ich mit Eric geschlafen hatte. Sie erinnerte mich auch an die glücklichen Zeiten, die nun hinter mir lagen und die nicht zurückzuholen waren. Und während ich keuchend in Eric stieß, spürte ich, wie mir Tränen über die Wange liefen. Ich wollte nicht, dass es zu Ende war, aber es war unumstößlich. Dieser Moment, dieses hier und jetzt, war nur ein schwacher Abklatsch dessen, was ich sonst mit Eric gefühlt hatte und trotzdem war es glückseliges Versinken und Vergessen. Ein Moment, der den Schmerz in mir lahmlegte und der doch alles noch schlimmer machen würde. Der Höhepunkt ließ mich meinen Kopf in den Nacken reißen, spülte all die Besorgnis weg, all die Rachegelüste und hinterließ dennoch einen schalen Geschmack in meinem Mund.

Ich zog mich zurück, verharrte noch einen Moment schwer atmend hinter Eric und spürte ein allerletztes Mal die furchtbare Angst in mir hochkommen. Ich hatte meinen Plan in die Tat umgesetzt. Ich hatte so gehandelt, wie ich es mir vorgenommen hatte. Es war vorbei, endgültig vorbei. Ich war am Ende meines Textes. Einzig und allein mein Schlussstrich fehlte noch, doch ich war nun unmittelbar davor, diesen zu ziehen. Ich stand schwankend, mit zitternden Knien auf, zog mich an und sah schließlich zu Eric. Der verletzte Ausdruck in seinem Gesicht, der mir eigentlich hätte helfen sollen, befriedigte mich nicht. Er machte es noch schlimmer für mich, beinahe unerträglich.

Doch es war zu spät, ich konnte nichts mehr rückgängig zu machen. Ein paar kurze Augenblicke sah ich Eric in seine dunklen Augen, versuchte den Anblick in mich aufzunehmen, um sie nie mehr zu vergessen. Dann schnappte ich mir meine Tasche, ließ ihn einfach liegen und ging zur Tür. Ich verharrte kurz, zögerte und drehte mich noch einmal zu ihm um. Ich wollte ganz sicher gehen.

»Du weißt, dass das ein Abschied war?«
Sein zögerndes Nicken riss mein Herz schmerzhaft auseinander. Doch war es nicht genau das, was ich gewollt hatte? Ich drückte die Klinke hinunter, während sich ein unaufhaltsames Schluchzen in mir hocharbeitete und hörte noch einmal Erics Stimme hinter mir.

»Ja, ich weiß.«
Dann trat ich hinaus und zog die Tür hinter mir zu.

The end ...

... but to be continued!

Widmung

Ich widme dieses Buch all den Menschen, die nur durch Äußerlichkeiten beurteilt und verurteilt wurden.

Ich widme dieses Buch all den Menschen, denen nie in ihr Innerstes geschaut wurde.

It count`s what`s inside!

Eric -Two of one kind- Dankeschön-Special

Special - First met, Teil 1

Ich knirsche mit den Zähnen, als ich es an der Türe klopfen höre. Es ist schließlich noch keine zehn Minuten her, dass ich mich hingelegt habe. Außerdem habe ich einen verdammt anstrengenden Tag hinter mir. Der Frühdienst war heute eine lange und harte Herausforderung. Der darauffolgende Abend war ebenso lang und fast genauso hart. Ich kichere kurz auf. Obwohl ich wütend über die frühe Störung bin, treiben mir die zwei Telefonnummern, die neben mir auf dem Nachttisch liegen, und dass, was sie mir versprechen, ein Grinsen ins Gesicht. Wen von den beiden Typen ich als erstes anrufen werden, weiss ich noch nicht. Kommt schließlich auch darauf an, was mich gerade so anmacht.

Ich bin kurz geneigt, das Klopfen einfach zu ignorieren, meine bereits zufallenden Augen einfach machen zu lassen, da besinne ich mich eines Besseren. Bei mir geben sich jede Menge Typen die Klinke in die Hand. Doch um diese Zeit gehen sie eigentlich eher. Auf Übernachtungsgäste habe ich nämlich keinen Bock. Ich runzle die Stirn und schwinge schließlich doch meine Beine aus dem gerade warm gewordenen Bett. Ist besser, wenn ich nachsehe. Die Zeit ist ja doch eher ungewöhnlich für einen Besucher. Grummelnd stehe ich auf und tappe dann barfüßig Richtung Tür. Kurz versuche ich meine verstrubbelten Haare mit den Händen zu glätten, doch ich weiss, dass es keinen Zweck hat. Und eigentlich ist es mir gerade auch egal, ob sie in alle Himmelsrichtungen abstehen.

Ich ziehe die Kette aus der Vorrichtung und drehe dann den Schlüssel im Schloss. Ich hoffe, bei meinem Seelenheil, dass nicht mein versoffener Nachbar vor meiner Türe steht, der um Einlass bettelt, weil er seinen Schlüssel mal wieder vergessen hat. Wäre nicht das erste Mal. Wenn er es ist, dann hau ich ihm eine aufs Maul, das schwöre ich mir, als ich schlussendlich die Klinke herunterdrücke und dann öffne. Doch es ist nicht mein Nachbar, der da zu nahtschlafender Zeit vor mir steht. Es ist tatsächlich irgendein Typ. Auch das wäre nicht das erste Mal. Auch wenn der Zeitpunkt nicht wirklich passt. Er ist etwas zu klein und viel zu schmal, um mir wirklich zu gefallen, aber hübsch ist er. Zumindest soweit ich das trotz der tief ins Gesicht gezogenen Pulloverkapuze beurteilen kann. Hübsch oder nicht, es nervt mich trotzdem tierisch, dass er mich gestört hat. Ist eigentlich nicht meine Art, Typen abzuweisen, wenn sie schon freiwillig zu mir kommen. Aber der Zeitpunkt ist echt die Höhe. Außerdem bin ich ja für zwei weitere Nächte erstmal versorgt.

Er starrt mich verunsichert an und sagt nichts. Das Lächeln, das ganz kurz über sein Gesicht gehuscht ist, verschwindet plötzlich. Ich bemerke, wie sein Blick für einen winzigen Moment über meine Brust flackert, was mich daran erinnert, dass ich kein T-Shirt anhabe. Ich zucke innerlich mit den Schultern. Ist nicht so, dass mir das was ausmacht. Er ist nicht der erste Typ, der das zu Gesicht bekommt. Außerdem kann ich mich sehen lassen. Ich lehne mich lässig an den Türrahmen, er bleibt weiter stumm wie ein Fisch. Langsam fange ich an mich darüber zu ärgern. Wenn er schon stört, dann soll er wenigstens mit der Sprache rausrücken, so dass ich mich anschließend wieder in mein Bett verziehen kann. Ich bin wirklich hundemüde und dass ist wohl auch der Grund, warum ich ihn schließlich so unfreundlich anfahre.

»Bitte?«

Er zuckt merklich zusammen und windet sich unter meinem strengen Blick. Wieder gleiten seine Augen für den Bruchteil einer Sekunde über mich, dann senkt er den Blick und errötet so heftig, wie ich es noch nie bei jemandem gesehen habe. Diese offensichtliche Verlegenheit amüsiert mich ein klein wenig und ich muss an mich halten um nicht zu laut aufzulachen. Ganz plötzlich, ich weiss nicht, wo es herkommt, tut es mir ein bisschen leid, dass ich so scharf angesprochen habe. Ich nehme mich zusammen obwohl ich immer noch gleichzeitig verärgert und amüsiert bin und frage: »Kann ich dir irgendwie helfen?«

Er schluckt deutlich sichtbar und entgegnet so verunsichert, dass ich ihn kaum hören kann: »Nein, ich… es tut mir leid. Ich hab mich wohl geirrt.«

Er hebt langsam wieder den Kopf und schaut mich eingeschüchtert an. Offenbar haben ihm seine Worte einen Haufen Mumm gekostet. Ich hadere mit mir selbst. Der Junge sieht irgendwie aus, als würde er dringend Hilfe brauchen. Ich kann nicht mal sagen, woher dieses Gefühl in mir kommt. Doch ich bin furchtbar müde. Außerdem rückt er nicht mit der Sprache raus. Ich bin also geneigt ihn abblitzen zu lassen und das schlechte Gewissen, dass sich bei diesem Gedanken laut schreiend in mir breit macht von mir zu schieben. Ich nicke ihm so knapp zu, dass es nicht noch unhöflicher rüberkommt.

»Na dann….«, füge ich meiner Geste hinzu und mache ein paar Schritte rückwärts, ganz in der Absicht die Türe hinter mir zu schließen. Ich muss jetzt unbedingt ins Bett. Bevor sie jedoch ins Schloss fallen kann, höre ich, wie er mich erneut anspricht. Das Drängende in seiner Stimme lässt mich kurz zögern. Im Grunde genommen ist es genau dieser Klang, der mich nochmal umdrehen lässt. Und der mich ein zweites Mal an die Türe lockt. Er hat sich ein paar Schritte entfernt, wohl in der Absicht zu gehen, und hat es sich dann anders überlegt. Er leckt sich nervös über die Lippen.

»Ich suche meinen Bruder«, fügt er heisser hinzu, hält kurz inne und schüttelt dann den Kopf. Ich sehe ihn erstaunt an und lasse seine letzten Worte sacken. Ganz tief in mir erklimmt eine Idee, ein merkwürdiger Gedanke, eine Eingebung, die ich zunächst nicht glauben kann. Und auch nicht glauben will. Das kann nicht sein. Das ist unmöglich. Oder doch nicht? Auf jeden Fall muss ich mich vergewissern. Ich sehe, wie sich der Junge entfernt. Die Schultern hochgezogen sieht er aus wie ein geprügelter Hund.

»Warte mal kurz«, versuche ich ihn aufzuhalten.

»Wen suchst du?«

Noch während ich frage, nimmt die leise Vermutung in mir Gestalt an. Forschend schaue ich ihm ins Gesicht, als er zögernd wieder zurückkommt. Der Junge hat ganz offensichtlich furchtbare Angst. Nein, es ist viel mehr wie Angst. Die nackte Panik steht ihm ins Gesicht geschrieben und ich bin mir sicher, dass sie nichts mit mir zu tun hat. Irgendetwas in dem von der Kapuze beschatteten Gesicht erinnert mich an jemanden. Da ist etwas in diesen weit aufgerissenen, grünen Augen, dass ich kenne. Etwas, dass ich sogar verdammt gut kenne. Und plötzlich fällt es mir wie Schuppen von den Augen.

»Meinen Bruder.«

Mittlerweile spricht er so leise, dass ich ihn kaum noch verstehen kann. Doch ich kann mir denken, wenn es wirklich so ist, wie es vermute, was der Grund dafür ist. Kalte Wut brodelt bereits in meinem Magen hoch, doch für einen Ausbruch ist jetzt nicht der richtige Moment. Ich runzle die Stirn und lege den Kopf schräg zur Seite.

»Deinen Bruder?«, hake ich nach, um ganz sicherzugehen.

»Meinst du vielleicht Daniel?«

Er keucht überrascht auf, öffnet ein paar Mal seinen Mund und schließt ihn wieder.

»Woher ...?«, versucht er zu fragen, doch ich unterbreche ihn rigoros. Ich brauche jetzt Klarheit. Und keinen Smalltalk.

»Daniel Warren?«

Er nickt inbrünstig und ein Funken von Hoffnung keimt in seinen Augen auf. Ich kann förmlich spüren, wie die Situation sich plötzlich ändert. Ich starre ihn an, er starrt zurück und ich weiss für einen Moment wirklich nicht, was ich sagen soll. Es ist mir nicht neu, dass Daniel, mein bester Freund, einen kleinen Bruder hat. Er erzählt manchmal von ihm, immer mit Sehnsucht in der Stimme, aber auch mit einer Spur Besorgnis. Die Sehnsucht kann ich verstehen. Daniel hat sonst keine Familie, zumindest keine, die er sehen will. Dass ihm da sein Bruder fehlt, ist völlig verständlich. Die Besorgnis ist in meinen Augen mehr als gerechtfertigt. Ich weiss, was Daniel durchgemacht hat. Ich weiss, wie sehr er unter seinen Eltern gelitten hat, wie sie ihn gedemütigt und geschlagen haben, so lange bis er abgehauen ist.

Dass sich dieses Szenario jetzt zu wiederholen scheint, ist jedoch beinahe unfassbar. Aber es muss wahr sein. Der Junge, der vor mir steht, sieht genau so aus wie Daniel. Seine Bewegungen sind so verdammt ähnlich, selbst der Klang seiner Stimme passt. Die eingeschüchterte Haltung, die hochgezogenen Schultern, die ganze Unsicherheit, die er ausstrahlt, all das verweist auf den gleichen Hintergrund, den gleichen, gewalttätigen Mist wie bei meinem besten Freund. Es ist dasselbe in Grün. Und ich weiss genau, dass ich mich nicht irre. Der Junge muss Daniels Bruder sein. Sein kleiner Bruder, an dessen Namen ich mich gerade nicht mehr erinnern kann. Und von dem ich nicht weiss, woher er meine Adresse hat. Er unterbricht mich in meinen Gedankengängen. Sein »Kennst du ihn?« und das nachgeschobene »Ist er hier?« lässt mich aus meiner Starre erwachen. Ich versuche ein Lächeln, da mir klar wird, dass ich etwas netter als bisher zu ihm sein sollte und erwidere: »Nein, ist er nicht. Aber ich weiss, wo er ist.«

Er ist so fassungslos, dass es beinahe schon niedlich ist. Mein Mund verzieht sich wie von selbst zu einem breiten Lächeln.

»Echt?«, fragt er, ganz in Klein-Jungen-Manier und sieht mich aufgeregt an. Inzwischen kriecht ein echtes Lachen in mir hoch. Irgendwie ist er süß. Und noch süßer ist es, wie ihn mein Lachen zu verwirren scheint.

»Echt«, beteuere ich dann.

»Aber woher…?«

Ein zweites Mal unterbreche ich ihn. Ich habe es jetzt plötzlich eilig reinen Tisch zu machen.

»Dany ist mein bester Freund. Und wir haben ein paar Jahre zusammen gewohnt«, füge ich dann als Erklärung hinzu und mustere ihn dabei. Kaum merklich schüttelt er sich ein wenig, echot dann »Dein Freund« und fährt sich schließlich mit einer Hand übers Gesicht. Mir ist klar, dass diese Situation, dass ICH gerade ein bisschen zuviel für ihn bin. Es ist kalt hier auf dem Flur und der Gedanke, dass ich ihn besser hereinbitten sollte erwacht schnell in mir. Ich trete also ein Stück zur Seite und drücke die Türe einladend ganz auf. Entsetzen gleitet über sein Gesicht und noch mehr Angst. Ich kann fast nicht glauben, dass das überhaupt möglich ist. Er vergräbt seine Hände tief in den Jackentaschen und schüttelt den Kopf. Er vertraut mir nicht, aber das nehme ich ihm weder übel, noch erstaunt es mich wirklich. Vielmehr weckt es einen Beschützerinstinkt in mir, den ich bisher nicht gekannt habe.

Daniels kleiner Bruder schürzt die Lippen, blinzelt irritiert und schaut mich so hilflos an, dass ich ein weiteres Mal lachen muss. Er ist wirklich zu niedlich in seiner Unsicherheit.

»Jetzt komm schon rein. Ich tu dir bestimmt nichts.«

Ein weiteres Mal errötet er hektisch und tritt unruhig auf der Stelle. In seinem Kopf arbeitet es, das ist deutlich zu sehen. Er wägt ab, was er tun soll, ist hin- und hergerissen zwischen seiner Angst und dem Bedürfnis nach ein klein wenig Ruhe. Ich warte geduldig, dränge ihn nicht und sehe, wie er sich schließlich auf die Unterlippe beißt. Dann macht er zögernd einen Schritt nach vorne und betritt endlich meine Wohnung. Ich schließe die Türe hinter ihm und dirigiere ihn ins Wohnzimmer, wo ich ihn bitte, sich zu setzen. Er tut es, kann sich aber ganz offensichtlich nicht entspannen, knetet nervös seine Hände und rutscht unruhig hin und her. Ich stelle mich vor ihn und schaue auf ihn hinunter, die Hände in die Hüften gestützt. Solch ein Häufchen Elend habe ich wirklich schon lange nicht mehr gesehen. Langsam beginnt er mir wirklich leidzutun. Ich frage mich, was er hier in London macht, wie er hergekommen ist und vor allem warum genau.

Im Prinzip weiss ich es ja schon. Er wird genau so die Fliege gemacht haben wie Daniel. Und auch genau aus dem gleichen Grund. Ich schüttle den Kopf über sein Schicksal, welches mir zwar noch nicht bestätigt wurde, aber eigentlich ganz klar ist. Ein bisschen fühle ich mich überfordert. Ich habe keinen blassen Schimmer, was ich jetzt mit ihm machen soll. Und noch immer grüble ich darüber nach, wie er heißt.

»Ich ruf Dany an und sag ihm, dass du hier bei mir gelandet bist, okay?«, sage ich. Er nickt zur Bestätigung und wirkt gleichzeitig ein wenig erleichtert, als mich abwende und dann entferne. Ich mache ihn nervös, das habe ich schon gemerkt. Und diese Nervosität kommt nicht daher, dass er mich nicht kennt. Nein, das ist was anderes. Etwas Tiefgründigeres. Etwas, das ganz, ganz weit unten in ihm verankert ist. Ich lache plötzlich leise auf, als mir der erklärende Gedanke einschießt. Natürlich, es kann gar nicht anders sein. Er ist Daniel so ähnlich, in so vielen Dingen, dass es mich sicher erstaunt hätte, wäre es nicht so gewesen. Ich finde endlich mein Handy, suche Danys Nummer und drücke die Wähltaste. Während es leise aus dem Hörer tutet, drehe ich mich wieder zu ihm um und mustere ihn. Er sitzt stocksteif auf dem Sofa und schreckt ordentlich zusammen, als ich ihm zublinzle.

Ich muss das aufsteigende Lachen in mir mit aller Gewalt hinunterschlucken und versuche mir nicht anmerken zu lassen, dass ich bemerkt habe, wie er mir mit seinen Blicken ein Loch in den Rücken gebrannt hat. Es ist nicht richtig von mir in dieser Situation so etwas zu denken, aber ich finde ihn wirklich niedlich. Er ist so süß, so unschuldig, beinahe ein wenig zu goldig, um die Finger von ihm zu lassen. Ich kann den Gedanken nicht zu Ende bringen, da Daniel am anderen Ende endlich abhebt.

»Scheiße Eric, bist du vollkommen verblödet mich so früh zu wecken?«

Ich verdrehe die Augen ein klein wenig. Natürlich habe ich nicht damit gerechnet, dass Dany begeistert sein wird, wenn ich ihn so früh anrufe. Ich versuche alles um ihn davon zu überzeugen sofort zu mir aufzubrechen. Seinen Bruder erwähne ich mit keinem Wort. Nicht, dass er in seiner Aufregung dann noch einen Unfall baut. Dany ist erst ungläubig, dann stinksauer, dann wieder ungläubig. Es kostet mich meine ganze Überredungskraft ihn schliesslich ohne Angabe von Gründen in meine Wohnung zu bitten. Ich erkläre ihm mehrmals, dass es wirklich wichtig ist und dass ich mir keinen Spaß erlaube. Er ist kurz ruhig und erklärt sich dann doch mürrisch bereit zu kommen. Natürlich nicht, ohne mir die entsprechenden

Konsequenzen anzudrohen, sollte ich mir doch einen Scherz erlauben.

Ich bin mehr als erleichtert, als ich auflege und weiss, dass Daniel auf dem Weg ist. Ich bin eindeutig die falsche Person, um den Jungen zu trösten, oder gar ihm zu helfen. Mit meinen Neigungen zerre ich ihn eher ins Bett. Erneut schüttle ich den Gedanken ab und laufe zu ihm zurück. Dann setze ich mich ihm gegenüber auf den kleinen Couchtisch.

»Dany kommt gleich her.«

Ich schmunzle ein wenig und lache dann auf.

»Ich bin gespannt auf sein Gesicht, wenn er dich sieht.«

Der Junge zieht die Schultern hoch und entgegnet: »Was hast du zu ihm gesagt?«

Ich lege den Kopf zur Seite.

»Nicht viel, nur dass es wichtig ist und dass es keinen Aufschub duldet. Besonders begeistert war er nicht.«

Wieder nickt er und ich sehe, wie ein Anflug von Vorfreude über ihn hinweg huscht. Diese Freude rührt mich auf ganz eigentümliche Weiße. Der Ausdruck in seinen grünen Augen ist plötzlich weicher. Er wirkt nicht mehr ganz so gehetzt, wie noch vor ein paar Minuten. Die Panik wird einen Strich weniger. Er ist erleichtert. Vermutlich auch dass er bald aus meiner Gegenwart entfliehen kann. Dany ist sein Rettungsanker, sein letzter Ausweg. Ich beuge mich vor, während ich nachdenke und stütze mich mit den Armen auf meinen Oberschenkeln ab. Er sieht überall hin, nur nicht auf mich und wischt sich seine schweißnassen Hände an den Jeans ab.

»Du bist also Elijah.«

Noch während ich den Satz ausspreche, wundere ich darüber, dass mir sein Name so aus heiterem Himmel doch noch eingefallen ist. Wo er so plötzlich herkommt, kann ich gar nicht erklären, doch auf einmal ist er da in meinem Kopf. Er nistet sich ein in eine klitzekleine Nische meines Gedächtnisses und macht es sich gemütlich. Dann beginnt er sich dort zu drehen, so dass ich ihn immer und immer wieder in meinem Inneren höre. Ich fühle mich wirklich seltsam. Ein merkwürdiges Kribbeln breitet sich in meiner Körpermitte aus, wird grösser und verteilt sich bis in die letzte Pore. Mein Puls beschleunigt sich und mein Herz klopft so laut, wie schon lange nicht mehr. Ich starre Elijah an, der noch immer mit gesenktem Blick vor mir sitzt. Wie von selbst bewegt sich meine Hand und streckt sich ihm entgegen. Als ich spreche, ist da ein Zittern in meiner Stimme. Wahrscheinlich wird es niemand außer mir selbst bemerken, so subtil ist es. Doch es ist da. Ein Zittern, dass ich nicht erklären kann.

»Ich bin Eric.«

Special - First kiss, Teil 2

Seit mehr als zehn Minuten stehe ich jetzt schon vor dem Spiegel und betrachte mich eingehend. Irgendetwas ist anders an mir. Irgendetwas hat sich verändert, doch ich komme nicht drauf, was das sein soll. Ich beuge mich etwas vor und stütze meine Hände auf das Waschbecken, damit ich mich noch besser anschauen kann. Mein eigenes Gesicht sieht mich rätselnd an, gibt mir aber keine Antwort. Eigentlich ist doch alles so, wie es immer war. Die schwarzen Locken auf meinem Kopf ringeln sich gewohnt unordentlich um meine Stirn. Die dunklen Augen darunter, das markante Kinn mit den Bartstoppeln und der Spott in meinen Mundwinkeln sind genauso unverändert wie alles andere an mir.

Ich bin immer noch der Eric, den ich seit 27 Jahren kenne. Der gleiche Typ, die gleiche Person sieht mich aus dem Spiegel an. Keine Veränderung kann ich an mir selbst wahrnehmen. Einzig und allein das Strahlen in meinen Augen ist vielleicht einen Tick heller als sonst. Aber ansonsten ist alles gleich geblieben. Ich hebe langsam die linke Hand ans Gesicht und fahre mir damit über mein Kinn. Mein 3-Tage-Bart kratzt an meinen Fingerspitzen, auch das ist normal. Es macht mich plötzlich wahnsinnig. Ich spüre doch, dass da etwas ist. Ich spüre, dass da ein Wandel im Anmarsch ist. Vielleicht hat er auch schon längst stattgefunden. Aber ich kann ihn an nichts festmachen, zumindest an nichts Äußerlichem. Es ist schlicht und einfach zum verrückt werden.

Ich richte mich wieder auf, nehme auch die andere Hand vom Becken und trete einen Schritt zurück. Es ist nur eine kurze Zeitspanne vergangen, seit ich mich so seltsam verändert fühle. Wie lange ist es her? Ein paar Wochen vielleicht, zwei oder drei Monate? Ich kann es nicht sagen. Das Einzige das ich weiss, ist dass es schleichend angefangen hat, ganz klammheimlich. Ich habe es zuerst nicht bemerkt. Dieses Gefühl in mir, dass sich etwas anbahnt, dass etwas Grosses kommt, ist plötzlich einfach da gewesen. Ganz subtil zu Anfang, dann immer präsenter und jetzt werde ich es gar nicht mehr los. Ich stutze ein wenig und blinzle irritiert, als mir ein Gedanke kommt. Vermutlich ist es gar keine körperliche Veränderung, die mir da gerade passiert. Vielleicht ist es ja eine Sache, von der ich nie gedacht habe, dass sie mir einmal passiert. Und eine, nach der ich auch nie gesucht habe. Vielleicht bin ich ja in ihn . Vielleicht habe ich mich doch in ihn ...

Ich schüttle energisch den Kopf, so abwegig kommt mir der Gedanke vor. Es ist einfach unmöglich, dass mir das jetzt passiert. Und dass mir es ausgerechnet mit ihm passiert. Ich bin doch gefeit gegen diese Art von Gefühle. Ich will sie nicht haben, das ist doch total unpraktisch. Ich habe auch nie danach gesucht. Ich lege keinen Wert darauf, sie sind mir lästig. Habe ich zumindest immer gedacht. Und dennoch scheine ich nicht immun dagegen zu sein. Ich bin infiziert, habe mich angesteckt mit einer Krankheit, welche die ganze Welt bevölkert und für die es doch keine Heilung gibt. Ich muss es mir eingestehen, muss anerkennen, dass es mich ganz schön gepackt hat.

Ja, es hat mich erwischt. So heftig, dass es mich bis in meine tiefsten, beziehungsunfähigen Grundfesten erschüttert. Da ich nie danach gesucht habe, habe ich auch nicht erwartet, dass es mich so unerwartet trifft. Und dass es eine Person sein würde, an die ich nicht mal denken sollte und dürfte. Geschweige denn ihr Avancen zu machen. Daniel würde das nie und nimmer zu lassen. Dafür ist sein Bruder, in seinen Augen, zu angeschlagen, hat viel zu viel durchgemacht. Für Romanzen oder Ähnliches hat er jetzt keine Zeit. Er muss erst einmal im wirklichen Leben Fuß fassen. Ich erkenne das auch an. Aber so richtig passt mir das doch nicht in den Kram.

Elijah ist schon lange in meinen Gedanken. Seit er so mir nichts, dir nichts in meine Wohnung und in mein Leben gestolpert ist, kriege ich ihn nicht mehr aus dem Kopf. Zuerst habe ich gedacht, es wäre der Situation geschuldet, dass er ständig in meinen Erinnerungen herum kreist. Ich habe wirklich geglaubt, dass mich einfach sein Schicksal mitnimmt und er mir leidtut. Dass ich damit total daneben gelegen bin, habe ich in den letzten Wochen gemerkt. Ich habe eigentlich immer gedacht, dass ich mich selbst ganz gut kenne und dass ich weis, was ich will. Noch nie habe ich so sehr falsch gelegen wie damit. Elijah himmelt mich regelrecht an. Jedes Mal, wenn ich ihn, Daniel und Alec besuche, huschen seine Augen über mich und scannen mich ab. Jedes Mal erwische ich ihn dabei und amüsiere mich königlich über die Röte, die ihm dabei ins Gesicht schießt.

Er ist einfach total süß. Es ist nicht nur die Tatsache, dass er wirklich hübsch ist. Die Unsicherheit in seinem Gesicht und die Unschuld in seinen Augen machen mich schier verrückt. Von Anfang an habe ich bereits gewusst, dass Elijah schwul ist. Das hätte mir keiner sagen müssen. Das sehe ich ihm an der Nasenspitze an. Keiner hat darüber bisher auch nur ein Wort verloren. Offenbar ist seine Neigung ein grosses Geheimnis. Auch wenn mir nicht klar ist, warum man es mir verschweigen sollte. Okay, ich bin wahrscheinlich nicht unbedingt der vertrauensvolle Typ. In einer Beziehung halte ich es einfach nicht lange aus, das sagt zumindest Daniel. Aber dass er mir zutraut, einfach so seinen kleinen Bruder zu verführen, ist schon eine Frechheit. Obwohl es genau der Gedanke ist, der mich in letzter Zeit so sehr aus der Bahn wirft.

Ich kann und will nicht verhindern, dass mir die Vorstellung Elijah zu küssen unentwegt begegnet. Sie macht mich völlig schwach, beschert mir weiche Knie und, nun ja, macht mich tierisch an. Der Junge ist völlig unbedarft und unschuldig. Alles, was ich mir vorstelle mit ihm machen zu können, wäre für ihn das erste Mal. Er ist eine Jungfrau, ein Typ, den noch niemand vorher besessen hat. Und das ist irre gut. Genau so will ich es haben. Ich will ihn für mich. Ich will der Erste sein, der ihn küsst. Ich will der Erste sein, der mit ihm schläft. Und vor allem will ich der Erste sein, der ihn liebt. Ich weiss, es ist vermessen, mir genau das zu wünschen, bin ich doch genau das Gegenteil. Es hat eine Weile gedauert, bis ich mir eingestanden habe, dass ich nicht nur scharf auf ihn bin. Das bin ich zwar auf jeden Fall.

Aber das Herzklopfen, dass ich jedes Mal bekomme, wenn er mich so anbetend anschaut, ist nicht wegzuleugnen. Ich glaube, ich bin wirklich und wahrhaftig in ihn verknallt.

Das kenne ich sonst nicht von mir. Ich bin eher der Typ, der nichts anbrennen lässt. Und der, wenn es möglich ist, beinahe jedes Wochenende einen Anderen im Bett hat. Und das alles rein auf platonischer Ebene. Auf einmal ist mir das aber unwichtig geworden. Auch in letzter Zeit hatte ich den einen oder anderen One-Night-Stand. Aber es ist immer weniger und weniger geworden. Und jetzt bin ich seit über drei Wochen abstinent. Meine unausgelebte Lust brennt wie Feuer zwischen meinen Beinen. Ich muss den Druck irgendwie loswerden, das ist klar. Aber immer wieder drängt sich Elijahs Gesicht vor mein inneres Auge und macht die Sache nicht unbedingt besser. Ich bin so scharf auf ihn. Ich halte das nicht mehr lange aus.

Heute ist ein ganz besonderer Tag. Nun, nicht für mich. Aber auf jeden Fall für Elijah. Heute wird er, auf seinen besonderen Wunsch hin, in einem Gay-Club in seinen achtzehnten Geburtstag hinein feiern. Mein Gott, wie jung er ist, so jung. Ich seufze leise auf. Ich bin für die Überraschungsparty morgen eingeladen. In einem mir völlig fremden Anfall von Romantik habe ich ihm ein Armband gekauft, welches ich ihm morgen schenken will. Ich weiss, dass es kindisch ist, aber mir gefällt die Vorstellung, dass Elijah etwas bei sich trägt, das von mir ist. Ich weiss nicht warum, aber Daniel hat mich wohl ganz bewusst nicht zum heutigen Abend eingeladen. Er sieht mich in letzter Zeit so seltsam an. Ganz sicher hat er bereits bemerkt, dass ich Interesse an seinem Bruder habe. Und den versucht er natürlich mit Zähnen und Klauen zu verteidigen. Er traut mir offensichtlich Schlimmes zu.

Ich zucke mit den Schultern, als ich mich ein letztes Mal im Spiegel betrachte und mich schließlich für ausgehfähig erachte. Daniels Misstrauen hält mich nicht davon ab, ebenfalls in den Club zu kommen. Ich kann schliesslich hingehen wohin ich will. Vielleicht gibt er mir ja irgendwann die Gelegenheit zu beweisen, dass ich nicht so schlimm bin, wie er denkt. Warum ich gehe, weiss ich selbst nicht so genau. Was ich mir davon verspreche, ebenfalls nicht. Alles was im Moment zählt, ist, dass ich Elijah sehen kann. Und vielleicht eine Chance bekomme ihn für mich zu gewinnen. Aufregung prickelt in meinem Nacken, als ich mir meine Jacke schnappe und schließlich meine Wohnung verlasse.

Dass der „Dark Rouge" Club mir unbekannt ist, ist die Übertreibung des Jahrhunderts. Ich bin hier Stammgast, praktisch zu Hause und habe schon unzählige heiße Nummern hier geschoben. Auch heute sind wieder verdammt viele schöne Typen anwesend, doch seltsamerweise interessieren sie mich heute einen feuchten Dreck. Ich halte unentwegt Ausschau nach Elijah. In meiner Ungeduld drängle ich mich eine halbe Stunde lang im Kreis herum durch die tanzende und feiernde Menge. Ich grüße eine Menge Leute. Von weniger als der Hälfte kenne ich nicht mal den Namen. Ganz kurz wird mir bewusst, wie oberflächlich das ist und im Grunde verabscheuungswürdig. Schlechtes Gewissen schäumt in mir hoch, ist aber sofort wieder vergessen, als ich mich an einem wild knutschenden Pärchen vorbei dränge und plötzlich Elijah, in Begleitung von Daniel und Alec an der Theke stehen sehe.

Ich bleibe wie angewurzelt stehen und sauge seinen Anblick in mich auf. Er ist so süß wie immer, wirkt aber heute nicht ganz so unsicher wie sonst. Das liegt vielleicht daran, dass er nicht weiss, dass ich da bin. Ich mache ihn nervös, das ist mir klar. Aber jetzt, wo er sich unbeobachtet fühlt, sieht er freier aus und viel gelöster. Er lacht über irgendetwas, dass Alec gesagt hat und ich spüre, wie sich mein Magen einen Salto schlägt. Am liebsten würde ich ihn sofort in meine Arme reißen. Er sieht so heiß aus, er macht mich so an. Er ist ein wenig anders angezogen. Ich erkenne eindeutig Ales Handschrift unter der engen Jeans. Niemand würde sich freiwillig in ein solches Kleidungsstück zwängen. Und schon gar kein schüchterner 18-jähriger, der zum ersten Mal in seinem Leben einen Gay-Club betritt.

Ich überlege, was ich tun soll. Dass ich zögere und eine Unsicherheit in mir verspüre, ist ebenfalls vollkommen neu. Der Junge wirft mich vollkommen aus der Bahn. Ich überlege hin und her und dann kommt mir blitzartig ein Gedanke. Grinsend setze ich mich in Bewegung und steuere auf die drei zu. Sie starren mich alle an. Elijah schluckt, als sich unsere Blicke kurz begegnen. Daniel hat ein drohendes Gesicht aufgesetzt und Alec grinst amüsiert vor sich hin. Ich nicke den Beiden beiläufig zu, ignoriere sie ansonsten aber weitgehend und bleibe schließlich dicht vor Elijah stehen. Ich fühle mit all meinen Sinnen, wie er erschauert, als ich mich nach vorne beuge und ihm ein »Alles Gute« in`s Ohr flüstere. Er schlägt schüchtern die Augen nieder und bringt gerade so ein krächzendes »Danke« heraus. Ich lache ganz leise auf. Ich weiss, es ist nicht fair, von mir so mit ihm zu spielen. Aber ich finde sonst keine Möglichkeit ihn ein paar Minuten für mich alleine zu haben.

»Hast du gewusst `Lijah, dass da Geburtstagskind an seinem achtzehnten Geburtstag nicht nur Geschenke bekommt, sondern dass es auch anderen einen Wunsch erfüllen muss?«

Er runzelt die Stirn und sieht wieder zu mir hoch, Zweifel in seinem Blick. Er ist zwar jung und unerfahren, aber blöd ist er ganz sicher nicht. Er hat die Ausrede in meinen Worten sofort erkannt und es macht mir absolut nichts aus. Ganz im Gegenteil dazu hoffe ich, dass er mitspielt. Er zieht eine Augenbraue beinahe bis zum Haaransatz hoch und schüttelt dann fragend den Kopf.

»Ich wünsche mir einen Tanz mit dir, `Lijah.«

Er sieht mich fassungslos an, als ich einen Schritt zurücktrete, eine Hand auf meinen Bauch lege und mich schließlich kurz und knapp verbeuge. Das Spiel hat begonnen, ich kann nicht mehr zurück. Ich kann nur hoffen, dass er darauf eingeht. Ich richte mich wieder auf und strecke ihm meine andere Hand entgegen. Lächelnd zwinkere ich ihm zu und frage: »Darf ich um diesen Tanz bitten?«

Es dauert nur den Bruchteil einer Sekunde als er überlegt und ein merkwürdiger Ausdruck auf seinem Gesicht erscheint. Er hadert, dass merke ich genau. Doch dann, als ich mir fast sicher bin, dass er ablehnen wird, hebt er ebenfalls seine Hand und legt sie in meine. Ich bin völlig hin und weg, dass ich meine Chance bekomme. Wir sehen uns an, die Luft knistert zwischen uns, dann drehe ich mich um und will ihn auf die Tanzfläche ziehen. Doch bevor ich auch nur einen Schritt machen kann, werde ich plötzlich aufgehalten. Daniel packt mich am Arm und schenkt mir einen so warnenden Blick, dass ich eine Gänsehaut bekomme. Ich sehe hinunter auf seine Hand, die meinen Arm packt und dann wieder langsam zu ihm hoch. Ich nicke knapp, als mich plötzlich eine unerklärliche Welle von Wut packt. Daniel hat mir gar nichts zu sagen. Dazu hat er kein Recht. Nicht einmal wenn es um seinen Bruder geht. Ich mache eine unwillige Bewegung, Daniel lässt langsam und zögerlich wieder los, strafft sich widerwillig und warnt mich dann erneut.

»Pass auf!«

Ich bin so sauer auf meinen besten Freund, dass ich fast vergesse, wen ich da an der Hand habe. Ich versuche mich zusammenzureissen, Elijah zuliebe und ziehe ihn dann endlich durch all die tanzenden Menschen um uns hinter mir her. Er kann ja nichts dafür, dass sein Bruder so ein Idiot ist. Als wir die Mitte der Tanzfläche erreichen bleibe ich abrupt stehen und schließe kurz die Augen. Ich will mich jetzt nur auf Elijah konzentrieren, darauf dass wir endlich alleine sind und darauf, dass ich ihn in nur einem Moment wirklich im Arm halten werde. Ich drehe mich langsam zu ihm um, sehe einen letzten Rest von Zweifel in den grünen Augen stehen und reagiere sofort. Ich reiße unsere ineinander verschlungenen Hände einfach hoch, drehe den Jungen im Kreis und fange ihn mit dem anderen Arm dann auf.

Sein fassungslos überraschtes Gesicht amüsiert mich wie immer. Ich lache laut auf, als ich uns zum Rhythmus des Liedes hin und her wiege und sehe, wie sich Elijah auf die Unterlippe beißt. Er ist total nervös, zittert in meinen Armen vor lauter Aufregung und weiss offensichtlich nicht, was er tun soll. Seine Unsicherheit macht mir nichts aus. Ich liebe das Gefühl in führen zu können und ich liebe das Gefühl, wie sich sein schmaler Körper an mich presst. So unsicher er auch ist, er sucht Nähe zu mir, presst sich dichter an mich, als es ihm wahrscheinlich bewusst ist. Langsam beginnt sich mein Verstand auszuschalten und meine Gefühle übernehmen. Ich lasse unsere immer noch verschlungenen Hände sinken, platziere seine auf meiner Hüfte und lege meine darüber. Meinen anderen lege ich ihm seine Schulter, meine Fingerspitzen in seinem Nacken.

Es fällt mir schwer mich im Zaum zu halten, als er erneut erschauert. Ich spüre die Gänsehaut in Elijahs Nacken unter meinen Fingerspitzen und werde mir gleichzeitig bewusst, dass sich auch bei mir alle Häärchen auf meinen Armen aufgestellt haben. Es ist um mich geschehen, ich will mehr von ihm, muss mehr von ihm spüren. Längst ist mir bewusst, dass es nicht nur bei einem Tanz bleiben wird. Es verlangt mich so sehr nach ihm, dass ich jetzt gar nicht aufhören kann. Wie im Traum gleitet meine Hand von seinem Nacken über seinen Arm und dann, ohne darüber nachzudenken, reiße ich ihn fordernd ganz dicht an mich. Ich drücke ihn an mich, nehme seine Wärme in mich auf, lasse mir seinen Duft in die Nase steigen und verdrehe die Augen dabei. Elijah macht eine willenlose Puppe aus mir und weiss noch nicht einmal, was er da mit mir anstellt.

Unsere Beine berühren sich, die Oberschenkel liegen dicht an dicht aneinander. Das Blut schiesst mir in die Lenden ohne das ich etwas dagegen tun kann. Er legt sein Gesicht an meine Brust, seine linke Hand schüchtern auf meiner Taille, die Bewegung seiner Finger so zart, dass sie fast nicht zu spüren ist. Und doch reagiere ich so heftig darauf, dass es mich beinahe schwindelt. Unbändige Lust auf ihn lodert in mir auf, bettelt um Aufmerksamkeit und um Befriedigung. Ich muss schier unmenschliche Kraft aufbringen, um mich zu beherrschen. Ich will ihn nicht verschrecken, ihn nicht überfordern. Aber es fällt mir unheimlich schwer. Ich wiege uns weiter hin und her, der Bass der Musik wummert um uns herum. Die Hitze, die von den Scheinwerfern ausgeht und von den anderen tanzenden Menschen hüllt uns ein. Wir sind nicht alleine, aber es fühlt sich an, als wären wir zu zweit in einem Kokon. In einer Blase, wo uns niemand stören kann.

Ich weiss, dass Elijah versucht es zu verstecken. Er kämpft eben so heftig mit sich selbst, wie ich und kann doch seine eindeutige Erregung nicht verbergen. Hart presst sich sein Unterkörper gegen meinen und bringt mich vollends um den letzten Rest meines Verstandes. Beinahe instinktiv hebe ich das Gesicht aus seinen Haaren und schaue ihn an. Noch immer kann ich es nicht fassen, dass ich den Jungen hier und jetzt in meinen Armen habe. Mein Atem beschleunigt sich, meine linke Hand wühlt sich in seinen Haaransatz. Mein Herz klopft so laut in meiner Brust, dass es schon beinahe weh tut. Elijah öffnet die Augen und sieht zu mir hoch. Für einen Moment verliere ich mich im Grün seiner Augen. Sein Atem streift meine Lippen, als ich mich zu ihm vorbeuge.

»Happy Birthday«, flüstere ich. Dann küsse ich ihn.

Special - First kiss, Teil 3

Ich weiss plötzlich nicht mehr, womit ich eigentlich gerechnet habe. Als ich mir immer und immer wieder vorgestellt habe, Elijah zu küssen sind mir alle möglichen Gedanken durch den Kopf gegangen. Irgendwie habe ich erwartet, dass er sich wehren würde, dass er mich von sich stoßen und flüchten würde. Solch eine Reaktion hätte ich auch verstanden. Schließlich hat er genug durchgemacht um sich vor körperlicher Nähe zu fürchten. Manchmal hatte ich deswegen auch ein schlechtes Gewissen. Trotz meiner Neigungen bin ich ja dennoch ein vernünftiger Mensch, der hin und wieder zumindest, seine Bedürfnisse hinten anstellen kann. Und ich habe oft mit mir selbst gekämpft, mir selbst versucht klar zu machen, dass ich das vielleicht nicht tun darf. Dass es einfach falsch ist. Natürlich habe ich es trotzdem getan und unbewusst auf diesen Augenblick hingearbeitet.

Jetzt, da er endlich da ist, wo meine heimlichen Träume wahr werden, wird mir bewusst, dass ich mich auf alles erdenklich Mögliche vorbereitet habe, auch auf völlige Ablehnung. Doch Elijahs Entgegenkommen, die Intensität und die Gefühle, die er in seinen ersten Kuss legt, übertrifft alles, was ich mir vorstellen kann. Ich küsse ihn ohne Vorbehalte, ohne Rücksicht darauf, dass es vielleicht besser wäre es etwas langsamer angehen zu lassen. Ich kann gar nicht anders, ich will ihn so küssen, wie ich es mit jedem Anderen auch machen würde. Dass ich offensichtlich den richtigen Weg eingeschlagen habe, raubt mir schier die Luft. Unser Kuss ist warm, feucht und zärtlich. Ich koste seine Zunge, die er mir anbietet. Sein Geschmack, der stoßweise Atem, der in meinem Mund ankommt, löscht alle meine Gedanken aus.

Ich schone ihn nicht, sondern fordere mehr. Ich will ihn schmecken, ihn fühlen, ihn gleichzeitig willig und gefügig machen. Und auch wenn ich es noch nicht richtig realisieren kann, dass dieser Kuss gerade wirklich passiert, macht Elijah nicht nur mit. Nein, er bietet sich mir regelrecht an, öffnet sich und nimmt meinen Mund vollständig in Besitz. Ich bin irre erregt, biege ihn leicht nach hinten durch und presse meinen lustgebeutelten Körper dicht an ihn. Noch immer wiege ich uns zum Rhythmus des Liedes hin und her. Seine linke Hand streichelt schüchtern über meinen Rücken und zeigt mir so, dass er noch keinerlei Erfahrung hat. Er weiss gar nicht genau, was er da tut. Aber er tut es trotzdem, lässt sich treiben und wird einfach so von seiner Lust mitgerissen, genau wie ich von meiner.

Ich bin vollkommen überwältigt von den Gefühlen, die er mir schenkt. Mein Schritt pocht so heftig, nur alleine von diesem Kuss, dass ich mir plötzlich wünsche, ganz alleine mit ihm zu sein. Mich ihm ganz und gar widmen zu können, ohne eine Störung von außen. Ich will mit Elijah schlafen. Ich will es sogar so sehr, dass es bereits beginnt weh zu tun. Ich stehe kurz vor dem Höhepunkt, weiss gleichzeitig, dass ich es nicht darf, will es aber doch so sehr. Ich muss mich zusammenreißen, um nicht das zarte Band an Vertrauen, welches wir gerade knüpfen sofort wieder zu zerreißen. Doch es fällt mir mehr als schwer die Bremse zu ziehen. Elijah macht es mir auch nicht leicht aufzuhören. Er hat sich auf die Zehenspitzen gestellt, kommt mir so entgegen, dass ich jetzt gleich auf der Stelle den Verstand zu verlieren scheine.

Mit einer riesigen Kraftanstrengung schalte ich meinen Verstand wieder ein, löse mich sanft von ihm und begegne seinem enttäuschten Blick. Elijah sieht ausgehungert aus, völlig aufgelöst und so unwiderstehlich süß, dass mir mein Herz in der Brust schier zerspringt. Er erschauert tief, als ich ihm erneut in den Nacken fasse und seinen Haaransatz streichle. Er atmet so heftig ein und aus, als wäre er eben eine mörderisch lange Strecke gerannt. Großer Gott, er macht mich so an. Ich bin sowas von heiß auf ihn. Unzusammenhängend schießen mir Bilder durch den Kopf. Allesamt verrucht und heiß. Wir zwei völlig nackt, Elijahs Hände auf meinem Körper. Ich schließe kurz die Augen, als ich mir vorstelle, wie sich das wohl anfühlt, wie ich auf seine

Berührungen reagiere. Und dann kommt urplötzlich das Verlangen in mir hoch, es genau zu wissen. Ich will wissen, wie es ist, wenn er mich anfasst.

Ich schiebe meinen Daumen unter sein rechtes Handgelenk, verschränke fest unsere Hände miteinander und übe dann leichten Druck aus. Unentwegt sehe ich ihm dabei in die Augen, versuche festzustellen, ob ich nicht doch zu weit gehe. Doch alles was ich erkennen kann, ist pure und reine Bereitwilligkeit. Unsere Hände gehen zusammen auf meinem Bauch auf Wanderschaft. Ich höre Elijah haltlos stöhnen und beinahe vergeht mir dabei Hören und Sehen. Ich kann nicht beschreiben, was seine Finger auf meiner erhitzten Haut auslösen. Sich von ihm berühren zu lassen ist noch viel besser, als ihn anzufassen. Er macht das so zart, so federleicht und doch so intensiv. Ich atme zischend durch die Zähne ein, als er beginnt meine Brustwarze zwischen seinen Fingern zu reiben. Und ich schwöre, wenn er so weitermacht, dann komme ich. Jetzt und inmitten all dieser Leute.

Wir sehen uns an, können nicht den Blick vom jeweils anderen nehmen. Das ist beinahe noch besser, als der Kuss zuvor. Noch besser, als seine deutlich spürbare Erektion. Besser als alles, was ich bisher erlebt habe. Ich ziehe sein Gesicht wieder zu mir heran und er öffnet, in Erwartung eines weiteren Kusses seinen Mund. Doch ich küsse ihn nicht, suche stattdessen sein Ohr und flüstere: »Du bist so heiß, `Lijah!«

Wieder höre ich ihn stöhnen, fühle, wie er in meinen Armen zu Wachs wird. Sanft fahre ich mit meiner Zungenspitze über sein Ohr, über seinen Hals und spüre, wie er zusammen zuckt. Er windet sich in meiner Umarmung, lässt seine Finger über meine Taille wandern und dann, gerade als ich beginne zu erahnen, was er vorhat, schließt er schon seine kleine Hand ganz sanft um meinen harten Schwanz. Es ist seltsam, genau das habe ich mir gewünscht. Ich wollte, dass unsere Berührungen intimer werden. Doch jetzt, da es soweit ist werde ich plötzlich unsicher. Ich weiss nicht mehr wohin mit all diesen Gefühlen, die durch mich hindurch rauschen. Ich will ihn so sehr, dass ich es nicht mehr aushalte, aber gleichzeitig kühlt mich seine Bereitwilligkeit mir einfach so zu folgen ab. Das kann ich nicht machen, ich darf sein Vertrauen nicht ausnutzen.

Das Verlangen nach ihm pocht noch immer fordernd zwischen meinen Beinen, doch augenblicklich ist mir die Befriedigung desselben nicht mehr so wichtig. Der Junge vor mir, seine seelenvollen Augen, die Unsicherheit, die ihm zu eigen ist, sie ist viel, viel wertvoller. Besser als das, was ich bisher bereit war mit ihm zu tun. Er verdient etwas ganz anderes, etwas Besseres, etwas vollkommen Schönes. Er verdient es geliebt und nicht nur rücksichtslos gefickt zu werden. Es ist wirklich seltsam. Dass ich mich in ihn verknallt habe, das weiss ich ja bereits. Doch dass dieses Gefühl so ernst ist, das war mir bis zu diesem Zeitpunkt nicht klar. Und dass es wirklich so ist, das beweist mir mein eigenes Verhalten. Noch nie habe ich auf Sex verzichtet. Für nichts und niemanden habe ich zurückgesteckt. Bis auf jetzt. Bis auf Elijah. Ich lächle ihn zärtlich an und fahre ihm mit der Hand durch das weiche Haar.

»Gott, du bist wirklich heiß«, wiederhole ich leise meine Worte von vorhin. Eigentlich will ich etwas ganz anderes sagen. Ich will ihm gestehen, dass er mein Herz in seinen kleinen Händen hält. Aber ich spüre instinktiv, dass es dafür noch zu früh ist. Wie kann er mir glauben? Wie kann er denken, dass ich es ernst meine? Die Situation in der wir uns befinden ist dafür viel zu erotisch, viel zu eindeutig. Sie hat nichts mit einem Liebesgeständnis zu tun. Ich halte mich also zurück und hoffe, dass ich bald eine bessere Gelegenheit bekomme es ihm zu sagen. Elijah ist knallrot im Gesicht und wirkt äußerst verlegen. Doch los lässt er mich auch nicht. Ich lache leise auf und beuge mich ein letztes Mal nach vorne, um ihn zu küssen. Dieser Kuss ist viel unschuldiger als der Erste und läutet das Ende dieses Intermezzos ein. Langsam lasse ich meine Arme sinken und halte sie dann ein Stück weit von meinem Körper weg. Nicht, dass ich noch einmal auf dumme Ideen komme und uns damit alles verderbe.

Elijah hingegen bewegt sich keinen Zentimeter, entlässt mich aber noch immer nicht aus seiner federleichten Umklammerung. Erneut stiehlt sich ein Lächeln in meine Mundwinkel.

»Wir sollten besser aufhören«, sage ich dann, warte kurz und füge hinzu: »Du darfst mich auch loslassen.«

Schrecken breitet sich über Elijahs Gesicht aus, als er bemerkt, wo sich seine Hand noch immer aufhält. Hastig lässt er mich los und es fühlt sich für mich wie ein riesiger Verlust an.

»Es tut mir leid«, stößt er hervor, als er einen Schritt zurücktritt und sich voller Verlegenheit abwenden will. Ich kann ihn gerade noch aufhalten. Es gibt wirklich keinen Grund, so peinlich berührt zu sein. Schließlich hat er nur das getan, was jeder Typ in seiner Situation getan hätte. Schüchtern schlägt er die Augen zu mir auf. Ich streichle mit dem Handrücken über seine Wange und dann, nach kurzem Zögern fahre ich mit meinem Daumen über seine Unterlippe, was ihn aufseufzen lässt.

Es fällt mir unheimlich schwer mich jetzt zu trennen, aber ich weiss, dass es besser ist. Nur zu leicht kann ich meine Meinung wieder ändern und eine Katastrophe auslösen. Was ich jetzt brauche, ist eine dunkle Nische und einen Moment nur für mich ganz alleine.

»Ich wünsche dir noch einen schönen Geburtstag. Wir sehen uns morgen.«

Mit diesen Worten verabschiede ich mich kurzangebunden und lasse ihn dann widerwillig stehen. Ich will nicht alleine sein und ich will Elijah nicht alleine lassen. Doch der Grundstein für was auch immer nun kommt, ist jetzt gelegt. Und ich werde diese Chance nutzen.

Special - First sex, Teil 1

Mein Innerstes ist zäh-glühende Lava. Meine Organe, alle Venen und Arterien, all die Muskeln in mir, alles was meinen Körper ausmacht, hat sich verflüssigt. Peinigend und beißend werden die Lust und die Wut in mir mit jedem von meinen Herzschlägen gnadenlos durch meinen Blutkreislauf gepumpt. Ich bin nicht mehr ich selbst. Dazu stehe ich viel zu sehr neben mir. Dafür bin ich viel zu sehr von meinen eigenen überwältigenden Gefühlen gelähmt. Die Erinnerung an das vor Kurzem erlebte ist so präsent, als würde es immer noch stattfinden. Es fühlt sich so an, als würde Daniel mich noch immer wütend anstarren, als würde Alec noch immer ein amüsiertes Grinsen unterdrücken müssen und Elijah mich mit weit aufgerissenen Augen anstarren. Es ist so echt in meinem Kopf, so drückend, dass ich kaum richtig Luft holen kann. Ist es wirklich vorbei bevor es richtig angefangen hat?

Vielleicht ist es auch nicht die Wut oder die Lust, die durch mich hindurch pulst. Vielleicht ist es Elijah selbst, die Erinnerung an ihn, an all die wundervollen Minuten und Stunden, die er mir geschenkt hat. Es ist vielleicht auch die Sehnsucht, die Angst vor dem vielleicht Unvermeidlichen, die Ohnmacht und die Unfähigkeit zu wissen, was ich jetzt tun soll, die sich da bemerkbar macht. Ich bewege mich hölzern, wie ferngesteuert und kriege keine Klarheit in meinen Kopf. Ich habe das dringende Bedürfnis die Türe hinter mir heftig zuzuschlagen, sie mit einem so lauten Knall ins Schloss zu werfen, dass der Rahmen splittert. Aber ich bin nicht fähig dazu. Daniels Worte verhindern erfolgreich einen wohltuenden Wutausbruch.

Ich lasse nicht zu, dass du dem Jungen das Herz brichst.

Ich stöhne auf und bedecke mein Gesicht mit meinen Händen. Das tut so weh dieses Misstrauen. Vielleicht habe ich es ja verdient, ich bin schließlich kein Kind von Traurigkeit. Aber selbst Daniel müsste doch sehen, müsste doch ohne Schwierigkeiten erkennen müssen, dass es dieses Mal anders ist.

Dass ich Elijah nicht einfach nur flachlegen will, sondern dass es mir verdammt ernst mit ihm ist. So ernst, dass ich einfach gegangen bin, bevor die Situation noch weiter eskaliert. Das ist nicht meine Art, normalerweise wehre ich mich. Doch es war klar, dass es nichts gebracht hätte. Ich hätte höchstens Elijah in noch größere Schwierigkeiten gebracht. Es ist trotzdem so schmerzhaft. Ich habe mich auf diesen Abend gefreut. Nein, ich habe ihm regelrecht entgegengefiebert. Natürlich habe ich es kaum abwarten können endlich Elijahs Versprechen an mich einzufordern. Natürlich wollte ich mit ihm schlafen. Doch der Sex wäre nur das I-Tüpfelchen gewesen. Die Kirsche auf dem riesigen Berg aus Sahne.

Viel wichtiger ist mir gewesen, die Worte, die ich mir so sorgfältig zurechtgelegt habe auszusprechen. Ich hatte es mir so fest vorgenommen. Elijah soll wissen, was ich für ihn empfinde. Er soll wissen, dass ich mich Hals über Kopf in ihn verliebt habe, so seltsam sich das auch noch immer für mich anfühlt. Ich bin nicht einmal annähernd dazu gekommen. Weder zum Einen noch zum Anderen. Es ist so frustrierend. Elijah hat seine erste Erfahrung gemacht, hat den ersten Schritt auf dem Weg zum „Mann werden" getan. Und ich habe gern zurückgesteckt. Ich habe gerne verzichtet, für ihn, für unsere Beziehung. Und nun sitze ich hier, mit riesengrosser Lust in mir und mit noch größerer Angst. Ja, ich fürchte mich. Ich fürchte mich so sehr davor, dass es zu Ende ist. Die Lava aus Furcht und unbefriedigtem Verlangen ist so heiß und so dick, dass sie alles lahmlegt. Ich kann nichts tun, außer zu sitzen, vor mich hinzustarren und zu überlegen.

Ich will Elijah nicht an seinen misstrauischen Bruder verlieren, so sehr er auch versucht unser Zusammensein zu verhindern. Zugegeben, Daniel hat allen Grund mir zu misstrauen. Zumindest in dieser Hinsicht. Ich habe ihm einmal das Herz gebrochen, doch dass ist schon so lange her, dass es gar nicht mehr ins Gewicht fallen kann. Wir haben uns doch ausgesprochen und dann beschlossen, dass dieses Erlebnis nicht mehr zwischen uns stehen soll. Dass wir Freunde bleiben, komme was da wolle. Doch sein Verhalten zeigt mir, dass gar nichts gut ist. Er vertraut mir nicht, zumindest nicht genug. Verdammt, es macht mich so wütend. Ich bin vielleicht nicht der tiefgründigste Typ, den es gibt, aber ein Klotz bin ich trotzdem nicht. Ich weiss, dass ich viel, viel sensibler bin, als ich es selbst zugeben mag.

Es ist Selbstschutz, dass ich mich nicht einfach so jemand anderem öffnen will. Meine Seele lege ich nicht einfach bloß. Dazu gehört mehr, dazu gehört jemand wie Elijah. Wieder stöhne ich auf. Egal was ich mache, egal über was ich nachdenke. Ich komme immer wieder an diesen einen Punkt zurück. Der Punkt, der Elijah ist und der zum Zentrum meines Daseins geworden ist. Als ich nach Hause gekommen bin, habe ich mein Gepäck einfach in eine Ecke geworfen. Eine Woche lange habe ich auf dieser scheiß-langweiligen Tagung die Minuten gezählt, bis ich wieder abhauen kann. Ich habe rein gar nichts gelernt, ich habe nichts mitgenommen von dieser grandiosen Verschwendung von Zeit. Meine Konzentration hat sich einfach verflüchtigt, ist verpufft und hat sich als schemenhafte Darstellung Elijahs wieder reproduziert. Er hat mir so gefehlt. So sehr, wie er mir jetzt auch fehlt.

Ich starre weiter bewegungsunfähig vor mich hin. Ich habe nicht vor kampflos aufzugeben. Dazu ist mein Herz nicht bereit. Doch meine Vernunft schüttelt unbarmherzig den Kopf und verlangt, dass ich das tue, was Daniel mir befiehlt. Und zwar sofort, auf der Stelle bevor es noch schlimmer wird. Bevor die Liebe mich und Elijah noch enger zusammen schweißt. Doch ich habe nicht die Gelegenheit mich für die eine oder andere Variante zu entscheiden. Das Klopfen an der Türe reißt mich aus meinem deprimierenden Gedankenstrom und entlässt mich aus der Starre, die sich über mich gelegt hat. Ich schrecke hoch und schüttle mich kurz, um wieder zu mir zu kommen. Es ist schon so spät und ich habe keinen blassen Schimmer, wer mich da so unvermittelt besuchen kommt. Ich denke gar nicht erst darüber nach, nicht aufzumachen, sondern erhebe mich schwerfällig und schlurfe dann zur Tür. Und als ich sie dann öffne, ist es mir als würden gleichzeitig die Pforten des Himmels aufschwingen.

Es ist Elijah. Natürlich ist es Elijah. Es hätte gar niemand anderes sein können. Doch trotzdem bin ich so fassungslos und gleichzeitig überwältigt von dem süßen Lächeln, dass er mir schenkt. Sein leises »Hey« dringt an meine Ohren und nur Sekundenbruchteile später liegt er in meinen Armen.

»`Lijah, was machst du hier?«, flüstere ich kaum hörbar in seine Haare, in die meine Nase gedrückt habe. Tief hole ich Luft und nehme seinen Duft in mich auf. Er riecht so herrlich, einfach so unwiderstehlich. Er dürfte nicht hier sein, nicht nachdem, was heute los war. Nicht nachdem Daniel uns so klar gemacht hat, dass er gegen uns ist. Und doch hat er es getan. Ist abgehauen und in dunkler Nacht einfach zu mir gekommen. Ich spüre, wie er sich bewegt und sich ein klein wenig aus meiner Umklammerung löst. Widerwillig hebe ich den Kopf und begegne seinem von aufgestauten Gefühlen ausgefüllten Blick. Es schaudert mich und plötzlich weiss ich, noch bevor er es ausspricht, was er mir sagen will.

»Ich bin gekommen, um mein Versprechen einzulösen.«
Elijahs Worte sickern in mich hinein als wären sie Honig. Und erneut reiße ich ihn an mich, voller Freude, voller Dankbarkeit, dass es ihn gibt, dass er nur mir gehört. Ich senke meinen Mund auf seinen und küsse ihn so heiß, dass er augenblicklich aufstöhnt und sich mir ohne Aufschub völlig öffnet. Er ist mindestens genau so aufgewühlt, genau so ungeduldig und unbefriedigt wie ich es bin. Ich werfe die Türe hinter ihm mit einem lässigen Schlenker meiner Hand ins Schloss und spüre dabei Elijahs suchende Finger überall auf meinem Körper. Er zerrt an meiner Kleidung, ertastet jeden Zoll meines prickelnden Körpers und und küsst mich wie ein Wahnsinniger. Zuerst merke ich nicht, dass ich es ihm gleich tue. Denken will ich jetzt auch nicht. Ich will nur fühlen, will jede Berührung in mir aufnehmen und als Erinnerung in meinem Gedächtnis speichern.

Elijah ist völlig außer sich. Er bietet sich mir so offensichtlich an, dass ich es richtig schwer habe mich zu beherrschen. Nicht auszudenken was passieren würde, wenn ich einfach genau so mitmachen würde. Nein, das geht nicht. Er hat etwas Besseres verdient, als nur eine schnell durchgezogene Nummer. Beinahe schaffe ich es nicht mir einen letzten Rest von Verstand zu behalten. Er keucht mir so schmutzige und eindeutig Wünsche ins Ohr, dass mir Hören und Sehen vergeht. Nichts Lieber, als sie ihm auf der Stelle zu erfüllen, würde ich jetzt tun. Doch bevor ich mich vergesse, macht es plötzlich „Klick" in meinem Kopf. Was ich will und was Elijah will, ist etwas völlig anderes, als das, was sein Bruder sich vorstellt. Daniels Gesicht in meinen Gedanken kühlt mein Blut rasch um etliche Grad ab. Ich packe Elijahs Handgelenk und kann ihn gerade noch davon abhalten sich um meine Erektion zu schließen.

Ich küsse ihn flüchtig und bemerke sofort den irritierten Gesichtsausdruck. Es tut mir so leid, dass ich ihn erneut enttäuschen muss, aber ich kann es nicht tun. Ich stehe so sehr zwischen diesen beiden Stühlen, dass ich nicht weiß wohin. Ich löse mich von Elijah und küsse ihn schließlich noch einmal flüchtig.

»Ich kann nicht«, flüstere ich heisser und sehe dabei, wie sich die Enttäuschung in Elijahs Gesicht langsam in Verletztheit wandelt. Seine Stimme ist tonlos und ein ganz klein wenig verzweifelt, als er mir antwortet: »Warum nicht?«

Ich bin völlig hilflos in diesem Moment. Ich habe keinen blassen Schimmer, wie ich ihm erklären soll, was in mir vorgeht. Nervös fahre ich mit beiden Händen durch meine Haare und starre den Jungen an.

»Ich will keinen Keil zwischen dich und Daniel treiben«, sage ich dann nach einem kurzen Moment des Überlegens. Meine Aussage hört sich total flach an, als hörte sie überhaupt kein Gewicht und noch weniger Bestand. Auch Elijah scheint das so zu sehen, dann nach nur wenigen Sekunden verändert sich sein Gesichtsausdruck erneut. Er lacht auf und ich bin plötzlich erleichtert, dass er nicht einfach nur stinksauer mit mir Trottel ist.

»Wenn es einen Keil geben würde, dann wäre ich jetzt nicht hier.«

Seine Stimme klingt so sicher, so bestimmt, dass es mich erstaunt. Der dünne Schleier, der vor dem Mann, der er eigentlich schon ist, liegt, hebt sich ein wenig und lässt mich einen Blick auf einen anderen Elijah werfen. Einen, der weiß, was er will. Und der alles dafür tut, um es zu bekommen. Ich bin baff, kenne ich ihn doch bisher nur als schüchternen, stillen Jungen. Doch offenbar schlummert da unter dieser ruhigen Oberfläche noch etwas anderes. Etwas, was mich noch mehr anmacht, als das, was bisher schon zu sehen war. Elijah ist kein willenloser Dummkopf, oh nein. Er ist offenkundig ohne weitere Probleme dazu in der Lage mich zu überreden und meine Bedenken bezüglich seines Bruders beiseitezuschieben.

Ich spüre überdeutlich, wie mein Widerstand schmilzt, wie sich mein Verstand verabschiedet. Wie sich die Lust auf ihn, auf unsere erste gemeinsame Nacht, auf Elijahs erstes Mal wieder einen Weg an die Oberfläche kämpft und sich überall in mir festsetzt. Nur zu gerne will ich mich ihr überlassen. Nur zu gerne will ich endlich in ihm versinken und vergessen, dass es noch etwas anderes gibt als ihn. Doch bevor ich es zulassen kann, muss ich mich noch einmal vergewissern. Ich muss wissen, dass Elijah das auch will. Und dass ich ihn und uns nicht doch in Schwierigkeiten bringe. Doch Elijah kommt mir zuvor.

»Kannst du eine einzige Sache für mich tun?«

Ich nicke widerstandslos, ohne zu wissen, was ich da bejahe. Er tritt wieder näher an mich heran und stellt sich auf die Zehenspitzen. Dicke Gänsehaut überrollt meinen Körper, als ich mich ihm entgegenbeuge, um ihm sein Vorhaben zu erleichtern. Sein geraunter »Schaff mich endlich in dein verdammtes Bett« lässt mir das Blut in den Adern hochkochen und ich stöhne leise auf, als ich überdeutlich spüre, was diese Worte in meinem Schritt anrichten.

»Bitte«, fügt er noch hinzu und macht damit die Sache nicht unbedingt leichter für mich. Noch immer bin ich nicht bereit, zu hundert Prozent abzuschalten. Vernunft kämpft gegen das dringende Bedürfnis in mir Elijah endlich ganz für mich zu haben. Es ist ein regelrechter Krieg der da stattfindet, eine Schlacht von Hormonen gegen klares Denken. Doch eigentlich ist es nicht so schwer abzusehen, wer von den beiden schlussendlich gewinnen wird.

»Bist du sicher?«, frage ich Elijah heißer und registriere augenblicklich seinen festen Willen. Er schaut mir direkt in die Augen, dieses eine Mal keine Spur von Verlegenheit oder Unsicherheit in Sicht und antwortet mit fester Stimme: »Ja, schlaf endlich mit mir!«

Special - First sex, Teil 2

Im Handumdrehen liegt Elijah auf meinem Bett. Wie es scheint, haben wir beide ein Blackout. Er sieht mich verwirrt an und schaut sich dann planlos um. Auch ich habe keinen blassen Schimmer, wie wir es so schnell in mein Schlafzimmer geschafft haben. Ich weiss nur, dass wir uns geküsst haben als gäbe es kein Morgen. Und plötzlich stehe ich wahnsinnig erregt hier vor meiner Schlafstätte und fixiere den Jungen vor mir. Er hält den Atem an, als ich mir mein T-Shirt über den Kopf streife und es dann achtlos zur Seite werfe. Ein aufgeregtes Blinzeln stiehlt sich in sein Gesicht. Doch es ist nicht nur Aufregung, die ich da sehe. Ich fühle mich ein wenig geschmeichelt, als mir klar wird, dass er mich förmlich anbetet. Er ist völlig willenlos mir gegenüber und ich bin mir sicher, dass ich alles mit ihm machen könnte, wenn ich es nur wollte.

Natürlich will ich das ganz und gar nicht. Ich habe mir vorgenommen es langsam angehen zu lassen. Ich will ihn weder verschrecken, noch will ich ihm weh tun. Wie ich es hinbekommen soll, mich in seiner Gegenwart zusammen zu reißen ist mir schleierhaft. Aber versuchen werde ich es. Das bin ich mir selbst und natürlich Elijah schuldig. Ich ziehe mich weiter aus und beobachte ganz genau seine Reaktion. Er sieht mir zu, als wäre ich ein fleischgewordener Erotik-Streifen. Er nimmt alles in sich auf, saugt förmlich jede meiner Bewegungen aus mir heraus und streckt mir schließlich seine Hand entgegen. Er will, dass ich endlich zu ihm komme, ihm endlich das gebe, nachdem er sich so sehnt. Ich lächle ihn nachsichtig und ein klein wenig sadistisch an. Noch muss er warten, sich gedulden. Erst will ich sehen, wie er auf hundert Prozent kommt. Ich will ihn am Rande seiner Selbstbeherrschung sehen.

Ich schüttle also den Kopf, schiebe mir meine Jeans über die Hüften, die Oberschenkel und schlenkere sie dann lässig von meinen Fußknöcheln. Dann beuge ich mich langsam zu ihm vor, stütze mich mit beiden Händen auf seinen Knien ab und drücke seine Beine auseinander. Unsere Blicke treffen sich und ich verharre kurz.

»Du willst also, dass ich mit dir schlafe«, bringe ich heißer heraus, höre dabei, wie Elijah leise aufstöhnt und dann ungelenk nickend seine absolute Bereitwilligkeit bejaht. Meine Hände gleiten an den Innenseiten seiner Oberschenkel nach oben. Seine Reaktion ist einfach der Hammer. Er verdreht so sehr die Augen, daß man fast nur noch das Weiße darin sehen kann und legt den Kopf in den Nacken. Die Muskeln seiner Beine zucken unter meinen Berührungen, was mich beinahe um meinen Verstand bringt. Großer Gott, wie mich das anmacht. Er ziert sich nicht und wirkt überhaupt nicht unsicher. Im Gegenteil, er ist unfassbar gelöst und ebenso erregt.

»Okay«, flüstere ich als Antwort auf seine Einwilligung und werde auf einmal mächtig nervös. Ich weiß, dass sich hier nicht nur unser beider Traum erfüllt, mir ist gleichzeitig auch sonnenklar, dass ich mir eine riesengroße Verantwortung aufgebürdet habe. Elijahs Wohlergehen hat die oberste Priorität für mich. Auch wenn es nur um die Ausübung unserer niedersten Instinkte geht. Ich muss ihn führen, ihm zeigen, wie wundervoll die Dinge, die man nur zu zweit machen kann, sind. Und ich muss dafür Sorge tragen, dass ich hier einen soliden und festen Grundstein lege. Jetzt, in diesem Moment, bin ich plötzlich nicht mehr so sicher, dass ich das auch kann. Ich habe noch nie Rücksicht auf meinen Partner genommen. Bisher war das auch nicht nötig. Und andersherum hat sich auch nie jemand die Mühe gemacht auf mich zu achten. Alles ging immer nur Ruck-Zuck. Auch bei meinem ersten Mal.

Das will ich für Elijah nicht. Ich will, dass er diese Nacht in guter Erinnerung behält. Egal, was auch sonst immer noch passieren mag. Ich lasse meine Hände weiter auf die Wanderschaft gehen, streife seine Erektion nur flüchtig, gleite über seinen Bauch und wieder zurück zu den Hüften. Plötzlich fehlt mir seine direkte Nähe. Ich habe das Bedürfnis ihn in meinen Armen zu halten, zärtlich zu ihm zu sein und ihm mein

Herz zu schenken. Ich packe ihn also sanft an den Oberarmen und ziehe ihn hoch, ganz nah an mich heran, so dass er breitbeinig vor mir zum Sitzen kommt. Er sieht zu mir auf und ich lächle zurück. Elijah ist nicht nur sexy, nein. Er ist so unwiderstehlich süß, so liebenswert, dass es keine Worte für mich gibt um ihn genauer zu beschreiben. Er ist einfach unglaublich. Ich fahre mit einer Hand durch seinen Schopf und streichle dann seine Wange.

»Ich will, dass du das hier nie vergießt.«

Völlig unvermittelt kommen mir diese Worte aus meinem Mund und ich sehe, wie er erschauert. Elijahs Lächeln ist nur eine Spur unsicher, als ich ihn komplett in den Stand ziehe und wir uns für einen ewig scheinenden Moment einfach nur ansehen. Er steht sich dicht vor mir, dass ich beinahe jede Einzelheit an seinem Körper überdeutlich spüren kann. Und diese Einzelheiten stellen mich auf eine harte Probe. Ich will Elijah so sehr und ich will ihn jetzt. Ich vermag keine Sekunde länger mehr zu warten. Der flüchtige Kuss, den ich ihm schenke beendet unseren Blickkontakt und öffnet endgültig das Tor zu den wirklich ernsten Dingen, die nun passieren werden.

»Zieh dich aus«, fordere ich ihn so sanft flüsternd, wie es mir irgend möglich ist, auf. Ich küsse sein Ohr und vernehme ein weiteres Stöhnen. Elijah steht mir in nichts nach. Er steht genau so lichterloh in Flammen wie ich selbst. Doch jetzt fühle ich, dass er zögert. So sehr es auch will, er hat keinen blassen Schimmer, was und wie er es tun soll. Ich lache leise über die tiefe Röte, die sich über sein Gesicht gelegt hat, als ich einen Schritt zurücktrete. Grundgütiger, diese Verlegenheit, diese Unsicherheit ist noch heißer als seine Erregung.

»Du machst mich ganz verrückt, wenn du errötest«, sage ich mit schief zur Seite gelegtem Kopf, lache erneut, werde dann aber sofort wieder ernst. Wir dürfen nicht abdriften, wir dürfen diese besondere Stimmung zwischen uns nicht zerstören.

»Zieh dich aus, `Lijah. Ich will dich nackt sehen«, versuche ich erneut meinen Willen durchzusetzen. Ich drehe schier durch, als er sich auf die Unterlippe beißt und dann völlig verunsichert anfängt an sich herum zu nesteln. Alles an ihm schreit geradezu nach Hilfe. Und die lasse ich ihm selbstverständlich auch zukommen. Ich schiebe seine Hände bestimmt zur Seite und übernehme die Führung. Als Erstes fällt Elijahs T-Shirt zu Boden, dann küsse ich ihn mit halb geöffneten Lippen erneut und öffne seine Jeans. Sein Atem beschleunigt sich, als ich ihn zurück in die liegende Position drücke und dann ungeduldig Hose und Shorts von den Beinen ziehe. Ich bin verrückt nach ihm. Nach ihm, seiner weichen Haut, seiner offensichtlichen Erregung und nach seinem harten Schwanz, der sich mir entgegenstreckt.

Wie ein Raubtier auf Beutezug schiebe ich mich dann über ihn und kriege beinahe weiche Knie, als sich unser beider Haut berührt. So nah und so nackt waren wir uns noch nie. Und es ist ein irres Gefühl, diese Hitze, die er ausstrahlt. Beinahe fühle ich die Wärme pulsieren, spüre, wie sie mich einhüllt und lockt. Dabei brauche ich definitiv keine weitere Aufforderung. Ich will, ich will ihn, ich will ES. Ich will es sofort. Ich taxiere ihn und muss an mich halten ihn nicht auf der Stelle zu nehmen. Doch nur ein Blick in sein Gesicht bringt mich wieder ein Stück zurück auf den Boden der Tatsachen. Großer Gott, er sieht wirklich aus wie ein kleiner Junge. So zart, so jung, so unberührbar. Die deutliche Erektion straft diesen Eindruck Lügen, das weiss ich genau. Aber dennoch lässt mich dieses unschuldige Antlitz erneut lächeln.

»Hoffentlich mache ich mich nicht strafbar«, spöttle ich absurderweise. Meine Aussage passt überhaupt nicht zu unserer Situation, doch vielleicht hilft sie uns und vor allem mir, vorerst auf dem Teppich zu bleiben. Elijah scheint es nicht anders zu sehen. Er ist offensichtlich damit beschäftigt, jeden Zoll meines Körpers zu ertasten, und doch kriegt er eine verwirrt klingende Frage heraus: »Was?«

Ich schmunzle über seinen scheiternden Versuch mich zu verstehen und sage: »Du siehst einfach so jung aus.«

Meine Mundwinkel zucken deutlich unter meiner seltsamen Belustigung und in einem weiteren Anfall von Heiterkeit füge ich hinzu: »Rasierst du dich eigentlich schon?«

Ich weiss wirklich nicht, was mich reitet. Ist doch völlige Spinnerei, was ich da mache. Völliger Blödsinn. Bin ich vielleicht nervös? Aufgeregt? Oder gar überfordert? Elijah reisst mich aus diesem Gedankengang indem er mir empört auf den Arm schlägt, laut aufschnaubt und dann beleidigt tut. Ein albernes Kichern kriecht in mir hoch und er versucht augenblicklich sich unter mir hervor zu winden.

»Hey, hör sofort auf zu lachen«, beschwert er sich und ich muss ihm Recht geben. Ich benehme mich wie ein pubertierender 14-jähriger. Und ich kann es nicht mal erklären. Er holt ein weiteres Mal aus um mich zu boxen, doch dieses Mal bin ich schneller. Ich packe seine Hand, hole tief Luft, um mich wieder einzukriegen, und kichere ein letztes Mal auf. Dann habe ich mich wieder im Griff.

»Okay, okay, Schluss mit den Scherzen. Zeit ernst zu werden.« So plötzlich wie mein unerklärlicher Heiterkeitsausbruch über mich gekommen ist, wälzt sich riesige Aufregung über Elijah. Es ist ihm deutlich anzusehen, dass ihn jetzt die Aufregung endgültig packt. Und ich fühle mich geneigt nicht zu zulassen, dass sie überhandnimmt. Ich beuge mich vor und küsse ihn sanft, langsam und intensiv. Nicht soll uns beide jetzt mehr davon abhalten endlich zueinanderzufinden. Meine Berührungen sind jetzt jedoch fordernder, viel intimer, als sie es bisher waren. Es gibt keine Stelle auf Elijahs Haut, die ich nicht berühre. Keine Stelle an der ich nicht meine Finger habe, keine Stelle, die ich nicht stimuliere und damit beinahe überschäumende Erregung provoziere. Ich schließe meine rechte Hand um seine Erektion und massiere ihn. Freue mich über das atemlose Japsen, welches aus seinem Mund kommt.

Ich küsse mich von seinem Hals über die Brust, entlang seiner harten Brustwarzen, denen ich extra Aufmerksamkeit schenke. Dann gleiten meine Lippen über seinen Bauch und ich spüre die

Gänsehaut, die an meinem Mund reibt. Alle Härchen haben sich aufgestellt, alles an ihm ist sowas von bereit für mehr. Ich zögere nur kurz, wäge nur in Bruchteilen von Sekunden ab, ob ich es wagen kann. Ob ich ihm alles schenken soll, zu was ich nur fähig bin. Woher diese Überlegung kommt, ist mir sonnenklar. Diese Position habe ich noch nie eingenommen. Ich habe noch nie mit vollen Händen gegeben, ich habe immer nur genommen. Doch für Elijah will ich es tun. Der Gedanke macht mir gar nichts aus, im Gegenteil. Ich bin froh, dass wir wieder eine Kleinigkeit gemeinsam haben. Obwohl es seltsam für mich ist, dass es wirklich etwas gibt, was ich zum ersten Mal tue.

Das Aufbäumen seines Unterkörpers sagt mir, dass ich eine gute Entscheidung getroffen habe. Sein keuchendes Quietschen sendet mir einen heißen Blitz quer durch den Bauch. Ich kann einfach nicht anders, ich muss mich jetzt selbst anfassen, als ich ihn stimuliere. Und als ich plötzlich meinen eigenen Namen aus Elijahs Mund höre, wird mir klar, dass Geben mehr ist als nur nehmen. Es ist wundervoll für mich ihn zu schmecken und dabei zu spüren, wie heftig er auf mich reagiert. Es ist unglaublich, wie tief seine Lust ist und wie sehr er sie zeigt. Er prescht förmlich vorwärts, hin zu mir und mir entgeht nicht, dass er beinahe übers Ziel hinaus schießt. Ich schlage meine Augen zu ihm auf und meine plötzlich einer Ohnmacht nahe zu sein. Elijah sieht mir dabei zu, er hat sich auf seine Unterarme gestützt, atmet schnell mit offenem Mund und hat seine Augen hochkonzentriert zusammen gekniffen. Als sich unsere Blicke begegnen, stöhnt er ungehalten auf und beißt sich dann auf die Unterlippe.

»Eric. Nicht«, presst er angespannt hervor, dann geht ein Ruck durch seinen schmalen Körper. Ich bin baß erstaunt. So viel Selbstbeherrschung, so viel Wille zum Durchhalten beeindruckt mich ganz schön. Fast ist es ja nicht möglich und ich bin mir sicher, dass ich selbst es nicht soweit geschafft hätte. Elijah lässt sich nach hinten fallen wie ein nasser Sack und atmet hektisch ein und aus. Das war wirklich haarscharf, das ist mir klar. Ich entlasse mich selbst aus meiner knienden Haltung, ziehe mich zu ihm hoch und lege mich schließlich neben ihn. Mein Herz klopft laut, als ich meinen Kopf zu ihm drehe und ihn anlächele. Er grient mit verschleiertem Blick zurück und weiss wahrscheinlich nicht mal, was für eine herrliche Grimasse gerade sein Gesicht ziert.

Wieder einmal muss ich über ihn lachen, er ist einfach entzückend.

»Du bist wohl soweit, oder?«, frage ich dann und ernte ein zustimmendes, leicht eckig wirkendes Nicken.

»Ja, das bist du«, füge ich dann an unnötigerweise an und küsse meinen Süßen auf den Mund. Ich spüre, wie er anfängt zu zittern, jetzt da es wirklich soweit ist. Ich bin froh, dass er nicht in mich reinschauen kann, denn auch ich bin total aufgeregt. Ich bin wahnsinnig heiß auf ihn und hart wie Granit. Und doch fühle ich eine gewisse Unsicherheit in mir. Ich war noch nie irgend jemandes erster Typ und ich hoffe, dass ich alles richtig mache und ihm nicht weh tue. Ein Schauder läuft über meinen Körper, als mich der Gedanke daran vollends packt. Es ist wirklich eine Ehre. Etwas ganz, ganz Wunderschönes, dass mir da beschert wird. Es ist aufregend und erregend. Und auf eine seltsame Art und Weiße das Beste, was mir bisher passiert ist.

Glücksgefühle fahren heftig durch meinen Bauch und vermischen sich mit der wuselnden Verliebtheit in mir. Solch ein Wahnsinn, was mir passiert, solch ein irres Geschenk. Ich beende meinen Kuss und zwinkere Elijah dann grinsend zu. Erneut suche ich seinen Blick, versuche all die Zärtlichkeit für ihn in mir zu bündeln und ihm zu übermitteln. Dann lege ich meine Hand auf seine Hüfte und drücke ihn sanft auf den Bauch. Er bleibt bewegungslos liegen, was mich erahnen lässt, was gerade in ihm vorgeht. Ich richte mich langsam auf, drehe mich und knie mich schließlich zwischen seine Beine. Was für einen wunderschönen Anblick er doch bietet. Und was für noch wundervollere Gefühle er in mir auslöst. Hauchzart streife ich mit meinen Fingern seine Oberschenkel, dann beuge ich mich zu ihm vor.

Meine Erektion streift ihn und er verkrampft sich urplötzlich. Er hat Schiss, das ist ihm deutlich anzumerken. Ob vor mir oder vor der Situation, kann ich nicht sagen, doch ich hoffe sehr, dass es Letzteres ist. Er tut mir wirklich leid, doch ich weiß, dass wir das jetzt durchziehen müssen. Für einen Rückzieher ist es ohnehin schon viel zu spät.

»Entspann dich `Lijah. Ich fall doch nicht einfach so über dich her«, flüstere ich dicht an seinem Ohr und fahre dann beruhigend mit den Händen über seinen Rücken. Er kichert nervös und ein klein wenig Hysterie schwingt darin mit. Vielleicht ist es auch die Position in der wir uns befinden. Vielleicht fühlt er sich mir ausgeliefert. Und das ist Letzte, was ich will. Ich ziehe ihn also zu mir hoch, so dass er auf meinem Schoß, auf meiner ungeduldig pochenden Erektion zum Sitzen kommt. Grundgütiger, nur Millimeter trennen uns noch. Nur eine kleine Barriere, die mich vom Himmel auf Erden abgrenzt. Nur eine winzige Zeitspanne, die ich noch ausharren muss. Elijah macht sich ganz klein, zieht die Schultern hoch und zittert wie Espenlaub. Seine offensichtliche Panik tut mir weh. Ich kann es nicht sehen, nicht ertragen, wenn es ihm schlecht geht. Ein unbändiges Bedürfnis ihn zu trösten schnellt in mir hoch und beinahe wie von selbst schlinge ich meine Arme um ihn. Einen um seine Brust, den anderen um seinen Bauch.

Er soll sich doch wohlfühlen, sich fallenlassen, sich mir hingeben können. Und kein Elendshäufchen sein. Ich küsse tröstend seine Schulter, seinen Nacken und schließlich seine Wange. Er hat das doch so gut gemacht bisher. Soweit sind wir gekommen, dass es kein Zurück mehr für uns geben kann. Und plötzlich weiß ich, was zu tun ist. Auf diese Unsicherheit darf ich nicht eingehen, da würde sie nur verstärken. Nein, ich muss da weitermachen, wo ich vorher aufgehört habe. Ich muss Elijah dazu bringen, sich mir erneut zu öffnen und so alle Panik abzuschütteln. Sanft, aber bestimmt fasse ich ihm ungeniert direkt in den Schritt. Fester wie zuvor packe ich seinen Schwanz, drücke und massiere ihn und spüre mit allen Sinnen, wie mein

Plan aufgeht. Stück für Stück fällt die schlotternde Panik von ihm ab. Das ängstliche Zittern ebbt ab und macht einem ganz anderen Beben Platz.

Binnen weniger Minuten habe ich ihn wieder dort, wo auch ich mich befinde. Und zwar ganz knapp vor dem siebten Himmel. Elijah hat seinen Rücken durchgebogen, lehnt sich an mich und bietet mir gleichzeitig seinen zuckenden Unterkörper an. Beinahe weiss ich nicht mehr was ich tue. Heiß glühende Lust und Ungeduld walzt durch meinen Körper und lässt mir das Blut in den Ohren nur so rauschen. Himmel und Hölle, wie sehr ich ihn jetzt will. Wie sehr muss ich ihn jetzt auf der Stelle haben. Ich halte ihn weiter fest mit einem Arm um die Brust und höre nicht auf ihn zu reizen. Fahrig lasse ich die Finger meiner anderen Hand dann über seinen Bauch gleiten, zurück zur Hüfte und schließlich zu seinem Po. Ich spüre wie er erbebt, als ich an seiner intimsten Stelle ankomme und ohne zu zögern beginne ihn auf mich vorzubereiten.

Er stöhnt haltlos auf und wirkt, als würde er jede Körperspannung verlieren. Er lässt alles zu, was ich mache, lässt sich völlig gehen, während ich heftig mit meiner eigenen Zurückhaltung zu kämpfen habe. Ich bin so dankbar, dass er mich machen lässt, dass er mich so sehr will, wie ich ihn. Unser schneller Atem erfüllt den Raum, Hitze schlägt über uns zusammen und lässt uns beiden den Schweiß ausbrechen. Es ist jetzt soweit, ich bin soweit und Elijah ist es auch. Nur ganz kurz lasse ich von ihm ab, angle nach einem Kondom und streife es mir über. Sein Rücken bebt unter seinem heftigen Atem und wahrscheinlich auch ein wenig vor Aufregung. Ich positioniere mich erneut hinter ihm, rutsche mich in eine bequeme Haltung und hole tief Luft um meine Erregung noch ein klein wenig im Zaum zu halten. Dann dringe ich in ihn ein.

Ich nehme ihn nicht ganz, nicht sofort. Der Moment, in dem ich innehalte um ihm Gelegenheit zu geben sich an dieses vollkommen neue Gefühl zu gewöhnen ist der Schwerste dieser besonderen Nacht. So eng, so heiß schließt er sich um mich, dass ich meine Hände zu Fäusten ballen muss, um meinem dringenden Bedürfnis nicht nachzugeben. Es ist so schwer standhaft zu sein und meinen Verstand zu behalten. Doch noch schwerer ist es mit Sicherheit für Elijah. Er sieht so klein aus, so überrumpelt, dass mir einfach die Zärtlichkeit ins Herz schießt und mir zur Seite steht. Ohne mich zurückzuziehen, schlinge ich erneut meine Arme um ihn, drücke ihn ganz fest an mich. Ich kann nur noch flüstern, alles andere würde mich viel zu viel Kraft kosten.

»Alles gut?«, frage ich ihn und hoffe gleichzeitig auf eine positive Antwort. Er nickt zögernd, so als wäre er nicht ganz sicher, doch die Geste reicht mir vollkommen aus. Sie muss einfach reichen, für mich und für Elijah. Und gleichzeitig ist sie auch das Startsignal. Langsam beginne ich mich in ihm zu bewegen, spüre mit übergroßer Dankbarkeit, dass er mitzieht. Er passt sich instinktiv meinem Rhythmus an, öffnet sich gleichzeitig noch mehr für mich und entzündet damit die letzte Flamme, die uns noch gefehlt hat. Ich versuche das Keuchen, dass sich ungehindert aus mir heraus stehlen will aufzuhalten. Noch darf ich mich nicht fallen lassen. Nur noch einen Moment ausharren. Elijah fasst plötzlich nach hinten zu mir, zieht mich an sich und verdreht gleichzeitig seinen Oberkörper so sehr, dass er mir ins Gesicht sehen kann.

Dunkel und voller Lust sind seine Augen, wie tiefe Brunnen, in welchen man nicht auf den Grund sehen kann. Er hält meinen Blick gefangen und zieht mein Gesicht näher zu ihm heran. Ich schlucke schwer bei diesem Anblick, packe ihn an der Schulter und verlagere mein Gewicht neu. Das ist so verdammt heiß. Ich weiß, ich werde mich jeden Augenblick in meine Bestandteile auflösen.

»Fick mich, Eric.«

Irgendetwas explodiert nach diesen Worten in meinem Kopf. Lichtfunken tanzen vor meinen Augen während eine nie gekannte, so wahnsinnig intensive Lust durch mich hindurch schießt. Wir stöhnen beide auf, unsere Lippen finden sich und wir küssen uns wie Wahnsinnige. Schwer atmend schmecke ich Elijahs Zunge, sein Kopf fast unnatürlich nach hinten zu mir verdreht. Ich blende alles aus, will nur noch wahrnehmen was hier gerade zwischen uns passiert und habe plötzlich kaum noch Kontrolle über mich und meinen Körper. Ich packe ihn an der Hüfte, seine Worte und die direkte Aufforderung wirbeln in meinem Verstand umher. Nein, ich brauche keine weitere Bitte, keine weiteren Worte, die mir sagen, was ich jetzt tun soll. Ich weiss es doch genau, ich weiss, was ich will und auch was Elijah offensichtlich so sehr begehrt.

Widerstandslos versinke ich vollends in ihm, nehme in ihn Besitz während er aufkeucht. Schmerzhaft krallen sich seine Fingernägel in meine Oberschenkel und er drückt sich mir entgegen, als ich anfange ihn zu stoßen. Elijah jammert bettelnd auf, fordert mehr, will mich fester. Und ich tue ihm den Gefallen, bin nicht mehr rücksichtsvoll, bin plötzlich nicht mehr der Eric, der ihn liebt. Ich bin der Eric, der ihn gnadenlos nimmt, ihn fickt, wie er es verlangt hat. Und kein schlechtes Gewissen ist da in mir. Völlig fehl am Platz wäre es auch, denn Elijah benimmt sich genau so schmutzig, wie ich selbst. Er fällt noch vorne über und verkrallt sich in meiner Bettdecke. Keuchend drücke ich meine Stirn zwischen seine Schulterblätter, schmecke seinen Schweiß auf meinen Lippen und weiß, dass ich nicht mehr lange durchhalten kann. Ich bin so knapp davor zu kommen, dass es schon schmerzt. So hart pulsierend fährt mir die Lust durch meine Erektion, dass es beinahe schon Quälerei ist. Ich will loslassen, den Höhepunkt auskosten, doch zuerst ist der Junge vor mir dran.

Er wirft den Kopf in den Nacken und stöhnt quietschend auf, als ich um ihn herum fasse und ihn zusätzlich stimuliere. Sein gepresstes und lüsternes »Ja« raubt mir schier die Sinne. Ich verharre einen Sekundenbruchteil, stoße ihn erneut und werde dann auf der Welle seines peitschenden Orgasmus mit davon getragen. Er bäumt sich unter mir auf, wird heftig durchgeschüttelt und schnappt hörbar nach Luft. Beinahe ist es schon zu spät für mich, als ich, während er noch immer heftig keucht, bitte: »Ich will ihn dir kommen, `Lijah.«

Das Zucken hat bereits begonnen, als mir sein geflüstertes »Okay« an`s Ohr dringt und endlich kann ich mich hingeben. Noch nie bin ich so heftig gekommen. Noch nie hat es mich alles um mich herum vergessen lassen. Alles, bis auf den Jungen in meinen Armen. Ich fühle mich erlöst, unendlich befriedigt und überglücklich. Müdigkeit kommt über mich und ich bin mir sicher, dass ich den Schlaf nicht aufhalten kann. Es reicht gerade noch um über Elijahs verschwitzte Haare zu streicheln, während er mich schwach anlächelt. Ich ziehe ihn an meine Brust, drücke ihn an mich und ziehe schließlich die Decke über uns.

Special - Goodbye

Es reißt mich auseinander, in klitzekleine Stücke. Es zerrt an mir, macht mich brüchig und instabil. Ich bin nicht mehr ich selbst, zerfalle in Einzelteile und löse mich beinahe auf. Der Schmerz ist unglaublich. So unglaublich stark. Scharf und schneidend ist er, schnürt mir die Luft ab und lässt mich nicht mehr los. Ich war so ungeheuer dumm. Dumm und selbstgerecht. Ich habe gedacht, ich mache einen sauberen Schnitt. Einen, der kurz blutet, dann aber verheilt. Ohne sichtbare Narben und Pein. Wie sehr habe ich daneben gelegen. Die Wunde, die ich in Elijah und auch in mich gerissen habe, ist verdammt tief. Sie blutet und blutet und blutet. Und tut schrecklich weh. Meine eigene Dummheit verfolgt mich in jeder Minute. Legt noch einen Finger in die ohnehin schon schwärende Narbe. Mittlerweile bin ich ziemlich sicher, dass ich nicht so schnell darüber hinweg kommen werde. Wenn ich überhaupt jemals darüber wegkomme.

Meine Wohnung, der Platz neben mir auf der Couch ist verwaist. Ich bin alleine und ich bin schrecklich einsam. Ich habe immer gerne alleine gelebt. Ich war auch immer gerne der Herr über mein kleines Reich. Das hat mir nie was ausgemacht. Immerhin habe ich meine Freiheit auch genossen. Und sie über alle Massen auch ausgelebt. Nie hätte ich gedacht, dass sich das mal ändert. Dass mich ein Typ so sehr in seinen Bann zieht, dass alles andere plötzlich nichts mehr zählt. Dass er mir mehr bedeutet, als mein eigenes Leben. Dumm ist nur, dass ich das viel zu spät erkannt habe. Ich bin so bescheuert. Elijah hat mein Leben nicht nur bereichert. Er hat es ausgefüllt, mir und meinem Dasein einen Sinn gegeben. Ich habe wohl wirklich jemanden gebraucht, um den ich mich kümmern kann. Und das habe ich auch sehr gerne getan. Der Junge ist so wunderbar. Mein Ein und Alles. Und doch habe ich ihn von mir gestoßen. Weil ich Angst hatte. Angst vor mir selbst.

Es ist eine zerstörerische, nicht zu erklärende Furcht, die mich da gepackt hat. Sie hat mich ohne Vorwarnung erwischt. Und das noch in einem Moment, der mehr als unpassend war. Was habe ich mir nur dabei gedacht, Elijah so zu verletzen? Warum musste ich ihm ausgerechnet dann so weh tun, wo er mich am meisten gebraucht hat? Er hat einiges für mich in Kauf genommen. Hat sich sogar mit Daniel verkracht und ist mir gegenüber loyal geblieben. Ohne Vorbehalte, ohne dass er eine Garantie dafür hatte, dass sich das auch lohnt. Und ich habe dieses Vertrauen in mich mit Füßen getreten. Mit eben jenen Füßen, die mir plötzlich so eiskalt geworden sind. Ich stöhne verzweifelt auf und lehne meinen schweren Kopf nach hinten. Abwesend drehe ich die halbleere Bierflasche in meiner Hand. Ich trinke in den letzten Tagen zuviel. So viel, dass ich ständig das Gefühl habe in Watte gepackt zu sein. Das ist gefährlich, ich weiss. Aber so ist der Schmerz in meiner Brust wenigstens einigermaßen erträglich. Der Alkohol dämpft ihn und lässt mich wenigstens für ein paar Stunden in unruhigen Schlaf fallen.

Ich fühle mich beschissen. Ich bin so müde und mir ist so kalt. Zitternd ziehe ich meine Beine auf die Couch, ganz nah an meine Brust und versuche mich zu wärmen. Natürlich ohne Erfolg. Seit Elijah weg ist, friere ich andauernd. Fast scheint es so, als hätte er meine ganze Lebensenergie mitgenommen. Und ich bin außer Stande etwas dagegen zu tun. Wie ein Schatten meines Selbst fühle ich mich, degradiert zu etwas, was ich nie sein wollte. Mit meinen zitternden Fingern führe ich die Flasche an den Mund und nehme einen tiefen Zug. Kurz schaudert es mich, als ich schlucke und der Geschmack des Bieres auf meiner Zunge brennt. Längst habe ich genug davon. Beinahe würgt es mich schon, wenn die Flüssigkeit meinen Hals hinunter brennt. Ich will nicht trinken, aber ich muss. Ich muss diesen schrecklichen Hohlraum, den Platz, der einstmals voll mit Elijah war, füllen. Ich will nicht mehr so leiden.

Meine Augen brennen plötzlich und mir wird bewusst, wie nahe ich schon wieder dran bin zu weinen. Ich bemitleide mich selbst so sehr, dass es schon lächerlich ist. Elijah müsste mir doch sehr viel mehr leidtun. Er weiss schließlich nicht, aus welchem Grund ich so nieder gehandelt habe. Er hängt völlig in der Luft. Schlechtes Gewissen schäumt in mir hoch und lässt mich trocken schlucken. Ich habe keinen Schimmer, wie es ihm geht, wenngleich ich sicher bin, dass er am Boden zerstört ist. Ich habe nicht nachgedacht. Er ist doch so labil, hat sich doch gerade erst von dem schlimmen Trauma erholt, dass er erlitten hat. Und nun habe ich ihm den Boden seiner neuen Realität unter den Füßen weggezogen. Ich bin ein schrecklicher Freund gewesen und ein noch schlimmerer Mensch. Was hab ich nur getan? Ich möchte weinen. Möchte schreiend und schluchzend zusammenbrechen, den Schmerz in mir heraus lassen und endlich anfangen zu verarbeiten. Es fällt mir so unendlich schwer damit umzugehen. Es ist so schwer zu akzeptieren, dass da niemand mehr ist. Niemand, der mich anbetend anschaut, der mit mir lacht, mich küsst oder mir neugierige Fragen stellt.

Elijah fehlt mir nicht einfach. Er hat alles, was mir wichtig war, unbedeutend gemacht. Und dabei ist es nicht mal seine Schuld. Fahrig befühle ich den Stoff der Couch. Hier hat er immer gesessen. Mit angezogenen Beinen, so wie ich jetzt. Elijah, so süß, so liebenswert, so unglaublich hübsch. Ich hickse auf, spüre den drückenden Schmerz in meinem Hals und höre gleichzeitig das Klopfen an der Türe. Ich fahre hoch, wie von der Tarantel gestochen, starre meine Eingangstüre an, als ob sie mir antworten könnten, und weiss nicht, ob ich träume oder wach bin. Es gibt nur eine einzige Person auf diesem Planeten, die immer klopft und nicht klingelt. Einen Einzigen! Und das ist Elijah. Aber das kann nicht sein. Er kann nicht vor meiner Türe stehen, das ist völlig unmöglich. Er hat mir unmissverständlich klar gemacht, dass er mich nicht mehr sehen will. Nicht einmal auf meine unzähligen Telefonanrufe hat er reagiert. Was sollte er also hier machen? Hier bei mir und das auch noch mitten in der Nacht? Völlig benebelt erhebe ich mich langsam und gebe einen erstickten Schmerzenslaut von mir. Meine Beine sind in der unbequemen Haltung eingeschlafen.

Das Herz voller Hoffnung, den Kopf aber voller Zweifel und Ungläubigkeit tapse ich schwankend zur Tür. Kribbelnd erwachen meine tauben Beine. Sie prickeln genau so sehr, wie die Ahnung, die mich fest im Griff hält. Und die droht, wie eine Seifenblase über mir zu zerplatzen. Ich öffne die Türe, ohne zu zögern. Und doch holte ich überrascht Luft, als ich erkenne, dass es tatsächlich Elijah ist, der da vor mir steht. Ich bin völlig geplättet, total überrumpelt. Mein Herz rast. Ich kann nicht glauben, dass er zu mir gekommen ist. Das habe ich nicht verdient, genau so wenig wie die Hoffnung, die sich in einer riesigen Welle an mir bricht. Und doch steht er jetzt hier, mit geschlossenen Augen, so als ob er mich nicht ansehen will. Oder vielleicht auch, weil er mich nicht ansehen kann. Ich denke plötzlich nicht mehr darüber nach, was ich tue. Oder warum ich mich in dieser Situation befinde. Alles was ich noch kann, ist handeln. Und das tue ich instinktiv.

Langsam, wie von selbst, hebe ich meine Hand an sein Gesicht, berühre es nur zart und streichle über die Haut. Ich bin fassungslos, dass er mich gewähren lässt.

»`Lijah«, bricht es heisser flüsternd aus mir heraus. Er zuckt merklich zusammen, greift sich mit der linken Hand an die Brust und stützt sich dann mit der anderem am Türrahmen ab. Er öffnet die Augen, sucht meinen Blick und erschauere augenblicklich unter der Intensität. Der gleiche Schmerz, der auch mich innehat, steht in den grünen Augen. All das Leid, dass ich ihm zugefügt habe, ist deutlich herauszulesen. Und doch ist da auch die Hoffnung, ein winziges Stück von dem, was wir geteilt haben, übrig geblieben. Er liebt mich immer noch. Genau so sehr wie ich ihn. Die Sekunden dehnen sich aus, werden zur Ewigkeit und dann, als ich schon beinahe glaube, dass sich alles zum Guten wendet, entzieht er sich meiner Berührung.

Er zwinkert angestrengt und reißt sich mühselig zusammen. Er ist aufgeregt, das merkt man ihm an und er hadert deutlich mit sich selbst. Ich kann nicht einmal ahnen, was es ihn gekostet hat, herzukommen und mich zu konfrontieren. Wie aus dem Nichts kommt in mir das Bedürfnis hoch, mich zu entschuldigen. Ich setze zu einem »Es tut mir so ...« an, werde aber noch vor dem Ende des Satzes einfach unterbrochen. Elijahs Finger legen sich auf meine Lippen, bevor ich auch nur erahne, was passiert.

»Schh ...«, macht er leise, packt mich dann mit der anderen Hand an der Schulter und drückt mich schließlich nach hinten, in meine Wohnung. Ich zucke zusammen, als er die Tür mit einem Fuß schließt. Elijah wirkt verändert. Er ist innerlich zerrissen und strahlt dennoch ein merkwürdiges Selbstbewusstsein aus. Eine Kraft, eine Stärke, die ich so an ihm noch nie gesehen habe. Ich habe bereits geahnt, dass mehr in ihm steckt, als nur ein schüchterner, traumarisierter Junge. Doch es jetzt so deutlich zu sehen, es zu spüren, das ist fast zu viel für mich. Der Elijah, der jetzt vor mir steht, ist kein Junge, oh nein. Dieser Elijah ist ein Mann. Einer, der weiss, was er will. Einer, der weiss, was er mir antun will. Und so fällt es mir wie Schuppen von den Augen. Er ist nicht gekommen, weil er an einer Versöhnung interessiert ist. Er ist auch nicht gekommen um eine gestammelte, halb lebige Entschuldigung von mir zu empfangen. Er hat uns, als Paar, als Partner, bereits abgeschrieben. Alles was er will, ist Rache. Und alles an ihm zeigt mir, dass ich richtig liege.

Meine Erkenntnis schockt mich für einen Moment. Ich weiss, dass ich das verdient habe. Ich weiss, dass alles, was er heute mit mir macht völlig in Ordnung ist. Nicht einmal das Schlimmste, was ich mir für mich vorstellen kann, wird so schlimm so sein wie das, was ich ihm angetan habe. Elijahs Augen leuchten. Nicht zärtlich, nicht liebevoll wie sonst. Es ist ein irrer Glanz, völlig verzerrt, völlig unähnlich dem, was ich sonst von ihm kenne. Schmerz und Traurigkeit bricht sich in ihnen und über allem liegt deutliche Lust. Es wird passieren, dessen bin ich mir plötzlich ganz sicher. Wir werden miteinander schlafen. Heftigen, kurzen und hemmungslosen Sex haben. Doch ich werde ihn nicht dominieren. Nicht dieses Mal. Dieses mal muss ich hinhalten. Ich verstehe es. Es könnte gar nicht anders sein. Mit nichts anderem könnte er mich so in die Schranken weißen. Elijah weiss genau, dass ich dieser Sache gegenüber zögerlich war. Und das aus gutem Grund. Wenn es etwas gibt, in was ich völlig unerfahren bin, dann ist es da. Ich bin nicht der Passive. Ich bin nie der Passive und ich war es auch noch nie.

Es macht mir Angst. Die Kontrolle abzugeben liegt mir einfach nicht. Und doch kann ich nicht verhindern, dass mich der Gedanke anmacht. Ich beiße mir auf die Zunge und bin entsetzt über mich selbst. Ich reagiere völlig falsch. Ich dürfte jetzt keine Erregung empfinden. Wegen nichts und niemanden sollte ich jetzt so hart und bereit sein, wie ich es bereits bin. Vielleicht ist es der Gedanke daran, dass es danach zu Ende sein wird. Es wird das letzte Mal sein, dass ich Elijah berühren kann. Dass ich ihm nah sein kann. Und sei es auch noch so verdreht. Ohne nachzudenken, ohne mir weiter Gedanken über meine bevorstehende Einsamkeit zu machen, küsse ich ihn. Augenblicklich schmecke ich seine Zunge, fühle, wie er erbebt. Wie er erzittert unter den mühselig unterdrückten Emotionen und der gleichzeitigen Erregung, die ihn heftig packt. Seine Finger gleiten unter mein T-Shirt, fassen mich rau an, ohne Zärtlichkeit, ganz bestimmt. Ich japse gequält auf, als sich seine Hand um meine Erektion schließt, so fest zupackt, dass ich nicht weiss, ob mir das gefällt, oder ob es schon Schmerz ist.

Er lässt mir keine Gelegenheit darüber nachzudenken. Keuchend öffnet er den Reissverschluss meiner Jeans, packt mich. Er ist grob, bestimmend und ich sehe ihm an, wie er die Kontrolle über mich genießt. Er labt sich an der Erniedrigung, die er für mich geplant hat. Und die ich wahrscheinlich auch verdient habe. Ich mustere ihn, den Elijah, den ich bisher nicht gekannt habe. Er erwidert meinen Blick fest und lacht dann auf. Der Klang lässt mich schaudern. Freudlos ist er und ohne die geringste Spur von Zärtlichkeit. Er ist kalt, berechnend. Und ich bin sein Mittel zum Zweck. Nicht einmal das schmälert meine unlogische Lust auf ihn. Ich bin bereit, alles mitzumachen, mich bestimmen zu lassen, bis zum bitteren Ende. Er stößt mich heftig zurück, zur Couch wo ich nach hinten überfalle und ihn im Fallen mit mir reiße. Wieder küssen wir uns, dieses Mal mit scheinbar echter Leidenschaft, mit dem letzten Rest von Liebe, der noch in uns ist. Ich wünsche mir plötzlich, dass dieser Moment nicht aufhört. Dass wir uns einfach nur noch küssen, bis uns schwindelig wird. Und bis alles wieder so ist, wie es bis vor kurzem noch war.

Ich keuche unter seinen Berührungen, stöhne haltlos auf, als ich seine harte Erektion zwischen meinen Beinen spüre. Trotz der Traurigkeit, die in mir ist, will ich ihn haben. Ich will ihn verschlingen, ihn ficken, als ob es kein Morgen gäbe. Ich packe zu, will ihn in Position bringen. Doch mit Widerstand habe ich nicht gerechnet. Mit zusammengekniffenen Augen fixiert er mich und schüttelt unerträglich langsam den Kopf. Mir wird auf einmal eiskalt.

»Nein, dieses mal nicht«, höre ich ihn heisser raunen und versteinere dabei. Er wird das wirklich durchziehen. Sich schmerzhaft und gefühllos an mir rächen. Das ist so falsch. Das ist alles so falsch. Und warum pocht dann trotzdem diese heiße, alles übertünchende Lust durch mich hindurch? Elijah verlagert sein Gewicht auf seine Knie, beugt sich zu mir nach vorne und fährt mir mit dem Daumen über meine halbgeöffneten Lippen. Erneut stöhne ich, während mein Körper sich aufbäumt, ihm entgegenkommt. Ich kann nicht begreifen, was hier gerade passiert.

»Du bist mir noch was schuldig«, beendet er seinen Satz und lässt es zu, dass riesiges Entsetzen über mich kommt. Entschlossen packt er mich an der Hüfte und dreht mich geschickt auf den Bauch. Nie war mir klar, dass Elijah eine solche Kraft entwickeln könnte. Und doch ist es irgendwie klar. Er ist so wütend auf mich, so außer sich vor Zorn und so voll mit Lust, dass es eigentlich kein Wunder ist. All diese Emotionen beflügeln ihn zu Höchstleistungen.

»'Lijah, was zum ...«, setze ich an, doch er lässt mich nicht zu Wort kommen, beugt sich über mich und verschließt schließlich meinen Mund mit seinem. Kurz schiesst mir der Gedanke durch den Kopf mich zu wehren, ihm Einhalt zu gebieten. Doch ich schaffe es nicht. Und ein winzig kleiner Teil in mir will das auch gar nicht. Nicht mehr. Ich werde alles hinnehmen, was jetzt kommt. Ich werde es genießen und es gleichzeitig verfluchen. Nie war in meinem Leben Himmel und Hölle so dicht beieinander wie in diesem Augenblick.

Schmerz füllt mich aus, als er in mich eindringt. Kein körperlicher Schmerz, nein. Instinktiv versuche ich mich zu verschließen, obwohl es sich im Grunde genommen echt gut anfühlt. Ich hätte nie gedacht, dass mir diese Position gefallen könnte. Und doch tut sie es. Aber nur bis zu einem gewissen Grad. Die Pein in meinem Herzen überdeckt alles. Sie überdeckt jede von Elijahs Bewegungen, seine Lust, die er kaum im Zaum halten kann und auch nicht die Tatsache, dass dieser Akt viel zu schnell vorüber sein wird. Ich bedauere und erwarte gleichzeitig den Moment, in dem alles vorüber sein wird. Wo er seine Rache bekommen hat. Wo wir die Befriedigung unserer kranken Lust erleben werden. Es ist schnell vorbei. Zu schnell, und doch viel zu lang. Ich spüre, wie er heftig atmend über mir zusammen bricht, sich nur einen Moment, einen letzten Moment in meiner direkten Gegenwart gönnt, bevor er sich vollständig zurückzieht.

Die Tränenspuren in seinem Gesicht reißen mein Herz furchtbar schmerzhaft entzwei. Es tut mir so leid. Er tut mir so leid. Und es ist deshalb so schlimm, weil ich ganz genau das Gleiche fühle. Er bricht mir das Herz, so wie ich seins gebrochen habe. Und nichts und niemand wird diesen Riss wieder flicken können. Starr sehe ich ihm zu, wie er sich anzieht. Wie er einfach seine Sachen nimmt und dann, ohne mich noch eines Blickes zu würdigen, zur Türe geht. Die Kehle schnürt sich mir zu, als er doch für einen kurzen Moment innehält und sich zu mir herumdreht.

»Du weißt, dass das ein Abschied war?«

Ich beginne zu fallen, als seine Worte in mir einschlagen. Alles dreht sich plötzlich, alles wird undeutlich. Ich nicke kurz und zögernd.

»Ja, ich weiss.«

Kann ich nur noch flüstern. Zu etwas anderem bin ich nicht mehr im Stande. Ich höre nur noch, wie die Türe ins Schloss fällt, wie der Klang alles in mir auslöscht. Dann wird es schwarz um mich.